ヨモツイクサ

知念実希人

MIKITO CHINEN

双葉社

【目次】

装画　青依 青
装丁　川谷康久

ヨモツイクサ

むかしむかし、ある村にハルという名前の少女がおりました。

ハルはとても器量が良く、働き者で、村の誰からも愛されていました。

けれど、ある年、国中で飢饉が起こり、多くの人々が飢え死にしてしまいました。ハルが住む村でも食べ物が取れず、このままでは家族全員が飢えてしまいます。

そんなとき、遠くの村から村長さんがやってきて、ハルを息子の嫁に欲しいと言ってきました。たくさんの石炭が採れる炭鉱があるその村はとても裕福で、もしハルが嫁に来てくれるならお礼に家族が何年か食べていけるほどのお金をくれるというのです。

「わたし、お嫁に行きます」

故郷の村から離れるのはさびしかったですが、家族を守るためにハルは決めました。

大切な家族に見送られて故郷をあとにしたハルは、生まれてはじめて汽車と人力車に乗って炭鉱の村の近くまで行きました。

「ここからは歩いて行くよ」

人力車からおりた村長は、森の中を通っている細い道の前でハルに言いました。

山道はとても険しく、畑仕事になれているハルでも歩くのはとても大変でした。ふとハルは、道の脇にお地蔵さまが立っていることに気づきました。

「このお地蔵さまはなんですか?」

「人の世界と神様の世界、その境目の目印だよ」

「神様の世界？」

「そうだよ。ここから先は『黄泉の森』、悪い神様が棲んでいる場所なんだ」

村長はお地蔵さまに頭を下げると、道を進んでいきます。黄泉の森は暗く、寒く、とても不気味でした。遠くから、誰かの悲鳴のような声が聞こえてきました。

「あれは、ヨモツイクサの声だよ」

おびえるハルに、村長が言います。

「よもついくさ？」

「あの世にいる鬼だ。この森の神様は、その鬼を使って動物を捕まえては喰っているんだ」

「それじゃあ、私たちも捕まえられて食べられてしまうんじゃないですか？」

「大丈夫だ。神様に生贄を捧げれば、ヨモツイクサは襲ってこなくなるんだ」

早足で進んでいく村長のあとを、ハルは必死に追っていきました。村につくと、ハルはすぐに村長の奥さんに連れられて、白い嫁入り衣装に着替えさせられました。

嫁入り衣装を着たハルを、村の人々はとても歓迎してくれました。みんなが喜んでいる姿を見て、ハルはとても嬉しくなりました。

夜になると村長の家で宴が開かれ、ハルはこれまで見たこともないほど豪華なご馳走をいっぱいふるまわれました。けれど、まだ旦那様になる人と会うことはできません。

「旦那様はどこにいるのですか？」

ハルが訊ねると、村長は笑顔になりました。

「息子は炭坑に仕事に行っている。ご馳走を食べ、うまい酒を飲んで待っていなさい」

言われた通り、ハルはご馳走を食べました。これまで食べたことがないほど美味しくて、ハルは故郷の家族にもいつか食べさせてあげたいと思いました。

村長はハルにお酒をすすめてきました。そのお酒は蜂蜜（はちみつ）のように甘く、花のようにいい香りがして、飲むとお腹の辺りがほんのりと温かくなりました。村長はくり返しお酒を注いできます。断っては申しわけないと慣れないお酒を飲んでいるうちに、ハルはやけに眠くなってきました。

「長旅で疲れただろう。息子が帰ってきたら起こすから、ゆっくりと休みなさい」

村長は優しく言います。ハルは眠気をこらえることができず、宴の途中で眠ってしまいました。

気づいたとき、ハルは嫁入り衣装のまま、森の中にいました。

「ここはどこ？」

立ち上がったハルはあたりを見回します。けれど、どこも同じように木の幹が迷路のように立ち並んでいるだけで、どちらに村があるのか分かりません。暗い森をハルは彷徨（さまよ）います。

「村長様！　旦那様！」

必死に叫びますが、自分の声がこだまするだけで、誰も返事をしてくれませんでした。

どうしてこんなところにいるのだろう。誰が私をここまで運んだのだろう。

そのとき、女の人の悲鳴のような甲高い声が聞こえてきました。怖くて体をこわばらせるハルは、お地蔵様の前で村長から聞いた話を思い出します。

この森には悪い神様が棲んでいて、ヨモツイクサというあの世の鬼を使って、獲物を捕まえて喰ってしまう。だから村の人がヨモツイクサに襲われないように、生贄を捧げている。

ようやくハルは気づきました。自分が神様への生贄として連れてこられたことに。

「助けて！　おっ母、助けて！」

泣きながらハルは森を走ります。けれど、どれだけ走っても暗い森が広がっているだけで、同じところをぐるぐると回っているだけのような気がします。

　地面の枯れ枝や岩で裸足の足の裏が切れ、血が出てきます。やがて雪が降ってきて、地面が白くなっていきました。寒さで体が動かなくなってきたハルは、雪の上に倒れ込みました。

　このまま凍え死んでしまうのかな。倒れたままそんなことを考えていたハルは、樹々の奥に洞窟があることに気づきました。

　あそこなら、寒さをしのげるかもしれない。残っている力を振り絞り洞窟に入ったハルは、驚いて息を呑みます。そこは蒼く光っていました。まるで、たくさんのホタルが照らしているように。

「きれい……」

　ハルがそうつぶやいたとき、美しい歌が洞窟の奥から聞こえてきました。その歌声に誘われるようにハルは奥へ奥へと進んでいき、やがて蒼い光であふれた世界に辿り着きました。もう動く力も残っていないハルは、そこで仰向けに倒れました。

　満天の星空を見上げているような美しい光景を眺めていると、歌が止み、代わりにずるりと水に浸した布を引きずるような音が聞こえてきました。そちらを見ると、山のように大きな影がナメクジのように這って近づいてきていました。けれど、なぜかハルは怖くありませんでした。

「ここはどこですか？　あなたは誰ですか？」ハルは力を振り絞って、訊ねます。

　すぐそばまでやってきた大きな影は、地の底から響いてくるような声で答えました。

『ここは黄泉の国。そして我は、黄泉の神だ。お前は誰だ？』

「私はハルです。生贄として、黄泉の森に連れてこられました。黄泉の国に来たということは、私はもう死んでしまったのでしょうか？」

『いいや、お前は生きたまま死者の国へ迷い込んだ。だから、お前の体はそうなっている』

ハルは蒼い光に照らされている自分の体を見ました。着ていた嫁入り衣装はいつの間にかぼろぼろに破れ、その下からのぞく体は腐り果てて、たくさんの蛆がたかっていました。

「私はここで神様に食べられるのでしょうか」

ハルは訊ねます。怖くはありませんでした。もう逃げる力も残っていませんし、こんなきれいな世界で神様に食べられるなら、それでもいいと思ったからです。

『我はヨモツイクサが殺してくる獲物の肉しか食べぬ。生きたまま死者の国に迷い込み、腐り果てた貴様の肉に興味はない』

ハルは骨が見えている頰をわずかに上げ、眼球から蛆が飛び出している瞳を細めました。

『なぜ笑う?』

「それは……」

ハルは唇が腐り落ちた口をゆっくりと開きました。

プロローグ

舗装が不十分な細い山道が、ヘッドライトの光に映し出される。フロントガラスの向こう側には、鬱蒼とした樹々が道路に覆いかぶさるように連なっていた。

山際清二は顔をしかめる。サスペンションが不十分な軽トラックに乗っているせいで、地面の凹凸がシートに伝わってくる。三十年以上ずっと土木関係の現場で働いてきた体に響いた。

「よりによってこんな現場に派遣されるなんてよ……」煙草臭い車内の空気を愚痴が揺らす。

北海道旭川市と富良野市の中間に位置する美瑛町から車で一時間ほど、大雪山国立公園にほど近い山奥、そこが山際の仕事場だった。その一帯の山を大手ホテル会社が買い上げ、巨大なリゾート施設を造る計画になっている。

美瑛にはストライプカーペットの花畑や白ひげの滝など、多くの観光スポットがあり、少し足を延ばせば、北海道観光の目玉の一つである旭山動物園もある。ここにスキー場や温泉施設を完備したラグジュアリーホテルを建てて、多くの観光客を招くという計画だ。予定ではすでにホテルの建設がはじまっているはずだった。しかし、この山の開発は一筋縄ではいかなかった。地元住民による苛烈な反対運動が起き、工事車両が反対派住人の座り込みにより止められるなどの妨害行為が相次いだのだ。

「そりゃそうだ。黄泉の森を荒らすっていうんだからよ」

ひとりごつ山際の視界に、数十メートル先の道端にポツンと立つ地蔵が飛び込んできた。思わずアクセルから足を放し、ブレーキを踏み込んでしまいそうになるのを必死に耐えた。軽トラックが地蔵の脇を通過する。背中に冷たい震えが走った。ここを通過するときは、いつもこうなるのだ。あの地蔵は、人間の領域と人ならざるものの棲み処の境を示すものだから。

この山は聖域にして禁域だった。かつてこの地に住んでいたアイヌの間には、この山にウェンカムイ（悪い神）が棲むという伝説があり、決して入ってはならない神聖にして危険な場所とされていた。そして、明治時代にこの地を開拓した人々にも、その掟は受け継がれた。美瑛町の出身である山際は少年時代、この森に入らないように強く言われていた。

「あの山にある『黄泉の森』には地獄からやってきた怪物が棲んでいて、這入りこんだ人間の内臓を貪り喰うんだ。だから、決して入っちゃだめだよ」

祖母がおどろおどろしく語るその言い伝えを聞くたび、少年だった山際は震えあがり、夜中に便所に行けなくなったものだ。

怪物の言い伝えなんて、子供が山に入って遭難しないようにするためのものに過ぎない。そう思っていても、幼い頃からくり返し植え付けられたイメージは潜在意識に染みつき、なかなか削ぎ落とせずにいた。黄泉の森に侵入すると、腹の底から震えが湧き上がってしまう。

山際はあごに力を込めて、カチカチと音を立てる上下の歯を食いしばる。

この山の開発は数年がかりのでかい仕事だ。本格的にリゾート施設の建設がはじまれば、うちの会社も新しい社員を雇うことになるだろう。そうなれば、ベテランの俺は管理職につけるはずだ。ガタがきているこの体を酷使しなくても、給料をもらえる立場になる。だから、迷信なんて気にしていられるか。山際はアクセルを踏み込む。車体の揺れがひどくなり、硬い運転席に乗せている臀部が痛くなった。

漆黒の闇に覆われた山道をさらに十分ほど進むと、覆いかぶさるように左右に連なっていたエゾマツの大樹が消え去り、野球場ほどの広場に出た。中央にはプレハブ小屋が建っており、その周りにはブルドーザーやクレーン車、トラックなどの工事車両が並んでいる。

ここを起点にして、リゾートホテル建設予定地までの道路を整備する。それが開発計画の第一段階だった。そのための計測と樹々の伐採などを、山際を含める数人ほどで行っている。これから雪の季節になるので工事には向かない時期なのだが、反対活動によって生じた開発計画の遅れを取り戻そうと会社が躍起になっているらしい。

エンジンを切った山際は眉根を寄せる。プレハブ小屋の明かりが消えていた。時刻は午後十一時過ぎだ。普段なら仲間たちが酒でも飲んでいる時間だった。なのにカーテンの隙間から漏れる光も見えなければ、仲間たちの馬鹿笑いも聞こえてこない。

ふと山際は、プレハブ小屋だけでなく、この広場全体がやけに暗いことに気づいた。ヘッドライトを点けたまま車を降りた山際の口から、「ああ?」と声が漏れる。

広場を照らすために立てている数本の外灯が、すべて消えていた。

停電? その言葉が頭をかすめる。まだ電線が通っていないこの場所の電気は、プレハブ小屋の裏手に置かれた数基の発電機でまかなわれている。それに不具合が起きたのかもしれない。

「だったら、なんで連絡入れないんだよ」

ダッシュボードから懐中電灯を取り出した山際は、小走りで進んでいく。山際は発電機の管理者でもあった。もし故障したら、すぐに本社に一報を入れることになっている。

こんな山奥では、発電機は命綱だ。まだ九月の下旬だが、北海道の夜はすでに人の命を奪い得る冷気に満たされる。暖房器具もすべて電気に頼っているし、何よりこの場所を『人間の領域』にしておくために、電気は必須だった。

懐中電灯の明かりだけでは、濃い漆黒を十分に溶かすことはできなかった。足元に闇がまとわりつき、何度も転びかけながらプレハブ小屋の裏手に回り込んだ山際は、そこで立ち尽くす。

発電機が破壊されていた。予備も合わせて五基置かれていたそれらは、原形をとどめないほどにひしゃげ、内部の部品が辺り一面に散乱していた。啞然とした山際は、鼻先に刺激臭をおぼえて我に返る。ガソリンだ。発電機の燃料であるガソリンが漏れて気化している。

ガソリンに引火したら爆発が起きる。すぐに仲間たちを避難させなくては。きっと、誰かが重機で間違って発電機を轢いてしまったのだろう。そうでなければ、あんなふうに壊れるわけがない。山際は慎重にその場を離れると、プレハブ小屋の正面へ行き玄関扉を開ける。

「おい、お前ら、何やって……」

そこまで言ったところで、山際は言葉を失う。仲間とともに数週間を過ごしたプレハブ小屋、懐中電灯の明かりに浮かび上がったその室内は、見るも無残な様相を呈していた。

テーブルや椅子、棚が倒れ、大量の食器が床で割れている。十台ある簡易ベッドも多くが横倒しになっており、その周りに設置されていたカーテンは、カーテンレールごと落ちて床を覆っていた。そこにいるはずの仲間の姿は、誰一人として見えない。

「神隠し……」

その単語が無意識に口から零れる。七年前、この山を越えたところにある牧場で酪農をしていた一家四人が、夕食が食卓に準備され、テレビが点いたままの状態で煙のように姿を消すという事件が起きた。『美瑛町神隠し』と言われるその事件をニュースで見た祖母がつぶやいた言葉を山際は思い出す。

——きっと、ヨモツイクサが攫って食べちゃったんだよ。清二、絶対に黄泉の森に近づいちゃダメだよ。はらわたを引きずりだされて、生きたまま喰われちまうからね。

「怪物なんているわけがない。怪物なんているわけがない……」

呪文のように弱々しくくり返しながら、山際は室内を進んでいく。雲の上を歩いているかのように足元がおぼつかなかった。異臭を感じ、山際は足を止める。生ごみが腐敗したような、吐き気を催す臭い。それは横倒しになったベッドの向こう側から漂ってくる。

見るな、見るんじゃない。頭蓋骨の中で警告音が鳴り響く。しかし、体の動きを止めることはできなかった。操られるかのように山際は身を乗り出し、死角になっているベッドの陰を覗き込む。そこには赤黒い塊が、懐中電灯の光の中でぬめぬめと光沢を放っていた。

なんだこれは……？　息苦しさをおぼえつつ、山際は目をこらす。『それ』が何か、脳が認識した瞬間、激しい嘔気が襲いかかってくる。反射的に片手で口を押さえるが、食道を駆け上がってきた熱いものを押しとどめることはできなかった。

山際の口から溢れた吐瀉物が、『それ』に降りかかる。大量の血液にまみれた内臓の山に。

声にならない悲鳴を上げた山際は、身を翻す。言い伝えは正しかった。黄泉の森に入ってはいけなかったんだ。ここには怪物が棲んでいる。人を喰う怪物が。

恐怖で足が縺れ、前のめりに倒れてしまう。手から懐中電灯が落ち、倒れた棚の隙間に転がり込んだ。わざわざ拾っている余裕などなかった。軽トラックのヘッドライトは点けたままだ。外に出れば車まで走ることができる。這うようにしてプレハブ小屋を出た瞬間、全身が硬直した。

軽トラックの前に『何か』がいた。

ヘッドライトの明かりが逆光になり、その姿をはっきりととらえることはできない。しかし、明らかに人間ではなかった。まばゆい光の中に揺蕩（たゆた）うそのシルエットは、トラックの天井をゆうに超えるほどに巨大だった。おそらく三メートルはあるだろう。闇を切り取ったかのように黒いその姿を、山際は地面に座り込んだままただ見つめる。

次の瞬間、『それ』のシルエットがぶれた。何かが割れる音とともに、周囲が漆黒に満たされる。『それ』がヘッドライトを破壊したことに気づき、心が絶望に染まっていく。

何かが這い寄ってくる気配がする。しかし、昼行性（ちゅうこうせい）の生物である人間の目には、そのどこまでも深い暗闇を見通すことはできなかった。

夢だ。こんなの夢に決まっている。喘息（ぜんそく）発作を起こしたかのように喉の奥からヒューヒューと音が鳴る。自分が泣いているのか、それとも笑っているのかすら、山際には分からなかった。

背後から首筋に風が吹きつけてくる。生温かく、そして生臭い風が。

頚椎（けいつい）が錆（さ）びついたかのようにぎこちなく、山際は振り返る。漆黒に塗りつぶされた視界に、仄（ほの）かに光が灯った。美しくも儚（はかな）い蒼い光。幻想的なその光景に魅入（みい）られてしまう。

光が煌（きら）めき、宙に軌跡を描く。その瞬間、山際は腹部に衝撃をおぼえた。熱くどろどろとしたものが腹から溢れだし、わずかな間を置いて、五十年近い人生で未だかつて経験したことのない激痛が脳天を貫いた。

肺の奥から絶叫が湧き上がる。しかし、それが声帯を揺らす前に、再び光が煌めいた。

山際の首元で。

気管を駆けのぼった空気が血液とともに、抉（えぐ）り取られた喉から血飛沫（ちしぶき）となって迸った。

第一章　禁忌の森

1

淡いピンク色の腸管が、水面でゆらゆらと揺れている。その光景は池に浮かぶ睡蓮（すいれん）を彷彿（ほうふつ）させた。

「……先輩。茜（あかね）先輩」

正面から声をかけられ、佐原（さはら）茜ははっと我に返って顔を上げる。手術台を挟んだ対面に立っている第一助手の姫野由佳（ひめのゆか）が、視線を送ってきていた。

「あ、ごめん、なに？」

「また自分の世界に入っていましたよ」

姫野はおどけるような口調で言う。五年後輩で、おなじ道央（どうおう）大学医学部付属病院の外科医局に所属している姫野は、茜にとって妹のような存在だった。何かにつけて「茜先輩、茜先輩」と慕（した）ってくる姫野を茜も可愛く思い、外科医としての技術もしっかりしているので、自分が執刀する手術の助手によくつけていた。

「ごめんね。ちょっと『ゾーン』に入っちゃってて」

茜は軽く首をすくめる。手術に集中しすぎると周りの声が聞こえなくなり、体が勝手に動いているような状態に陥る。そのときは、まるで自分が自分でなくなったような感覚になるのだ。

「何度声かけても反応ないんだもん。無視されてさびしかったですよ」

冗談めかして言うと、姫野は術野に視線を向ける。つられて茜も視線を落とした。そこでは患者の腹部が大きく切り開かれ、露わになった腹腔内に大量の生理食塩水が満たされて池のようになっていた。

「リークはなさそうですね」

姫野の口調には疲労の色が滲んでいた。肝臓への転移が確認された進行性の大腸がんの患者に対して、肝切除術と横行結腸切除術を同時に行う、かなり難易度の高い手術だ。午前九時からはじまった手術もすでに午後四時を過ぎ、ようやく終わりに近づいていた。

他の臓器に転移を認めたがんは、一般的には手術による根治が期待できない。しかし、大腸がんの肝転移は、両方の病巣をしっかりと切除できれば根治の可能性が十分にある数少ない病態だ。

茜は再び目を凝らして腹腔内を見つめる。生理食塩水に水泡が生じれば、腸管の縫合が不十分ということだ。縫合不全の部位から消化液や細菌が零れだしたら、腹腔内で激しい炎症が生じ、緊急再手術が必要になる。

息をすることも憚られるほど張り詰めた空気を、モニターの電子音と、麻酔器のポンプの駆動音が規則正しく揺らしていく。水面が揺れることはなかった。

「大丈夫ね。それじゃあ洗浄して、閉腹しましょう。みんな最後までお疲れ様。大変だったでしょ。遅くなってごめんね」

「いえいえ、こんな時間に終わるなんてすばらしいですって。茜先輩だからこそですよ」

姫野が賞賛の声を上げる。茜は「おべっか使っても、何もでないわよ」と目を細めた。もうすぐ三十五歳になり、外科医として中堅に差し掛かった茜の技術はたしかで、上司であり、外科医としての師匠でもある教授からも一目置かれるものだった。

「本当にお疲れさまでした、佐原先生」

腹腔内の生理食塩水を吸引し、腹膜の縫合を終えると、そばに立っていた器械出しの中年看護師が労いの声をかけてくる。

「全然疲れていませんよ。これからもう一つぐらい手術できそう。そもそも私、『疲れる』って感覚がよく分からないんですよね」

茜が答えると、姫野がこれ見よがしにため息をついた。

「七時間も執刀したら、普通は疲れ果てるものなんですよ。まあ、茜先輩は超人だから、分からないでしょうけど」

「人を怪物みたいに言わないでよ」

茜はマスクの下で口をへの字に歪める。子供のときから、体力には自信があった。中学からは陸上部に所属し、中距離走の選手としてインターハイで入賞経験もある。いくら当直で一睡もできなくても、ほとんど眠気も感じずに翌日の勤務をこなすことが出来るし、それどころか帰りにジムで汗を流したりすることすらあった。

「佐原先生、いま三十四でしょ。あと少ししたら体にガタがきて、無理がきかなくなりますよ。いまのうちから、少しは息抜きもおぼえとかないと」

看護師の忠告に、「怖いこと言わないでくださいよ」と軽く笑い声を上げたとき、手術室の内線電話が鳴りだした。外回りの看護師が受話器を取り、少し通話をしたあと、「佐原先生」と声をかけてくる。

「一階の受付に、面会希望の方が来ているということです」

「面会？　患者さんの家族？」

「いえ、そうではなくて、警察らしいんです」

看護師が戸惑い声を上げる。茜は「警察？」と聞き返した。

「はい、小此木さんという刑事が来ているということで……。どうしましょう？」

小此木⁉　茜は目を見開く。

「ごめん。皮膚縫合しておいて。あとで行くから、ＩＣＵまでの搬送もお願い」

姫野に向けて言うと、茜はせわしなく滅菌ガウンを破って脱ぎ、手袋、マスク、手術帽子とともにゴミ箱に放り込んでオペ室を後にした。

ロッカールームで手術着の上に白衣を羽織った茜は、非常階段を小走りで一階まで降りる。午後の外来も終わりに近づいた時間、患者の姿もまばらな待合をスリッパを鳴らして進んでいくと、見覚えのある中年男の姿が見えてきた。小此木劉生、旭川東警察署の刑事だった。

茜に気づいた小此木が、「やあ、茜ちゃん久しぶり」と軽く手を上げた。

乱れた息を整えながら、茜は小此木を観察する。以前見たときよりも髪が薄くなり、顔のしわが増えている気がする。はじめて会ったときは、精悍な青年というイメージだった。しかし、いまは萎れた中年男にしか見えない。四十歳前後のはずだが、五十代と言われても信じてしまいそうなほど老けている。

七年間、このつらい七年間が、小此木をここまで蝕んだのだろう。

「今日はどうされたんですか？　急に来るなんて」

この道央大学医学部付属病院がある旭川市東部一帯を管轄する旭川東署、その刑事課に所属する小此木とは、以前はよく救急部で会っていた。事件や事故などの患者が救急搬送された際は、所轄署に連絡をして刑事を派遣してもらう。その際、小此木はよくやって来て、救急当直をしている茜と顔を合わせた。ただそれ以上に、小此木とはプライベートで会っていた。なぜなら彼は、姉である佐原椿の婚約者だったから。

優しく微笑む姉の顔が脳裏に浮かび、胸に鋭い痛みが走る。

「報告したいことがあるんだ。ただ、ちょっとここでは……」

小此木が受付にいる女性職員をちらりと見る。心臓が大きく跳ねた。からからに乾燥していく口腔内を必死に舐めながら、茜は「じゃあ、こっちに」と小此木を案内する。

外来にある病状説明室。病状や手術の説明などを患者とその家族にするための、デスクとパイプ椅子だけが置かれた小さな部屋に小此木とともに入った茜は、扉が閉まるなり口を開いた。

「姉さんが！　うちの家族が見つかったんですか⁉」

声が裏返ってしまう。心臓を鷲摑みにされているかのような感覚が襲いかかってきた。

「とりあえず座ろう。ちょっと複雑な話なんだ」

小此木に促された茜は、急く気持ちを必死に押さえ込みながら、パイプ椅子に腰かける。小此木はまるで焦らすかのように、緩慢な動作でデスクを挟んで対面の椅子に座った。

「まず、最初に言っておくね。残念ながら、茜ちゃんのご家族はまだ発見されていない」

全身に満ちていた緊張が一気に弛緩し、茜は大きく息を吐く。それが落胆によるものか、それとも安堵によるものか、茜自身にも分からなかった。

七年前の冬、茜の家族は失踪した。美瑛町から車で十五分ほどのところで酪農を営んでいた両親と祖母、そして警察官として旭川市内で交番勤務をしていた姉が突然、蒸発した。

その日、姉が勤務中に行方不明になったという連絡を、暴力団の発砲事件の捜査に当たっていた小此木から受けた茜は、驚いてすぐに実家に連絡を取った。しかし、なぜか誰も電話に出ることはなかった。不吉な予感をおぼえた茜は、雪が降りしきる中、愛車を飛ばして実家に向かった。そこで目にしたのは、三人分の夕食が用意された食卓と、夜のニュース番組を流しているテレビだった。

団欒が行われていたとおぼしきリビング。しかし、そこに家族の姿はなかった。

そして、その日以来、茜の家族は行方不明のままだ。不可解な状況と、勤務中だった椿が拳銃を持った状態で失踪したこともあって、大規模な捜索が行われた。それはやがてマスコミにも知られることになり、『美瑛町一家神隠し事件』としてセンセーショナルに取り上げられた。一時は茜を強引に取材しようと、多くの記者が病院まで押しかけて診療の妨げになったほどだ。

しかし、時間とともに世間の興味は急速に希釈されていった。椿が拳銃ごと失踪しているため、警察は完全に手を引いてはいないが、わずかな専従班を所轄署に残して捜査本部は解散した。小此木はその専従班に所属している。

きっと、小此木さんはいまも血眼になって姉さんを捜しているのだろう。たとえ、もう遺体になっている可能性が高いと気づいていても……。

茜が見つめていると、緩慢な動きで顔をあげた小此木が血色の悪い唇を開く。

「茜ちゃん、また神隠しが起こったんだ」

全身に鳥肌が立った。茜は椅子から腰を浮かす。

「また、どこかの家族が消えたんですか？」

「いやそうじゃないんだ。消えたのは工事の作業員だよ。開発事業のために山中にプレハブ小屋を建て、そこに泊まり込んでいた作業員たちと、連絡が取れなくなった。携帯の電波も入らない山奥なので、最初は無線の故障だと思っていたんだけど、二日経ってもまったく音沙汰がないことから不審に思って会社が人を派遣すると、そこで寝泊まりしているはずの六人が消えていた」

体温が上がっていく。家族が煙のように消えてから七年経ったいま、ようやく『手がかり』が見つかったのかもしれない。

「私の家族と同じで、その作業員たちもなんの痕跡も残さず消え去っていたんですね」

「いいや、プレハブ小屋の中は、竜巻でも起きたかのようにめちゃくちゃになっていたよ。テーブル、椅子、食器棚などが倒れ、ベッドまでひっくり返っていた」

「それじゃあ、『神隠し』でもなんでもないじゃないですか。事件か事故でしょ」

風船の空気が抜けるように期待が萎んでいく。

「間違いなく事件だね。プレハブ小屋の裏手の扉が破壊されていて、室内からは大量の血痕が見つかり、外では軽トラックや発電機も破壊されていた。さらに、被害者の内臓の一部も見つかったんだ。何者かに生きたまま、はらわたを抉られたんだと考えられている」

「生きたまま、はらわたを……」声が震える。「そんなことができる生物、北海道には、いえ、日本には一種類しかいないですよね」

「ああ、間違いなくヒグマだ」小此木は低い声でつぶやいた。

北海道にのみ生息するエゾヒグマは、オスは最大で体長三メートル、体重は五百キロに達することもある日本最大の肉食獣だ。雑食性であり、普段は山で木の実や川を遡上してくるサケ、エゾシカなどを食料としているが、近年は農作物や家畜などを狙って山を下り、人間の生息域に侵入してくる個体も増えてきて、大きな問題になっていた。

「状況から見て、最大クラスのオスの可能性が高いらしい。現在、被害者を発見するために、猟友会と連絡を取って捜索隊を編成している。明日の朝から捜索をはじめる予定だよ」

「猟友会ですか」

山々に囲まれた牧場で育った茜の周りには、狩猟を行う者が多くいた。幼い頃から時々、彼らの猟に同行させてもらった経験から、自然と茜自身も狩猟に興味を持った。大学時代に狩猟免許を取得しており、自宅マンションのガンロッカーには愛用の散弾銃が保管されている。休日などはその銃を持って山に入り、よくシカを撃っていた。

猟の情報を得るためにも、地域の猟友会には所属している。

「ああ、茜ちゃんも猟友会に入っているんだよね」

「入っていますけど、明日は平日で、私が執刀する手術が入っているから捜索隊には参加できませんよ。それに、レジャーハンティングしかしていない私に、ヒグマ猟は荷が重すぎます。ただ、それだけ巨大なオスなら、プロの猟師がこぞって参加するでしょうね」

ヒグマは猟師にとって最強にして最高の獲物だ。撃ち損ねたところで逃がすだけのシカや小動物、鳥などと違い、ヒグマ猟はわずかなミスが死につながる。それはもはや猛獣との決闘に近いものだった。その緊張感に魅了され、羆撃ち（くまうち）にとらわれる猟師も少なくない。

あの人のように……。茜の脳裏に、精悍な顔の男の姿が浮かんだ。

「それが、猟師が集まらなくて苦労しているんだ。札幌（さっぽろ）の猟友会にも声をかけて、必死に羆撃ち経験のある猟師を掻き集めているところだ」

「猟師が集まらない？」

茜は目をしばたたく。北海道の雄大な山々に囲まれたこの地域は、狩猟が盛んだ。大型のヒグマが撃てるというだけで、我先にと参加する猟師が何人も思いつく。その多くが狩猟を生業にする者たちだった。平日だからと言っても、人が集まらないとは信じられなかった。

「なんでそんなことに？」

茜が首を捻ると、小此木は声を潜めた。

「それは、捜索する場所があの『黄泉の森』だからだよ」

頭から冷水を浴びせかけられたかのような心地になる。

「ヨモツイクサ……」

口から零れた言葉は、自分のものとは思えないほどに震えていた。

黄泉の森は悪い神が支配している禁域であり、そこには黄泉の国の怪物、ヨモツイクサが徘徊している。そして、這入りこんできた人間を襲っては、生きたまま喰ってしまう。そんな言い伝えを、この近隣で生まれ育った人々は代々、物心がつく頃からくり返し聞かされる。それゆえ、誰もが禁域である黄泉の森に対し強い忌避感を持っていた。

――黄泉の森には決して入ってはいけないよ。ヨモツイクサに食べられちゃうからね。

幼い頃、何度も祖母から聞かされた言葉が、やけにはっきりと耳に蘇った。

黄泉の森に対する畏怖は、もはや土着信仰に近いものだった。内地からこの地方に越してきた者たちも、地元の人々の信仰に近い感情を理解し、わざわざ禁域を侵してトラブルを起こそうとはしなかった。七年前までは……。

七年前に黄泉の森が広がる山を丸ごと買い取った大手ホテル会社が、そこに巨大なリゾート施設を建設しようと計画しており、地元住民から強い反対運動が起きている。

「ヨモツイクサか……」小此木は皮肉っぽく笑う。「その名前、久しぶりに聞いたよ。もちろん、言い伝えの怪物なんて信じていないけれど、黄泉の森の『何か』が作業員たちを襲ったのは確実だ」

「じゃあ、今回、行方不明になったのって……」

「ああ、黄泉の森の開発工事をしていた作業員たちだよ。なんで猟師が集まらないのか分かっただろ」

茜は頷く。地元の猟師たちの潜在意識には、黄泉の森に棲んで人を喰う怪物、ヨモツイクサの恐怖が刷り込まれている。たとえそれが、危険な山に子供が入らないようにするための迷信だと頭では理解していても、本能的な恐怖を拭い去ることは容易ではないだろう。捜索隊に加わる猟師が少ないのも当然だ。それに、禁域である黄泉の森を蹂躙(じゅうりん)しようとしていた人々を救おうというモチベーションが湧かなくても仕方ない。

重く濁った空気を振り払うかのように、小此木は「さて」とつぶやく。

「行方不明になったといっても全く状況が違うにもかかわらず、どうしてわざわざ今回の事件のことを茜ちゃんに伝えにきたのか、これで分かったよね」

茜は肺の奥底に溜まっていた息を吐き出した。

「はい、分かりました。私の家族も同じ『何か』に襲われたかもしれないということですね。黄泉の森はうちの牧場の奥にある山、その中腹から山頂にかけて広がっていますから」

2

ぬかるんだ斜面に足を取られる。容赦なく打ち付けてくる雨がレインコートの隙間から入り込み、下着まで濡れて体温を奪っていく。道央大病院で佐原茜に会った翌日、小此木は深い森を進んでいた。禁域とされている黄泉の森を。

朝から強い雨が降るあいにくの天気だ。小此木は手袋を嵌めた手で、汗と雨で濡れた額を拭いつつ、顔を上げる。前方ではライフル銃をスリングで肩にかけた十人ほどの猟師たちが、慎重に歩を進めている。多くが札幌の猟友会に所属している、羆撃ちの経験がある猟師だった。重心を落とし、猛禽を彷彿させる鋭い目つきで辺りを見回している彼らが、行方不明者ではなく、彼らを襲ったであろうヒグマを探していることは火を見るより明らかだった。

行方不明者の捜索は本来、大人数が散らばって広い範囲を捜していく。しかし、ヒグマに襲撃された可能性が高いと考えられる今回のケースでは、警察が得意とするその人海戦術を取ることはできなかった。散り散りに森に入れば、ヒグマの格好の餌食だ。

ヒグマを駆除し、安全を確保したうえで大規模な捜索を行う。それが道警本部の方針だった。

小此木は足を止めて五感に意識を集中させる。苔むした巨大な岩、雨音の中かすかに聞こえてくる鳥の鳴き声、むせ返るほどに濃い土の香り、迷路のように密に立ち並んでいるエゾマツの太い幹をときおりリスが伝っていた。空を仰ぐと、鬱蒼と茂った樹々の隙間から雨が零れ落ちてくる。人の手が全く入っていない、原始の自然がここには存在した。

禁域ということで、この森が穢れた土地であるという先入観を持っていた。しかし、実際に森に入ったときに胸に去来したのは、嫌悪ではなく畏怖だった。

ここに人間が手を加えるなど、おこがましい。そんなことをすれば山の神の怒りをかい、天罰を下されて当然なのかもしれない。そこまで考えたところで、小此木は頭を振る。たとえこの森が古くから伝わる信仰の対象だとしても、開発は法にのっとって行われている。疲労のせいか、それとも幼少期からさんざん脅されてきた迷信のせいか、混乱しているようだ。

行方不明になっている者たちには家族がいる。襲撃された現場の状況から作業員たちが生きている可能性は低いが、それでも遺体を見つけ、家に帰してやらねば。それまで、愛する者を失った人々は気持ちに区切りをつけることができず、苦しみ続けるのだから。

俺みたいに……。佐原茜に似た女性が微笑む姿が脳裏をかすめ、刺すような痛みが胸に走る。

最愛の女性が突然姿を消してから七年間、身の置きどころがない苦痛に苛(さいな)まれ続けていた。時間が苦しみを癒してくれる。そう思っていた時期もあった。しかし、時間が経てば経つほど、婚約者を失った哀しみは消えるどころか熟成されていくかのように濃くなって、心を腐らせていった。

たとえ遺体でもいい。もう一度彼女に会いたかった。彼女を身近に感じたかった。

唇を噛みながら踏み出した瞬間、足がぬかるみで大きく滑った。しまったと思ったときには片足が宙に浮き、バランスが崩れて後方に傾いていく。こんな急斜面で倒れたら、滑落して重傷を負ってしまう。そう思ったとき、横から手が伸びてきて腕を摑まれた。

「おいおい刑事さん、気をつけなよ。転んで頭を打って死んだりしたら、笑いの種だぞ」

登山用のダウンジャケットの上にオレンジ色の猟師用のベストを羽織り、ライフル銃をスリングで肩にかけた体格の良い男に支えられて体勢を立て直した小此木は、「ありがとうございました」と礼を言う。

「この森は苔で覆われた岩が多いからな。そんな長靴じゃ転びやすいし、色々と危険だぞ」

男はニヒルな笑みを浮かべると、「鍛冶だ。羆猟師をしている」と手を差し伸べる。年齢は四十前後というところだろう。なかなか整った顔つきをしているが、無精ひげが生えているうえ、額からこめかみにかけて二筋の大きな傷痕が走っているため、精悍というよりも、もはや野生の肉食獣のような迫力を醸し出していた。

「小此木です。旭川東署刑事課の刑事です」

握った鍛冶の手は、グローブを嵌めているかのように分厚く、皮が硬くなっていた。

これが猟師の手か。山に入り、獲物を狩って生きるという、原始から続く生活をいまこの時代に営んでいる目の前の男に、軽い畏敬の念をおぼえる。

鍛冶に「じゃあ行くぞ、刑事さん」とうながされ小此木は再び森を進みはじめた。

「あの、鍛冶さん」

数分歩いたところで、ほんの少し前を歩く広い背中に、小此木は声をかける。

「さっき、この長靴じゃ危険って言われましたけど、これ、登山用の頑丈なやつを用意したんです。何が良くなかったんでしょうか？」

「ん？　普通の山歩きには悪くはないぜ。まあ、靴底にもう少しグリップがある方がベターだろうけどな。ただ、今回の捜索にはいただけないね」

小此木が「今回の捜索には？」と聞き返すと、鍛冶は小さく頷いた。

「ああ、ヒグマが潜んでいる森での捜索だ。人間の血、肉、内臓がどれくらい美味いかおぼえちまった人喰いヒグマがな」

人喰いヒグマ、その単語に頬が引きつってしまう。

「おいおい、刑事さん。なに顔をこわばらせているんだよ。行方不明になった奴らを殺ったのが、ヒグマだってことぐらい分かってこの捜索に参加したんだろ」

「いえ、その可能性が高いというだけで……」

しりすぼみに声が小さくなる。もちろん、行方不明者たちがヒグマに襲われた可能性が高いことは十分に理解していた。しかし、山々で野生動物と対峙して生きている猟師の口から出た生々しい言葉に、漠然とした『人喰いヒグマ』に対する解像度が一気に上がった気がした。

自らが他の生物に襲われ、食料としてその生命を消費されるなど想像だにしたことがなかった。しかし、人の侵入を拒み続けたこの森では、人間など矮小な獲物でしかないのかもしれない。

「けど、成人男性が六人も行方不明になっているんですよ。普通のヒグマに可能ですか?」

「できねえな。ヒグマの体重は、大人のオスでも二百キロ前後ってことが多い。一人ならまだしも、大人を六人も森の奥深くまで引きずりこむなんて、まず不可能だ」

小此木が「なら……」と前のめりになると、鍛治は人差し指を立てて左右に振る。

「あくまで『普通のヒグマなら』だ」

「……普通じゃないヒグマがいるってことですか?」

小此木が声を潜めると、鍛治は唇の端をあげた。

「北海道のエゾヒグマは、ヒグマ種の中では最小の部類になる。近縁種のグリズリーやホッキョクグマのオスなら五百キロを超える個体もごろごろいて、中には一トン近い奴までいる」

「ヒグマにはそれだけ巨大化するポテンシャルがあると?」

近縁種が巨大だからといって、エゾヒグマも同じように巨大になり得るというのは、論理が飛躍している。しかし、実際にヒグマと対峙している鍛冶が語る言葉は、そんな正論など吹き飛んでしまう説得力を孕んでいた。

「俺はこれまで二十三頭のヒグマを仕留めた。箱罠猟じゃないぜ。全部忍び猟で、ヒグマと対峙して、このライフルで撃ったんだ。最大の獲物は、二百九十二キロのオスのヒグマだな」

鍛冶は肩にかけているライフルの銃身に、女性を愛撫するかのように優しく触れた。

「なあ、刑事さん。三毛別羆事件は知っているだろ」

小此木は「ええ……」とあごを引いた。北海道で生まれ育って、三毛別羆事件を知らない者などいるわけがない。多くの道民は子供時代に、ヒグマの危険性を教わるために、その日本最悪の熊害事件について教えられる。その内容はどんな怪談より恐ろしく、ヒグマという生物への恐怖を魂の奥底にまで刻み込まれることになる。

事件は一九一五年の冬、道北の六線沢と呼ばれていた開拓集落で起きた。日没に近い時間帯に突如巨大なヒグマが村に現れ、太田マユという女性と、養子になる予定だった蓮見幹雄という少年を襲った。幹雄は即死し、そしてマユを咥えたヒグマは森の中に消えていった。

翌日、捜索隊が森で、頭蓋骨の一部と膝から下の足だけとなったマユの遺体を発見した。

その夜、マユの通夜が行われたが、その最中、再度ヒグマが太田家を襲撃し、棺桶に入っていた遺体の一部を取り返して消え去った。そして、それから二十分ほど経ったあと、ヒグマは五百メートルほど離れた別の家に侵入し、そこにいた人々を襲った。

妊婦の斉藤タケという女性を集中的にヒグマは襲い、タケは「腹を破らんでくれ！」「喉喰って殺して！」と叫びながら、生きたまま上半身から喰われていった。

やがて事態に気づいた村の男たちが鉄砲をもってかけつけ発砲すると、ヒグマは森へと逃げ込んだ。この日の襲撃で、タケとその胎児を含む五人が殺害され、三人が重傷を負った。

わずか二日間で胎児を含め七人もの人命が失われたことを重くみた北海道庁警察部は討伐隊を結成し、その中には三百頭のヒグマを狩ったという伝説の羆撃ち山本兵吉も含まれていた。

兵吉は討伐隊本隊とは別行動で林に入り、ヒグマを発見すると木の幹に身を隠して、ボルトアクション式のライフル、ベルダンⅡM1870を構えて発砲し、初撃をヒグマに命中させる。すぐさま再装塡した兵吉が放った二発目はヒグマの頭部を貫通し、完全に絶命させた。

そうして七人の犠牲者を出した三毛別羆事件は、ヒグマの駆除という形で幕を下ろした。

事件後、解剖されたヒグマの胃袋からは人肉や衣服が見つかった。またのちの調べで、三毛別で太田家が最初に襲撃を受ける数日前、離れた旭川地域で三人の女性がヒグマに殺害されて喰われた事件があり、それをしたのも同じ個体だったことが確認された。

「記録によると、三毛別のヒグマは体長二・七メートル、体重は三百四十キロあったらしい。それに二〇〇七年には日高で体重五百二十キロのヒグマが駆除されたって記録もあるくらいだ」

ヒグマについて語る鍛冶の横顔に、どこまでも昏く危険な影が差していることに気づいて思わず身を引きつつ、小此木は軽いデジャブをおぼえていた。この表情に見覚えがある。しかし、いったいどこで……。

数秒、頭を動かしたあと、既視感の正体に気づいた小此木の口から、自虐的な笑い声が漏れる。見覚えがあるはずだ。毎朝、顔を合わせているんだから。

鍛冶の表情に浮かぶ影、それは婚約者を失ってから自分の顔に染みついた闇にそっくりだった。

小此木は鍛冶の名前が、なぜ印象に残っていたかを思い出した。この地域の猟友会のメンバーたちは黄泉の森に入ることを畏れ、二人を除いて捜索隊への参加を拒否した。一人が猟友会の会長である八隅（やすみ）という初老の男性、そしてもう一人がこの鍛冶だった。

八隅は猟友会長としての責任で仕方なく参加したはずだ。では、鍛冶をこの禁忌（きんき）の森へと突き動かしたものは何なのだろうか。

視線に気づいたのか、鍛冶は「なんだい、刑事さん」とこちらを向く。いつの間にか、その顔から昏い影は消え去っていた。

「いえ……。それで、人喰いヒグマがいたら、どうしてこの長靴だと危険なんですか？」

小此木はごまかすように話をもどした。

「靴が重いと、襲われたとき動きが鈍るからに決まっているだろ。だから俺はこういう手製の山足袋を履いているんだ。軽いけどな、裏は強化ゴムで固めてあるから釘を踏んでも貫通することはないし、グリップもしっかりしているから滑る心配もない」

鍛冶は自慢げに足を持ち上げると、棘のような突起がいくつも裏についた足袋を指さした。

「動きが鈍るっていっても、ほんの少しの差じゃないですか」

「その刹那（せつな）の差で、クマと人間、どっちが喰われる側になるかが決まるんだよ」

淡々と話す鍛冶の口調は、それが誇張でないことを告げていた。鍛冶はゆっくりと再び歩き出しながら話し続ける。

「ヒグマは図体がでかいし、動物園なんかじゃ寝ていることが多いから、ノロマな動物だと思っている素人が多い。とんでもない間違いだ。奴らはネコみたいに俊敏な猛獣だ。奴らの肩関節は異常な柔軟性があってな、敷物みたいに地面に伏せることができる。二百キロを超える巨体を膝丈の笹藪（ささやぶ）に潜ませ、数メートル先からロケットみたいに飛び掛かってくるんだ。そのときとっさに身を躱（かわ）して至近距離で弾を撃ち込めれば、うまい熊肉にありつくことができるが、押し倒されたら自分の肉をヒグマのディナーとしてふるまうことになる。分かるかい、刑事さん」

鍛冶が横目で視線を送ってくる。小此木は頷くと、おずおずと口を開いた。

「そのわりには、あなたはやけにリラックスしていませんか」

先頭で慎重に進んでいる猟師たちは、腰を落としてライフル銃を構え、銃弾を指に挟んでいる。誤射を防ぐため、獲物を見つけるまでは弾を銃に装填することは法律で禁じられている。ヒグマが見つかったらすぐにでも弾を込められるよう、準備しているのだろう。それに対し、鍛冶はライフル銃をスリングで肩にかけたままだ。

「この辺りには、ヒグマが身を隠すような笹藪はないからな。それに、遠くからいきなり走ってきたとしても、襲われるのは先頭か最後尾の奴らだ。中間にいる俺たちは、安全圏ってわけだ」

「そういうものなんですか？」全身に満ちていた緊張がわずかに緩んだ。

「そういうものなんだよ。俺を信じな。この捜索隊の中で、ヒグマに一番詳しいのは俺だ。札幌の辺りにヒグマは多くない。羆撃ちなら道央か道北に本拠地を持つんだよ。あいつらはせいぜい、箱罠にかかったヒグマを檻の外から撃ったぐらいの経験しかないはずだ。だからこそ、あんなに恐々と進んでいるのさ。人喰いクマと勝負できるような奴らじゃないんだよ。それに……」

傷痕が刻まれた鍛冶の顔に、シニカルな笑みが浮かぶ。

「殺気だった猟師が十何人も銃を構えているなかに姿を現すほど、あいつは間抜けじゃねえ」

「あいつ？」小此木は鼻の付け根にしわを寄せる。「もしかして鍛冶さん、作業員たちを襲ったヒグマに心当たりがあるんですか？」

「……ＡＳ21」

ぼそりと鍛冶がつぶやいた。その顔に、再び昏い影が差す。よく聞き取れず、小此木は「なんですか?」と聞き返す。

「ヒグマについたコードネームだよ。AS21、旭川市に十二年前に出現して、足跡の幅が二十一センチあったから命名された個体だ。猟師仲間ではアサヒって呼ばれている」

「十二年前、旭川市……」

口の中で言葉を転がしたあと、小此木は目を見開いた。

「旭川スキー場熊害事件!」

鍛冶は気怠そうに「ああ、そうだ」とあごを引いた。

十二年前の冬、旭川のリゾートホテルでスキーを楽しんでいた大学生のカップルが、突然、森から飛び出してきたヒグマに襲われた。ヒグマの一撃をくらった男性は、肩口から胸部を心臓や肺ごと抉り取られて即死した。ヒグマは男性の遺体に興味を示すことなく、恋人の隣で腰を抜かしている女子大生の足に食いつき、そのまま森の中に引きずり込んでいった。そして、辺りには被害者の女子大生の悲鳴が三十分以上響き渡った。

事件発生から二時間後、警察から協力要請を受けた地元猟友会の猟師三人が森に入り、下半身だけになった被害者の遺体を発見した。そのあまりにもおぞましい光景に動揺している猟師たちを、近くの笹藪に身を潜めていたヒグマが襲い、発砲する隙も与えず一人を撲殺し、残りの二人に重傷を負わせて森の中に消えていった。

三人もの犠牲者が出た事態に、猟友会は大規模な駆除隊を組織して森に入った。しかし、二日間の大規模捜索を行ってもヒグマは姿を現すことなく、痺れを切らした猟師たちの一部が、隊から離れて独自にヒグマを追いはじめてしまった。それを待っていたかのように、ヒグマは隊から離れた猟師たちを襲い、二人が殺害され、一人が重傷を負った。

最終的に森に大量の箱罠が設置され、ヒグマが罠にかかって駆除されるまで、一帯のスキー場は閉鎖されることになった。しかし、五人もの人間を殺害したヒグマが罠にかかることはなく、事件の記憶は風化していった。

「あの事件を起こしたヒグマがこの森にいると?」

「ああ、間違いない」鍛冶は頷いた。「現場からここまでは百キロ近く離れているが、大型のヒグマならそれくらいは余裕で移動する」

「けど、もう十二年も経っているんですよ」

「ヒグマは三十年以上の寿命がある。十二年ぐらい生きていても、なんの不思議もないさ。実際、アサヒはその後、罠にかかることも目撃されることもなかった。猟師を襲ったときに撃たれた傷がもとで、山中で死んだんだろうって考えられてきたが、ここに移り棲んでいたなら、目撃情報が皆無なのも当然だ。この山は誰も這入らない禁域だからな」

鍛冶の口角が上がっていく。その姿は猛獣が牙を剝いているかのようだった。

「こんなところに隠れていやがったのか……」

唸るような声でひとりごつ鍛冶に軽い恐怖をおぼえつつ、小此木はおずおずと声をかける。

「けれど、旭川スキー場熊害事件でも、森に連れ込まれたのは小柄な女性一人でした。六人もの成人男性を運ぶことなんて、クマにできるんですか?」

「クマの体重は、前足の幅でほぼ分かる。そして十二年前、スキー場に残された足跡は二十一センチもあった。これは最大クラスだ。おそらく、その時点で三百キロは超えていただろうな」

「その時点で?」小此木の鼻の付け根にしわが寄った。

「十二年前、アサヒはまだ若いオスだった。たぶん、三歳といったところだろう。まだまだ、成長する余地があったはずだ。いまはおそらく、その倍の大きさにはなっているだろうな」

「倍って……、六百キロ」

かつて、街に侵入して駆除されたメスのヒグマを見たことがある。そのヒグマは六十キロほどだったが、小柄ながら筋肉が隆起した体軀と、ナイフのように鋭い爪に本能的なおぞけを感じたものだ。しかし、この森にはその十倍もある怪物が潜んでいる可能性があるという。

「そんな化け物を駆除できるんですか？」

かすれ声で訊ねると、鍛冶は「このままじゃだめだな」と肩をすくめた。

「十二年前、アサヒを取り逃がしたのは、あいつがデカかったからじゃない。頭が良く、そしてなにより臆病だったからだ」

「臆病？」

「そうだ。あいつは銃の恐ろしさを知っている。銃を持った奴らが集まっているところに姿を見せることは最後までなかった。そして、猟師が一人になったところを狙って、音もなく忍び寄って襲い掛かるんだよ」

「じゃあ……」銃を構えて先頭を歩いている猟師たちに、小此木は視線を送る。

「ああ、そうだ。あんな殺気だった猟師たちが銃を構えているところに、アサヒが姿を現すわけがない。遺体を探すだけにしても、この広い森をあんなナメクジが這うみたいな速度で進んでも見つからないさ。まあ、犬を使えばなんとかなると思っていたけど、それも空振りだったしな」

皮肉っぽい鍛冶のセリフを聞いて、小此木は数時間前の出来事を思い出す。警察犬と猟師たちの猟犬、十数頭が連れてこられたのだが、黄泉の森との境を示す地蔵を越えたあたりから激しく吠え出した。それが獲物の臭いを嗅ぎ取ったことによる興奮ではなく、強い恐怖から来ていることは、犬たちの尻尾が股の間で縮こまっていることから明らかだった。

行方不明になっている作業員たちが使っていたプレハブ小屋の周辺で車から降ろしても、全ての犬が地面に伏せて動くことを拒否したため、仕方なく人間だけで森に入ることになった。猟の訓練を受けているであろう屈強なドーベルマンが、黒く光沢のある体を震わせながら失禁していたのを思い出し、小此木は喉を鳴らして唾を呑み込む。

「というわけで、ここにいれば安全だ。じゃあ、そろそろ俺は行くとするかな」

軽い口調で言うと、鍛冶は捜索隊から離れていこうとする。

「ちょ、ちょっと」

慌てて声を上げると、鍛冶は「なんだよ」と面倒くさそうに振り返った。

「どこに行くつもりですか？　離れたら危険なんでしょ」

「おいおい、なに言ってるんだよ。俺はハイキングに来たわけじゃない。この森に棲んでいる化け物と戦いに来たんだぞ。危険なんて当たり前だろ」

「けれど、捜索隊から勝手に離れるのは……」

「会長には了解を取っているよ。羆撃ちの経験なら俺はこの地方で随一だ。一人で動いた方がヒグマを駆除できる確率も、遺体を見つける確率も遥かに高くなるのさ」

軽く手を上げて「じゃあな」と離れていく鍛冶を見て、無意識に足が動いた。

「待ってください」

小此木は鍛冶に追いつき、その肩に手をかける。次の瞬間、一気に身を翻して手を払った鍛冶は、流れるようにスリングで肩にかけているライフル銃を回転させると、銃を小此木に突きつけた。漆黒の銃口に吸い込まれていくような錯覚をおぼえ、小此木は体をこわばらせる。

鋭く小此木を睨みつけていた鍛冶は、はっとした表情を浮かべると慌てて銃口を下げた。

「驚かさないでくれよ、刑事さん。急に後ろから触られたから、体が反応しちまっただろ」

「す、すみません」小此木は両手を上げながら謝る。「ただ、連れて行ってもらいたくて」

「あんたを連れて行く?」鍛冶の目つきが険しくなった。「自分がなにを言っているか分かっているのか? あんたみたいな足手まといを連れて行けるわけがねえだろ。ふざけんな」

吐き捨てるように言うと、鍛冶は踵を返す。その背中に、小此木は上ずった声をかける。

「連れて行かないなら、逮捕しますよ」

足を止めた鍛冶が、「ああっ⁉」と脅しつけるような声を出す。まるで獰猛な肉食獣と対峙しているような迫力に、思わず目をそらしそうになった小此木は拳を握り込んだ。

「あなたは、警察官である僕に銃口を向けました。これは明らかな違法行為です」

「見逃して欲しけりゃ、連れて行けっていうわけか。いい加減にしてくれよ」

鍛冶は大きくため息を吐く。

「俺はこれから何人も人を喰っている怪物と一騎打ちするんだ。しかも、相手のホームグラウンドであるこの森でだ。勝てる保証なんてない。勝率はよくて半々ってとこだろうな。そして、俺が殺されたら、確実にあんたの命もなくなる。俺についてくるってことはな、弾が三発込められた拳銃でロシアンルーレットをするってことなんだぞ。それでも来るっていうのか」

諭すような鍛冶の口調が、それが誇張ではないことを告げた。ヒグマに襲われて喰われていく自らの姿を想像し、口の中から急速に水分が引いていく。

「はい、そうです」

声が上ずらないように腹の底に力を込めて答えると、鍛冶は苛立たしげに頭を掻いた。

「分からねえなあ。俺みたいな羆撃ちは、ヒグマを相手にすることが仕事だ。それが生き甲斐だ。だからこそ、命をかけることもいとわない。けどな、刑事のあんたが相手にするべきなのは人間だろ。命がけで犯罪者を追うならまだしも、なんで野生動物にそこまでこだわるんだ？」

鍛治はつかつかと近づいてくると、至近距離で小此木の目を見つめてくる。

「……美瑛町一家神隠し事件」

小此木は声を絞り出す。鍛治は「なんだって？」と眉間にしわを寄せた。

「美瑛町一家神隠し事件ですよ。七年前、美瑛町で酪農を営む一家四人が、煙のように消えてしまった。ご存じでしょう？」

「ああ、もちろん。かなり話題になったからな」

「私は七年間、専従班としてあの事件を追っています。そして、事件が起きた場所はこの山を越えた向こう側、黄泉の森のすぐ外側だった」

「七年前の事件も、アサヒがやったっていうのか？」

小此木は「分かりません」と首を横に振る。

「夕食が準備され、テレビが点いたままの状態で煙のように人が消えた七年前の事件と、プレハブ小屋が徹底的に壊されて被害者の内臓が残されている今回の事件は、かなり様相が違っています。けれど、複数の人々が忽然と消えた『神隠し』が、そう離れていない場所で起きたということはまぎれもない事実だ。なにか関係があるかもしれない。七年間、必死に探し続けた手がかりが目の前にあるんです。刑事としてそれを逃がすわけにはいかないんですよ」

早口でまくし立てた小此木は、答えを待つ。数秒考えこんだあと、鍛治は鼻を鳴らした。

「刑事として、ねえ。なあ、そこまで言ったんだから、全部ぶちまけちまえよ」

意味が分からず眉をひそめると、鍛治は額がつきそうなほど顔を近づけてきた。

「いまのあんたの顔は、犯人を追う刑事のものじゃない。……仇を追う復讐者のものだ」

胸の中で心臓が大きく跳ねる。

「なあ、あんたは神隠し事件を解決したいわけじゃないんだろ。犯人を見つけて、そいつをぶっ殺したいんだろ。なんで、そんなに神隠し事件にのめり込む？　あんたにとって、あの事件はどんな意味を持つんだ」

どう答えるべきか、小此木は悩む。この七年間、個人的な感情で事件を追っていることを隠し続けてきた。しかし、適当なごまかしなど目の前の男には通用するとは思えなかった。

「行方不明になったうちの一人、佐原椿は僕の婚約者だったんです。しかも、彼女は僕の子供を妊娠していた……」

やけにざらつく言葉を喉の奥から絞り出すと、鍛治の太い眉がピクリと上がった。

「もう一度だけ彼女に、椿に会いたいんです。……たとえ、遺体でもいいから」

「そして、誰かが婚約者を殺したなら、そいつに報いを受けさせたいってことか」

静かに鍛治はつぶやく。小此木が口を固く結んで頷くと、鍛治は再び森の奥へと歩きはじめた。

追うことができなかった。七年前の絶望、そしてただただ事件の手がかりを追って泥を啜るように這いずり回った日々を思い起こすことで消耗し、屈強な狩人を止めるだけの気力が残っていなかった。

十数メートル進んだところで足を止めた鍛治は、首だけ回して振り向く。

「おい、何を萎れているんだよ、刑事さん。さっさと来ないと、置いていくぞ」

顔をあげた小此木が目をしばたたかせると、鍛治はニヒルに唇の端をあげた。

「特別に俺の狩りを見せてやるよ」

足が重い。肺が痛い。心臓の鼓動が鼓膜まで響く。

すぐ前を進む鍛治の背中を、ひたすらに追いかけながら小此木は荒い息をつく。

「つらそうだな、刑事さん。運動不足なんじゃないか」

鍛治がからかうように声をかけてくる。

「山に慣れていないだけですよ。特にこんな登山道もない山は」

「ハイキングにきたんじゃないって言ったろ。道なんてなくて当たり前だ。ここは黄泉の森、『神の領域』なんだよ」

「神なんて信じているんですか?」

疲労で苛ついているせいか、挑発的なセリフが口をついてしまう。婚約者が失踪してから、二人で手を取り合って進むはずの幸せな未来が壊れてから、神仏の類に対して強い拒否感をおぼえるようになった。もし神がいるなら、なぜ自分から愛する女性を奪ったというのだ。

「神なんてそこらにいるぜ」鍛治は大きく両手を広げた。「人間ってやつはな、太古から自分たちの理解を超えた存在を『神』として崇め奉ってきたんだよ。怒りをかって、自分たちが滅ぼされないようにな。だから、大自然の様々なものが崇拝の対象になっていた」

「自然現象なんて、ほとんど科学で解明されているでしょ」

息を整えながら言うと、「たしかにな」と鍛治は肩をすくめた。

「だから、『神』はどんどん消えていった。人間が神を殺していったのさ。もう人間社会の中にはほとんど神は残っていない。けれど、ここは違う。この森は神の棲み処だ。ここには未だに神として存在している怪物がいる」

「ヒグマが神だっていうんですか？　あんなのしょせんは野生動物に過ぎないでしょ」

「神さ。少なくともこの森に棲んでいるヒグマは、ずっと昔から神として崇められていた」

「ずっと昔から？」

「かつてこの地域に住んでいたアイヌは、『ウェンカムイ』が棲んでいるといってこの森を畏れた。その伝説が開拓民に伝わって、ここは禁域になったのさ」

「ウェンカムイ？」聞きなれない単語に、小此木は首を捻った。

「アイヌの言葉で、『悪い神』って意味だ。もともとアイヌは、ヒグマをキムンカムイ、つまりは『山の神』として崇めてきた。イオマンテぐらいは知っているだろ」

小此木は「ええ」とあごを引く。山で生け捕り、ある程度成長するまで飼育した子熊を殺して、その魂を神の世界へと送り返すアイヌの祭りだ。小学生のときにイオマンテの記録映像を見て、その迫力に圧倒されたことを思いだす。

「そしてアイヌは、人間を殺した動物はウェンカムイに堕ちると考えていた」

「つまり、この森には昔から人を殺したヒグマが棲んでいたって言うんですか？」

「そうさ。この森は人喰いヒグマの棲み処だったんだ。だからこそ、アイヌはこの森に入ろうとしなかった。そしてその禁忌は、開拓民にも形を変えて引き継がれたんだ」

「けれど、ヒグマの寿命は三十年くらいなんですよね。アイヌの伝説になった人喰いヒグマと、工事関係者を襲ったヒグマは違うやつですよね」

「そりゃそうだ」鍛冶は軽い笑い声をあげる。「猫又じゃないんだから、ヒグマが何百年も生きるわけがねえだろ。ずっと同じ怪物がこの森にいるとは思ってねえよ。けどな、もしかしたらこの森にはヒグマをデカく、そして凶暴にする『何か』があるのかもしれねえ。それこそ、日常的にヒグマを狩っていたアイヌが恐れおののくくらいの『神』にする何かがな」

「何かって、具体的にはなんなんですか？」

「さあな。特別な食べ物があるのか、それとも怪物ヒグマの子孫がこの森を縄張りにして……」

軽い口調でそこまで言ったとき、唐突に鍛冶が足を止めた。「どうしました？」と訊ねた小此木に、鍛冶は鋭い一瞥をくれると、唇の前で人差し指を立てる。その全身から醸し出される緊張感に、小此木は身をこわばらせるとせわしなく視線をあたりに彷徨わせた。

「近くにヒグマがいるんですか？」

小此木は小さくかすれ声を絞り出す。鍛冶はゆっくりと首を横に振った。

「いいや、まだ気配はしない。ただ、臭いがする。ヒグマの臭いだ」

小此木は「臭い？」と嗅覚に神経を集中させる。しかし、濃い土の臭いがするだけだった。

「鼻で感じる臭いじゃねえよ。俺の五感が告げているんだ。……ヒグマの領域に入ったってな」

腰を落とした鍛冶の口角が上がっていく。その双眸が爛々と輝きはじめる。

ベルトについているショットシェルホルダーと呼ばれる弾帯から銃弾を取り出した鍛冶は、ライフル銃のボルトを操作して装塡していく。

「ちょ、ちょっと。だめですよ、装塡しちゃ」

小此木は慌てて声をかける。銃刀法では誤射を避けるため、獲物を確認するまでは弾を装塡してはならないと定められている。だからこそ、猟師たちはいつでも装塡できるように指に弾を二発ほど挟んだまま銃を構えるのだ。

「刑事さん、まだ分かんねえのか？」

低くこもった声で鍛冶が言う。圧を感じて小此木は一歩後ずさった。

「ここはもう神の領域、人間の法が通用するような世界じゃないんだよ。コンマ一秒の遅れが勝負を左右する。文字通り、命がけの勝負をな。それでも、あんたは法を守れって言うのか？」

小此木が「いえ……」と口ごもると、鍛冶は鼻を鳴らした。

「俺を逮捕したけりゃ好きにしな。ただな、それはこの黄泉の森を出たあとだ。ここでは俺のやり方でやらせてもらう。いいな」

刑事として、違法行為を認めることはできない。しかし、この深い森では自分は場違いな闖(ちん)入(にゅう)者にすぎないことも理解していた。小此木は目を伏せる。

「分かってくれたみたいだな。ああ、そうだ。刑事さん、あんた拳銃は持っているか？」

「え、ええ、一応……」

刑事は普段、銃で武装はしていないのだが、人を襲ったヒグマが潜んでいるかもしれないということで、拳銃携帯許可が出ていた。

「あんたも念のため、拳銃を抜いておけよ。とっさに撃てるようにな」

「あ、はい」

懐のホルダーからスミス&ウェッソンの三十八口径のリボルバー式拳銃を取り出した瞬間、鍛冶が無造作に手を伸ばしてきた。一瞬で拳銃をもぎ取られた小此木は「なにを⁉」と目を剝く。

「大きな声出すなよ。どこにヒグマがいるか分からないんだぞ。ただ、弾を抜いとくだけだ」

鍛冶は慣れた手つきで弾倉を外して銃弾を取り出すと、拳銃を小此木に差し出した。

「どうして弾を抜くんですか⁉」

慌てて拳銃を取り返した小此木は、上ずった声で訊ねる。

「そんなちゃちな拳銃じゃ、ヒグマにゃ効かねえよ。あいつらの分厚い毛皮と脂肪、そして筋肉に跳ね返されちまう。そして、中途半端な傷を負わされたヒグマは怒り狂って走ってきて、あんたの体を和紙みたいに簡単に引き裂くぞ」

「……頭を撃てばいいじゃないですか」

「頭？　やめとけ。ヒグマの頭蓋骨は鉄兜みたいに頑丈なんだ。ライフル弾でも角度が悪けりゃ跳ね飛ばされちまう。それに、奴らの脳みそは小さい。俺たちも基本的に頭は狙わねえよ」

「なら、どこを狙うんですか？」

「心臓だ」鍛冶は小此木の胸の中心を指さす。「心臓さえ撃ち抜けば、さすがのあいつらも即死する。正面なら首元、側面からなら脇腹、あばら三枚って呼ばれる場所を狙って心臓を破壊するんだ。さて、無駄話はこれくらいにして、そろそろ『神殺し』をはじめるぞ」

ライフル銃を構えたまま、うって変わって慎重に歩を進めはじめた鍛冶に、小此木は「待ってください」と近づく。

「いいから、もう黙れって。俺がアサヒを撃ち殺したら、ちゃんと弾を返してあんたにも撃たせてやるから。そうすれば、あんたも婚約者の復讐ができるだろ」

復讐がしたいわけじゃない。椿がどこに行ったのか、なぜ彼女が消えたのか知りたいだけだ。

軋(きし)むほどに奥歯を固く嚙みしめながら、小此木は鍛冶についていく。七年間、血眼で探し続けていた神隠し事件の手がかりが目の前にある。しかし、それに近づくためにはこの猟師の協力が必要だ。いまは従うしかなかった。二人は息と足音を殺しながら、森のさらに奥へと向かう。それにつれて、鍛冶が纏（まと）う空気が張り詰めていった。

「なあ、刑事さん。ナイフは持ってきているか？」

辺りの笹藪に刃物のように鋭い視線を注いだまま、鍛冶が話しかけてくる。

「ええ、登山用ナイフを一つ、持ってきていますけど」

「いざってとき首を切れるように、いつでもそれを取り出せるようにしておけよ」

「ヒグマに襲われたら、ナイフで首を切ればいいんですか？」

「違えよ。ヒグマにとっちゃ、ナイフで切られるなんて蚊に刺されるようなもんだ」

嘲笑（ちょうしょう）するように鼻を鳴らすと、言葉を続けた。

「切るのは自分の頸動脈（けいどうみゃく）だ」

「自分の頸動脈……？」首筋に刃物を当てられたかのような寒気をおぼえ、声が震える。

「ライオンとかトラと違って、ヒグマが雑食性だってことは知っているな？　つまり、奴らは生来のハンターじゃない。とんでもない体力と、デカい鎌みたいな爪があるから獲物を捕まえられるが、ネコ科の肉食獣ほどに狩りはうまくないんだよ」

「それはいいことですよね？　つけ入る隙があるってことだから」

話の筋が読めず、困惑しながら訊ねると、鍛冶は「いいや、最悪だ」と低くこもった声でつぶやく。その顔にまた、どこまでも昏い影が差した。

「本物の肉食獣なら、本能的に獲物の首に噛みついて頸椎を折るか、窒息させるかして、しっかりととどめを刺してから獲物を食べる。けれど、ヒグマは違う。あいつらはとりあえず獲物が動けなくなったら喰いはじめるんだ」

「それって……」

「そう、あいつらは生きたままの獲物を貪るんだよ」

それがどれほどの悲惨な光景かを想像して喉の筋肉がこわばり、小此木は声が出なくなった。

「ヒグマは内臓を好んで喰うやつが多い。柔らかくてうまいのかもな。ヒグマに襲われて首を飛ばされて即死する奴はまだ幸運だ。最悪なのはあの山刀（やまがたな）みたいな爪で腹を抉られた奴だ。動けないままヒグマにはらわたを喰われていくんだ。ゆっくりと、地獄の苦痛を味わいながらな」

酸素が急に薄くなったような気がして、呼吸が乱れていく。

「分かっただろ。もしヒグマに腹を破られたらもう助からない。だから最後の力を振り絞って、自分にとどめを刺せ。そうしないと、悲惨なことになる。……本当に悲惨なことにな」

平板な鍛冶の口調が、それがたんなる脅しなどではないことを告げていた。

「顔が青いな。けど、いまさら後悔しても遅いぞ。あれだけ警告したのに、ついてくるって決めたのはあんただ。ここから一人で逃げ帰れば、ヒグマにとってかっこうの獲物だ。あんたにはもう、俺と一緒にこの森に棲む怪物を追う以外に選択肢はないんだよ」

鍛冶は「行くぞ」とあごをしゃくると、足音を殺して再び歩きはじめる。

鍛冶の背中をただ夢中で追いながら、小此木は森を奥へと進んでいく。エゾマツの太い幹で構成された迷路と、そこに生い茂る笹藪。延々と続く同じような光景に、時間の感覚が狂っていく。何日間もこの森を彷徨っているような錯覚にとらわれる。首筋を拭うと、手の甲にやけに粘着質な汗がべっとりとついた。

「……臭うな」ひとりごつようにつぶやくと、鍛冶は足を止めた。

「ヒグマの気配ですか？」小此木は声を上ずらせる。

「違う。今度は本当に臭いがする。鼻に意識を集中させせな」

言われた通りに鼻をひくつかせると、濃厚な土の匂いに混じってかすかに、すえた悪臭が鼻をかすめた。真夏に放置された生ごみのような腐臭が。

「……あそこだな」

右前方、十数メートル先に生い茂っている笹藪に、鍛冶はライフルの銃口を向けた。その人差し指が、再び引き金にかかる。

「ここで待ってろ」

指示を出した鍛冶は、間合いをはかる武術家のように、すり足でじりじりと笹藪に近づいていった。その姿を、小此木はまばたきすることも忘れて凝視する。

笹藪との距離が三メートルほどになったとき、鍛冶は片膝をついて射撃体勢をとった。息をすることも憚られるほどの緊張が辺りに満ちる。数十秒後、鍛冶は大きく舌を鳴らして立ち上がった。

「いねえな。来ていいぜ、刑事さん。この周辺にはいまのところヒグマはいない」

構えていたライフルをスリングで肩掛けにした鍛冶は、腰にぶら下げた鞘（さや）から巨大で武骨な剣鉈（けんなた）を抜くと、無造作に振り回して笹藪の枝を切っていく。

「何をしているんですか？　この藪にヒグマはいないんでしょ」

「ああ、ヒグマはいない。ただ、この奥に『何か』がある。分かるだろ」

小此木は気づいた。腐臭が強くなっていることに。この藪の向こう側に、臭いの発生源がある。痛いほどに心臓の鼓動が加速していく。

鍛冶が切り開いた道を数メートル進むと、向こう側に出た。周囲を笹藪に囲まれたテニスコートほどの空間。むせ返るほどの腐臭が鼻腔に侵入し、鼻の奥に痛みをおぼえる。そして、涙で滲む視界に『それ』が映し出された。

最初、小此木はそれが何か分からなかった。理解することを脳が、心が拒絶した。

空間の中心部に直径二メートル、高さ数十センチほどに土が盛られ、そこから様々なパーツが飛び出していた。

人間の体のパーツが。

こんもりと盛り上がった土から、複数の腕、足、胴体、そして顔などが突き出している光景は、前衛芸術のオブジェのようで、現実感が希釈されていく。

次の瞬間、土にめり込んでこちらを向いている髭面の顔を視線が捉えた。眼球を失った眼窩が、恨めしそうにこちらを向いている。そこに白い蛆が蠢いているのを見た瞬間、食道を熱いものが駆け上がってきた。とっさに顔をそむけた小此木は、体をくの字に折って嘔吐する。

「しっかりしろよ。刑事なんだから腐乱死体ぐらい見たことあるだろ」

たしかに、孤独死などで発見が遅れ、腐敗した遺体を見たことはある。しかし、ここまで人間の尊厳が踏みにじられた光景を目の当たりにしたことはなかった。

「これは……なんですか？」口元を拭いながら小此木は訊ねる。

「土饅頭だよ。ヒグマは満腹になると、こんなふうにエサを土に埋めて保管するんだ。そして、腹が減るとまた喰うって寸法さ。あいつらは少し腐ったくらいの肉を好んで食べるからな」

土饅頭。たしかに聞いたことがある。しかし、そのどこか牧歌的な響きから、こんな凄惨なものだとは想像していなかった。

「おいおい、何を立ち尽くしているんだよ。ここからは刑事の仕事だろ。あそこに埋まっている遺体を調べなくていいのか」

呆れ声で言われ、小此木は我に返る。そうだ、行方不明者を捜すためにこの森に入ったんだ。埋まっているのが作業員なら、すぐにこの場所を捜索隊に伝えて遺体を回収しなければ。

生理的嫌悪を必死に抑えつけ、腐った人体から発する悪臭を感じないよう、口で呼吸をするように努めながら土饅頭に近づいた小此木は、土から飛び出している顔を観察する。眼球や鼻、唇、耳などの柔らかい部分は蛆がたかって原形をとどめていないが、眉尻に刻まれた古傷には見覚えがあった。失踪した工事関係者の一人、山際清二の写真で同じ傷痕を見た。

「間違いありません。行方不明になった作業員です」

振り返った小此木は身をこわばらせる。鍛冶が銃を構えていた。さっきと同様に片膝立ちになり、銃口をこちらに向けていた。その指は引き金にかかっている。

「な、なにを……」

かすれ声を絞り出すが、鍛冶は全く反応しなかった。その眼球が素早く左右に動いているのを見て、自分が狙われているわけではないことに気づく。注意してみると、銃口もわずかに小此木からずれていた。

何を狙っているというのだろう。周辺にヒグマはいないと言っていたではないか。

そこまで考えたとき、小此木は子供の頃に祖父から何度も教え込まれたことを思い出す。

——山で動物が死んでいたら、絶対に近づいちゃいけないぞ。それはヒグマのエサかもしれない。ヒグマは執着心がとんでもなく強い。自分のエサを奪った相手は絶対に許さないで、死ぬまで追いかけてくるからな。

小此木は足元にある人間を埋めた土饅頭を見る。これは間違いなくヒグマのエサだ。それに近づき、調べている自分は、ヒグマにとってエサを奪おうとしている敵に見えてしまうのではないだろうか。
囮(おとり)にされた。鍛冶はわざと俺を土饅頭に近づけ、ヒグマをおびき寄せて撃つつもりなのだ。山では足手まといになる俺を連れてきたのは、このためか。

離れなくては。すぐにこの土饅頭から離れ、捜索隊に連絡を取らねば。そう思うのだが、こちらに向いた銃口と、いつヒグマが襲ってくるか分からないという恐怖で体が動かなかった。

背後からがさりと音が聞こえてきた。関節が錆(さ)びついたかのように動きが悪くなっている首を回して、小此木は振り返る。後方に広がる人の背丈ほどの笹藪が揺れていた。葉と葉がこすれ合う音が響く。なにかがいる。何か巨大なものが藪の中から自分を狙っている。

喘ぐように酸素を貪りながら、小此木は視線を正面に戻す。片膝立ちでライフルのスコープを覗く鍛冶の表情を見た小此木は、背骨に冷水を注がれたような心地になる。鍛冶は笑っていた。瞳孔が開ききった双眸を爛々と輝かせ、口角が頬骨に届きそうなほどに上がった凄惨な笑み。この男は獲物を狩るためだったら、躊躇(ちゅうちょ)なく俺に弾を当てるだろう。そう確信させるほどの狂気を、鍛冶は纏っていた。

いまにも決闘をはじめようとしている二匹の猛獣。その間に挟まれてしまった。このままでは、たとえどちらが勝とうが自分は命を失うだろう。

また後ろで音が響く。再度、首を回して笹藪を見た小此木の体が震える。

目が合った。密に生い茂った笹藪で遮られているので、そこに潜むものの姿を実際に捉えたわけではない。しかし、それでも『何か』が自分の目をまっすぐに見ていることに気づいた。

大蛇に睨まれた小動物の心地をおぼえる小此木の脳裏に、四十年の人生の記憶が走馬灯(そうまとう)のように流れていく。

ああ、俺はここで死ぬのか。覚悟を決めた小此木は目を閉じる。瞼の裏に、穏やかに微笑む美しい女性の姿が映し出された。七年間、ずっと捜し続けた女性の姿。

「……椿」

唇の隙間から、愛する女性の名前が零れた瞬間、藪がひときわ大きく揺れる。

しかし、『何か』が藪から飛び出してくることはなかった。葉と葉がこすれる音が離れていく。巨大な生物が急速に遠ざかっていく。そして、静寂が訪れた。

助かった？　助かったのか？　全身の筋肉が弛緩していく。膝から崩れ落ちた小此木のすぐそばで、足音が聞こえた。見上げると、いつの間にか鍛冶が隣にやってきていた。

囮に使われたことに対する怒りは湧いてこなかった。この森は、人間社会の常識が通用するような世界ではない。少しでも気を抜けば他の動物の贄となるここでは、鍛冶の方が正しいのだ。

藪に潜み、姿を見せなかったにもかかわらず、圧倒的な存在感を発していた『何か』と対峙したいま、小此木はそのことをまざまざと突きつけられていた。

「逃げやがったか」鍛冶は唇の片端をあげると、ライフルをスリングで肩にかつぐ。

「……なんで嬉しそうなんですか？」

「俺の予想通り、アサヒの野郎はこの森に潜んでいたから、そして俺の予想を遥かに超えた怪物だったたからだよ。こんな単純な罠で、簡単に狩れちゃつまらねえ」

「予想を超えた怪物？」座り込んだまま、小此木はその言葉をくり返す。

「ああ、藪の動きからして規格外のサイズだった。体重一トンを超えるかもしれない。それに、頭も切れる。狙われていることに気づいて、姿を現さなかった。土饅頭に近づいた奴は殺すっていう本能を抑え込んだんだ。そんなヒグマ、普通じゃねえ。とんでもない怪物だ」

ヒグマ……、怪物……。小此木は笹藪を見つめる。

果たして、あの奥に潜んでいた『何か』は、本当にヒグマだったのだろうか。ただの野生動物が、あの神々しいまでの存在感を発せるものだろうか。

「ウェンカムイ……」

その正体は分からないが、ここには人間の理解を超越した存在が棲みついている。

恐ろしい存在が……。

小此木は土饅頭を見つめる。蛆が湧いた空洞の眼窩が、恨めしげにこちらを見つめていた。

3

手術着の上に白衣を纏ったまま、佐原茜は病院の職員用出入り口から外に出る。まだ十月だというのに、刺すように冷たい夜風がうなじから体温を奪っていく。

スリッパを鳴らして小走りで病院の裏手へと回り込むと、年季の入った三階建ての建物が見えてきた。解剖学や組織学などの、基礎分野の研究室が入っている研究棟だった。その入り口近くでコートを着た中年男性が二人、煙草を吸っていることに気づき、心臓がわずかに跳ねる。一見するとサラリーマンのようだが、その全身から醸し出されているどこか危険な雰囲気は、男たちが堅気ではないことを示していた。間違いなく刑事だろう。

これからしようとしていることを警察に知られたら、問題になるかもしれない。茜は深呼吸をくり返しながら、男たちに近づいていく。

「病院の敷地内は禁煙ですよ」

動揺を悟られないように気をつけつつ声をかけると、男たちは「ああ、すみません」と慌てて携帯灰皿を取り出して煙草を消す。ばつが悪そうに目を伏せる男たちのそばを通って建物に入った茜は、大きく息を吐いた。なんとか怪しまれることなくやり過ごすことができた。

「よう、佐原」

突然、背後から声をかけられ、身をこわばらせる。振り返ると、非常灯だけが灯った暗い廊下の奥に、Tシャツにスウェットのズボンというラフな姿の痩せた男が立っていた。

「なんだ、四之宮(しのみや)か。驚かさないでよ」

茜は安堵の息を吐く。四之宮学(まなぶ)は医学生時代からの友人だった。出席番号が近いので、実習などで同じ班になることが多く、いつの間にか親友のような間柄になっていた。

「佐原が勝手に驚いただけでしょ。なんで、そんなにこそこそしているの」

「だって、私が手伝うってばれたら問題になるでしょ?」

「そんなわけないじゃん。僕が許可を出しているんだからさ。こう見えても教授様だよ。君の上司である柴田(しばた)教授とも立場的には対等なんだ。この前なんて二人で飲みに行ったんだよ。……二十歳近く年上の先輩教授と二時間近く話して、緊張しっぱなしだったけどさ。なんにしろ、ここは僕の城、僕の王国さ。ここで何をしようが誰にも文句なんて言えないよ」

芝居じみた仕草で両手を広げる親友の姿に、茜は苦笑する。四之宮は去年、道央大学医学部法医学教室の教授に就任した。凄惨な遺体を取り扱うことも多い法医学教室に入局する医師は極めて少なく、道央大学医学部では二、三十年に一人といったところだ。それゆえ、その人物はほぼ間違いなく若くして教授に就任する。

「王様だけで、国民は誰もいない王国だけどね」

「嫌なこと言うなよな。それじゃあ、とりあえず行こうか」

あごをしゃくった四之宮と並んで、茜は薄暗い廊下を奥に進んでいく。

「ねえ、なんで明かりをつけないのよ」

「これからやることを考えたら、こっちの方が雰囲気が出るでしょ」

楽しげに言う四之宮を見て、茜は「悪趣味ね」とため息をついた。

「悪趣味で結構。僕みたいな変わり者がいないと、法医学っていう大切な学問がすたれてしまうからね。そうなったら、大きな損失だよ。特に、犯罪捜査の分野でね」

四之宮はポケットから取り出した鍵で錠を外し、『法医学教室解剖エリア　関係者以外立入厳禁』と記された扉を開いた。四之宮に続いて扉をくぐった茜は部屋を見回す。

十二畳ほどの空間が蛍光灯の光に浮かび上がっていた。右側には防護服やマスクなどの備品棚、手指洗浄用の洗面台などが設置されている。左側の壁一面に並んでいる巨大な棚に所狭しと陳列されているガラス瓶には、様々な臓器がホルマリンに浸かっていた。中には、頭部が二つある胎児の標本すらあった。思わず鼻の付け根にしわが寄ってしまう。

「そんな顔しないでくれって。僕が集めたものじゃないよ。歴代の法医学教室の教授たちが集めてきたものだ。貴重な症例の標本も多いから、僕が勝手に処分したりはできないんだって」

「ねえ、本当に私もここに来てよかったの？」

標本が並んだ棚から視線を外しつつ茜が訊ねると、四之宮は口角を上げた。

「言っただろ。僕は教授様だって。警察だって文句は言えないよ。それに、助手がいると実際に助かるんだ。うちの教室、僕しか医局員がいなくて慢性的に人手不足だからね。佐原こそ大丈夫だったの？　外科って忙しいんじゃない。このくらいの時間でも、よく呼び出しとかされるでしよ」

「大丈夫、後輩の姫野って子に、何かあったときの代役を頼んでおいたから」

「ああ、姫野ちゃんね。あの子、可愛いよね。学生時代、テニス部の後輩でアイドル的な存在だったんだ。僕は幽霊部員だったから、あまり親しくなれなかったけど。よかったら今度、三人で飲みに行こうよ」

「嫌よ。自分の恋路ぐらい、自分でどうにかしなさい。もういい齢なんだから。それより、早く解剖をはじめましょ。もう、遺体はついているんでしょ」

二時間ほど前、とある遺体が司法解剖のために搬送されていた。警察の検視官により事件の可能性があると判断された遺体には、司法解剖が行われる。大学病院の法医学教室が警察から依頼を受け、死亡推定時刻や死因など、捜査の手がかりになる情報を徹底的に調べ上げるのだ。

そして今夜、茜は助手としてその司法解剖に立ち会うことになっていた。

「佐原、くどいようだけど、本当にやる気かい？」

四之宮の表情が引き締まる。

「今日、解剖する遺体は、行方不明になった君の家族と関係しているかもしれないんだろ」

茜は拳を握り込むと、「……大丈夫」と頷いた。今日の昼過ぎ、小此木から連絡があった。黄泉の森で『神隠し』にあっていた作業員たちが全員遺体で見つかったと。

どんな状況だったか茜が訊ねると、『発表していい段階になったら、あらためて連絡するよ』と言い残して通話は切られた。一昨日、事件のことを話したので、義務として一報だけを入れたのだろう。事件の詳細を一般人には漏らせないという強い意志が、電話越しに伝わってきた。

なんとか事件の情報を手に入れたい。それが、家族失踪の謎を解くための手がかりになるかもしれないから。そう考えたとき頭に浮かんできたのが四之宮だった。

　道央大はこの地域では唯一、法医学教室がある大学だ。行方不明者が遺体で見つかったのなら、ここで司法解剖が行われる可能性が高い。そう考え、茜はすぐに四之宮に連絡を取ったのだった。予想通り、黄泉の森で発見された遺体の司法解剖の依頼が警察から来ていることを聞いた茜は、反射的に「私も解剖に立ち会わせて！」と叫んでいた。

「けど、大丈夫かな？」四之宮が目を覗き込んでくる。「今夜の遺体は、かなり損傷が激しい。一般人なら卒倒してもおかしくないほどに酷い状態だ」

「私は外科医よ。毎日のように開腹手術をして、臓器を見ている。心配ないでしょ」

「いいや、あるよ。手術と司法解剖は全く別物だ。絶命した瞬間から、人間の体は微生物による分解がはじまる。まず腹腔臓器が消化酵素によって自壊し、どろどろに融けて腐りはじめる。その腐敗臭におびき寄せられたハエが産卵をし、蛆が湧いて体の柔らかい場所から食べ始め、目や鼻、耳、肛門、膣などから体内に侵入していく。さらに腐敗が進むと、ガスが発生して体が風船のように膨らむこともある。条件によってはそれが腹腔内に溜まり、体が破裂して腐った肉片が周囲に飛び散ることだってあるんだ」

　生々しい内容に吐き気をおぼえ、茜は口を押さえてしまう。四之宮の顔にはっとした表情が浮かんだ。

「あ、悪い。脅しすぎたね」

　恨みがましく「本当よ」と睨むと、四之宮は頭を搔いた。

「ただ、本当の話なんだよ。しかも……」そこまで言ったところで、四之宮は口ごもる。

「しかも、私の家族も同じ目に遭っているかもしれない」

押し殺した声で茜が言葉を引き継ぐと、四之宮は「うん」と重々しく頷いた。茜は胸に手を当てて深呼吸をくり返す。ホルマリンの刺激臭が鼻をついた。

「たとえそうだとしても、私はこの解剖に立ち会いたい。七年間、家族がどこにいったのか、なんで私を置いて消えてしまったのか悩み続け、苦しみ続けてきたの。もう、みんなが生きているなんて希望は持ってない。ただ、たとえ骨だけでもいいからもう一度会いたい。そして、きちんと弔(とむら)いたいの。そうじゃないと、私は先に進めないの」

想いを包み隠さず伝えると、茜は親友の反応を待つ。四之宮は大きく息を吐いた。

「佐原さ、海外留学の話があったんだよな。アメリカの大学病院の移植外科に誘われていたんだろ」

「うん、そうだけど……」

急に話が変わったことに戸惑いつつ、茜は頷いた。去年、アメリカの有名病院で外科部長を務める医師が、道央大に講演と技術指導にやってきた。移植手術を専門にしているその医師は、道央大病院で生体肝移植を実演してくれた。ドナーの肝摘出から、レシピエントへの移植まで二十時間を超える手術を、休憩をとることもなく第一助手としてサポートした茜を気に入って、その医師は自分の下で移植手術を学んでみないかと勧誘してきた。

移植手術の本場であるアメリカで、一流の移植外科医の指導を受けられる。その魅力的な誘いに心は大きく揺れたが、いまだに答えを保留したままだった。

「留学に行かなかったのは、家族のことがあるから？」

四之宮が静かに訊ねてくる。茜は数秒の躊躇のあと、「……ええ」とあごを引いた。

失踪した家族は近くにいる。見つけてもらうことをきっと望んでいる。いま北海道を離れるわけにはいかない。まだ、ここでやるべきことがある。その強い想いが留学の決断を妨げていた。

「僕さ、佐原にはアメリカに行って欲しいと思っているんだよね。佐原はこんな小さな国に縛られるべきじゃないよ。君は世界に羽ばたくべきだ。それだけの才能を持っているよ」

「何よ急に。お世辞なんか言わなくていいって」

急に持ち上げられ、照れくさくなって茜は目を伏せる。

「お世辞じゃないさ。医学生時代から佐原は飛びぬけていただろ。陸上部のエースで、短距離と中距離どっちもこなして、東医体では断トツで毎年優勝してた。勉強でも実習でもいつも積極的にやっていて、みんなが疲れ果てて動けなくなっているような状態でも一人だけ元気だった」

「姫野もそうだけどさ、みんななんで私を化け物みたいに言うのよ」

「体力は外科医にとって重要なファクターでしょ。それに、佐原は超一流の外科医になるっていう圧倒的な熱意がある」

たしかに子供のときに医師に憧れてから、一流の外科医になることを目指し続けてきた。手術がうまくなりたい。メスを振るい、美しい手術をしたい。その想いは茜にとって生理的欲求に近いほどに強いものだった。

「だから、今日の解剖に立ち会うことで佐原が前に進める可能性が少しでも高まるなら、僕は止めはしないよ。佐原が選んでくれ」

私は凄惨な腐乱死体を見ても大丈夫なのだろうか？　家族が同じ目に遭ったかもしれないと知っても、平静でいられるのだろうか。目を閉じて数秒間、自問したあと、茜は瞼を上げた。

「立ち会わせて。きっと、それが私の義務だから」

「分かった。それじゃあ、準備をしよう。防護服と長靴、アイシールドにマスクをとって、奥にある女性用ロッカーで着替えてきてくれ」

　羽織っていた白衣を脱いでスタンドハンガーにかけた茜は、言われた通りに準備を進めていく。棚に置かれたサージカルマスクを手にとった茜に、「それじゃなくて、こっち」と四之宮が、大量の粉塵（ふんじん）が舞う工事現場で使うような武骨なマスクを手渡してきた。

「これ、必要あるの？　結核とかの危険な感染症でも、普通はこんなマスクつかわないわよ」

　緊張をほぐそうと軽い口調で言うと、四之宮は首を横に振った。

「感染対策じゃない。臭いの対策だよ。初めての経験だと、あまりの悪臭で嘔吐する場合があるからね。あと、稀（まれ）だけど体液に毒物が含まれている場合がある。念には念を入れないとね」

　予想外の回答に硬直した茜に、「それじゃあ、あそこで着替えてきてくれ」と、四之宮は『女子ロッカー室』と記された扉を指さした。

　中に入ると、四畳半ほどの空間にロッカーと姿見だけが置かれていた。やけに埃っぽい空気が、ここが長い間、使用されてこなかったことを伝えてくる。

　ロッカーを開ける。安っぽいスウェットの上下が入っていた。四之宮が気をきかせて準備してくれたものだろう。手術着の上に防護服を着こんで解剖するつもりだったが、さっき聞いた話によると想像を絶する臭気を浴びることになりそうだ。一応着替えておいた方がいいだろう。

　手術着を脱ぎ、横目で姿見を見る。下着姿の引き締まった肢体がそこに映し出されていた。二十代のときと全く変わらぬ体型を維持していることを確認して満足した茜は、スウェットを着てその上に防護服を装備していく。

　ロッカー室を出るといつの間にか、四之宮の他に三人の男がいて、防護服を着こんでいた。そのうちの二人は外で煙草を吸っていた刑事たちで、もう一人は二十歳前後の若い男だった。

「司法解剖に立ち会ってくれる刑事さんたちと、うちの教室に勉強に来ている大学院生だよ。法学部の学生さんだから解剖の補佐はできないけれど、書記をしてもらうんだ」

大学院生は「三崎(みさき)といいます。よろしくお願いします」と覇気のある声で挨拶をする。

四之宮と二人だけで解剖をすると思っていたが、刑事まで立ち会うのか。法医学教室に所属していない自分がこの場にいることを咎(とが)められないか動揺しつつ、茜は「助手を務める佐原茜です」と平静を装って自己紹介をする。ついさっき喫煙を注意されたことで居心地が悪いのか、刑事たちは首をすくめるように会釈をしただけだった。

四之宮が「では行きましょう」とマスクを装着し、『解剖室』と記された扉を両手で押す。観音開きの扉は、抗議をするかのように大きな軋みを上げながら開いていった。その奥に広がっていた光景を見て、茜の心臓が一度、大きく脈打った。

昔ながらの銭湯のように、床に古いタイルが敷き詰められた部屋。テニスコートほどの広さの空間には解剖台が三つ並んでいて、そのそばにステンレス製の洗い場があった。おそらく、遺体やそこから出た汚物などを洗うためのものだろう。

そして真ん中の解剖台の上に、黒いビニール製の大きな袋が置かれていた。

あの中に遺体がある。こんな大仰なマスクをしなければならないほどに損傷した遺体が。体の芯がこわばっていく。

「佐原先生、お願いします」

四之宮が遺体袋の置かれた解剖台のそばまで進み、視線を送ってくる。茜は、「は、はい」と上ずった声で答えると、動きが悪くなっている足を無理やり動かして解剖室へと入っていった。

解剖台を挟んで四之宮の向かいの位置に立った茜は、周囲に視線を這わせる。執刀者の対面に助手が陣取るのは手術と同じだが、いまからメスを入れるのはもはや命を失い、腐敗をはじめた肉の塊だ。わきにある器具台に載せられた道具も、外科手術で使うものとは全く違っていた。

　メスは刃渡り十センチを超えるほど武骨なものだし、他にも金槌、のみ、のこぎり、さらには小ぶりなチェーンソーまで準備されている。まるで大工道具のようだった。

　三崎は記録用紙がセットされたボードとペンを持って、茜の斜め後方に陣取る。出入り口の近くで待機している刑事の一人は、首から一眼レフカメラをぶら下げていた。解剖がはじまったら、そのカメラで撮影をはじめるのだろう。

「それでは、はじめます」

　四之宮はラテックス製の手袋を二重に嵌めた両手を合わせると、深々と一礼する。茜は慌ててそれに倣(なら)った。

「被害者は山際清二さん四十八歳。十月二日に行方不明となり、十月五日、同僚五人とともに遺体で発見される。六人の遺体は土に埋まった状態で発見された。山際氏以外の遺体は損傷が激しく、それらは札幌に送られて司法解剖を受けることになった」

　おそらく、誰の体のパーツか分からないほどに原形をとどめていなかったため、マンパワーがある札幌で詳しく調べることになったのだろう。そして、比較的損傷が少なかった遺体だけを、発見現場から近いこの道央大学に運び込んで、事件の手がかりが劣化する前に司法解剖を行うことにした。頭の中で状況を整理している茜の前で、四之宮は説明を続ける。

「解剖室に運び込む前に、遺体のＣＴ撮影を施行。損傷が激しいため、遺体袋に入ったままの撮影となった。その所見では、頭蓋骨、頬骨、下顎骨(かがくこつ)等に明らかな骨折は見られなかった」

「つまり頭を殴られて絶命したわけではないということですね」

離れた位置で腕を組んで立っている刑事が口をはさんでくる。

「CT画像だけでそれを判断することはできません。ただ、骨が折れるほどの衝撃を受けてはいないということです」

話の腰を折られた四之宮は、牽制するように刑事に鋭い一瞥をくれた。

「頸部から下は軟部組織を中心に激しく損傷をしており、肋骨も一部しか残っていなかった。四肢には多数の骨折が確認され、皮膚や筋肉の欠損が……」

数十秒かけて説明を終えた四之宮は、大きく息を吐くと茜を見た。

「それでは、これから司法解剖をはじめます。佐原先生、よろしいですね」

覚悟を決めた茜は、腹の底に力を込めて「はい」と返事をする。

四之宮は遺体袋についているジッパーに手をかけると、一気に下ろした。繭から蛾が羽化するかのように、黒い遺体袋が開き、中から『それ』が姿を現す。赤黒い表面がかすかに蠢いている塊。次の瞬間、アイシールドで覆われている目に痛みが走った。防塵用のマスクをしているというのに、耐えがたい悪臭が鼻を衝く。

「遺体は腐敗が進み、皮膚の大部分が蛆によって喰われ、脂肪や筋組織が露出している」

四之宮の所見を聞いてようやく茜は、袋から姿を現した肉塊が、腐敗し大量の蠢く蛆にたかられた人間の遺体であることを認識する。胃が締め付けられる感覚とともに、胸の中身が腐ったかのような嘔気が襲いかかってくる。茜は嘔吐しないように、必死に喉元に力を込めた。

「先生、死亡推定時刻はいつ頃ですか?」

刑事たちが近寄ってくる。カメラを持った刑事が、しきりに遺体の写真を撮影していった。

四之宮は「そうですねえ」と、手袋を嵌めた手を遺体の腹部だった場所に差し込む。そこはほとんど空洞になっていて、背中を走る脊椎骨が見えるほどだった。

「うーん、腹部臓器はほとんど残っていませんね。普通は胃の中にある未消化物などから詳しい死亡推定時刻を割り出すんですけど、今回はそれはできません。代わりに……」

四之宮はピンセットを手にすると、遺体の頬の筋肉に潜り込んでいる蛆を摘まみ上げ、まじまじと観察した。

「遺体にたかっている蛆がどれだけ成長しているかで、死亡してからの時間はある程度、割り出すことができます。この大きさの蛆が湧いていることを考えると、おそらく死後五日から七日といったところでしょう」

四之宮はホルマリンが入った小瓶に、摘まんでいた蛆を入れる。数秒、激しく断末魔のダンスを踊ったあと、蛆は動かなくなった。

「ちょうどガイシャが行方不明になった時期と一致するな。で、死因はなんですか？」

刑事が早口で訊ねる。四之宮は「そんなに急かさないで下さいよ」と間延びした口調で言うと、比較的無事な右腕の上腕部と前腕部を摑んで、肘関節を動かした。

「死後硬直は完璧に解けていますね。佐原先生、少し手伝ってもらっていいですか？」

「は、はい！」突然声をかけられた茜は裏返った声を上げる。

「死斑(しはん)の状態を見たいから、遺体をそちら側に傾けて背中の状態を確認します。ちょっと手を貸して下さい」

手を貸す？　この遺体に触れる……。激しい拒否感に体が動かなかった。

「佐原先生、もし難しいようなら言って下さいね」

アイシールドの奥から、四之宮が顔を覗き込んでくる。茜はマスクの下で血が滲むほどに強く唇を噛んだ。これまで数えきれないほど遺体を見てきた。救急部では交通外傷で頭蓋骨が割れて脳が脱出したり、頭部が切断された遺体も見たことがある。

私は外科医だ。ただ腐っているというだけで、遺体に怯えてどうするんだ。

茜は手袋を嵌めた手を伸ばすと、遺体の肩と脇腹に手をかけて力を込める。しかし、右手をかけた遺体の脇腹の肉がグジュッという音を立てて崩れた。不快な感触がラテックス製の手袋越しに伝わってくる。

「ああ、だめだめ。軟部組織は腐って脆くなっているから、骨にしっかり手をかけないと。右手は腸骨にかけるようにして」

茜は小さく頷き、四之宮の指示通りにする。大柄な男の遺体なので重いかと思っていたが、腹腔内臓器をはじめ多くの部分が欠損しているせいか、簡単に遺体は横倒しになった。

腹腔内に溜まっていた赤黒い液体が蛆とともにこちら側に流れ出してきて、解剖台に零れる。飛沫で茜の防護服にも、粘着質な液体がついた。

「んー、死斑も背部にしっかりと出ているね。どうやら、死後は仰向けにされた状態で長くいたようだ。その体勢で、臓器を取り去られたんだろうね」

遺体の背部を眺める四之宮の背後で、刑事がフラッシュを焚く。まぶしさに、茜は顔をそむけた。

「佐原先生、もう大丈夫ですよ」

四之宮の合図とともに、茜は遺体を元の体勢に戻していく。解剖台にできた赤黒い液体の池で、蛆が溺れているのか苦しそうに身をよじっている光景に、思わず頬が引きつってしまう。

「で、先生。死因は？」焦れたように刑事の一人が言った。

「損傷が激しくて、はっきりとは分からないですね。腹部と胸部に致命傷を負った可能性もあるけれど、その証拠となる痕跡は内臓ごと消え去っています」

「内臓はヒグマに喰われたんですよね。ヒグマがガイシャを殺ったんですよね」

はっきりしない四之宮に苛立ったのか、刑事の声が大きくなる。

「ヒグマ……」

茜はマスクの中で小さくつぶやくと、遺体を見つめる。作業員たちの遺体が見つかったということだけ聞いていたが、やはりヒグマの襲撃を受けた可能性が高いのか。

私の家族もヒグマに殺されたのだろうか。たしかに、経営していた牧場では数年に一回ほど、牛がヒグマに殺される事件が起きていた。しかし、四人もの人間がなんの痕跡も残さずヒグマに連れ去られることなど、あり得るというのだろうか。

ふと脳裏に、精悍な顔にシニカルな笑みを浮かべた男の姿が浮かぶ。彼に訊けば……。

「そうですねぇ……」

物思いに耽っていた茜は、四之宮の間延びした声で我に返った。

「腹腔臓器はほとんどなくなっていますが、肝臓の上部だけが少し残っています。肋骨が邪魔で、喰いにくかったんでしょうね」

四之宮は遺体の腹腔を覗き込む。

「そして、残された肝臓には巨大な歯形が残っています。牙だけでなく臼歯(きゅうし)の痕跡もあることから、肉食動物ではなく雑食動物のものでしょう」

「雑食動物ということは……」

前のめりになった刑事に向かって、四之宮は重々しく頷いた。

「ええ、クマです。こんな巨大な歯形を残せる雑食動物は、世界中を探してもクマしかあり得ません。おそらく体重は五百キロをゆうに超えるでしょう。グリズリーやホッキョクグマに匹敵するサイズです。エゾヒグマによるものだとしたら、最大級の個体によるもののはずです」

「ガイシャたちがでかいヒグマに殺されたということですね」

「いえいえ、確実なのは、巨大なヒグマがこの遺体の内臓を食べたということだけです」

「そこまで分かれば十分です。あとは書類で報告して下さい。それでは失礼します」

刑事たちは足早に出入り口に向かっていく。彼らの姿が扉の向こう側に消えたのを見て、四之宮は芝居じみた仕草で肩をすくめた。

「なんで、刑事ってあんなにせっかちなんだろうね。そんなに急いで帰らずに、最後まで解剖に立ち会ってくれればいいのに」

「……被害者たちがヒグマに殺されたってことを、一刻も早く捜査本部に報告したいんじゃない」

動揺を必死に押し殺しながら茜が言うと、四之宮はかぶりを振った。

「だからさ、ヒグマに殺されたなんて僕は言ってないでしょ」

「でも、歯の跡が……」

「たしかに、内臓を喰ったのはヒグマだ。ただ、ここが気になる」

四之宮は遺体の首元を指さした。

「腐っていてはっきりはしないけど、首に大きな傷がある。何か鋭利な刃物で切られたかのような傷が。これが致命傷だった可能性が高い。頸椎の前面が露出しているところを見ると、首が切断されかけるほどの威力だったはずだ」

「それもヒグマじゃないの？」

「クマの爪はたしかに鋭いけれど、こういうふうに刃物で切ったような傷にはならないはずだ。五百キロを超えるヒグマの一撃を頸部に受けたなら、あごごと首元が吹き飛ぶか、頭がもげる。けれど、この遺体の頭部は蛆に喰われているだけで、激しい損傷は確認できない」

「ヒグマ以外の動物が作業員を殺したっていうこと？　そんな動物、この北海道にいる？」

茜が首を捻ると、四之宮はアイシールドの奥の目を細めた。

「いっぱいいるさ。僕の知る限り、こんな傷をつけられる動物は一種類だけだ。この世で、最も多くの人間を直接殺している動物さ」

「なに？　その動物って、なんなの？」

「人間だよ」

一瞬、何を言われたか分からなかった。口から「は……？」と呆けた声を漏らす茜の前で、四之宮は遺体の傷口をなぞる。

「こんな鋭利な切創を人間に与えて殺害できるのは、刃物を持った人間だけだ」

「でも、遺体はヒグマに喰われたって……」

「ヒグマは屍肉(しにく)を漁ることもある。誰かが殺した作業員の遺体を見つけて、それを持ち帰ったのかもしれない。ただ、ここまで遺体の損傷が激しいと、ヒグマと人間、どちらが殺したのか、判断するのは難しいけどな」

そのとき、何の前触れもなく解剖室の明かりが消えた。茜の口から小さな悲鳴が漏れる。

「ああ、またかよ」

非常灯のうすい明かりに照らされた暗い空間に、苛立たしげな四之宮の声が響いた。

「またって？」

心臓が激しく鼓動する胸元を、茜は防護服の上から押さえる。

「守衛だよ。夜になると、この建物の明かりを落とすんだ。今日は司法解剖があるから、消さないでくれってさっき言っておいたのに……。三崎君、ちょっと行ってきてもらえるかな」

「分かりました」

記録を書いていた三崎が出入り口へと向かうのを見送った茜は、正面に向き直って息を吞んだ。

「四之宮、見て！　遺体を見て！」

「え、どうした……」

そこまで言ったところで、四之宮も絶句する。暗闇の中、遺体がかすかに蒼く光っていた。

「なに……、これ？　腐乱死体ってこんなことが起こるの？」

「いや、こんなのはじめて見た……」

かすれ声で答えながら、四之宮は発光している部分を指でこすると、顔の前に持ってきて、懐中電灯で照らす。

「……虫だ」

茜が「虫？」と聞き返すと、四之宮は大きくうなずいた。

「ああ、すごく小さい虫が発光しているんだ。海にいる夜光虫みたいに」

茜は再び遺体を見る。闇に淡く浮かび上がるその姿は幻想的で、まるで夢の中にいるような心地にさせた。

悪夢の中に……。

4

三・五リットルV型六気筒ガソリンツインターボエンジンの唸るような駆動音が鼓膜を心地良く刺激する。座席を通じて臀部に伝わってくる力強い振動が、気分を高揚させる。

茜はアクセルを踏み込んで、北米トヨタ製二〇二一年型タンドラを加速させた。

日本の道路を走るには巨大すぎるこのピックアップトラックは、国内では販売されていない。知り合いのディーラーに頼み込んで、アメリカから個人輸入したものだ。十分な広さがあるフォーシータの後ろに荷台がついたこの車で山道を駆けていると、自分が巨大な野生動物になったような気がして心地よかった。

車内の空気を着信音が揺らす。カーナビがわりにセットしているスマートフォンを見ると、『四之宮』という文字が躍っていた。茜が「繋いで」と指示を出すと、音声操作をされたスマートフォンから、四之宮の間延びした声が聞こえてきた。

『やあ、佐原。いま何しているの?』

「せっかくの休みだから、ストレス解消にドライブ中」

『ああ、そうか。よく考えたら今日は日曜日だったね。法医学教室にいると、どうにも曜日の感覚がなくなって……。運転中じゃあ危ないね。かけ直そうか?』

「大丈夫。ハンズフリーで通話できるようにしているから。もしかして、あの虫の話?」

茜が早口で訊ねると、『うん、そうだよ』という興奮を孕んだ返事が返ってきた。

黄泉の森で見つかった遺体の司法解剖に立ち会ってから、すでに五日が経っていた。あの日、遺体から発見された淡い光を放つ虫を回収した四之宮は、道央大学の生物学教室で、昆虫を専門に扱っている知り合いにその解析を頼んでいた。

「で、どうだったの？　なにかわかったの？」

『まず最初に、あの虫はこれまで報告されたことはなかった』

「新種ってこと？」

『そうだよ！』四之宮の声が大きくなる。『間違いなく新種の生物だ。つまり、僕が名前を付けられるってことさ。なんて名前にすればいいと思う？』

「さあ、シノミヤムシとかでいいんじゃないの？」

『そんなダサい名前いやだよ。やっぱこの北の地で長く暮らしていた人々への敬意から、アイヌの言葉を入れたいんだよ。あと、黄泉の森で見つかったし、そうだなあ……』

「名前はあとでいいから。それより、なんで光っていたのか教えて」

茜は強引に話を元に戻した。四之宮は不満げに『分かったよ』と説明を再開する。

『あの虫が光っていたのは、ハルミンを体内に含んでいたからだ』

「ハルミン？」

『自然界にある蛍光物質さ。多くの植物、海洋生物、昆虫、哺乳類の体内に存在している。ただ、ここまで強く発光するほど高い濃度のハルミンを体内で合成する生物は、これまで知られていない』

「よっぽど珍しい昆虫ってことね」

『昆虫じゃないよ。数ミリしかないから最初に見たときには気づかなかったけど、顕微鏡で観察すると、脚が八本あるんだ』

「脚が八本ある虫って、もしかして……」

『そう、クモだよ。あの虫は、極めて小型なクモの一種と考えられる。ああ、そうだ。アイヌ語で「光」を意味する「イメル」という単語を使って、イメルヨミグモなんてどうかな？　うん、いいな。イメルヨミグモ。これでいいな』

光るクモが遺体にたかっていた。眉間のしわが深くなる。そのとき茜は、遺体の首に鋭い傷痕が残されていたことを思い出す。

「あの、まさかだけど……。遺体の首が切られていたのって、大きなクモにやられたなんてこと……ないよね？」

一瞬の沈黙のあと、スマートフォンから大きな笑い声が聞こえてきた。

『まさかヒグマみたいに巨大なクモが人間を殺して、その遺体に卵を産んだとか考えているのかい？　いやあ、すごい想像力だね。ハリウッドでパニックホラー映画になりそうだ』

「ヒグマに殺されたんじゃないかもしれないって言いだしたの、あなたじゃないの」

茜が抗議すると、四之宮は『悪い悪い。そんなに怒るなって』と軽い口調で言う。

『まず、このクモがどれだけ成長しても人間の首を切り裂くなんて不可能だ。なぜなら、遺体にたかっていたクモは幼虫じゃない。全部、成長した成虫だよ』

「ということは、それ以上大きくならないの？」

『うん、そう。どんなに成長しても一センチを超えることはないってよ。そんな小さな虫が、人間の首を掻き切れるわけがないでしょ。それに、発見されたクモはほとんど死んでいたよ』

「死んでいた？　遺体を食べていたんじゃないの？」

『遺体を食べていたのは間違いない。あのサイズのクモだと、捕食可能な獲物がほとんどいないらしい。だから、基本的に他の動物の体液か、屍肉の腐汁を栄養源にするしかない』

「じゃあ、なんで死んだの？」

『わずかに生きていた虫を調べてくれた昆虫学の専門家いわく、温度変化にもの凄く弱いんだって。遺体がゆっくりと冷えていくのには耐えられたけど、そのあとヒグマに土饅頭にされて温かくなり、捜索隊に掘り出されてまた冷たくなった。その変化に耐えることができず、ほぼ全滅した可能性が高いみたいだね』

「そんなに貧弱な生物、自然界で生きていけるの？」ハンドルを握りながら、茜は首を捻る。

『難しいだろうね。だからこそ、これまで誰にも発見されなかった。どこか、限定された特殊な条件下で生きてきたんだと思う』

「具体的には？」

『分からないよ。全く分からない』四之宮はあっさりと白旗を揚げる。『それに、分からないのはそれだけじゃない。本当にこのクモは謎だらけだ。例えば、この生物はどうやって遺体に取りついたのか』

たしかに、そんな貧弱な生物がいかにして遺体まで辿り着いたのか分からなかった。

「あの喉の傷となにか関係があると思う？」

『それも分からない。だから法医学医として、今回の件を徹底的に調べたうえで、しっかりと論文にして発表したいんだ。もしかしたら、それが佐原の家族に何があったのかを解き明かすヒントになるかもしれないからね』

熱意がこもった言葉に、思わず口元が緩んでしまう。

「期待して待ってる。そう言えば、警察には虫のことと、首の切り傷のことは言ったの？」

『ああ、ちゃんと報告書に書いたし、直接刑事にも話したよ』

一転して、四之宮の声に張りがなくなる。茜は「それで？」とうながした。

『まったく興味なしさ。警察は被害者たちが、ヒグマに殺されたって断定している。いま、各地の猟友会に声をかけて、大規模な駆除隊を編成中だってよ』

「私も猟友会に入っているから、駆除隊編成の話は聞いてる。北海道中の羆撃ちを集める勢いよ。私も参加する予定。まあ、ヒグマが遺体を喰っていたのはたしかだから、間違った選択じゃないと思う。そのヒグマを駆除すれば、さらに何か分かるかもしれないから」

『それじゃあ、僕は研究室で、佐原は黄泉の森でそれぞれ頑張るってことかな。ただ、気をつけなよ。ヨモツイクサの言い伝えを信じているわけじゃないけど、あの森では何かおかしなことが起きてる』

「うん、いろいろとありがとうね、四之宮」

『苦しい医学生時代、同じ釜の飯を食った仲間でしょ。まあ、駆除隊結成にはだいぶ時間がかかりそうだし、ヒグマが斃(たお)されるのは当分先だろうから、僕の方が先に手がかりを得るかもね。それじゃあ佐原、何か分かったらまた連絡するよ』

そう言い残して、回線が切れる。

「当分先……か。でも、それまで我慢できそうにない人がいるのよね」

皮肉っぽくひとりごつと、茜はクラッチを踏み込み、ギアチェンジをしてスピードを緩めていく。フロントガラスの向こうに古びたログハウスが見えてきた。そのそばに停まっている軽トラックに、男が荷物を運びこんでいる。茜はトラックのそばに車を停めると、サイドウィンドウを下げた。

「相変わらず、山男やっているみたいね」

「おう、茜。久しぶりだな。本当に来たのか」

猟師仲間である鍛冶誠司は、無精ひげの生えた精悍な顔に、はにかむような笑みを浮かべた。

「当然でしょ。ほら、そんなオンボロじゃなくて、私の車に荷物載せて」

促された鍛冶は、軽トラックに載せていた荷物をタンドラの荷台に移すと、助手席に乗り込んできた。茜はハンドルを回して勢いよく車体をターンさせ、いま来た道を戻っていく。

「いやあ、凄い車だ。さすがは医者、金を持っているんだな」

鍛冶が子供のようにはしゃいだ声を上げる。

「お金なんかないわよ。大学病院の給料ってめちゃくちゃ安いの。ただ、忙しすぎて使う暇がないから、車につぎ込んでいるだけ」

「とは言っても、俺よりは持っているだろ。俺なんて、ほとんど素寒貧だぞ」

「ヒグマばっかり狩っているからでしょ。もっとシカとか鳥とか撃って、市場に卸しなさいよ。あと、猟友会からの害獣駆除依頼ももっと受けたらいいでしょ。あれもお金もらえるんだから。ヒグマが対象のとき以外は、全然出てこないじゃない」

「いいんだよ、俺は。ヒグマさえ狩れればな。俺にとって羆猟は生き甲斐だ。山であの怪物と命のやり取りをする。その瞬間だけ、自分が生きているってことを実感できるんだ。分かるだろ。お前も『オペの執刀をしているとき、自分が生きているって感じる』とか言っていたし」

茜が「一緒にしないでよ」と顔をしかめると、鍛冶はわざとらしく笑い声を上げた。

「一緒だって。俺が殺すことに命をかけ、お前は救うことに命をかけているってだけだ」

「殺すと救うって、正反対じゃないの」

「物事は表裏一体さ。お前もちょっと転べば、俺みたいになる。似た者同士ってことだよ」

納得いかない茜が唇をゆがめると、鍛治は「ところで」とつぶやいた。

「ちょっとでいいから、この車、運転させてくれないか」

「いやよ。私の大切な恋人なんだから」

「なんだよ。お前、まだ人間の恋人はいないのか」

「鍛治さんには関係ないでしょ」

「関係なくはないさ。フリーなら、俺にもう一回、立候補をするチャンスをくれよ」

「まだ諦めてなかったの」

茜は大きなため息を吐く。鍛治とは何度か、体を重ねたことがあった。野性的なその行為自体は満足できるものだったが、鍛治と恋人関係になろうと思ったことはなかった。

「そりゃ、諦められないだろ。相性は最高なのにさ。俺は本気だったんだぞ。それなのにお前は、終わったあとはいつも泊まりもせずに、シャワー浴びたらすぐに帰っちまうしさ。本当、心を開いてくれねえよな」

子供のように不貞腐(ふてくさ)れる鍛治の姿を可愛く感じ、茜はふっと相好(そうごう)を崩す。

「ごめんね。昔から、他人に寝顔を見られたくないのよ。たしかに、鍛治さんとの相性はいいって思っていたわよ。いろいろとね」

艶(つや)っぽく言うと、鍛治が「なら……」とわずかに身を乗り出してくる。

「そうね、しっかりと就職して、私と同じくらい稼げるようになったら考える」

「……無茶言うなよな」

露骨に肩を落とした鍛治を横目で見て、「ごめんごめん」と小さく笑った。

三十分ほどたわいない会話を交わしながら山道を進んでいくと、数十メートル先で舗装された道路が途切れ、小さな駐車場になっているのが見えた。茜は表情を引き締める。そこから先は、襲われた作業員たちが切り開いた山道、黄泉の森へと繋がる道を行くことになる。

——黄泉の森には人を喰う怪物が棲んでいる。だから、決して入ってはいけない。

幼い頃からくり返し聞かされた教えが、体をこわばらせる。

助手席から「おい」と声をかけられ、茜はブレーキを踏んだ。タイヤの悲鳴が聞こえてくる。

「お前、本当に黄泉の森に入るつもりか？　俺の狩りについてくるつもりなのか？」

「当然でしょ、そのために来たんだから」

司法解剖に立ち会ってからというもの、家族失踪の手がかりが黄泉の森にあると確信をしていた。そして、作業員の遺体を喰い荒らしたヒグマこそが最大の手がかりだ。だからこそ、猟友会から駆除隊へと誘いがきたとき、迷うことなく参加を決めた。

しかし、鍛冶が悠長に駆除隊の結成を待つわけがないことを、茜は誰より知っていた。

鍛冶は間違いなく一人で山に入り、黄泉の森のヒグマを撃とうとする。そう確信した茜は、司法解剖が終わってすぐ、鍛冶に連絡を取った。最初はとぼけていた鍛冶だったが、しつこく問いただすと根負けしたかのように、すぐにでも黄泉の森に入るつもりだと白状した。それを聞いた茜は、猟友会や警察に黙っていて欲しければ週末まで待って、自分を連れていくように鍛冶に伝えたのだった。

「声が震えているぜ。無理するなよ。俺だってこの辺りの出身だ。黄泉の森に入るのが、地元の人間にとってどれだけのタブーか理解してる。悪いことは言わねえから、ここで待ってなって。怪物を仕留めて安全になったら呼んでやるからよ」

その提案に心が揺れる。しかし、茜は奥歯を嚙みしめると、大きくかぶりを振った。

「いえ、私もあなたと一緒に黄泉の森に入る」

もし黄泉の森に潜んでいるヒグマが家族の仇だとしたら、自分の手でとどめを刺さなくてはならない。そのために、駆除隊の結成を待つことなく、鍛冶とともにここまで来たのだから。

「ったく」鍛冶は苛立たしげに頭を搔いた。「お前の銃はなんだ?」

「……ベネリのM4よ」

茜は後部座席に置かれているガンケースを見る。その中には愛銃である、イタリア製セミオートマチックの散弾銃が収められていた。

「M4はいい銃だ。けれど、しょせんは散弾銃だ。なんでライフルにしなかった。お前、もう許可証をとれるはずだろ」

ライフルを所持する為には、鉄砲所持許可を取得してから十年経過する必要があった。それまでは、空気銃か散弾銃しか所持することはできない。

「散弾銃で十分だと思ったから……」

「そう、たしかにお前が普段やっているシカ猟には散弾銃で十分だ。もし失敗しても獲物を逃がすだけだからだ。その趣味の猟と、羆猟はまったく別物だ」

「でも、スラッグ弾を用意してある。しかもリーサルよ。ヒグマだって斃せるはず」

スラッグ弾は散弾銃から散弾ではなく、単発の弾頭を発射する銃弾だった。小さな銃弾を広範囲に拡散させる散弾と比較して大きな威力を出すことができる。その中でも特に『リーサル』と呼ばれるタイプは弾頭に切り込みが入っており、標的に命中すると先端が花咲くように広がって、破片が獲物の肉体を破壊しながら飛び散っていき、大きなダメージを与えることが出来るものだ。

アフリカではサイやバッファローを狩るために使用され、リーサル（致命的）の名に恥じない威力を持っている。

「ああ、リーサルのスラッグ弾だったらヒグマだって殺せるだろうな。けどな、あれの射程は五十メートル程度だ。ライフルとは射程が全く違う」

茜は言葉に詰まる。ライフル銃は銃砲の内部にライフリングと呼ばれる螺旋の溝が刻まれており、発射された銃弾は激しく回転する。その回転はジャイロ効果を生み出し、弾軸が安定し、直進性が増す。それゆえ、ライフルは散弾銃とは比較にならないほどの射程と命中率を誇った。

「ライフルなら、その気になれば一キロ先の獲物も狙える。けどな、スラッグ弾じゃすぐそこのやつしか撃てねえ。しかも、散弾銃は二発しか装塡できない。それを撃ち損じたら再装塡なんてする間もなく、ヒグマのエサになる」

抑揚のない鍛冶の口調が、それが脅しではなく、事実を伝えているだけということを告げる。

「分かっただろ。羆猟は特別なんだ。自分の命を差し出す覚悟ができている、ちょっと『ここ』がどうかしている奴だけにできるものなんだよ」

鍛冶は自分のこめかみを人差し指でトントンと叩くと、助手席の扉を開けた。

「ここまで送ってくれてありがとうよ。悪いけど、日没にもう一度、迎えに来てくれるか。それまでに殺れたら、猟友会や警察より先に、いの一番にお前に連絡してやるからよ」

降りようとした鍛冶の手首を、茜は身を乗り出して摑んだ。

「勝手に話を進めないで。私はタクシードライバーじゃない。あなたと一緒に行く」

「あのなあ。俺の言っていることがまだ分からないのかよ」

鍛冶が振り払おうとした手を、茜は力を込めて引く。鍛冶は「うおっ⁉」と声を上げてバランスを崩した。

「相変わらずの馬鹿力だな」

おどける鍛治に茜は顔を近づけて、額がつきそうな距離で目を合わせる。

「私の頭もどうかしているの。七年前に突然、家族全員が消えたときからね」

へらへらと笑っていた鍛治の表情が引き締まった。

「もしかしたら黄泉の森に棲んでいる怪物、巨大なヒグマに私の家族が襲われたのかもしれない。そいつが私の家族を喰ったのかもしれないのよ。その仇がすぐそばにいるかもしれないのに、あなたがそいつを殺すのを祈って、ここで待っていろっていうわけ?」

「……羆猟の最中に、他人の安全まで守ってやる余裕はねえ。しかも、黄泉の森に棲んでいるのは普通のヒグマじゃない。一トン近い体重があり、人肉の味をおぼえた人喰いグマ。文字通りの怪物だ。もしそいつがお前を狙っても、俺は助けることはできない。お前は生きたまま喰われていくかもしれないんだぞ」

「そうなったら、私はナイフでそいつの目をくりぬいてやるわよ。その隙に、あなたが銃弾を心臓に打ち込んで」

「……本気で言っているのか?」

「本気に決まっているでしょ。この七年間、家族がなんでいなくなったのか分からず、もがいてきた。誰かが家族を殺したなら、そいつに復讐すると決めていた。なのに、そのチャンスを棒に振ったりしたら、私は一生後悔する」

胸の底に溜まっていた想いを言葉に乗せて吐き出すと、茜は鍛治の答えを待った。十数秒後、先に目をそらしたのは鍛治だった。

開いていた助手席のドアを閉めると、座席をリクライニングさせ、後頭部で両手を組む。

「あそこの山道をまっすぐに行けば、作業員たちが襲われたプレハブ小屋に着く。かなり険しい道だが、この車なら問題なく登れるはずだ」

「それじゃあ……」

「ああ、連れて行くよ。連れて行きゃあいいんだろ」

鍛冶は整った顔に、シニカルな笑みを浮かべる。

「お前みたいに肝が据わった奴は、本職の猟師でもそうはいねえ。俺は単独猟しかしない主義だが、お前ならまあ邪魔にはならないだろ。とりあえず、囮ぐらいにはなる」

「もし、あなたがヒグマにやられても安心して。あなたを喰っている間に、私がそいつにスラッグ弾を撃ち込んで殺してあげるから」

「なるほど、お互いがお互いを囮にして、仇を取ろうとしているってわけか。こりゃあいい」

鍛冶は大きな笑い声をあげる。

……仇？　違和感をおぼえた茜が質問をしようと口を開きかけるが、その前に鍛冶は「着いたら起こしてくれ」と瞼を落とした。茜は首筋を掻くとアクセルを踏み込んだ。タンドラの巨大な車体を再び進ませると、車道の突き当りにある駐車場の奥に、舗装されていない林道が通っていた。ふと茜は、駐車場にスクーターが一台停められていることに気づく。

誰がこんな山奥まで、スクーターで？　その人物はどこに行ったんだろう？

一瞬、疑問が頭に浮かぶが、すぐに霧散した。これから禁域に、人ならざるものの領域へと入るのだ。余計なことを考えているひまなどない。アクセルを踏み込んで、獣道のような林道へと入っていく。舗装されていない急峻な斜面だが、三百八十九馬力の４ＷＤは、まるで平地を走るかのように駆け上っていった。

森に入って数分経ったとき、道のそばに地蔵が立っていることに気づき、全身に鳥肌が立つ。これは人の領域と禁域を隔てる印だ。とうとう、私は禁域へと入ってしまった。

無意識にアクセルから足を離してしまいそうになるのを必死に耐えて、茜は車を進めていく。

さらに十数分、森の中を進むと、覆いかぶさるように連なっていたエゾマツが途絶え、視界が大きく開ける。野球グラウンドほどの平地に重機が並び、その奥にはプレハブ小屋が建っていた。

よくよく見ると、プレハブ小屋は激しく損傷し、重機が二台ほど横倒しになっていることに気づき、腹の底が冷えていくような感覚をおぼえる。

「お、着いたか」助手席で鍛治が大きなあくびをする。

「これをヒグマがやったって言うの？」

フロントガラスの向こう側に広がる惨状を指さすと、鍛治は楽しげに口角を上げた。

「このくらい余裕さ。走行中のバンと並走して、体当たりで横転させたヒグマもいるぐらいだからな」

鍛治はドアを開けて外に出る。茜も慌ててエンジンを切ってそれに倣った。

「体重五百キロを超えるヒグマは、動物というより殺戮兵器だ。お前の自慢のその車だって簡単にひっくり返され、フロントガラスをたたき割って引きずり出されて喰われるぞ。車内じゃあ、見通しも利かないし、とっさに銃を構えるのも難しい。それに、ヒグマに気づかれるから簡単に奇襲をくらう。というわけで、ここから先は徒歩で行くぞ。そもそも、道がないしな」

鍛治は荷台に置いていたケースを手に取ると、その中から年季の入った武骨なライフル銃を出した。レミントンモデル７００ ３３８ラプアマグナム。軍の長距離狙撃用に作られたボトルネック弾を発射できる特別製のライフル銃だった。日本で使用可能な銃弾の中で最も威力が高い338ラプアマグナム弾を使う猟師は、茜の知人では鍛冶だけだ。グリズリーや、ときにはゾウの猟に使われるラプアマグナム弾は日本ではオーバースペックなうえ高価で、撃てるライフル自体が極めて少ない。ヒグマだけを獲物に定め、執拗に追う鍛冶ならではのライフルだった。

鍛冶が手早く準備を進めているのを尻目に、プレハブ小屋に近づいていき破壊されている裏口から室内に入った茜は、大きく息を呑む。床には大量の乾いた血痕が広がり、簡易ベッドや食器棚、テーブルなどが倒れて、室内で竜巻でも起こったかのようだった。

これだけの爪痕を残した『何か』が潜む黄泉の森にこれから這入る。武器は散弾銃とナイフだけ。息苦しさをおぼえ、胸を押さえて俯いた瞬間、茜は目を見開いた。勢いよくその場に四つん這いになり、横倒しになることなく残っているベッドの下を覗き込む。闇の奥に弱々しく蒼い光が瞬いていた。茜は手を伸ばし、光っている部分を指でこすって、顔に近づける。人差し指の腹に、目をこらさなければ埃にしか見えないほどに小さな虫が十数匹ついていた。

司法解剖した遺体についていたクモがここにもいた。

「イメルヨミグモ……」

二時間ほど前、四之宮が命名した新種のクモの名が口をつく。

いったい、このクモはなんだというのだろう。作業員の惨殺事件、そして七年前の神隠し事件とどんな関係があるというのだろう。

鼻の付け根にしわを寄せて思考を巡らせていた茜は、鍛冶の「おーい、おいてくぞ」という声で我に返り、イメルヨミグモがついている指をベッドのシーツで拭って外に出た。

「狩猟の時間は日の入りまでだ。時間はない。三分だけ待ってやるから急げよ」

レミントンモデル７００をスリングで肩にかけた鍛冶が急かす。茜は後部座席に置いているガンケースから愛用の散弾銃を取り出すと、ショットシェルホルダーを腰に巻き、そこにスラッグ弾を詰めていった。

「狩猟許可時間はちゃんと守るのね。獲物を確認する前に弾倉に弾を込めたりするくせに」

あわただしく準備を整えながら皮肉を飛ばすと、鍛冶は鼻を鳴らした。

「別に法律で決まっているから日没前に猟を切り上げるわけじゃない。夜になったら俺たちは猟師じゃなく、たんなる『エサ』になっちまうからだよ」

「エサ……」その不吉な響きに、頬が引きつる。

「いいか、茜。よく覚えておけよ。ヒグマはこの日本で最大最強の獣だ。貧弱な猿でしかない人間は、『これ』がないと相手になんかならない」

鍛冶は肩にかけているレミントンモデル７００を指さす。

「ただな、どれだけ威力のある銃を持っていたって、自分が有利な状況で戦わないとヒグマとは対等な戦いにならない。あいつらはイヌのように鼻が利き、ネコのように闇を見通すんだ。夜になったら、もはや相手にならない。一方的に狩られて喰われるだけだ。だから、俺は絶対に昼しか猟に出ない。自分が喰い殺されて土饅頭にされる可能性を少しでも下げるためにな」

鍛冶は腕時計に視線を落とすと、「三分経ったな」と言って踵を返し、森へと向かっていく。

「あっ、ちょっと待って」

茜は食料や水筒、狩猟に必要な道具が入ったバックパックを手に取ると、鍛冶を追った。

「まだつかないの？」

水筒に口をつけている鍛治に声をかける。鍛治は「もうすぐだ」と口元を拭うと、茜を見つめた。

「なに？　顔に何かついてる？」

「いや、お前、疲れていないのか？」

作業員たちが襲われた広場を出てから約二時間、ほとんど休むことなく、エゾマツやトドマツの大樹が密に生えている急な斜面を、ときおり笹藪を剣鉈で切り開きながら登り続けていた。

「全然。体鍛えているからね」

「とんでもない体力だな。信じられねえよ」

「なんで、みんなして私のことを化け物みたいに言うのよ。鍛治さんの体がなまっているんじゃないの？　山に狩りに行くとき以外は、家でごろごろしているんでしょ。今度、一緒にジムに行ってみる？」

黄泉の森に入りだいぶたって緊張がほぐれ、軽口をたたけるぐらいの余裕が出てきていた。

「ごめんだね。何が悲しくて、鉄の重りを上げたり下げたりしないといけないんだよ」

「そう？　限界まで体を追い込むのって、気持ちいいわよ。たいていの男より重いウェイトを使えるから、注目を浴びられるしさ」

茜もバックパックから水筒を取り出し、一口だけ飲んで渇いた喉を潤した。

山には沢も多いが、決してその水を飲むことはできない。キタキツネのフンに混じって排泄される、エキノコックスの卵が含まれているかもしれないのだ。もしその卵を口にすれば、エキノコックスの幼虫が体内で孵化し、長い年月をかけて肝臓や脳に嚢胞を作って命を失う。それゆえ、重くても水は十分に持ってくる必要があった。

「気持ちいいって、マゾヒストかよ。この前の刑事に、爪の垢を煎(せん)じて飲ませたいよ」

「刑事？」

「遺体を見つけたとき、俺についてきた刑事だよ。ああ、お前も知っているんじゃないか。七年前の神隠し事件で、婚約者が失踪したとか言っていたし」

「小此木さん⁉」思わず声が大きくなる。

「ああ、そんな名前だったな。刑事のくせにお前と違って体力がなくて、完璧に足手まといだったんだが、どうしてもって言うから連れて行ったんだよ」

「……囮として？」

鍛冶の目が細くなり、茜は自分の予想が当たっていたことに気づく。

「鍛冶さんって、いつからそうなの？」

「そう？　どういう意味だよ？」

鍛冶は水筒をザックにしまい再び歩きはじめる。茜も鍛冶に倣いつつ、その背中に語り掛けた。

「いつからそんなに、ヒグマに異常に執着するようになったのかってことよ。あなたは最初に出会った頃、十年ぐらい前からヒグマを狩ることを何よりも優先している。……自分の命よりも。何かそうなったきっかけがあるんじゃないの」

返事はなかった。まるで茜の声が聞こえていないかのように、鍛冶は息を弾ませながら足を動かし続ける。質問から逃げるかのように。茜は足を早めて、鍛冶の隣に並んだ。

「あなたさっき、私が心を開いてくれなかったって恨みがましく言ったわよね。けど、私からしたらあなたこそずっと殻(から)にこもって、本当の自分を見せてくれなかった」

鍛治はまだ答えない。しかし、茜はかまうことなく言葉をぶつけ続けた。

「ヒグマとの命のやり取りに生き甲斐を感じるって言ってたけど、そんなのでまかせ。あなたはヒグマと闘いたいんじゃない。ヒグマを殺したいだけ。できるだけ苦しめてね」

「……なんで、そんなことが分かるんだ」脅しつけるような、低くこもった声で鍛治が言う。

「三年前、あなたが撃った小型のメスのヒグマの搬送と解体を手伝ったことがあったでしょ。あのときのヒグマには、体中に十発以上の銃創があった。ラプアマグナム弾なら、あのサイズは一発で殺せたはず。あんなに撃ちこむ必要はなかった」

「急所を外して危なかったからだよ。何度も襲い掛かられて、必死だったんだ。なかなか死なないから、それだけ撃つ必要があっただけだ」

不貞腐れたかのように、鍛治は大きく舌を鳴らした。

「初心者の猟師ならまだしも、羆猟を生業にしているあなたがそんなへまをするわけがない。あのヒグマは左右の肩甲骨が砕けていた。最初に肩甲骨を撃って動けなくするのはヒグマを仕留めるときのセオリーの一つよね。普通ならそこから、あばら三枚か喉元を狙って撃って、心臓を破壊する。けれどあなたはわざと、急所を外して銃弾を撃ち込み続けた。できるだけ苦痛を与えて嬲(なぶ)り殺すために。違う?」

鍛治が横目で刃物のように鋭い視線を送ってくる。その態度は「それ以上、口を開くな」と如実に語っていた。しかし、茜は怯むことはなかった。

「こっちは救急で、刺されたり撃たれたりして搬送されてくる本職のヤクザ者の相手だってしているのよ。その程度のガンつけ、屁でもないわよ」

茜は鍛治を睨み返す。

「七年前、私の家族全員が失踪した。そしていまだに、大切な家族に何が起きたのか分かっていない。だからこそ、こうして危険を冒してまで黄泉の森に入って、ここに棲む『怪物』を追っている。そいつは私の家族を喰ったかもしれないから。私は隠すことなく、全部伝えている。なのに、あなたは何も教えてくれないの？　そんな男を、心を開いて相棒にしろっていうの？」

早口でまくしたてた茜は息を吐くと、鍛冶の反応を待つ。周囲の空気が張り詰めていった。

先に動いたのは鍛冶だった。身を翻して、再び斜面をのぼっていく。

「ちょっと！」

茜が呼び止めようとする。鍛冶は唇の前で人差し指を立て、押し殺した声で言った。

「大きな声を出すなよ。まだ気配はしないが、もう『奴』のテリトリーに入っているんだ。いくら離れていても、キーキーと金切り声で騒がれちゃ、簡単に気づかれる。逃げられるか、奇襲を受けて殺されることになるんだぞ」

正論をぶつけられ、茜は口をつぐむ。重苦しい雰囲気のまま、二人は無言で森を進み続けた。

「……ヒグマじゃねえよ」

数分経ったとき、ひとりごつように鍛冶がつぶやいた。茜は反射的に「え？」と聞き返す。

「俺はヒグマを殺したいわけじゃねえ。……アサヒの奴をぶっ殺したいんだよ」

「アサヒって、旭川スキー場熊害事件を起こした『ＡＳ21』のこと？」

「ああ、そうだ」正面を見たまま、鍛冶は頷いた。「あの事件、最初にスキー客が襲われた日のあとにも、犠牲者が出たのは知っているだろ」

「ええ、駆除に向かった猟師が二人殺されて、一人が重傷を負ったはず」

「重傷を負った猟師っていうのが俺だ」

茜は大きく目を見開く。

「でも、そんなこと猟友会の誰も……」

「言わねえよ。同じ猟師なら……あんな悲惨なこと、軽々と言えるわけがねえ」

鍛治の顔に、痛みに耐えるかのような表情が浮かぶ。

「あなたに……、何があったの……？」茜はおずおずと訊ねる。

「俺は大したことねえよ。突然、音もなく笹藪から飛び出してきたアサヒに体当たりで数メートル吹っ飛ばされて、木の幹に叩きつけられただけだ。それで右腕と鎖骨、あと肋骨が七本も折れて、そのうちの一本が肺に刺さった。それでも運が良かった方だ。別の場所で吹っ飛ばされた猟師は、首の骨を折って即死したからな」

鍛治は鼻を鳴らすと、視線を上げた。

「いや、運が悪かったのかな。俺も死んでいれば、あんな地獄を味わわないで済んだんだから」

鍛治の顔にどこまでも昏い影が差す。その姿を茜はこれまで何度か見てきていた。その度、この男が背負っている闇の正体を知りたいと欲しつつも、訊ねられずにいた。

茜は唾を飲むと、鍛治の言葉に耳を傾ける。

「俺はあのとき、二人でペアを組んでアサヒを追っていた。アサヒはまず俺を吹き飛ばしたあと、もう一人に襲い掛かったんだ」

「……親しい人だったの？」

訊ねてから、自分がいかに間の抜けた質問を口にしたかに気づく。人喰いヒグマを追うような危険な猟で、親しくない相手に背中を預けられるわけがない。

鍛治の顔に笑みが浮かぶ。自虐に満ちた痛々しい笑みが。

「妻だよ」

あまりにも予想外の答えに、茜は言葉を失う。

「ガキの頃からの知り合い、幼馴染ってやつさ。猟師だった俺の親父に連れられて、昔からよく一緒に猟について行った。そのうち、自然に俺たちも猟をやるようになった」

「じゃあ、奥さんと二人で猟師をしていたの？」

「まさか。猟師が儲からないことはお前も良く知っているだろ」

鍛冶は乾いた笑い声をあげる。

「あいつは市役所で働いていたよ。俺はプロの猟師だったが、いまと違ってシカを中心に狩って、狩猟期以外は親戚の農家の手伝いとかもして、それなりに稼いでいたんだぜ」

懐かしそうに目を細めていた鍛冶は、「あの事件が起こるまでな」と、鼻の付け根に深いしわを刻んだ。

鍛冶は震えるほどに強く、肩にかけているライフル銃のスリングを握りしめる。

「スキー客を殺したヒグマを駆除するって、猟友会から参加の要請があった。最初、俺は乗り気じゃなかった。もう遺体も回収したんだから、わざわざ森に入って駆除する必要もない。箱罠でも仕掛けておけばいいってな。ただ妻が参加しようって言ってきたんだ。子供が殺された親は一刻も早く、仇を討って欲しがっているはずだってな。あのとき、止めておけば……」

鍛冶の奥歯が軋む音が鼓膜を揺らした。

「それまで、俺は羆猟の経験はほとんどなかった。シカを追っているとき、偶然出会った五十キロに満たないヒグマを撃ったことがあったぐらいだ。だから、ヒグマの恐ろしさをまったく理解していなかった。奴らがどれだけの攻撃力を持ち、どれだけ獰猛で狡猾なのかをな」

「奥さんは……どうなったの？」

答えは分かっていた。しかし、訊ねずにはいられなかった。

「……喰われたよ。……俺の目の前で、妻は生きたままヒグマに喰われていったんだ」

想像を絶する悲惨な状況に、茜は言葉を失う。

「倒れている俺の前で、あのヒグマは妻を押し倒すと両足の骨を折ったんだ。折れた骨が皮膚から飛び出ていたよ。そうやって逃げられなくなった妻の腹に、ヒグマはゆっくりとかぶりついた。俺たちが骨付きのチキンにかぶりつくように、ゆっくりとな。あのとき聞いた妻の絶叫は、いまだに耳から離れねえ」

感情を全く感じさせない抑揚のない声で喋りながら、鍛冶は片手で耳を摑んだ。まるで、それを剝ぎ取ってしまおうとしているかのように。

「破れた腹に口を突っ込んで内臓を喰い始めたヒグマに、妻は必死に懇願していたよ。『ごめんなさい！』『許して！』『痛い！』『お願いだからやめて！』ってな。そして倒れて動けなくなっている俺に、何度も『助けて！』って助けを乞うんだ。けれど、俺は何もできなかった。体中の骨が折れて、……本当になんにもできなかったんだ」

嘔吐でもするかのように前傾して顔を突き出しながら、鍛冶は言葉を紡いでいく。

「そのうちに、妻は悲鳴を上げなくなった。けれど、死んだわけでも、意識を失ったわけでもない。ただ、その力がなくなっただけだ。その証拠に、ヒグマにはらわたを齧られると、口を大きく開けて、そこからかすかにうめき声を漏らしていた。そして、ずっと恨めしげに俺を見つめていた。俺は少しずつ喰われていく妻と見つめ合っていたんだよ」

愛する人が目の前で生きたまま喰われていくのを、ただ見つめ続ける。それはどんな拷問にも勝るとも劣らない苦痛だったはずだ。話を聞きながら、茜は息苦しさをおぼえる。

「妻の内臓を全部喰い終わったころ、異変に気づいた駆除隊の本隊が近づいてきた。それを察して、アサヒは森の奥に逃げていったよ。やってきた奴らの何人かは、喰い散らかされた妻を見て嘔吐していたな。まあ、そうやって俺だけのうのうと生き延びちまったというわけだ」

鍛冶は大きな息をつく。

「……だから、羆猟をはじめたのね。奥さんの仇を討つために」

「そうさ。ヒグマを追いつづけていたら、いつかはアサヒに会える。あいつの心臓に弾を撃ちこめる。もしくは……、妻と同じようにあいつに喰ってもらえる」

復讐、もしくは妻を助けられなかった贖罪、それだけを求めて鍛冶は十二年間、ヒグマを追い続けている。その為だけに生きている。知り合ってもう十年ほど経つが、はじめて鍛冶という男の本質を理解できた気がした。

「鍛冶さんは、作業員たちを殺したのがアサヒだと思っているのね」

「間違いない。あんなことができる化け物、いくらヒグマでもそうはいない。間違いなくアサヒだ。あいつは何年も前からずっと黄泉の森に潜んでは、ときどき女を襲っているんだよ」

「女を襲っている？」

茜が聞き返すと、鍛冶は大きく頷いた。

「一度、人肉の味を覚えたヒグマは、ずっと人を襲い続ける。特に、女の肉に執着するヒグマが多い。三毛別に出たヒグマも、喰ったのは女と子供だけだった。あとの調査で、そのヒグマは三毛別に出現する前に、三人の女を喰い殺していたことが分かっている」

「アサヒもそうだって言うの？」

「あいつは十二年前、倒れた俺にはほとんど目もくれず、妻だけを喰った。スキー場で喰われたのも女子大生だし、カップルの男は殴り殺されただけで連れて行かれなかった。あいつは人間の女、特に若い女の肉に執着しているんだよ」

「それっておかしいんじゃない？　だって、殺された作業員はみんな男でしょ」

「あいつらはアサヒのテリトリー、つまりはこの黄泉の森に這入りこんできたから殺されたのさ。まあ、好物ではなくてもせっかくだから喰っておいたってところだろうな」

　本当にそうだろうか？　男の肉を好んでいないのなら、わざわざ森の奥深くまで運びこむ必要なんてないのではないだろうか。茜が首を捻っていると、鍛冶が「なあ」と訊ねてくる。

「この一帯で、若い女が続けざまに失踪していることは知っているか？」

「若い子の家出なんて珍しくもないわよ」

「それがな、この三年で十代から二十代の若い女だけ失踪する人数が一気に増えているんだよ。男や、他の年代では増えていないのに、その年代だけが異常に増加している」

「それ、本当？」茜は思わず足を止めてしまう。

「ああ、本当だ。知り合いの新聞記者に調べてもらったからな。おそらく、三年前に、アサヒはこの黄泉の森に棲みついた。そして、ときどき街に下りては、一人で歩いている若い女を襲って、森に連れ帰って喰っていたんだ」

　にわかには信じがたい話だ。しかし、もしかしたら本当にそんな怪物が潜んでいるかもしれない。そう思わせるだけの淀んだ空気が、この禁域には漂っていた。

　私の家族もその怪物に襲われたのだろうか。しかし、食卓に夕飯の支度がされており、テレビも点いたままで、まるで人間だけが煙のように消えた実家の様子と、さっき広場で見たプレハブ小屋の惨状はあまりにもかけ離れていた。

この森に潜んでいるのは、本当に人喰いヒグマなのだろうか？　そうだとしたら、そのヒグマは七年前の神隠し事件にかかわっているのだろうか。思考が絡まり側頭部に鈍痛が走る。茜がこめかみを押さえていると、鍛冶が肩にスリングでかけていたレミントンモデル７００を両手で構えた。

「お話しの時間はお終いだ。本当の禁域に入るぞ」

「本当の禁域？」

「そうだ。空気が変わった。ここはヒグマのテリトリー内だ。ここからは、いつどこからヒグマが襲い掛かってきてもおかしくない」

普段なら「空気が変わった」という抽象的な説明では、すぐには納得しなかっただろう。しかし、羆猟に文字通り命をかけてきた男の説得力、そしてこの深く薄暗い森に匂い立っている瘴(しょう)気(き)が、人ならざるものの棲み処へと踏み入れた実感を茜に与えていた。

茜は慌ててＭ４を構えると、ショットシェルホルダーからスラッグ弾を二発取り出して、指に挟む。

「弾は装塡しておけ」

「え、でも……」

誤射を避けるため、獲物の姿を確認するまで銃に弾を込めてはならない。それは猟銃の免許を取る際、いの一番に教わることだ。その法を犯せば、銃所持免許を剝奪されてもおかしくない。

戸惑う茜を、鍛冶は値踏みするような目で見つめてくる。茜は自分がいま、試されていることに気づいた。

何を勘違いしていたのだろう。ここはすでに人ならざるものの領域、法などが通用しない世界なのだ。法に縛られれば、ここでは容易に命を失う。……あの作業員のように。

司法解剖の際、解剖台に置かれていた腐乱死体を思い出す。茜は口を固く結ぶと、スラッグ弾を弾倉に装塡した。鍛冶の口元がわずかに緩んだ。

「行くぞ。気を抜くなよ。一瞬のゆるみが命取りになる。声は潜め、足音も殺すんだ」

鍛冶の指示に頷くと、二人は並んで斜面を慎重にのぼっていく。やがて、人の背丈ほどの笹藪が前方に出現した。

「あそこが、作業員たちの土饅頭があった場所だ」

ここに六人もの遺体が……。緊張しつつ切り開かれた笹藪を進み、その奥にある空間へ辿り着くと、地面に穴があいていた。警察が遺体を掘り出した跡だろう。

鍛冶は「そして……」と、平地の奥にある笹藪に、銃口を向けて引き金に指をかけた。

「あの藪の中に、あいつはいた」

茜は慌てて、鍛冶と同じように藪に銃を向ける。

「そんなに焦るなって。いまはいねえよ。大勢の警察官がやってきて、ここを調べたんだ。警戒心の強いあいつは、当分ここには近づかないさ」

小馬鹿にするように笑いながら、鍛冶は藪から銃口を外した。茜が唇を尖らす。

「鍛冶さんが言っている『あいつ』って、アサヒのことよね」

「そうだ。あの日、やつはあの笹藪から俺たちを観察していた。飛び出して来たらいつでも撃てるよう、俺はここで射撃体勢をとっていたんだ。そして、あいつは逃げ出した」

「ヒグマって、自分の獲物に強い執着心を持つんでしょ。土饅頭を荒らされて逃げたりする？」

「普通はしないな。何がなんでもエサを取り返そうと襲ってくるはずだ。それがヒグマの本能だ。けれど、あいつは違った。本能を上回るだけの知性があるってことだ」

野生の動物が本能を抑え込む。そんなことが果たして可能なのだろうか？　疑問をおぼえる茜の前で、鍛冶は唇を舐めた。

「……だからこそ、あいつは人を喰ったにもかかわらず、いまだに駆除されていないんだ」

押し殺した声でつぶやく。その姿は肉食獣が舌なめずりをしているかのようだった。

「さて、日没まであと五時間ほどしかない。帰りの時間を考えたら、あと三時間しか余裕はない。休んでいる暇はないぞ」

鍛冶は遺体が埋まっていた場所を無造作に踏み越えると、大ぶりの剣鉈を取り出し、奥の笹藪を切り開いていった。そのまま三十分ほど進むと、足を止めた鍛冶が太いトドマツの根元でしゃがみこんだ。茜が「どうしたの」と小声で囁くと、鍛冶は足袋の先でそこにあった黒い塊を軽く蹴って、囁くような声で言う。

「ヒグマの糞だ」

「近くにヒグマがいるってこと？」茜はせわしなく左右を見回す。

「いや、この糞はかなり古い。少なくとも一週間経っている。すぐそこにいるってわけじゃないだろうな。けれど、とうとう完全に怪物のテリトリー内に侵入した。ここからはどっちが先に相手を見つけるかの勝負になる。先に発見した方が、圧倒的に有利だ。一方的に狩れるんだからな。だから、絶対に気を抜くなよ」

「……その糞、間違いなくアサヒのものなの？」

「間違いない。こんなサイズの糞、これまで見たことない。立ち上がったら三メートルを超えるぞ」

「糞の大きさだけでそこまで正確に分かるわけ？」

「糞の大きさじゃねえよ。あれだ」

鍛治はあごをしゃくる。つられて視線を上げた茜は目を疑った。そばにそびえ立っているエゾマツの太い幹、そこに巨大な爪痕が残されていた。あまりに高い位置にあるので、視界に入っていなかった。地面からはゆうに三メートルはある。

「あれは警告だ。ここは自分の縄張りだ。侵入したやつは誰でも殺して喰うっていうな」

覚悟を決めてついてきているつもりだった。しかし、バスケットゴールよりも高い位置に刻まれた爪痕が、想像を絶する怪物と対峙しようとしていることを実感させる。M4を握る掌にじっとりと汗が滲み、茜は慌ててズボンで拭いた。

「いまごろ怖くなってきたか？　けど、もう手遅れだ。ここで背中を見せて逃げたりしたら、アサヒは間違いなくお前を追って捕食する。クマは逃げる相手を襲う本能があるし、アサヒは女の肉が大好物だからな」

自分のはらわたに巨大なヒグマが尖った口元を突っ込み、内臓を食(は)んでいる光景を想像して、息苦しさをおぼえる。

「腹を決めろ。お前が生きてこの山を下りるためには、アサヒを殺すしかないんだよ」

茜は震えるほど強く銃床をにぎりしめた。

「分かってる。で、これからどうするの？　まだ歩き回って探すの？」

「足跡、糞、喰った獲物の遺体、獣道、そして臭い。五感を研ぎ澄ましてそれらを感じ取って、やつに辿り着くんだ。あっちが、俺たちに気づいて襲いかかってくる前にな」

鍛冶はライフルを構えたまま中腰になると、左右を見回す。その瞳は危険な光を湛え、獣臭を探っているのか、高い鼻がかすかに動いた。本当に体の全ての感覚器官を使って、ヒグマの痕跡を探っているのだろう。

ヒグマを狩ることに人生をかけた男が、妻を喰った仇のヒグマとの命の奪い合いをはじめた。もはや鍛冶の意識から私は消えているだろう。二匹の獣の死闘に、割って入る資格などない。

茜は鍛冶の集中を乱さぬよう、息を殺して彼の後についていく。

迷路のようにエゾマツの幹が立ち並ぶ森を、中腰で銃を構えたまま十五分ほど進んだ鍛冶は足を止めると、せわしなく左右を見回しはじめた。

「何と戦ったんだ……」

鍛冶がつぶやく。茜が思わず「え?」と聞き返した。

「そこの地面がかなり広範囲に乱れている。ほんの最近、なにかが戦ったんだ」

「ヒグマがシカを捕ったんじゃないの?」

「違う。これは狩りの跡じゃない。……戦闘の跡だ」

「戦闘? 誰か他に猟師がいたの?」

「猟師と戦った跡じゃない。巨大な動物同士がここで死闘を繰り広げたんだ。だが、ヒグマとまともに戦える生物なんて、この日本にはいない」

「じゃあ、アサヒ以外にもヒグマがいるってことじゃないの?」

「そうとしか考えられないが、アサヒほど桁違いのサイズになると、普通のヒグマなんて一撃で殺されるはずだ。まともな戦いになんてならない」

一トン近い怪物のようなヒグマがこの禁域には二頭も棲んでいて、ここで殺し合いをしたとでもいうのだろうか？　いったいこの森で何が起きているというのだろう。茜が混乱していると、突然風向きが変わった。それまで後ろから吹き上げていた風が、前方から吹き降ろしてくる。同時に、鍛冶の体が大きく震えた。その理由は茜にもすぐに分かった。

土と葉の匂いに混ざって、明らかな腐臭が鼻先をかすめた。ここから遠くない場所で、何かが腐っている。解剖台で見た腐乱死体が脳裏をよぎった。

鍛冶はあごを引くと、臭いが漂ってきた方向、数メートル先にある笹藪にレミントンモデル700の銃口を向け、射撃体勢を保ったまますり足でじりじりと移動していく。

もし、笹藪からヒグマが飛び出してきて鍛冶がやられたら、すぐに自分が撃つ。そう覚悟を決め、茜はM4を構えた。

鍛冶は笹藪を回り込むように移動していく。笹藪の向こう側、鼻を衝く腐臭の発生源が鍛冶の視界に入る。茜はM4の銃口を上げ、引き金に指をかけた。

次の瞬間、鍛冶は目尻が裂けそうなほどに大きく目を見開いた。その口が半開きになり、両腕がだらりと下がる。レミントンモデル700が手から零れ、地面に落ちた。

猟師がライフルを落とすなどあり得ない。いったい何が……。茜は鍛冶に走り寄る。笹藪の陰に隠れていた光景が目に飛び込んできた。茜は呆然と立ち尽くして、『それ』を見る。

自分が何を見ているか分からなかった。あまりにも現実離れした光景に、脳神経がショートしたかのように思考が停止した。

「なんで……アサヒが……」

半開きになっている鍛冶の唇の隙間から、そんなつぶやきが零れる。

「アサヒ？　これがアサヒなの⁉」

茜は『それ』を指さす。数メートル先、笹藪のそばに倒れている巨大なヒグマの死体を。

「そう……アサヒだ。見間違うわけがねえ。十年以上、毎日のように夢に見ていたんだから……」

熱に浮かされたような口調でつぶやくと、鍛冶はライフルを拾うこともせず、ふらふらと左右に揺れながらヒグマの死体に近づいていく。

茜は慌てて鍛冶のあとを追う。真夏に放置された生ごみが放つような腐臭はさらに強く、目に痛みをおぼえるほどになる。片手で口元を覆いながら、茜は目の前のヒグマを観察する。

巨大なクマだった。体長はゆうに三メートルを超える。たしかに体重は一トン近くあるだろう。もはやそれは生物の死体というよりも、重機がひっくり返っているかのようだった。

前脚の先についている爪は二十センチ以上はあり、稲刈り用の鎌が足の先から生えているかのようだ。全身は針金のような質感のある漆黒の体毛で覆われているが、にもかかわらず筋肉の隆起がはっきりと見て取れる。たとえ切れ味鋭い日本刀でも、この体毛と皮膚を切り裂くのは困難だろう。鍛冶が殺戮兵器と表現したのがいまならよくわかる。獲物を追い詰め、爪で切り裂き、その肉と内臓を喰らうことに特化した生物だ。

けれど、その殺戮兵器がなぜここで腐っているというのだろう。

茜はヒグマの腹部を見る。そこは縦一文字に大きく切り開かれ、内臓が溢れだして大量の蛆が湧いていた。茜が顔をしかめたとき、隣で立ち尽くしていた鍛冶が突然、茜の腕からM４を奪い取り、ヒグマの頭に銃口を向けて引き金を引いた。

銃声が森にこだまする。強力なリーサルタイプのスラッグ弾がヒグマの頭蓋を破壊し、脳漿(のうしょう)を地面に撒き散らす。

「ちょ、ちょっと……」

茜が止めようとするが、それより早く鍛冶は続けざまに引き金を絞った。ヒグマの口元がはじけ、頭部が肉塊と化す。装塡していた二発の銃弾を打ち尽くしても、鍛冶は引き金を引くことを止めなかった。撃鉄がガチガチと乾いた音を立てる。

「止めて！　いい加減にして！」

茜はＭ４を両手でつかむと、強引に鍛冶から奪い返す。その勢いで鍛冶は尻餅をついた。

「見たらわかるでしょ。もう死んでいる。もう腐っているの。それを私の銃で撃つなんて、なに考えているのよ」

自分が登録していない銃を発砲することは、法律で禁止されている。下手をすれば二人とも銃所持の許可を剝奪されてしまう。

「そいつは、妻を喰ったんだ……。俺の目の前で……、生きたままあいつは……」

座り込んだまま、こうべを垂れて譫言のようにつぶやき続ける鍛冶の姿は痛々しく、それ以上責める言葉が出なくなる。

「なんで、アサヒが死んでいるんだ……」

鍛冶の独白に、茜ははっとする。想像を絶する事態に圧倒されていたが、たしかに巨大な人喰いヒグマがなぜここで死んでいるのかが分からない。それに、私はアサヒを殺すためにこの森に入ったのではない。失踪した家族の手がかりをつかむためだ。

この死体に、その手がかりが残されているかもしれない。

茜はＭ４をスリングで肩に掛けると、ゆっくりとヒグマを観察していく。頭部は鍛冶によって粉砕されて調べられないが、胴体と四肢は発見されたときのままだ。

気温が低いにもかかわらずここまで腐敗しているということは、死亡してから少なくとも一週間以上は経っているだろう。つまり、作業員たちの遺体が発見されたときには、すでにアサヒは死んでいたということだ。では、あの土饅頭はアサヒがやったものではないというのだろうか？

……いや、その可能性は低い。茜はかぶりを振る。司法解剖の結果、作業員の肝臓に巨大なヒグマの歯形が残されていた。体重一トンに達するほどのヒグマが何頭もいるとは考えづらい。つまり、アサヒは作業員たちの遺体を喰い、残した分を土饅頭にしたあとに死んだのだ。

では、なぜアサヒは死んだのか？　茜は蛆が湧いた内臓が溢れだしている腹部を見る。

腹が引き裂かれている。こんなことができるのは、人間ぐらいだ。誰かがアサヒを仕留め、その腹を刃物で裂いたうえで放置したということだろうか？　けれど、猟師が狩ったとしたら銃創があるはずだが、それが見当たらない。鍛冶が破壊した頭部にあったのかもしれないが、ヒグマの脳は小さく、さらに分厚い頭蓋骨に守られているので、頭部への銃撃では致命傷を与えるのが難しい。だからこそ、羆猟師は首元や脇腹を狙って心臓を撃ち抜く。

もしかしたら、気づかないだけで銃創があるのだろうか。茜は吐き気をおぼえるような腐臭に耐えつつヒグマの首元に触れ、密に生えている体毛を掻き分ける。ぬるりとした感触をおぼえ、茜は反射的に手を引く。見ると、指先に赤黒い粘着質な液体がついていた。

毛が黒いので気づかなかったが、首からも出血している。やはり、首を撃たれているんだ。せわしなく太い毛を掻き分けていた茜の手が止まる。

傷口を見つけた。しかし、それはライフルの弾丸による銃創ではなく、切創だった。何か巨大で鋭い刃物により、皮膚、筋肉、そしてその奥にある血管までも切り裂かれた切創。こんな太く密に生えた体毛と、鋼(はがね)のような筋肉を深々と切り裂き、致命傷を与えるなど、人間の力では不可能だ。なら、いったい何が……。

「ヨモツイクサ……」

その言葉が思わず口をつく。鍛冶が「……え？」と焦点がぶれた瞳を向けてきた。

アサヒを殺したのは猟師でも他のヒグマでもない。きっと、かつて『ヨモツイクサ』と呼ばれて畏れられた『何か』だ。だとしたら……。茜の脳裏に、解剖室で見た遺体の喉元に残っていた、大きな傷が蘇る。

茜は目を見開くと、遺体の腹部から溢れている内臓の山に手を突っ込んだ。腐敗した腸のねばつきと、蛆が潰れるおぞましい感触が掌に伝わり、目に痛みをおぼえるほどの腐敗臭が壁のように迫ってくる。しかし茜は気にすることなく、崩れかけ内容物が溢れだしている内臓を探っていった。

手の動きが止まる。腸の表面にかすかに蠢いている黒い塊を見つけて。

それはクモだった。わずか数ミリの小さなクモの群れ。

茜はそれを指ですくって自らの掌に擦り付けたうえで、両手を組んで指の隙間から覗き込む。手で光が遮られた暗い空間に、淡く蒼い光が浮かび上がっていた。

やはり、イメルヨミグモだ。ヨモツイクサに殺された遺体には、なぜかこのクモが付着している。温度変化に弱い生物なので、おそらくは腹腔内で大量にクモが繁殖しているのだろう。

いったい、このクモはなんなんだ。茜は必死に頭を働かせる。

「どうしたんだ？　お前、何しているんだ？」

上ずった声で訊ねてくる鍛冶を黙殺しつつ、茜は水筒の水で両手を洗って、腐汁を流していく。

説明ができるほど、状況が理解できたわけではなかった。

このヒグマを殺した『怪物』、ヨモツイクサはどこに消えたのだろう。死体が食べられた痕跡はない。ということは、エサにするためではなく、縄張り争いでアサヒと決闘をして殺したのだろうか。そこまで考えたときに、茜ははっと息を呑む。

もしかしたら、イメルヨミグモに死体を提供することこそ、ヨモツイクサの目的なのではないか。この極小サイズのクモは獲物を捕食することは難しいと四之宮は言っていた。だとしたら、屍肉を漁るくらいしか生き残る方法はないはずだ。

ヨモツイクサはイメルヨミグモのために獲物を狩って食料を提供し、それと引き換えに生きるために必要ななにかを得ている。つまり、ヨモツイクサとイメルヨミグモは一種の共生関係にあるのかもしれない。だとすると……。

「ここに戻ってくる……」

そうつぶやくと同時に、葉がこすれ合う音が聞こえてきた。茜は全身を激しく震わせて振り返る。すぐそばの笹藪が揺れていた。

一トンのヒグマを屠(ほふ)るような伝説の怪物がそこにいる。肩にかけていたM４を両手で構え、笹藪に銃口を向けた瞬間、茜は「あっ！」と声を漏らした。

装塡していたスラッグ弾は、さっき鍛冶が二発とも撃ってしまった。いま弾は装塡されていない。

新しい弾をこめなくては。茜は腰につけているショットシェルホルダーに手を伸ばして、そこに差してある銃弾を取り出そうとする。しかしその前に、笹藪の揺れが大きくなり、黒板を引っ掻いたかのような不快な金切り音が空気を揺らした。

身をこわばらせた茜に向かって、笹藪から小柄な影が飛び出してくる。

「……え？」

茜は目をしばたたく。現れたのは少女だった。小柄な少女。

年齢は十代後半といったところだろうか。わずかに茶色がかった髪をショートにしている。

遭難した登山客だろうか。大雪山に近いこの黄泉の森の周囲には、トムラウシ山や旭岳など有名な山がある。そこで遭難して、ここに迷い込んだのかもしれない。一瞬、そんな考えが頭をかすめるが、すぐにそれが間違いだと気づく。

少女が身に着けている服は登山服どころか、寝間着だった。よくよく見ると靴も履いておらず、足元は血塗れになっている。化粧が施されていない顔は、低体温症をおこしているのか真っ青で、唇の端から涎が垂れていた。茜を見る焦点を失った目は血走っており、飢えた獣に睨まれているかのような心地になる。

数時間前、車道の突き当りの駐車場に置かれていたスクーターを思い出す。この少女があのスクーターに乗ってきたのか。しかし、なぜこんな姿で森を彷徨っているというのだろう。

「あ、あの……。あなたは？」

茜がおずおずと声をかけると、少女は大きく口を開ける。そこから、再び金切り音が轟いた。

神経を逆なでする音に硬直している茜を、少女は両手で押しのける。小柄な少女とは思えない力に、茜は吹き飛ばされるように地面に倒れた。

驚いて顔を上げた茜は、網膜に映し出された光景に目を疑う。

少女がヒグマの死体に馬乗りになっていた。天に向かって吠えるかのように大きく背骨を反らした少女は、次の瞬間、反動を使うように体を前傾して、腸管の山に顔を突っ込んだ。

熟しすぎた果実を握りつぶすような音が響く。

咀嚼音？　ヒグマの腐った内臓を食べているの？　悪夢のような光景にめまいがしてくる。

見ると、鍛冶も怯えた表情で、唖然として少女の奇行を眺めていた。

茜は頭を軽く振って立ち上がると、力の入らない足に活を入れて少女に近づいていく。

「だめよ。野生動物の腐った内臓を食べるなんて……。危険な寄生虫や細菌が……」

命を危険に晒すような行為をしている人間を放っておくわけにはいかない。医師としての矜持が体を突き動かした。しかし、少女は両手で腸管を持つと、一心不乱にそれを口に運び続ける。

「止めなさい！　本当に死ぬわよ！」

茜は声を張り上げる。咀嚼を止めた少女は、腐汁と血液でメイクが施された顔で振り向くと、「シャー」と蛇の威嚇音のような声を上げた。

ダメだ、完全に正気を失っている。この少女の身になにが起きているのかは分からないが、説得が通じるような状態ではない。どうにかして止めないと。

茜がじりじりと間合いを詰めると、少女は突然、「ギャー！」という悲鳴のような声を上げて襲いかかってきた。小柄な体躯が地面から二メートルほど飛び上がる。人間とは思えないジャンプ力に目を疑うが、頭よりも先に体が動いた。地面を蹴り、横っ飛びで少女の攻撃を避ける。

着地した少女は、すかさず向き直って両手を伸ばしてくるが、茜はそれをＭ４の銃身で振り払う。バランスを崩してたたらを踏んだ少女の背後に回った茜は、Ｍ４を放り捨てると細い首筋に腕を回して締め上げた。

首に回された茜の前腕を、少女が摑む。万力のような圧力で締め上げられ、骨が軋む。しかし、放せばこちらの身が危ない。茜は奥歯を食いしばりながら、頸動脈を締め上げ続けた。やがて、前腕にかかっていた圧力が弱くなっていき、少女の腕がだらんと垂れ下がる。

少女が完全に失神したのを確認して、茜は腕を放す。小柄な体が糸の切れた操り人形のように崩れ落ちた。

「なんなんだよ、こいつ……？」

近づいてきた鍛冶がかすれ声を絞り出す。

「分からないけれど、とりあえず病院に連れて行かないと。……私の病院に」

この少女は、黄泉の森の謎、ひいては家族失踪の謎を解き明かす手がかりかもしれない。

……だから、絶対に私が調べつくす。

茜は心の中でつぶやきながら、細かく痙攣している少女を見下ろした。

幕間　一

「……私はここで神様に食べられるのでしょうか」

　ハルは訊ねます。怖くはありませんでした。もう逃げる力も残っていませんし、こんなきれいな世界で神様に食べられるなら、それでもいいと思ったからです。

『我はヨモツイクサが殺してくる獲物の肉しか食べぬ。生きたまま死者の国に迷い込み、腐り果てた貴様の肉に興味はない』

　ハルは骨が見えている頬をわずかに上げ、眼球から蛆が飛び出している目を細めました。

『なぜ笑う?』

「それは……」

　ハルは唇が腐り落ちた口をゆっくりと開きました。

「私が生贄になれないなら、神様はお腹が空いたままです。ヨモツイクサに命じて、村の人々を殺し、やつらの肉を食べることでしょう」

　笑い声をあげるハルを、黄泉の神は八個の目で見つめました。

『お前は、村の者たちを殺したいのか』

「もちろんです。やつらは私をだまして生贄にしました。やつらのせいで、村で一番美しかった私の顔は、こんなになってしまいました」

ハルは皮がはがれ落ちている自分の顔をつかみました。髪が抜け、鼻が崩れ、眼窩から眼球が垂れ下がって振り子のように揺れます。

「どうかやつらを皆殺しにしてください。そして、どうか私をだまして連れてきた村長は、生きたままそのはらわたを喰らってください」

ハルは指の骨が剝き出しになった両手を、黄泉の神に伸ばしました。

『それほどまでに恨んでいるのなら、自ら復讐を遂げるがいい。我の力を与えよう』

黄泉の神の体がまばゆく輝き出します。そこから溢れだしてきた蒼い光がハルの体を包み込みました。ハルは蒼い光をまとったまま立ち上がります。体の奥から力が湧き上がってきます。

『行くがよい』

送り出されたハルは、死者の国をあとにし、森へと戻りました。

黄泉の神の力を受け取ったハルは、もはや人間ではなくなっていました。腐って蛆がたかっている体には力がみなぎり、どんどんと膨れ上がっていきます。

体の奥底から耐えがたい飢えが湧き上がってくるのを感じたハルは、森にいた動物を襲いはじめました。黄泉の神の力を持つハルはシカや鳥、ウサギだけでなく、クマまで捕まえて殺していきました。

やがてハルの周りでは、喰い残した動物の死体が腐りはじめました。ハルがそれらに触れると死体は蒼く光りはじめ、その腹から、人間の顔を持つ巨大なクモが這い出してきました。黄泉の国の鬼、ヨモツイクサです。

ヨモツイクサは、自分が生まれ出てきた死体を食べて大きく育つと、山の動物を狩ってハルのもとへと持ってくるようになりました。

ハルはそれらの獲物を食べては、黄泉の神の力で、新しいヨモツイクサを生み出します。やがて、ハルのまわりにはたくさんのヨモツイクサがいるようになりました。

『いまこそ恨みを晴らすときだ』

ハルはヨモツイクサたちに告げると、村に向かいました。森から這い出し、村を襲ったヨモツイクサたちは女も赤子も関係なく、そこに住む人々を次々に殺していきました。

人々の血で池ができ、ヨモツイクサたちが死体を貪っている村にやってきたハルの前に、一人だけ殺されずにいた村長が連れてこられました。

「黄泉の神よ、なぜこんなことを。私たちは美しい娘を生贄として捧げたというのに」

村長は叫びます。ハルの姿は変わり果て、黄泉の神と同じような姿になっていたのでした。

『私がその生贄だ』

ハルが告げると、村長は驚きの声を上げ、這うように逃げ出そうとします。ハルは村長に襲いかかると、その腹を食い破りました。

「許してください。助けて」

命乞いをする村長のはらわたを、ゆっくりとハルはかじっていきます。歯が内臓を噛み取るたび、村長は大きな悲鳴を上げます。その声が、ハルには子守歌のように心地よく聞こえました。

「殺してください……。もう、殺して……」

口から血を流しながら村長はお願いします。けれど、ハルはわざと殺さないようにゆっくりと村長を食べていきました。

やがて村長が息を引き取ると、ハルは目の穴から脳を全部吸い出したあと、ヨモツイクサたちと森にもどり、そして黄泉の国へと続く洞窟に向かいました。

洞窟の奥に進むと、黄泉の神が楽しそうに言いました。

『お前のおかげで、村の人々は黄泉の国へと堕ちてきた。我はその人々を喰らうとしよう。では、神である我に力を返すがよい』

『いいえ、あなたはもう神ではありません。私こそがこの世界の神です』

そう言うと、ハルはヨモツイクサとともに黄泉の神に襲いかかり、殺してしまいました。

そうして新しい黄泉の神となったハルは、黄泉の森に人間が這入り込んだら殺すようにヨモツイクサに命じました。

だから、黄泉の森には決して入ってはいけません。

あの森には、死者の世界から這い出してきた鬼がいて、迷い込んできた人間を殺そうと待ち構えているのですから。

第二章　斑（まだら）の卵

1

「脳炎を起こしている？」

　茜が声を上げると、道央大学医学部精神科准教授である清水典史（しみずのりふみ）は「その可能性が高いですね」と、頭部ＭＲＩ画像が映し出されている電子カルテのディスプレイを指さす。患者名には『コムロサエ』と記されている。茜のそばには、外科の教授である柴田和也（かずや）と、後輩の姫野由佳が立っていた。

　小室紗枝（こむろさえ）、それがヒグマの内臓を喰らい、茜に襲いかかった少女の名前だった。

　あの日から三日後、茜は道央大病院の精神科病棟ナースステーションにいた。

　紗枝を絞め落とした茜は、すぐに鍛冶と協力してその手足をロープで縛り上げた。仕留めた獲物の四肢を運びやすいようにロープで縛るのは、猟師には必須の技術だ。ものの数十秒で紗枝の背中側で決して解けないように縛ったのだが、問題はそのあとだった。

　紗枝をそのまま山に残しておくわけにはいかない。靴も履かずに鋭い岩や枝が落ちている山中を彷徨っていた紗枝の足は血で真っ赤に染まっていたし、寝間着姿で冬山の夜を迎えれば、間違いなく凍死する。さらに、ヒグマの腐った内臓を食べたことによる感染症の心配もあった。それに何より、常軌を逸した行動をとった紗枝が、脳か精神の疾患により危険な状態であることは火を見るより明らかだった。

茜と鍛冶は山を下りて、紗枝を病院まで運ぶことに決めたが、それは困難を極めた。ただでさえ険しい山を、小柄な女性とはいえ人間を運んで下りなければならないのだ。しかも、数分で意識を取り戻した紗枝は、水揚げされた魚のように激しく身をよじっては奇声を発し続けた。

交代して紗枝を肩にかつぎつつ、なんども転倒しながら数時間かけてようやく車が停めてある作業場まで辿り着き、そこからタンドラの後部座席に乗せて茜が勤める道央大病院の救急部へと搬送した。

紗枝を救急部に運び込んだ茜は、四肢が縛られた腐汁まみれの少女に驚くスタッフに状況を必死に説明しつつ、初期治療に自らも参加した。暴れる紗枝を鎮静剤で眠らせると、低体温症に陥りつつある体を温め、点滴で脱水を補正するとともに、感染対策として抗生剤の投与を行った。その後、精神科の当直医を呼び出し、医療措置入院の手続きを取ってもらい、精神科の閉鎖病棟にある隔離室に入院させた。

手がかりである少女を手元に置くことに成功した茜は、すぐに小此木を呼び出し、制服警官を引きつれて病院にやってきた彼に、病院で待たせていた鍛冶とともに事情を説明したのだった。

翌日、警察は駐車場に置かれていたスクーターから、少女が小室紗枝という十七歳の女子高生であることを突き止めた。その日に家族から行方不明者届が出ていたらしく、身元特定は容易だったということだ。

連絡を受けてすぐに病院を訪れた紗枝の母親に状況を説明したうえで、措置入院から家族の同意のもとに入院を行う医療保護入院へと切り替え、紗枝の身に何が起こったのか詳しく検査を行うことになった。主治医は精神科の清水だが、救急部に搬送し初期治療を行ったということで、兼科という形で外科もかかわることになり、茜は紗枝の担当医の一人になることができた。そうして今日、主治医である清水から「ある程度、小室さんの病状の原因が分かりましたので、説明させてください」と連絡を受け、精神科病棟にやってきたのだ。柴田は外科の責任者として、姫野は茜が動けない際にフォローを担う医師としてついて来てくれている。

「この部分に炎症が確認できます」

清水がＭＲＩ画像に写っている脳を指さす。その一部に、淡く白い影が映っていた。

「ここだけでなく、もっと下のスライスでも脳炎らしき所見が確認されていますね」

清水はマウスをクリックして、ＭＲＩ画像を直していく。たしかに鼻が写る高さのスライス画像にも、かすかに白い影が確認できた。

「ここってたしか……」

胸腹部(きょうふくぶ)の画像は毎日のように見ているが、頭部ＭＲＩは見慣れていない。医学生や研修医時代に学んだ知識を必死に探る。

「大脳辺縁(だいのうへんえん)系ですね。感情をつかさどる部位です。あと、さっき見せたのは思考の中枢である大脳の前頭葉(ぜんとうよう)です」

「感情と思考に関係ある部分の炎症が、小室さんの異常行動の原因なんですか？」

「そう考えるのが妥当でしょう。入院後、投薬を試みているが、彼女の症状が完全には収まりません。まあ、昼はだいぶ落ち着いていていますけど」

清水は部屋の隅にあるモニターの一つを指さす。そこには、ベッドだけが置かれた狭い部屋が映し出されていた。奥には衝立があり、その向こう側がトイレになっているはずだ。

隔離室。他の患者と接触させることが危険なほど、精神症状が激しい患者を隔離するための病室だった。できるだけ患者を刺激しないように、壁も床も天井も真っ白に染め上げられ、衣服などを引っかけて自殺することを避けるため、ほとんどものが置かれていない。ベッドも床の一部が盛り上がっている部分に布団を置いただけという徹底ぶりだった。

そのベッドに、白い入院着を着た紗枝が背中を丸めて座っている。

「昼間はということは、夜は違うんですか？」

茜が訊ねると、清水はデスクに置かれていたリモコンを手に取る。モニターが暗くなった。夜間の様子を録画した映像だろう。

そこに映し出された映像を見て、茜は息を呑む。狭い部屋の中、紗枝が飛び跳ねていた。ときおり、ロックコンサートの観客のように首を前後に激しく振ったり、ベッドの布団を蹴り飛ばしたり、壁に頭突きをしたりしている。音はないが、裂けそうなほどに大きく開かれている口から、あの黒板を引っ掻くような不快な奇声が迸っていることは容易に想像できた。

その光景はまるで、罠にかかって怒り狂っている野生の猛獣を見ているかのようだった。

「自傷行為が激しいので、夜勤の男性看護師が三人がかりで鎮静剤を注射しました。ただ、とんでもない力でね。そのうちの一人が弾き飛ばされて転倒して、腕を骨折しましたよ」

「精神科の看護師がですか？」

茜は耳を疑う。患者がパニックになって暴れることが少なくない精神科には、もしものときのために体格のよい男性看護師が多く配属されている。そんな看護師が、あんな小柄な少女に骨を折られるとは、にわかには信じられなかった。

「あんなに華奢なのに？」

姫野が驚きの声をあげると、清水がぼそりと「……火事場の馬鹿力」とつぶやいた。

「はい？　なんですか？」姫野は目をしばたたく。

「火事場の馬鹿力ですよ。火事になったとき、小さな女性がタンスを一人で持ち上げたりと、普段なら考えられないほどの力を発揮することがある。人間の脳は、骨や関節などを守るために、普段は筋力を百パーセントは発揮しないようにセーブしている。しかし、命が危機に晒されるような状況に陥ると脳のリミッターが外れて、信じられない力を出すことができるんです」

「じゃあ、小室さんのリミッターは……」

「ええ、脳炎により完全に外れているんでしょ。だからこそ眠っている間に、あんな人間離れした動きができるんだ」

「眠っている⁉　こうやって暴れているとき、小室さんは眠っているんですか⁉」

姫野の声が跳ね上がる。清水は重々しく頷いた。

「正確にはノンレム睡眠中なんでしょうね。深い睡眠ですね。その途中に突然動き出し、なんらかの行動をとる。一般的に夢遊病と呼ばれる状態です。その状態で外部からの刺激で覚醒させるのは難しく、そのときのことを起床後に本人はおぼえていない。子供に多くて、普通は成長とともに改善するが、危険な行動を取ったり他人に危害を加えたりする場合は薬物治療の対象になります」

「小室さんの母親も言っていました。夜が特におかしかったって」

茜はつぶやきながら、娘が発見されたと聞いて、病院に駆け付けた紗枝の母親を思い出す。

彼女の話では、紗枝の様子がおかしくなりはじめたのは、半年ほど前からだった。もともとは朗らかな性格だったのに、口数が少なくなって自分の部屋に閉じこもるようになった。最初は来年に控えた大学受験の勉強をしているのかと思っていたが、ある日から、「お腹に赤ちゃんがいる」「この子の為なら死んでもいい」などと言うようになり、さらに夜中に部屋から奇声や壁を叩くような音が聞こえるようになっていった。

「あの運動能力も、夜の奇行も、全部脳炎によって起こっていることですね」

「その可能性が高いですね。抗ＮＭＤＡ脳炎では、混乱や睡眠障害はよく見られる症状です。まあ、ここまで激烈な症状を見るのは私も初めてだけど」

「抗ＮＭＤＡ脳炎？」

聞きなれない病名に、茜は眉間にしわを寄せる。

「脳細胞にあるＮＭＤＡ受容体に対して抗体ができて、それが原因で脳炎が生じる自己免疫性疾患ですよ。二〇〇七年に提唱された、比較的新しい疾患概念です。若い女性に多く、そしてそのきっかけとして最も多いのが……これですね」

清水は再びマウスを操作して、電子カルテに表示されている画像を切り替える。それは、茜が普段から見慣れている、腹部の造影ＣＴ画像だった。足の付け根、大腿骨頭が写る高さのスライスで、骨盤内にハンドボール大の塊が写し出されていた。その内部はまだら模様に白と黒の影が混ざっていた。

「卵巣成熟奇形腫かな」

柴田がぼそりとつぶやく。成熟奇形腫は胚細胞から発生する腫瘍で、特に卵巣から生じることが多く、卵巣腫瘍の約二十パーセントを占める。成熟した組織から構成されており、その内部には皮膚、歯、髪などの組織が入り込んでいることが多かった。

「そうです。成熟奇形腫にはＮＭＤＡ受容体があり、それに対して生じた抗体が脳で炎症を引き起こします。そう言えば、小室さんの妄想の中心は子供ができたというものでしたよね」

茜は「はい」とあごを引く。紗枝に恋人はいなかったらしいが、本当に妊娠していたら大変だと思い、母親は産婦人科を受診させようとした。しかし、それに紗枝は「病院なんか行ったら、赤ちゃんが殺される！」と激昂したということだった。

「この成熟奇形腫はかなり巨大だ。おそらく小室さん本人も、腹部が内側から圧迫される感覚をおぼえていただろう。それが、妊娠したという妄想に繋がった可能性が高いですね」

「つまり、すべてはこの奇形腫が原因だったということですか」姫野が訊ねる。

「そう考えるのが妥当でしょうね。失踪したのも、混乱して訳が分からなくなって家を飛び出して彷徨っていたんだろう」

果たしてそうだろうか。清水の返答を聞きながら、茜は胸の中でつぶやく。妄想に囚われたり、夜中に暴れたりするだけなら、脳炎の精神症状で説明がつくかもしれない。けれど、小室紗枝はスクーターで駐車場まで移動し、そこから徒歩で黄泉の森に入った。そこには強い意志を感じる。妄想から生まれたものかもしれないが、なにかはっきりした目的をもって紗枝は禁域に入った。そう思わずにはいられなかった。

ヒグマの腐った内臓に迷うことなくかぶりついた紗枝の姿を思い出す。

自分たちがいなければ、きっと紗枝はヒグマの遺体のそばで命を落としていただろう。自らの命を捨ててまで、紗枝が成し遂げたかったこと。それは一体なんだったのだろうか。

「……子供」そんな言葉が唇の隙間から漏れる。

小室紗枝は妊娠しているという妄想に囚われていた。そして、その子供が殺されると怯え、攻撃的になっていた。

もしかしたら、黄泉の森に入ったのは自分の子供を守るためだったのではないだろうか。

そこまで考えたところで思考が止まる。ヨモツイクサという怪物が棲んでいるという伝説がある黄泉の森に入ることが、どうして子供を守ることに繋がるというのだろう？　いくら妄想に囚われていたとしても、混乱していたなりの理由があったはずだ。それが分からなかった。

「まあ、できるだけ早くこの成熟奇形腫を切除しないとね」

思考を巡らせていた茜は、清水の言葉で我に返る。

「奇形腫を取り去れば、脳炎が治るんですか？」姫野が前のめりになって訊ねた。

「百パーセントではないが、かなり症状が改善することが多いですね。抗ＮＭＤＡ脳炎は腫瘍随伴症候群の一種で、腫瘍に対する抗体が生産され続けることが問題だ。だから奇形腫を取れば抗体生産が止まり、脳炎も改善することが多いんですよ」

症状が改善すれば、紗枝の口からなぜ禁域に入ったかを聞き出すことができるかもしれない。家族の行方にかんする手がかりを得られるかもしれない。

「なら、私が執刀します。すぐに手術をしましょう」

勢い込んで言うと、清水はまばたきをした。

「いやいや佐原先生、これは卵巣腫瘍だよ。婦人科の領域だ」

「腹腔内の腫瘍を切除するだけなら、外科でも十分にできます。私は兼科とはいえ、小室さんの担当医です。私が執刀します」

「それなら、私に助手をやらせて下さい。紗枝ちゃんを私も助けたいんです。なんといっても、自分が執刀したことのある患者さんですから」

姫野が勢いよく手を挙げた。小室紗枝は五年前、この道央大病院に受診したことがあった。強い腹痛を訴えて救急搬送され、虫垂炎で緊急手術が必要だと判断されたのだ。その手術を担当したのが姫野だった。茜は指導医としてその手術の助手を務め、姫野の執刀をサポートした。また、姫野にとって初めての緊急手術の執刀ということで、教授の柴田も途中で助手に入り、たんなる虫垂炎だというのに、やけに豪華な面子での手術になったことを茜は思いだす。

「ああ、そんなこともあったな。懐かしいね」

好々爺の雰囲気を醸し出している柴田は、目を細める。

「そう言えば、佐原先生のはじめての緊急手術にも私が入っていたね。いやあ、あのときは驚いたよ」

「え、茜先輩のはじめての緊急手術？　それってどんな症例だったんですか？」

姫野が好奇心に満ちた眼差しを向けてくる。十年前の記憶が蘇ってきた。

「姉よ」

茜は柔らかく微笑みながら答えた。姫野は「お姉さん？」と小首をかしげる。

「私の姉が警官だったのは知っているでしょ。十年前ね、旭川市で刃物を持った強盗が郵便局で金を奪う事件があって、姉さんも地域の警戒に当たっていたの。そして、偶然、路地に隠れていた強盗を発見して……腹を刺された」

姫野の表情がこわばる。

「あの……、大丈夫だったんですか？」

「うん。同じ交番に勤めていた同僚がすぐに強盗犯に飛び掛かって、逮捕して助けてくれた。その犯人を他の警官に任せて、その同僚は刺された傷口を押さえて止血しながら、病院まで付き添ってくれたの。小此木さんっていう人ね」

血塗れの両手でストレッチャーに横たわる姉の腹部を必死に押さえながら、救急隊と一緒に救急車からおりてきた小此木の姿を茜は思い出す。

「どんな状態だったんですか」

おずおずと訊ねる姫野に、茜は笑みを見せる。

「傷口は腹腔まで達していたけど、運がいいことに内臓に損傷はなかった。手術自体は腹腔内を洗浄して、傷口を閉じるっていう簡単なものだった。ただ、私がどうしても手術に入りたいって引かなくて、柴田先生が許可してくれたの。それどころか、姉さんの了解を得て、私に執刀させてくれた。それが私のはじめての手術」

「はぁー、なんか凄い話ですね。ちょっと感動です」

姫野の感嘆の声を聞きながら、茜は十年前の記憶を反芻する。術後、小此木は毎日のように見舞いにやってきた。それをきっかけにして二人は交際するようになった。強盗犯を逮捕した功績で二年後、小此木はかねてから希望していた刑事になることができ、それを期に二人は婚約した。

結婚式を翌月に控えたころ、二人で食事をしているとき姉は、腹部をさすりながらそっと茜に告げた。「ねえ茜、実は私、妊娠しているの。もうすぐ、ママになるのよ」と。その頃、もともとおっとりとしていた姉が苛立っていることが多く、マリッジブルーかと思っていたが、妊娠による体調の変化が原因と分かり、安堵するとともに歓喜した。優しい姉なら、きっといい母親になれる。小此木と生まれてくる子供と、三人で幸せな家庭を築く。そう確信していた。

けれど、そのすぐ後に、姉は失踪した。両親と祖母とともに……。

茜が口を固く結んでいると、清水が「あの……」とおずおずと口をはさんでくる。

「思い出話の途中、申し訳ない。ただ、私は手術についてはよくわからないが……。何かのときのために、やっぱり慣れている婦人科に任せた方がいいと思うんですが……」

困惑顔で清水はこめかみを掻く。

「それなら、私から産婦人科の教授に掛け合ってみよう。ベテラン婦人科医が助手として入ってくれれば、問題なく手術できるはずだ」

柴田がいつも通りのおっとりとした口調で言うと、清水は「まあ産婦人科部長が許可するなら……」と歯切れ悪く答えた。

茜が「ありがとうございます」と柴田に頭を下げたとき、腰のあたりから電子音が響いた。茜は白衣のポケットから院内携帯を取り出すと、ナースステーションの端に移動して『通話』のボタンを押す。

『交換台です。鍛冶さんとおっしゃる方から外線が入っています。お繋ぎしますか?』

茜は目を見開くと、「はい、繋いで下さい」と院内携帯を両手で持つ。

鍛冶は今日、小此木を含む複数の警官と禁域に入り、アサヒの死体の回収に向かっていた。

警察はまだ作業員たちがヒグマに襲われて死亡したと考えている。しかし、アサヒの死体に刻まれていた巨大な切創を見て、それが山際清二の首元の傷と同様のものだと確認されれば、作業員たちを殺したのはヒグマではなく、黄泉の森に棲んでいる正体不明の怪物かもしれないと考えるだろう。そうなれば、きっと司法解剖の結果を再び見直すだろうし、アサヒの死体も徹底的に調べ、『怪物』の正体を暴こうとするはずだ。

『茜か……』

院内携帯から鍛冶の声が聞こえてくる。

「鍛冶さん、アサヒは回収できた？」

茜が早口で訊ねると、電話から弱々しい声が聞こえてきた。

『……消えていた』

「え？　どういうこと？」意味が分からず、茜はまばたきをする。

『だから、死体はなかったんだよ』

「そんなわけないでしょ。だって、しっかりとGPSで場所を記録したじゃない。ちゃんと周囲を探せば見つかるはずだから……」

『見つからなかったんじゃない！　消えていたんだ！』

ただならぬ鍛冶の様子に、異常なことが起きたことを悟り、茜は口をつぐむ。

『アサヒの死体があった痕跡はある。血痕も、アサヒが倒れていた跡も、内臓の一部もな。けれど、死体は消えていたんだ。誰かが持っていっちまったんだ』

「誰かって、あんな巨大な死体を運べる生き物なんて……」

『……ヨモツイクサ』

鍛冶が口にした単語に、心臓が大きく跳ねる。

「まさか、ヨモツイクサがアサヒの遺体をどこかに持っていったっていうの？」

『そうとしか考えられないだろ。あの死体の場所を知っているのは、俺たちと、そして……「怪物」だけなんだからな』

あんな巨大なヒグマの死体を運ぶことができるヨモツイクサとは、いったいなんなのだろうか。あの昏く深い森には、何が棲んでいるというのだろうか。茜は寒気をおぼえる。

「いまから鍛冶さんたちはどうするの？　アサヒの死体を探すの？」

『いいや、もう山を下りた。今日は死体搬送だけの予定だったから、警官はかなりいるが、猟師は俺と猟友会長の二人だけだ。出直しすることになった』

「出直し？　またあらためてアサヒの死体の捜索隊を作るってこと？」

『いや、……駆除隊だ。北海道中から腕利きの羆撃ちを集めて、狩るつもりらしい』

「狩るって……、ヨモツイクサを？」

　声が震えてしまう。あの巨大なヒグマを殺し、その死体を運ぶような怪物を駆除することなど、果たして可能なのだろうか。

『そうだ。警察は作業員がヒグマに殺されたという見解を変えてない。アサヒが殺されていたとしても、それは他のヒグマにやられたに違いないと思っている』

　それは仕方がない。ヒグマはこの日本の生態系の頂点に立つ存在だ。ヒグマを斃せるのは、同じヒグマか、もしくは人間だけ。そう考えるのは常識だ。

『……茜』

　決意のこもった声が鼓膜を揺らす。茜は「な、なに？」と声を上ずらせた。

『俺は駆除隊に参加するぞ』

「え？　でも、もうアサヒは死んだじゃない。なら、奥さんの……」

　仇はもういない。そう言いかけて、茜は口をつぐんだ。目の前で愛する人が生きたまま喰われた。そんな凄惨な経験を、ただ仇の死体を見ただけで乗り越えられるわけがない。

　あの黄泉の森に潜むヨモツイクサの正体をあばき、そして出来ることならそれを斃してはじめて、前に進むことができる。鍛治はそう思っている、いや思い込もうとしているのかもしれない。

『茜、お前も来い』

静かに告げられる。茜はすぐには答えられなかった。

『お前の家族の失踪にも、きっとヨモツイクサがかかわっている。だから、お前も駆除隊に参加して、「怪物」を狩るんだ。そうしないと俺たちは、いつまでも前に進めない』

通話が切れる。携帯電話から聞こえてくる電子音が、やけに寒々しく茜には聞こえた。

2

「それでは、卵巣成熟奇形腫の除去手術を行います。お願いします」

茜が頭を下げると、第二助手の姫野由佳をはじめ、この部屋にいる他のスタッフたちもそれに倣った。ただ、手術台を挟んで向かいに立つ中年の男性医師、産婦人科の医局長である久保田(くぼた)だけは、不機嫌そうにかすかにあごを引いただけだった。

茜は緑色の滅菌ドレープから覗く白い腹部を見下ろす。黄泉の森でアサヒの死体を見つけてから五日後、茜の執刀で紗枝の手術が始まっていた。

一昨日、茜を執刀医として紗枝の成熟奇形腫切除術をしたいと柴田が産婦人科部長に伝えた。部長は婦人科領域の腫瘍である卵巣奇形腫を外科医に執刀させることに最初難色を示したが、最終的にベテランの産婦人科医を第一助手に付けること、何か問題があった際の責任は外科で取ることで許可を出してくれた。

茜はすぐに紗枝の母親に、精神症状の原因が奇形腫である可能性が高く、それを切除することで改善することが多いことを伝え、手術の許可を取ると、麻酔科、手術看護部などを回って頼み込み、わずか二日後に準緊急手術という形でオペの予定を組むことに成功していた。

茜は横目で、紗枝の顔を見る。すでに麻酔導入が行われ、口からは気管内チューブが飛び出ていて、麻酔器に接続されている。麻酔器のポンプが機械音を響かせながら酸素と吸入麻酔薬が混ざった気体を押し込むたびに、滅菌ドレープに覆われた胸が上下する。

紗枝に麻酔をかけるのは大変だったと聞いている。昨日の夕食の水に、無味無臭の抗精神病薬であるリスペリドンの水薬を混ぜることで精神症状を落ち着かせたうえで、朝になって手術室へと連れて行こうとした。しかし、紗枝が激しく抵抗したため、通常量より遥かに多い鎮静剤の筋肉注射によりなんとか寝かせることができた。

ふと茜は、紗枝の右下腹部に数センチの傷痕があることに気づく。五年前に行った虫垂炎切除術の傷痕だろう。隣に立つ姫野に、「あなたが執刀した痕よ。覚えている?」と声をかける。

「もちろん覚えていますよ。あのときはご指導ありがとうございます」

重苦しい空気を払拭しようとしているのか、姫野は芝居じみた仕草で頭を下げた。

「先生、雑談はいいから、さっさとはじめてくれませんか」

わずかに緩んでいた空気が、久保田の不機嫌を隠そうともしない声で再び張り詰める。

茜は「メス」と掌を上に向ける。器械出しの看護師が、流れるような動きでメスを渡してくる。ラテックス製の手袋越しに伝わってくる金属製の柄の、硬く冷たい感触が心地よかった。

茜は臍(へそ)の下にメスを当てると、迷うことなく刃を下腹部に向かって滑らせていく。中が半熟のオムレツにナイフを入れたかのように白い皮膚が左右に割れていき、その下にある黄色い脂肪組織が姿を現す。その鮮やかな手際に感心したのか、久保田の口元から、「ほぅ」とかすかに感嘆の声が聞こえてきた。

「電メス」

皮膚切開を終えたメスを器具台の上に置きながら言う。間髪を容れず、看護師が電気メスを渡してきた。茜は電気メスを止血モードにすると、切開部の出血点にメスの切っ先を当て、足元にあるペダルを踏む。

通電によりメスが当たっている部分が焼け、焼却止血が施されていく。ペダルを踏み込むたびにわずかに白い煙が上がり、タンパク質が焼ける臭いが鼻先をかすめた。

目ぼしい出血を止めると、久保田と姫野が左右から皮膚を引いて、軽いテンションをかけてくれる。茜が視線を上げると、目が合った久保田はばつが悪そうにそっぽを向く。

本来、婦人科が担当するべきオペを外科医が執刀していることに不満をもっていても、プロとしてしっかりと助手を務めてくれるようだ。

「ありがとうございます。サポートよろしくお願いいたします」

茜が慇懃に言うと、久保田は注意しないと気づかないほどかすかに頷いた。

茜は切り開いた創部に視線を戻し、電気メスを切開モードにして、露出した脂肪に切っ先を当てた。電気メスの刃が上下するたび、バターに熱したナイフを滑らせたかのように脂肪が割れていく。出血が生じると、ガーゼを手にした姫野が圧迫止血を試み、それでも止まらない場合は茜が電気メスで焼却することで血液を止めていった。

開始前の懸念とはうらはらに手術はスムーズに進み、すぐに脂肪層の下の筋肉が露出した。

茜はピンセットで筋肉をつまみ上げると、電気メスで小さく穴を開ける。

「コッヘル」

電気メスを器具台に置いた茜は手術用のハサミであるコッヘルを看護師から受け取り、開けた穴から一気に筋肉とその下にある腹膜を切り裂いていった。先端がL字状になった金属の棒である筋鉤を両手に持った姫野が、それを切り開かれた創部の端に引っかけて左右に引く。露わになった腹腔内を見て、茜は息を呑んだ。

骨盤内、本来は膀胱や子宮、直腸などがあるはずの場所に、ハンドボール大の球体が収まっていた。赤黒い表面には渦を巻くような紫色の模様がいたるところに刻まれ、ぬめぬめと光沢を放っている。

「これは、なんというか……。気味悪いな……」

久保田がかすれ声で言うのを聞きながら、茜はそっとその球体に触れる。その表面は大理石のように滑らかで、ほのかに温かった。

こんな腫瘍、初めて。心の中でつぶやきつつ、茜は両手で球体に触れて観察していく。

「裏側が腹膜とかなりしっかりと癒着していますね」

天井からぶら下がっている無影灯を操作して、球体の裏側を照らす。そこには赤黒いクッションのような、ぶよぶよとした塊が敷かれていた。

「この塊、なんでしょう？　腹膜とか腸管にしっかりと癒着しているようですけど……」

茜はつぶやきながら、赤黒い軟組織を指先でこする。そこからじんわりと血が滲んだ。

「血流が豊富ですね。ここから腫瘍は栄養を得て成長したんでしょうね」

筋鉤で創部を開いたまま、姫野が言う。

「たしかに腫瘍は血管新生を行って周囲の組織から血液を引き込んで栄養を得ることが多いけど、こんなぶよぶよの組織を作るのは見たことないわよ。これも腫瘍の一部なのだとしたら、しっかりと切除しないと」

腹膜や腸管から、出血に注意をしながら剝がしていくとなると、かなりの手間だ。思った以上に大変な手術になりそうだ。

茜が考えていると、久保田がぼそりとつぶやいた。

「……胎盤」

「はい？　久保田先生、何かおっしゃいましたか？」

聞き返すと、久保田ははっとした表情で軽く頭を振った。

「いや、この組織、胎盤に似ているなとちょっと思っただけで」

「胎盤って、受精卵から発生して子宮に付着し、母体から胎児に栄養とか酸素を供給する胎盤のことですか？　あの、出産後にぼろっと排出されてくる組織ですよね」

姫野が目を大きくしながら、球体に付着している組織を凝視する。

「言われてみたら似ている気もしますけど、腹腔内に胎盤ができることなんてあるんですか？」

「子宮外妊娠なら稀に生じることもあるが……。いや、気にしないでくれ、ちょっとそう見えたっていうだけだ、続けてくれ」

気を取り直すように久保田が言う。茜は頷くと、組織の強度を確認しようと、直腸と付着している部分に軽く指をかけて引いてみる。絆創膏を剝がすかのようなぺりぺりという音とともに、想像よりもはるかに容易に胎盤様の組織は剝がれていき、付着していた直腸の表面から血液が急速に滲み出してくる。

久保田が慌ててガーゼでその部分を圧迫して出血を止める。茜は反射的に器具台に置かれていた電気メスを手に取り、止血モードに切り替えた。

茜と久保田は目を合わせると、頷き合う。久保田がガーゼをずらしていくと同時に、茜は出血点に電気メスを当てて足元のペダルを踏み、出血点を焼き固めていった。

出血を止めた茜と久保田は同時に大きく息を吐く。

「どうやら剝離するのは簡単だが、付着している組織との間に細い血管がかなり豊富に存在しているようだな」

久保田の説明に茜は「ええ」とあごを引く。

「これだけ組織が柔らかく、血管も脆いとなると、結紮して止血するのは難しいです。少しずつ電メスで止血をしながら剝がしていくしかないと思います」

久保田は「そうだな」と、低い声で同意を示す。

「この柔らかさといい、豊富な血流といい、本当に胎盤みたいな組織だ。普通の胎盤は出産時に剝がれた後、付着部から出血するが、子宮の収縮によって止血される。けれど、腹腔内ではそれは期待できない。かなり出血することになるぞ」

久保田の説明に頷いた茜は、麻酔科医に「すみません」と声をかける。

「聞いた通り、予定よりかなり出血する可能性が高いです。全身管理は大丈夫ですか？」

「分かりました。良性腫瘍の核出術ということで、大量出血は想定していませんでしたが、そういうことでしたら点滴ルートと輸液量を増やすとともに、輸血の準備をしておきます」

麻酔科医は動揺することなく点滴のスピードを上げると、紗枝の手背静脈に点滴針を刺しつつ、外回りの看護師に「かなりの出血の可能性があると輸血部に連絡して、クロスマッチをするように言っておいて」と指示を出す。

新しい点滴ルートを確保し終えた麻酔科医は、「これで大丈夫です」と力強く言う。

「出血量が多くても、循環と呼吸は維持します。どうか、オペを再開してください」

茜は「ありがとうございます」と礼を言うと、久保田と目を合わせる。自然と二人は頷き合った。オペ開始前に漂っていた固く冷えた空気は消え去り、代わりに困難な手術に立ち向かうプロたちの熱意が部屋に充満していった。

「出血量、三四〇〇です」

外回りの看護師の報告を、茜は歯を食いしばりながら聞く。手術開始からすでに八時間以上が経っていた。その間、腹腔内のいたるところに付着している赤黒い軟組織を剝がしては、出血を止めるという作業をくり返している。すこし手元が狂うと大量に血が噴き出すので、全く気を抜くことができない。

執刀医の茜だけでなく、助手の久保田と姫野も疲弊しきっていた。眼球だけ動かして、麻酔器が置かれている方を見る。点滴棒には点滴だけでなく、濃厚赤血球液のパックがぶら下がっており、輸血が行われていた。手術の途中で麻酔科医が、頸静脈を穿刺(せんし)して中心静脈への太い点滴ルートも確保しており、昇圧剤をはじめとする様々な薬剤が投与されている。

ここまでの大手術になるとは想像だにしていなかった。けれど、あとは子宮に付着した部分を剝離すれば終わりだ。茜は自らに活を入れる。しかし、子宮には包み込むように軟組織が付着しており、それを剝がすだけでも一苦労だった。

「あと二時間ってとこかな」久保田が大きく息をつく。

「すみません。時間がかかってしまって」

茜が謝罪すると、久保田は大きくかぶりを振った。

「仕方がない。こんな症例、はじめてだからな。佐原先生、これ、症例報告を頼むぜ。世界的にもこんなの珍しいはずだ。そして、論文書くときは俺の名前もちゃんと入れてくれよ」

冗談めかした声に部屋の雰囲気が明るくなる。最初は不機嫌だった久保田だが、この難手術に力を合わせて挑んでいるうちに打ち解けてきて、いまや『戦友』といった雰囲気になってきた。

「そのときは私もお願いしますね」

文句ひとつ言わずに筋鉤掛けをはじめとした地味な作業を担ってくれている姫野が口をはさんだ。

「ええ、もちろん」

茜は張りのある声で言うと、久保田が「しかし……」とつぶやいた。

「この患者、黄泉の森で発見されたんだよな。なんであんな所にいたんだ？　あそこはアイヌの伝説でも、ウェンカムイが棲んでいるとか言われるいわくつきの場所だろ」

「たんなるウェンカムイじゃありませんよ」筋鉤を持っている姫野が口をはさんでくる。

「え、どういうこと？　何か知っているの？」

茜がまばたきすると、姫野ははっと我に返ったような表情を浮かべて首をすくめた。

「すみません、余計なこと言って。うちの祖父がアイヌ文化を研究する学者で、子供の頃からアイヌの伝説とかよく聞かされていたもので……。気にしないで下さい」

「いいえ、ぜひ教えて。たんなるウェンカムイじゃないって、どういうことなの？」

「えっとですね、ウェンカムイ、つまり悪い神であることは確かなんですけど、アイヌの言い伝えではあそこにいるのはアミタンネカムイなんですよ」

「あみたんね……？」はじめて聞く単語に、茜は首を捻る。

「アミタンネカムイ、もしくはアミタンネ。簡単に言うと、クモの神様です」

「クモ⁉」声が裏返る。

「そうですけど、それが何か?」姫野がまばたきをする。

「いえ、なんでもないの……」

ごまかしながら、茜は必死に頭を働かせる。アイヌの伝説では、黄泉の森にいるのはクモの神だった。悪い神とされているということは、その神は人を襲うということなのだろう。そして、その伝説がヨモツイクサの言い伝えに変化していった。

クモ……、イメルヨミグモ……。やはり蒼い光を放つあの極小のクモこそが、あの不吉な森の謎を解く鍵だ。しかし、あのクモがヒグマを斃すことなど不可能。だとすると……。

「茜先輩、大丈夫ですか」

姫野に声をかけられ、思考が途切れる。

「あ、うん、なんでもない……」

いまは手術中だ。まずはこの腫瘍を切除しないと。茜はハンドボール大の球体を両手で包み込むように持つ。血流はほとんど途絶えたはずだというのに、まだそれは温かった。

ダチョウの卵みたい……。胸の中でつぶやいたとき、掌に振動をおぼえた。まるで、球体の中で『何か』が動いたかのように。茜の口から小さく「ひっ」という悲鳴が漏れた。

姫野が「どうしました?」と不思議そうに訊ねてくる。

「いえ、なんかこの腫瘍が……」

動いた気が、と続けかけたとき、今度は明らかに腫瘍が揺れた。

気のせいなんかじゃない。動いている。その下にある臓器とともに。

何が起きているか気づいた茜は、麻酔科医に向かって叫ぶ。

「バッキングしている！　止めて下さい！」

バッキング。麻酔薬や筋弛緩剤の効果が薄くなり、気管内チューブによる咽頭反射が起こって体が動く状態。

「え？　そんなはずは。かなり麻酔深度は深く保って……」

麻酔科医が反論し終える前に、手術台に横たわっていた紗枝の体が痙攣しはじめた。ベルトで固定されている四肢が激しく震え、下腹部を切り開かれた体が大きく反り返る。気管内チューブが挿管された口から、動物の咆哮のような声が漏れだした。外回りの看護師が悲鳴を上げて、手に持っていた金属製のトレーを落とし、大きな音が響きわたる。

「筋弛緩剤の追加を！　早く！」

硬直している麻酔科医に久保田が叫ぶ。麻酔科医はせわしなく麻酔カートから筋弛緩剤の入ったシリンジを取り出して、点滴ラインの側管に接続した。しかし、それが投与される前に、紗枝の腕を手術台に固定していたベルトが外れた。紗枝の上半身が起き上がる。同時に、茜の手元からぶちぶちという音が響き、子宮に付着していた軟組織が一気に剝がれ、腹腔内から球体が取り出された。茜はマスクの下で口を半開きにして、両手に持っている球体を見下ろしたあと、顔を上げた。

眼球の保護のために貼られていたテープが剝がれ、紗枝が血走った双眸を目尻が裂けそうなほどに見開いていた。刃物のように鋭い視線が茜を貫く。次の瞬間、麻酔科医が筋弛緩剤を投与した。数瞬の間をおいて、紗枝の体が糸の切れた操り人形のように崩れ落ちる。

「お、驚いた……」

胸元に手を当てながら姫野が言うと、久保田が「まだだ！」と叫ぶ。

「早く止血しないと」

　はっとして切り開かれた下腹部を見た瞬間、氷の手に心臓を鷲摑みにされたような心地になる。腹腔内が血の池と化していた。子宮に付着して軟組織が、紗枝が動いたことで一気に剝がされたため、そこから大量出血をしているのだ。

「吸引を！」

　茜が鋭く指示を出すと、姫野は泡を喰いながらプラスチック製の吸引管を創部に差し込む。洟を啜るような音とともに血液が吸引され、血の池の水位が下がっていく。

「出血四〇〇〇を超えました！」

　看護師の報告が焦燥を搔き立てる。このままだと、失血死のリスクがある。

「輸血部に連絡！　A型とO型の濃厚赤血球をあるだけすぐにクロスマッチして用意！」

　麻酔科医は怒鳴るように言うと、点滴棒にぶら下がっていた濃厚赤血球液のパックを両手で鷲摑みにして絞り出し、急速輸血をはじめる。

　吸引により子宮が見えてくる。茜は手にしていた球体を器具台の膿盆（のうぼん）に置くと、代わりに大量のガーゼを手に取り、両手で包み込むように子宮を摑んで圧迫止血を試みた。しかし、ガーゼを浸透して湧き出してきた血液が、指の隙間から大量に漏れ出していった。

「佐原先生、圧迫止血は無理だ。摘出しよう」早口で久保田が言う。

「え？　摘出って、腫瘍はもう……」

「腫瘍じゃなくて、子宮だ。子宮を摘出するんだ」

「子宮を……」

　言葉を失ってしまう。まだ十代の紗枝の子宮を摘出する。妊娠を出来なくする。そんなことが許されるのだろうか……。

「迷っている暇はない。このままだと、術中死になる。私が執刀を代わる」

術中死。外科医にとって最も忌むべきその単語に寒気をおぼえるとともに、思考にかかっていた靄が晴れる。まずは患者の命を守ること、それが最優先だ。

「お願いします」

茜が言うと、久保田は「子宮を摘出する！」と宣言をして、両手を腹腔内に突っ込んだ。

3

薄暗い廊下を俯きながら歩いていく。枷がつけられたかのように足が重かった。

茜は廊下の壁にかかっている時計を見る。時刻はすでに午後十一時を回っていた。

数時間前、茜の代わりに執刀医となった久保田は、産婦人科医らしく素早く子宮動静脈を結紮して出血を止めると、子宮を摘出した。最終的に、一般的な女性の血液量の倍以上に当たる八〇〇〇ミリリットルの出血となったが、麻酔科医が輸血をはじめとして適切に全身管理を行ったおかげで、無事に手術を終えることができた。

しかし、予想外の出血により大きなダメージを負っていると考えられることから、術後に紗枝はICUに運ばれ、麻酔薬での鎮静状態を保ったまま経過を観察することになった。

ICUで術後管理の指示を出し、さらに手術についての説明を紗枝の母親にするなど、様々な業務を行っているうちにこんな時間になってしまった。

普段から体を鍛えているおかげか、どんなに長い手術を行っても肉体的に疲労することはほとんどない。しかし、今日は想定をはるかに超える大手術、紗枝の覚醒とそれによる大量出血、そして子宮摘出の決断など予想外のことが起こりすぎ、精神的に消耗していた。できることなら、ジムに寄って軽く汗をながしたあと、ミストサウナでも楽しんで気分転換をしたい。しかし、まだ重要な仕事が残っていた。茜は両手で持っている膿盆を見る。

金属製の容器には、くすんだ赤と紫が融け合うように混ざり合った模様をした球体が載っている。紗枝の腹腔内から摘出したこの物体を調べなくてはならなかった。

成熟奇形腫は女性の骨盤内に卵巣から発生するだけでなく、縦隔や胸腔内にも生じて外科で摘出手術を行うことがあるので、これまで何回か見たことがあった。しかし、これほどに巨大で、しかも禍々しい模様が描かれた腫瘍は見たことがなかった。

茜は『簡易病理検査室』と記された部屋に入ると、膿盆をテーブルに置き、手袋を嵌めて球体に触れる。石のように硬い感触に、茜は鼻の付け根にしわを寄せた。

これまでに見た成熟奇形腫はもっと柔らかかった。しかし、この腫瘍は石灰化しているのか、やけに硬く、そして重い。

本当にこれは奇形腫なんだろうか？　そんな疑問が頭をかすめる。

たしかにCT画像では中に斑(まだら)模様の成分があり、その一部は真っ白く抜けていた。あれは成熟奇形腫によく含まれる歯や髪の毛などの成分にしか見えなかった。放射線科医の読影レポートにも、『腫瘍内部に成熟した器官を示唆する構造が認められ、卵巣腫瘍（成熟奇形腫）と思われる』と記されていた。

なんにしろ、内部を調べれば分かるはずだ。

この手術部の端にある簡易病理検査室は、病理部に正式に調べてもらう前に、執刀医たちが簡易的に検体の病理検査をするための部屋だった。検体を切り出したり染色するための器具や、顕微鏡が置かれている。

「よし、やろう」

自らを鼓舞するように言うと、茜は球体に付着している胎盤のような軟組織を剝がしていく。赤黒くぶよぶよとしたその塊は、球体の石灰化した外殻から簡単に剝がれていく。

全部取れる。そう思ったとき、急に抵抗があった。軟組織が一部だけ、球体から剝がすことができなかった。

茜は目をこらす。最初は強く付着しているだけだと思ったが、よく見ると、軟組織から伸びた太い血管が二本、球体の外殻を貫通して内部に侵入していた。おそらくは動脈と静脈だろう。血管新生により腸管や腹膜、子宮などからの血流を確保し、それらをこの二本の血管にまとめていたのだろう。

「へその緒……」

その言葉が口をついた瞬間、部屋の温度が一気に下がった気がした。全身に鳥肌が立つ。

軟組織が胎盤だとしたら、この太い二本の血管はまさに、母体から栄養を得るためのへその緒ではないか。なぜ腫瘍にそんなものがついているというのだろう。腫瘍は基本的に周囲の組織から細い血管を引き込んで成長するものだ。これではまるで……。

「……胎児じゃない」

口から零れた声は、自分でもおかしく感じるほどに震えていた。

そんなわけない。疲れていておかしな妄想に囚われているだけだ。茜は激しく頭を振って、不吉な想像を振り払う。

これは腫瘍だ。さっさと切断して、中の組織を確認しよう。深呼吸をくり返すとハサミを手に取り、球体に入り込んでいる血管を根元から切断する。軟組織が完全に剝がれ、球体の全容がようやく露わになった。

くすんだ赤と紫が複雑な模様を織りなす外殼は、血管が通っていた部分に小さな穴がある以外は亀裂などは見当たらなかった。表面は大理石のように滑らかで、光沢を放っている。

茜は新しく膿盆を取り出し、そこに球体を移す。成熟奇形腫では中に液体が入っていて、そこに髪や歯などの組織が浮いていることが多い。液体がこぼれて周囲を汚さないように、膿盆に入れたまま切断する方がいいだろう。

解剖刀と呼ばれる大ぶりなナイフを右手で摑むと、左手で球体を固定する。刃が球体に触れる。

次の瞬間、茜は左手に振動を感じ、小さな悲鳴を上げて後ずさった。

動いた？　茜は数時間前の出来事を思い出す。子宮以外の部分から軟組織を剝がし終えて両手で球体を持ったとき、それが動いたような感覚をおぼえた。バッキングによる紗枝の体動が伝わっただけだと思っていたが、もしかしたら違っていたのかもしれない。

本当に球体の内部で、『何か』が動いていたのかもしれない。

「……そんなはずない。腫瘍が動くはずない。……気のせいに決まっている」

自分に言い聞かせるように声を出す。しかし、恐怖が消えることはなかった。

茜は左手を伸ばして、かすかにふるえる指先で球体に触れる。その瞬間、膿盆の中で球体が転がった。そんなに強く押してはいない。明らかに、球体自体が動いている。

喘ぐように呼吸しながら立ち尽くす茜の前で、球体はがたがたと細かく震えはじめる。膿盆が揺れて、金属音が部屋の空気を揺らした。

間違っていた。私は勘違いしていた。これは腫瘍なんかじゃない。これは……。

「卵……」

茜がかすれ声でつぶやくと同時に、球体の、卵の一部が内側から弾けるように割れた。そこから箸のように細く、節のある、黒々とした脚が出てくる。

卵に開いた穴から出てくる脚が、一本、二本、三本と増える。それらは一本一本が意志を持った生物であるかのように複雑に動くと、錐(きり)のようにとがったその先端を卵の表面に次々と突き立てていく。卵に亀裂が入り、穴が大きくなっていった。

何かが孵化しようとしている。何か禍々(まがまが)しい生物が。

逃げなくては。頭の中で警報音が響き渡るのだが、脳と体を繋ぐ神経が切断されたかのように、指一本動かすことができなかった。未知の生命が誕生しようとしている光景はおぞましくも、どこか神々しく、そこから視線を逸らすことができなかった。

八本の脚が殻に鋭い爪を立てると、穴から絞り出されるように本体が姿を現す。

それは巨大なクモだった。四対の脚がついた拳大の頭胸(とうきょう)部に、ソフトボールサイズの腹部がついている。卵の中で複雑に折りたたまれていたであろう脚は、広げると三十センチほどもあり、脚を含めた全長は一メートルに達しそうなほどだった。

金縛りにあったまま、茜はただ呆然とその生物を観察する。

よく見ると、大きさ以外も茜の知っているクモとは完全に別物だった。全身は鋼のような質感の黒光りする鱗(うろこ)に覆われており、頭胸部の真ん中についている八つの瞳は人間のものに似ていた。八本の脚のうち前方の二本には、カマキリのような三日月状の鎌がついている。

なんなんだ、この生物は。そこまで考えたとき、『ヨモツイクサ』という言葉が脳裏をかすめ、茜は目を見開いた。

この生物こそ、禁域に棲んでいるというヨモツイクサではないだろうか。だとしても、なぜ紗枝の体内で成長していたか分からない。紗枝が異常行動を起こし、そして黄泉の森を彷徨っていたのは、この生物と関係あるのだろうか。

ショートしそうなほどに激しく、脳細胞のシナプスが発火して思考を走らせる。黄泉の森の秘密、そして家族失踪の真相にせまっている。その実感が体温を上げていく。しかし、興奮は次の瞬間、恐怖によって塗りつぶされた。

クモが大きく腹部を風船のように膨らませたかと思うと、泣き声が狭い部屋に響き渡った。産まれたばかりの赤ん坊が発するような、明らかな泣き声が。

いったい、この生物はどこからその声を発しているというのだろう。

解剖刀を持ったまま茜が後ずさると、クモは八本の脚を複雑に動かして膿盆から出て、茜に向かって飛び掛かってきた。茜は反射的に両手でクモを叩き落とす。床にたたきつけられたクモはさらに大きな泣き声をあげると、せわしなく脚を動かし、素早く棚の隙間へと滑り込んだ。

クモの姿は消えるが、赤ん坊の泣き声のような音だけは、いまもうす暗い部屋に響き渡っている。悪夢の中に迷い込んだかのような状況にめまいがしてくる。

扉に向かって走った茜は、ノブを摑んで回す。しかし、ドアが開くことはなかった。

「なんでよ！　開いて！」

悲鳴じみた声で叫んですぐ、茜は錠をかけていたことを思い出し、ノブについているシリンダー錠を回す。かちりという音とともに錠が外れると同時に、右肩に衝撃が走った。茜は関節が錆びついたかのようなぎこちない動きで首を回す。

肩に乗っているクモの八つの目と視線が合った。耳に痛みをおぼえるほどの泣き声と、茜の悲鳴がハーモニーを奏でる。

茜はとっさに左手でクモを摑むと、奥に向かって投げ捨てた。勢いよく飛んでいったクモが鱗に覆われた背中から壁に激突する。硬質な音が響き渡り、クモの腹側が露わになった。そこに浮かび上がっているあまりにもグロテスクな『ある』構造に、茜は膝から崩れ落ちそうなほどの恐怖をおぼえた。

「なんなの、あれ⁉　なんなのよ⁉」

叫びながら必死にノブを回して扉を開いた茜は病理検査室から出ると、非常灯の薄い明かりに照らされた廊下を必死に走っていく。夜勤帯になっているため、スタッフの姿は見えない。夜勤の看護師たちがいる控室に逃げ込むには、この廊下の突き当りにあるナースステーションの、さらに奥にある扉にまで辿り着かねばならない。気持ちがせいて前のめりになる上半身に、下半身がついていかなかった。十数メートル進んだところで足が縺れて転んでしまう。

立ち上がろうとした茜の鼓膜を、赤ん坊のような泣き声が揺らす。倒れたまま振り向いた茜の喉から、笛を吹くような音が漏れた。

わずかに開いた病理検査室の扉の隙間から、数本の脚が蠢くように現れ、そしてクモが這いだしてきている。扉を閉めなかったことを後悔するが、もはや後の祭りだった。

闇のおりた廊下を、カサカサと音を立てながら黒い影が迫ってくる。

腰を抜かしている茜から三メートルほどのところまで近づいたところで、クモは大きく飛び上がった。高々と宙を舞うクモの腹部の裏側、腹面と呼ばれる部分が、非常灯の淡い緑色の光に横から照らされて視界に飛び込んでくる。

そこには顔があった。人間の胎児のような顔が。

飛び掛かってくるクモを、茜が両手で受け止める。至近距離でクモの腹部の裏面全体に浮かび上がる胎児の顔と向かい合う。

胎児の目が開く。その硝子玉のような瞳と茜が目を合わせた瞬間、胎児の口が大きく開き、そこから泣き声が迸った。

クモは四肢を激しく動かし、体をよじる。八本の脚の先についている鎌や爪が当たって、前腕の皮膚が破けた。恐怖と混乱で沸騰した頭を、痛みがわずかに冷ましてくれる。

茜は瓢簞（ひょうたん）のように繋がっているクモの頭胸部と腹部の接続部、細くなっている箇所を左手で鷲摑みにすると、右手に握ったままだった解剖刀を胎児の顔面に向かって突き立てる。眉間を貫かれた胎児が絶叫し、クモの脚が狂ったように暴れる。

茜は軋むほどに奥歯を嚙みしめると、左手でクモを床に叩きつけて固定し、胎児の顔が浮かび上がった腹面に解剖刀をさらに振り下ろした。何度も何度も、繰り返し。蒼い蛍光色の血液がそのたびに飛び散っていく。

胎児の顔の中央を解剖刀で深々と刺し貫いた茜は、手首を捻ってクモのはらわたを抉った。けたたましい泣き声が止み、八本の脚がピンと伸びたあと、力なく垂れ下がった。

仕留めた。なんとか、この化け物を殺すことができた。荒い息をついていると、廊下に足音が響く。茜は素早く振り返った。

「佐原先生？　何をしているんですか？」

廊下の奥に、夜勤の看護師が懐中電灯を片手に立っていた。騒ぎを聞きつけて、様子を見に来たのだろう。

なんと答えようか？　茜はクモの死体を背中に隠したまま、必死に頭を働かせる。

数秒の躊躇のあと、茜はゆっくりと口を開いた。

「なんでもない。今日の手術で取り出した臓器を運んでいたら、つまずいて転んじゃっただけ」

「転んだだけって、なんか悲鳴みたいな声が聞こえたんですけど……」

「臓器から出た血液と染色用の試薬を思いきり浴びちゃったの。それで、思わず大声出しちゃった」

茜は解剖刀をそっと床に置くと、クモから吹き出したやけに粘着質で蒼色の体液で汚れた両手をこれ見よがしに掲げる。看護師が「うわっ、汚い」と顔をしかめた。

「そう、あんまり汚いから叫んじゃったのよ。でも大丈夫。すぐにシャワー浴びて帰るから。ああ、臭いからあんまり近づかない方がいいわよ」

「そうします。お疲れ様です」

看護師がナースステーションへと戻っていくのを見送り、茜は大きく息を吐く。

なぜごまかしたのか、自分でもよくわからなかった。もしこのクモが摘出した腫瘍から出てきたなんて言ったら、正気を疑われるから？　いや、違う。茜は首を振る。

大騒ぎになったら専門機関で調べるために、この生物の死体が回収されてしまうからだ。

この生物こそ、黄泉の森の、そして家族の失踪の謎を解く最大の手がかりだ。

あの日、家族に何があったのかは、私自身の手で解き明かして見せる。そうでないと、私は先に進むことができない。

しかし、調べると言ってもどうすればいいのだろう。虫の死体を調べる技術なんて持っていない。

そこまで考えたとき、人のよさそうな男の顔が頭に浮かんだ。

そうだ、彼ならきっと協力してくれるに違いない。すぐに連絡を取って、これを渡そう。

振り返ってクモの死体を見下ろした茜は、喉からうめき声を漏らす。

クモの腹にある切り刻まれた胎児の顔が哀しげに、濁った目で茜を見つめていた。

4

鼻をつくホルマリンの匂いに顔をしかめながら、白衣姿の茜は部屋を横切り、観音開きの金属製の扉を開いた。

黄泉の森で発見された遺体の司法解剖に立ち会うため、十日ほど前に訪れた解剖室。その奥にある解剖台のそばで、防護服姿の男が一心不乱にピンセットを動かしていた。

「四之宮」

声をかけるが、四之宮は全く反応しない。どうやら、集中しすぎて気づいていないようだ。

茜はため息をつきながら四之宮のすぐ後ろに近づくと、防護服に包まれた肩を軽くたたく。それと同時に、「うわぁ」と声を上げながら四之宮が振り向いた。

そこに立っているのが茜だと気づいたのか、こわばっていた表情が緩む。

「なんだ、佐原か。脅かさないでよ。ここに入るときは一声掛けて」

「ちゃんと掛けたわよ。あなたが『それ』に夢中で気づかなかっただけ。もしかして、一晩中解剖していたの？　無理しすぎじゃないの」

茜は解剖台に置かれている巨大なクモを指さす。昨夜、このクモを回収した茜はすぐに四之宮に連絡を取り、信じられないものを見つけたからすぐに見て欲しいと告げた。ビニール袋にクモの死体を入れ、それを更衣室のシャワー用に置かれているタオルで隠して法医学教授室へ向かうと、事情を話した。

最初は「なになに。そういう怪談とか流行っているの？」と笑っていた四之宮だったが、ビニール袋の口を開いて中身を見せた瞬間、目尻が裂けそうなほどに目を剝いた。

奪い取るようにビニール袋を受け取った四之宮は、無言のままそれを持って解剖室へ行き、解剖台のうえにクモの死体を出して一心不乱に調べ出した。

何か質問しても、四之宮は「まだ分からない」と壊れたテープレコーダーのようにくり返すだけだった。長時間の手術と、その後に起きた悪夢のような出来事で心身ともに消耗していた茜は、くれぐれも他言しないようにくぎを刺したうえで、クモの死体を四之宮に預けて帰宅した。

「無理もするさ！」

四之宮が両手を大きく広げる。

「こんな奇想天外な生物を調べられるんだよ。しかも、佐原の話を信じれば、これは人間の腹腔内で育った卵から生まれたものだ。つまり、これまで人類が存在を知らなかった新種の寄生生物といえる。世紀の大発見だ。法医学者としては、この死体はまさに宝なんだよ」

興奮してまくし立てる四之宮の前で、茜はぼそりとつぶやく。

「本当に人類が存在を知らなかったのかな？」

四之宮は「どういうこと？」と、睡眠不足のせいか腫れぼったい目をいぶかしげに細めた。

「四之宮だって知っているでしょ。黄泉の森の言い伝えを。あれってもしかしたら、本当にあったことなのかもしれない」

「禁域にあった炭坑の村が『怪物』に襲われないために、騙して連れてきた若い娘を生贄に捧げていたっていうのかい？　さすがにそんなこと……」

「いまの倫理観なら考えられない。けれど、明治時代には実際に花街とかに売られる少女はいっぱいいたのよ」

「言い伝えが実際にあったことだとすると、生贄にされた少女は食料にされたわけじゃないってことかな？」

緊張のためか、四之宮はくり返し唇を舐める。

「そう、もしかしたら紗枝さんみたいに、卵を産み付けられたのかも」

「……クモヒメバチ」

四之宮がひとりごつように小声でつぶやく。

「え？　なに？」

「クモヒメバチ、ヒメバチ科で寄生蜂の一種だよ」

「寄生蜂って、蜂が他の生物に寄生するの？」

「ああ、幼虫を寄生させるんだ。クモヒメバチの雌(めす)は宿主(やどぬし)となるクモに産卵管(さんらんかん)を刺し、そこから麻酔成分を出して一時的に動けなくしたうえで卵を産み付ける。二週間ぐらいで卵から孵化した幼虫は、クモの腹部の背中側にとり付き、そこに穴を開けて体液を吸いながら成長していく。ただし、すぐにクモを殺すことはしない。クモは普段通り巣を張っては、エサを取って食べる」

「幼虫に食べられているのに、変わらない行動をとるの？」

「ああ、そうだよ。クモは強力な捕食者だ。クモを殺すことなく背中に寄生したままなら、幼虫はかなり安全に成長することが出来る」

背中で蠢くハチの幼虫に体液を吸われながら、網を張って他の昆虫を捕食しているクモの姿を想像し、茜は吐き気がしてくる。

「そして、クモの背中で十分に成長したクモヒメバチはさらに恐ろしい行動に出る」

「殺さない程度に体液を吸いながら寄生して、身を守る以上に恐ろしいこと？」

「ああ、孵化してからさらに二週間ほど経つと、クモヒメバチの幼虫は、成虫になるために蛹（さなぎ）になる。その蛹を支えるために、普通の捕食用の巣よりも何倍も強度の高い糸でクモに網を張らせるんだ」

「普通より強度の高い網を張らせるって、どうやって？」

驚いて聞き返すと、四之宮は肩をすくめた。

「それについては、完璧には解明されていない。けれど神戸大学の研究では、クモヒメバチの幼虫がクモの神経生理に作用してその行動を操り、蛹を固定するのに最適な網を張らせるということが分かっている」

「行動を操る……」

茜の脳裏に、禁域で腐ったヒグマの内臓にかぶりついた紗枝の姿がよぎる。

「もしかしたら、紗枝さんが禁域に入って、そこでヒグマを食べようとしたのって……」

「そう、腹腔内に寄生していたこのクモに行動を操られていたのかもしれない。常識的には考えづらいことだ。ただ、もはや僕たちの常識なんか通用しない状況になっている。女性の体内に、未知の生物の卵が産み付けられ、しかも孵化した生物の腹部にこんなものが浮かんでいるんだからね」

四之宮はクモの腹部の裏面に浮かび上がった、切り刻まれた胎児の顔を指さす。昨夜、そこに解剖刀を突き刺した感触、そのときに響き渡った断末魔の叫び声を思い出し、茜は顔をしかめた。

「その寄生されたクモは、蛹のための網を張ったあとどうなるの。用済みだから解放されるの」

「そんなわけないじゃないか」

四之宮はどこか芝居じみた仕草で両手を広げる。

「自然界は、とくに虫の世界はそんなに甘くないよ。そのクモヒメバチの寄生は『捕食寄生』と呼ばれるものだ。つまり、利用できる限りは生かされていても、最後には『捕食』される。蛹用の網を張ったクモは、クモヒメバチの幼虫に体液を吸いつくされて殺されるんだ」

背筋に冷たい震えが走った。茜はかすかにふるえる唇を開く。

「それじゃあ、もしかして紗枝さんもあのままだったら……」

「そうだね」

四之宮は解剖台に置かれているクモを指さす。

「もしこの生物がクモヒメバチに近い性質を持っていると仮定すると、禁域に迷い込んだところで体内の卵が孵化して、宿主の女性は腹腔内に大量の出血をして死亡していたと思う。そのあと、この生物は女性の死体に潜んで寒さをしのぎつつ、その内臓を食べて成長し、体の中身を食べつくしたところで皮膚を突き破って外に出ただろうね」

「紗枝さんが、ヒグマの死体を食べたのは？」

「巨大なヒグマの死体の上にいる状態で孵化すれば、女性の内臓を食べつくして外に出たあと、すぐにヒグマをエサにできる。場合によってはそこで蛹を作ることができるかもしれない」

「蛹!?」茜の声が大きくなる。「そのクモ、蛹になるの？」

「ああ、それは間違いない。腹部を解剖したところ、体内に蛹用の糸を作るための器官が確認できた。この形態はあくまで幼生だ。ある程度、成長したところで蛹になって変態をする」

「じゃあ、成体になったらどうなるの？」

かすれ声で茜が訊ねると、四之宮はかぶりを振る。

「そんなの、分かるわけないだろ。蛹の中で昆虫はどろどろに融けて、まったく違う生物に姿を変える。醜い芋虫が、美しい蝶になるみたいにね。このクモみたいな生物が、成体になったらどんな姿になるか、想像もつかないさ」

「クモみたいって、それ、クモじゃないの？」

「たしかに脚も八本あって、クモみたいな姿をしているけれど、正確にはクモじゃない。クモは生まれたときから同じ姿で、蛹を作って変態なんてしない。それに、この一対の前脚についている五センチほどの鋭い鎌は、明らかにカマキリのものだ。他にも解剖したところ、様々な生物の特徴が確認された。まあ、一番分かりやすいのは……これだよね」

四之宮はクモの腹部裏面に浮かぶ胎児の顔を指さす。

「虫の中には、天敵から身を守るために『擬態』を行う種類がいる。スズメバチそっくりの姿をしたカミキリムシであるトラカミキリとかね」

「これも擬態ってこと？　この生物が人間に擬態したの？」

茜の質問に、四之宮の表情が険しくなる。

「もちろん、その可能性も否定できない。けれど、この胎児の顔は泣き声を出したんだよね。間違いないかい？」

「ええ……、間違いない」

「だとしたら、たんに外見が似ているだけでなく、口の中に声帯のような器官があるはずだ。それに、眼球にも角膜、瞳孔、水晶体らしきものが確認できる。たんなる擬態だけで、ここまでの器官形成が出来るとはとても思えない」

「どういうこと？」

不吉な予感をおぼえた茜がおそるおそる訊ねると、四之宮は声をひそめた。

「たぶん、この生物は人間の遺伝情報を持っている」

「人間の遺伝情報⁉」声が大きくなる。「こんな虫が人間のＤＮＡを持っているっていうの？なんでそんなことに⁉」

「にわかには信じられないけれど、この生物はなんらかの方法で、他の生物の遺伝情報を取り込んでいるんだと思う。おそらく全体的な形態からすると、ベースとなる生物はクモだ。けれどカマキリやチョウ、ガ、ヘビ、そして……ヒト。様々な遺伝情報がこの生物のＤＮＡに組み込まれている。しっかりと調べてみないと分からないけれど、もしかしたらさっき言ったクモヒメバチの遺伝情報もあるかもしれない。つまりこの生物はキマイラみたいなものなんだよ」

四之宮はギリシャ神話に登場する、ライオンの頭とヤギの胴体、そしてヘビの尻尾を持った怪物を挙げる。

「もしかして、このクモがヨモツイクサ……」

茜がひとりごつと、四之宮が「え？」と視線を向けてきた。

「昨日、姫野から聞いたの。アイヌの伝説では黄泉の森にクモの神、アミタンネカムイっていう怪物が棲んでいるとされていたんだって。たぶん、その伝説が変化して、ヨモツイクサの言い伝えが生まれたんだと思う」

「なるほど。つまりこの生物は昔から黄泉の森にいて、それを畏れてアイヌの人々はそこを禁域にしていたってことか……」

四之宮は口元に手を当てる。

「あり得ないかな？　この生物が一トンのヒグマも殺せるっていうのは、飛躍している？」

「いや、そんなことはないよ。この生物は生まれたばかりでここまでの大きさがある。成長した場合、とんでもなく巨大になる可能性は十分にある。それに、蛹で変態を遂げることで、一気にサイズアップする生物は珍しくはない」

四之宮はヨモツイクサの幼生の脚についている鎌に触れる。

「成体がどんな形態をしているかは分からないけれど、これと同じような鎌を持っているとしたら、作業員の首が切り裂かれていたのも納得いくな」

「アサヒの死体にも、刃物で切られたような切創がたくさんあった」

「ということは、禁域には少なくとも成体のヨモツイクサが一頭はいて、それは一トンクラスのヒグマを斃せるほどには成長しているってことだね」

「成体が殺したヒグマの死体があった場所に、卵に寄生された紗枝さんが現れたのは偶然ではないよね」

茜の問いかけに、四之宮は十数秒考え込んだあと答える。

「成体のヨモツイクサが、卵から孵化する幼生のために食料を残しておいたと考えるのが自然だろうね。おそらく、なんらかのフェロモンをヒグマの死体に残しておいたんだよ。それに誘われて、卵に寄生された少女は禁域に入ったんだ。昆虫の中には遥か遠くからでも、仲間が分泌したフェロモンを感じ取ることができる種類がいる」

話し疲れたのか、四之宮は大きく息を吐いた。

「なんとなく、この生物の生態が見えてきたけど、まだこれが現実とは信じられないよ。ねえ、佐原。やっぱりこのこと、公表した方がいいんじゃないかな」

「それはだめ」茜は即答する。

「けれど、この事態は常軌を逸しているよ。僕の手に負えるレベルじゃない。しっかりと、しかるべき組織に報告して」

「しかるべき組織って警察のこと？『森を彷徨っていた少女の腫瘍を摘出したら、実は怪物の卵で、孵化して襲いかかってきました。作業員を殺したのも同じような怪物です』とでも言うの？」

「それは……」四之宮は言葉に詰まる。

「そんなこと言ったら、こっちの正気が疑われるわよ。それに、もう私が黙ってここに持ってきた時点で、この生物が紗枝さんに寄生していたという証拠はないの。つまり、それを非公式に調べはじめた時点で、あなたも共犯ってこと」

「……本当にそれでいいのかい？　警察は作業員がヒグマに殺されたと考えて、駆除隊を結成するんだよね。けれど、実際に黄泉の森に潜んでいるのは、一トンのヒグマを屠る未知の生物、ヨモツイクサの成体だ。ヒグマを想定した装備で倒せる保証はないよ」

「相手がヒグマじゃない可能性は、きっと鍛冶さんが警告してるはず。それでも、警察はヒグマだって想定を変えないの。私が報告したところで、頭の固い警察を動かせるわけない」

「ねえ、佐原。それって、自分に言い訳しているだけじゃないの？」

図星をつかれ、茜は言葉に詰まる。

「神隠し事件で佐原がどれくらい傷ついたのか、気持ちは分かるよ。だから、あの事件の真相を自分で解き明かしたいっていうのも理解できる。けれど、他人を危険にあわせてまで、こだわらなくちゃいけないものなの？」

茜は強く拳を握りしめて目を閉じた。瞼の裏に、家族が消えてから七年間の出来事が、走馬灯のように映し出されていく。

「……分かるわけがない」

茜は目を開けると、食いしばった歯の隙間から絞り出すように言った。

「誰にも、私の気持ちなんて分かるわけがない。なんの前触れもなく、大切な家族が蒸発したの。私だけを残して、煙みたいに消え去ったの。何が起こったのか、みんながどこに行ったのか、それすらまったくわからない。あの日、突然、私の世界が壊れたの」

四之宮は硬い表情で、茜の言葉に耳を傾け続ける。

「あの日からずっと、胸に大きな穴が開いているような気がしている。『自分』がどんどん侵食されている気がする。少しずつ、ほんの少しずつ、私が私ではなくなっている。だから完全に『自分』が消えてしまうその前に、私はやるべきことをしないといけないの」

茜は大きく息を吐くと答えを待つ。四之宮は腕を組むと、眉間に深いしわを刻んだ。

鉛のように重い沈黙が部屋におりた。息苦しさをおぼえた茜は、首元に手を伸ばし、白衣の下に着ているブラウスの襟を緩める。先に沈黙を破ったのは四之宮だった。

「この生物のことは、しっかりと報告させてもらう」

期待と違う答えに、茜は唇を嚙む。そんなことになれば大騒ぎになるだろう。ヨモツイクサの幼生を隠蔽しようとした自分には一切の情報が渡らなくなり、間もなく結成される駆除隊に参加して黄泉の森に入ることも難しくなるはずだ。

一人で黄泉の森に侵入することは可能だ。しかし、ヒグマを屠るような怪物が潜んでいるあの広大な森を、単身で彷徨うなど自殺行為だ。

少なくとも、家族に何があったのかはっきりするまで、ヨモツイクサのことは隠しておく必要がある。……どんな手段を使っても。

四之宮に気づかれないよう、茜は拳を握り込む。解剖台の上に置かれているヨモツイクサの幼生さえ奪ってしまえば、たとえ四之宮が何を言おうが信用されることはないだろう。

男が相手でも、腕力で負けることはないはずだ。背に腹は代えられない。親友である四之宮には悪いが、腕ずくでもヨモツイクサの幼生を奪ってしまおう。茜が重心を落としたとき、四之宮は「ただし……」と口を開いた。

「報告するためにはまず、この生物のことをさらに徹底的に調べる必要がある。そうじゃなきゃ、説得力がないからね。多くの生物の遺伝情報を持っていると考えられるから、全ゲノムの解析も必要だ。ただ、それにはすごく時間がかかるだろうなぁ」

大根役者が脚本を棒読みするような口調で四之宮は言う。

四之宮の真意を測りかねた茜は「時間がかかるって、どれくらい？」と低い声で言う。

「そうだなぁ」

わざとらしくあごに手を当てたあと、四之宮がシニカルに唇の端を上げる。

「少なくとも二、三ヶ月。下手をすれば半年近くかかるかもしれない」

「じゃあ、それまでは報告しないってこと？」

探るように訊ねると、四之宮は大きく肩をすくめた。

「しかたがないだろ。法医学教室は予算が少ないんだ。すぐにゲノム解析が出来るような高価な機械はそろっていないんだよ。まあ、分かったことがあったら随時連絡するから、気長に待っていて」

「ありがとう、四之宮。本当に……」茜は握り込んでいた拳をそっと解いた。

「まあ、よく考えたらこんな不気味な生物をいきなり見せても、趣味の悪いいたずらだと思われるのが関の山だしね。報告するためには、しっかりとしたデータを前もって用意しておくべきだと思いなおしただけさ。しかし……」

四之宮はどこかいやらしい笑みを浮かべる。

「こんな化け物に深夜の病院で追いかけられるなんて、ホラー映画みたいだね」

「笑い事じゃないわよ」昨夜の記憶が蘇り、腹の底が冷える。

「ごめんごめん。けど、なんにしろ無事でよかったよ」

「ねえ、もしそのヨモツイクサの幼生を殺せていなかったら、私はエサになっていたの？　それとも……、紗枝さんみたいに卵を産み付けられていた？」

その光景を想像してしまい、震えがさらに強くなる。

「エサにされた可能性はあるけど、卵を産み付けられることはないと思うよ。この生物には生殖機能がないから」

「生殖機能がない？」茜はまばたきをした。

「調べたけど、生殖器官に相当するものがないんだよ。精巣も卵巣も見当たらない。だから、この生物は少なくともこの形態では繁殖できない」

「蛹から羽化して、成体になってはじめて卵を産めるってこと？」

「うーん、その可能性も否定はできないけど、普通はいくら幼生でも未熟な生殖器官は発見できるんだよ。けれど、この生物にはそれらしき組織すらない。もしかしたら、このヨモツイクサは兵隊タイプで、生殖機能自体を持っていないのかも。アリやハチでも、兵隊の役目を担った個体の大部分は生殖を行うことなく、巣を作ったり、エサを集めたり、外敵と戦ったりして一生を終える。そして、それらに守られた女王が大量の卵を産むことで種を保存するんだ」

「じゃあ、この生物にも女王がいるの？」

「そうだと思う。いるとしたら間違いなく黄泉の森だろうね。そこで卵を産み、自分を守るための兵隊、ヨモツイクサを生み出しているんだよ」

「ヨモツイクサのクイーンってことね」

「というより、イザナミと呼んだ方がいいかもね」

茜は「イザナミ？」と首を捻る。

「日本神話だよ。たしか古事記だっけな」

四之宮は記憶を探るように、天井辺りに視線を彷徨わせる。

「女神であるイザナミは、イザナギと夫婦になって国を形造る多くの神々を産んだんだ。けれど、火の神であるカグツチを産んだ際にやけどを負って亡くなる。哀しんだイザナギは死んだ妻に会うために黄泉の国へと向かった。けれど、そこにいたイザナミは腐敗して蛆が湧いた醜く恐ろしい姿になっていた」

この解剖室で見た、腐敗して蛆が湧いた作業員の遺体を思い出し、茜は顔をしかめる。

「変わり果てた妻の姿に恐れをなしたイザナギは、黄泉の国から逃げようとする。醜い自らの姿を見られ恥をかかされたことに怒ったイザナミは、黄泉の国の鬼にイザナギを追わせるんだ。その鬼の名前が『黄泉の軍』と漢字では表記される存在……」

「……黄泉軍（ヨモツイクサ）」

茜がつぶやくと、四之宮は「そう」と首を縦に振った。

「その後、イザナギは黄泉比良坂（よもつひらさか）という黄泉と現世の境があるといわれる場所を大岩で塞いで、イザナミを黄泉の世界に封じ込める。そうしてイザナミは黄泉の神となったんだ」

「その伝説にちなんで考えるなら、黄泉の森こそ、黄泉の国とこの世の境目である黄泉比良坂ってことになるわね」

「そう。そしていま、封じていたはずの大岩は外れ、黄泉の国の怪物であるヨモツイクサが溢れだしてきている。……それを操るイザナミとともに」

やけにおどろおどろしい四之宮のセリフが、ホルマリン臭い空気を揺らした。

5

「一昨日説明したように、術中の出血がかなり多かったためＩＣＵで経過観察を行っていましたが、昨日の採血データを見たところ、術後の経過は良好です」

テーブルとパイプ椅子、そして電子カルテだけが置かれた狭い部屋に茜の説明が響く。四之宮と話した翌日の午後五時過ぎ、外科病棟の隅にある病状説明室で茜は中年の女性、小室紗枝の母親である小室多美（たみ）とテーブルを挟んで向かい合っていた。

「あの、先生」多美が不安げに訊ねてくる。「紗枝のお腹の腫瘍は、ガンではなかったんですよね。あの子は大丈夫なんですよね」

「……はい、悪性の所見は得られませんでした。良性腫瘍でよろしいかと思います」

「良かった。ガンだったらどうしようってずっと心配で……」

歯切れ悪く茜が答えると、多美は胸を撫でおろす。嬉しそうなその姿に、胸がちくりと痛んだ。

ヨモツイクサの卵は、付着していた軟組織とともに病理部へと提出した。病理部では卵の外殻にかんしては石灰化が見られるだけで悪性の所見はなかったとしたものの、軟組織については胎盤に極めて似ている組織所見だが、正常の胎盤には見られない構造が確認できると報告された。

とりあえず病理部や産婦人科では、腹腔内に子宮外妊娠した受精卵が腫瘍化して、胞状奇胎に近い状態となったものが、成熟奇形腫と合併した可能性が高いと診断した。今後、産婦人科が病理部とともに極めて珍しい症例として学会報告をする予定だということだった。

あれが未知の寄生生物の卵だということに気づかれず安堵していたが、こうして紗枝の母親を騙していると罪悪感に苛まれる。

仕方がないんだ。娘がおかしな生物に寄生され行動を操られていたなどと知れば、この女性はパニックに陥ってしまうだろう。だから、仕方ない。

それが詭弁だと気づきつつも、茜は自分に言い聞かせる。

「それで、先生……」首をすくめた多美が、上目遣いに視線を送ってくる。「紗枝のおかしな行動は、これで治るんでしょうか？」

茜はなんと答えるべきか悩む。成熟奇形腫が原因で生じる抗NMDA脳炎であれば、腫瘍を摘出することで精神症状が改善することが多い。しかし、紗枝の異常行動は寄生していたヨモツイクサにより操られていたからと考えられる。どのようにヨモツイクサが神経系に作用しているのか、はっきりとはわかっていない。紗枝の精神症状が以前のように戻るかは全く分からなかった。

「全身状態は安定しているので、今朝、主治医である精神科のドクター立ち会いのもと気管内チューブを抜き、人工呼吸管理から離脱しています。一時的な混乱はありましたが、鎮静剤の投与によりいまは落ち着いています」

ただ、問題は紗枝が睡眠に入ったときだ。これまでの入院期間でも、多美の話でも、紗枝は就寝時に異常行動をとることが多かった。これからどうなるか分からない。ただ、術後の全身管理については茜の仕事ではあるが、あくまで主治医としてかかわるのは精神科だ。紗枝からゆっくりと二人だけで話を聞くことは容易ではないだろう。

「ご存じの通り、私は休日に山で猟をしている最中、偶然、紗枝さんを見つけました」

ならば……。茜は「小室さん」とテーブルを挟んだ向かい側に座る多美を見つめる。

「その節は本当にお世話になりました。先生に見つけて頂けなければ、あの子は間違いなく山で遭難して死んでいました」

多美は額がテーブルにつきそうなほど、深々と礼をする。

「いえ、そんな……。顔を上げて下さい。それについて、ちょっと質問があるんです」

「質問ですか？」顔を上げた多美は、不思議そうに聞き返す。

「ええ、そうです。紗枝さんは深夜、就寝したあとに夢遊病のような状態になって、スクーターで山奥の駐車場まで移動して、そこから山に入ったと考えられています。つまり、明らかにあの山を目指していました。どうしてそんな行動をとったのか、心当たりはありませんか？」

そこで言葉を切った茜は、からからに乾燥した口腔内を舐めて湿らせると、最も訊ねたい問いを口にする。

「例えば、紗枝さんが以前、あの山、あの森に行ったことがあるとか」

いま最も知りたいことは、どこで紗枝はヨモツイクサに寄生されたか、あのおぞましい生物の卵を産み付けられたかだ。

黄泉の森にはヨモツイクサの女王であるイザナミが棲んでいて、宿主となる生物の体内に卵を産み付けていると四之宮は仮説を立てた。それが正しいとすると、かつて紗枝が黄泉の森でイザナミと遭遇している可能性が高かった。

「黄泉の森……」

多美の顔がこわばるのを見て、茜は「心当たりがあるんですね」と前のめりになる。

「心当たりというほどでも。そんな大したことじゃないと思うんですけど……」

「どんな些細なことでもいいんです。ぜひ教えてください」

「いえ、昔、美瑛町の近くにあるキャンプ場に、家族でキャンプに行ったとき、あの子が遭難したことがあるんです。テントを張っていた場所から、いまは亡くなったあの子の父親が釣りをしている川まで、紗枝が一人で向かったんです。一本道だから安全だと思ったんですけど、どうやら途中で獣道に迷い込んでしまったみたいで、行方不明になりました」

「それで、どうなりました」

「私は当然、娘は夫のところにいるだろうと思っていたし、夫は紗枝が川に向かったなんて知らないんで釣りを続けていました。夕方、釣りを終えた夫が戻ってきて、初めて紗枝が行方不明になっていることに気づいて、二人で必死に辺りを捜しましたけど、見つかりませんでした」

「警察に連絡は?」

「すぐにしました。けれど、もう夜になっているのですぐに捜索隊は出せないと言われました」

そのときの絶望を思い出したのか、多美の眉間にしわが寄った。

「それじゃあ、翌朝になってすぐに捜索隊が山に入ったんですね」

「いえ……、すぐにではありませんでした」眉間のしわが深くなる。

「もしかしたらヒグマに襲われた可能性もあるということで、警察は地元の猟友会に同行を頼んだんです。けれど、猟師がなかなか集まらなくて……」

「……黄泉の森が近かったんですね」

茜が押し殺した声で訊ねると、多美は口を固く結んで頷いた。

「はい。キャンプ場から少し山奥に入ったところの森に怪物が棲んでいるという言い伝えがあって地元の猟師が入りたがらないので、他の地域から猟師が来るのを待たないといけないと言われました。札幌から引っ越しをしてきたばかりの私たちには信じられませんでした。子供が行方不明になっているのに、そんな迷信を信じるなんて……。だから、私は警察に止められるのを無視して、一人で山に入ったんです。私まで遭難するって言われましたけど、かまいませんでした。さすがに二人も遭難したら、警察ももっと本気で動いてくれるはず。そう思ったんです」

「それで、どうなりました？」

「見つけました」多美の表情が緩んだ。「山に入って何時間も歩き続けました。一応、遭難しないように木に印をつけながら進んでいました。それでも時々、自分がどこにいるのか分からなくなりそうでしたけど、かまわずに紗枝の名前を大声で呼び続けて足を動かし続けました」

「黄泉の森に入ったんですね？」

茜が声をひそめると、多美は「たぶん」と肩をすくめた。

「よそ者の私にとっては禁域とかどうでもいいので気にしていませんでしたけど、かなり奥まで進んでいたので、入っていたとは思います。そして日が傾きはじめたとき、かすかに聞こえたんです。『お母さん！』っていう娘の声が」

多美は目を細めると視線を上げ、天井辺りを眺める。きっと娘を見つけた瞬間のことを思い出しているのだろう。その顔には幸せそうな笑みが浮かんでいた。

「紗枝さんに怪我はなかったんですか?」

「擦り傷とかはかなりありましたけど、大きな怪我はありませんでした」

「それで……、紗枝さんは一晩どこにいたんでしょう?」

茜は緊張しつつ訊ねる。遭難時、紗枝がどこにいたのか分かれば、イザナミの潜んでいる場所を特定できるかもしれない。

「それが、本人もショックだったのかよく分からないらしいんですよ。道に迷って彷徨っているうちに暗くなっていって、何も見えなくなったから、ずっと泣いていたことしか覚えていなくて、気づいたら朝になっていたらしいんです」

「……そうですか」

内心で失望しつつ、茜は思考を巡らせる。四之宮の話では、クモヒメバチはクモに卵を産み付ける際、産卵管からまず麻酔をかけて動けなくする。もしかしたら、イザナミも同じようなことをしているのかもしれない。だとすると、紗枝の記憶が混乱していることも説明がつく。

登山経験もない女性の足で捜せる範囲で紗枝が保護されたことを考えると、イザナミがいるのはキャンプ場の近くだということだろうか。

いや、そうとは限らない。茜は軽く首を振る。ヨモツイクサは女王であるイザナミの産卵を助けるための行動をとるはずだ。遠くから人間の子供を攫ってきて、イザナミが卵を産み付けたのち、元の場所に戻しておくという行動をとってもおかしくはない。生物の本能として、女王であるイザナミの場所が知られるリスクを少なくしようとするはずだ。

紗枝が禁域でイザナミに卵を産み付けられた可能性が高いことは確認できた。しかし、期待していたほどの情報を得ることはできなかった。

多美が「あの……」と声をかけてくる。

「山で遭難したことが、あの子のおかしな行動と何か関係あるんでしょうか？」

「関係はあるかもしれません。遭難の記憶が深層意識に残っていて、それが抗ＮＭＤＡ脳炎による精神症状で呼び起こされて、またあの森に戻るという行動に繋がった可能性はあります」

茜は無理やりこじつけようとする。多美は納得していない様子で、「でも……」と続けた。

「七年も前ですよ。そんな昔の経験の影響がいまさら出るものでしょうか？」

「七年⁉」声が大きくなる。

「は、はい、そうですけど」

軽くのけぞる多美の前で、茜はこめかみに手を当てた。人間の妊娠期間と同様に数ヶ月、長くても一年ほど前の出来事だと思っていた。しかし、よくよく考えたらヨモツイクサは完全に別種の生物だ。もっと長期間かけて宿主の体内で卵を成長させてもおかしくはない。

「七年前……」茜は口の中で言葉を転がす。

神隠しが起きたのと同じ時期に、紗枝はイザナミに卵を産み付けられた。さらにその時期は、ホテル会社が黄泉の森がある山を買い取り、開発に乗り出した頃でもある。

七年前に現世と黄泉の国を隔てていた大岩が開き、封印されていたヨモツイクサ、そしてイザナミが溢れ出してしまったのかもしれない。だとしたら、大岩とはなんだったのだろう。誰がどうやって怪物をこの世に放ってしまったというのだろう。

さらに質問をしようと口を開きかけたときいきなり扉が開き、女性看護師がノックもせずに病状説明室に入ってきた。

「いまは患者さんのご家族と話をしている途中です。用事があるなら後にして下さい」

茜が鋭く言うと、看護師は「けど、緊急なんです！」と声を上ずらせた。切羽詰まった様子に、なにか重大なことが起きたことに気づく。

「すみません、小室さん。少しお待ちいただけますか」

茜は「外で話しましょう」と看護師を促す。しかし、彼女は大きくかぶりを振った。

「そうじゃないんです。小室紗枝さんが大変なんです」

「紗枝がどうしたんですか⁉」

多美と勢いよく立ち上がる。パイプ椅子が倒れ大きな音が響きわたるなか、看護師は押し殺した声で告げた。

「紗枝さんが……病院から脱走しました」


「紗枝さん……、どこに行ったの？」

マンションの前の駐車場で茜がつぶやいた独白が、夜風にかき消されていく。数時間前、小室紗枝は病院から姿を消した。術後の経過を確かめるためにストレッチャーに乗せられて連れていかれた地下のＣＴ室で、鎮静剤により眠っていた紗枝はいきなり奇声を上げて覚醒し、唖然としている付き添いの看護師や放射線技師を殴り倒して、獣のように敏捷(びんしょう)な動きで逃げ出した。その後、紗枝が正面出入り口から飛び出すのが警備員により目撃されている。

　報告を受けた病院長は警備員たちに敷地内を徹底的に調べるよう指示を出すとともに、すぐさま警察に通報した。事件の一報を受けた警察も、昨日までＩＣＵで集中治療を受けていた術後患者が行方不明になったということを重く見て、かなりの警官を動員して紗枝の行方を追っている。しかし、姿を消してから六時間以上経ついまも、紗枝は発見されていない。

　茜は紗枝が戻るまで病院で待機しているつもりだった。しかし、主治医である精神科の清水に「これはうちの科の責任ですので、先生はお帰り頂いて結構ですよ」と体よく追い払われた。明日は朝から、膵臓がんの患者に対する膵頭十二指腸切除術の執刀医に当たっていて、体調を整える必要もあったので、しかたなく深夜にこうして帰宅していた。

「卵を摘出しても、すぐにヨモツイクサの支配から逃れられるわけじゃないんだ……。特に、ノンレム睡眠中は」

　マンションのエントランスに入ると、エレベーターで自室がある十二階まで上がる。外廊下で足を止めた茜は、眼前に広がる街並みを眺めた。住宅から漏れる明かりがホタルの光のように美しく、毛羽立った気持ちをいくらか癒してくれる。

　茜は深呼吸をくり返す。胸の奥に溜まった滓が吐き出され、冷えた清冽な空気が肺を満たしていく。

　大丈夫、警察が全力で捜している。きっと紗枝さんは見つかるはずだ。まだ大量の出血を伴う手術をしたばかりで、体力は十分には戻っていない。そんなに遠くまで行けるとは思えない。そして、入院着姿の女子高生が街をふらついていれば、きっと目立って通報されるはずだ。

　明日の朝までには、彼女は保護されるに違いない。いま私がするべきことは、明日の執刀に備えて十分に心身を休ませることだ。

廊下の奥にある自分の部屋に向かって歩きはじめたとき、かんかんという音が鼓膜を震わせた。

足音？　茜は首だけ回して振り向くが、廊下に他の住人の姿はなかった。

気のせいか……。茜は再び歩きはじめる。また足音のような音が背後から追いかけてきた。しかし、やはり後ろを確認しても誰もいない。

「なんなの……」

茜は体ごと振り返って身構える。音は少しずつ、しかし確実に大きくなってきていた。

不審者だろうか？　しかしこのマンションは、エントランスにはオートロックがつき、警備員が二十四時間常駐している。そう簡単に侵入などできないはずだ。

そう、そのはず……。不吉な予感に心臓の鼓動が加速していくのを感じながら耳を澄ました茜は、音が廊下の外側から聞こえてきていることに気づく。

とっさに手すりから身を乗り出し、外を確認した茜は目を疑った。マンションの外壁に設置されている雨水管に人間がしがみついていた。

入院着姿の少女が。

聞こえてきたのが、紗枝が雨水管を伝って登ってきている音だったと気づき、茜は戦慄する。

開腹手術からまだ二日しか経っていない体で、十二階まで細い雨水管を摑んで登ってくるなんて……。

硬直している茜を尻目に、カブトムシが木の幹を伝うような異様な動きで雨水管をよじ登ってきた紗枝は、手すりを乗り越えて廊下に着地する。青色の入院着の腹部に大きな黒い染みがあることに気づき、茜は息を呑んだ。

手術の傷痕が開いて、出血している。すぐに治療しないと命にかかわる。

「紗枝さん、病院にもどり……」

「どこにやった！」

甲高い怒声が、茜のセリフを掻き消す。

「どこにやったんだ！　どこ……、どこに……。あの子を、私の子供をどこに……」

喘ぐように叫ぶ紗枝の姿に、彼女が何を言っているのか気づく。

「紗枝さん、よく聞いて。あれは、子供なんかじゃなかったの。卵巣からできた腫瘍で、それのせいであなたは混乱していた。だから、それを切除しただけなの」

茜はなんとか紗枝をなだめようとする。そんな釈明は通じないと、心の隅で気づきながら。

「うそだ！」絶叫が廊下に轟く。「あれは私の子供……、私の、お前のなんかじゃ……ない。お前が母親なんかじゃ……。返せ！　私の子を返せ！」

口の端から涎を垂らし、血走って焦点を失った目を茜に向けながら、紗枝は一歩一歩迫ってくる。はだけた入院着から覗く白い太腿が鮮血で染まり、廊下に血液が滴り落ちた。

かなりの出血量だ。このままではこの子が死んでしまう。なんとかしないと。

背中を向けてこの場から逃げ出したいという衝動を、医師としての使命感がなんとか抑え込む。

「返せぇ！」

獣の咆哮のように絶叫すると、紗枝が摑みかかってきた。頸動脈を引き千切らんとばかりに迫ってくる紗枝の両手首をとっさに摑んで止めた茜は、歯を食いしばる。

説得はもはや不可能だ。この前のように背後に回って首を絞め、失神させるしかない。

体格では勝る茜がじりじりと紗枝の両手を押し戻していく。ここでうまく力を逸らしてバランスを崩すことができれば、背後を取れる。そう思ったとき、両手を摑まれたまま紗枝が飛び上がった。

重力が消えたかのように入院着姿の少女が軽やかに舞い上がるのを、茜は口を半開きにして眺める。次の瞬間、紗枝は茜に向けて足の裏を向けた。茜が慌てて手を放し、胸の前で両腕を交差させると同時に、紗枝は折りたたむように曲げていた両足を思い切り伸ばした。

プロレスのドロップキックのような体重を乗せた蹴りが、茜の組んだ腕に叩きつけられる。巨大なハンマーで殴られたような力は腕で吸収することができず、背中まで貫通した。

交通事故に遭ったかのような衝撃。茜は三メートルほど吹き飛ばされ、後方に一回転する。なんとか必死に体勢を立て直し、片膝立ちになった茜は喘ぐように呼吸をした。衝撃で肺が押しつぶされ、うまく呼吸ができなかった。蹴りを受けた腕に痛みが走る。唇を嚙みつつ慎重に両腕を伸ばしてみる。疼痛（とうつう）はあるが、動かすことはできる。骨折は免れたようだ。

踏ん張ることなく、とっさに後方に飛んで衝撃を殺すことができて良かった。そうでなければ、上腕骨、いや下手をしたら脊椎が叩き折られていたかもしれない。

どうする？　廊下に仁王立ち（におうだ）している紗枝を眺めながら、茜は必死に考える。ヨモツイクサの卵に寄生されていた影響は、まだ消えていない。目の前にいるのは小柄な少女ではなく、未知の生物に操られ、けた外れの運動能力を手に入れた超人だ。

この階の住人たちもこの騒ぎに気づいているだろうが、誰も玄関扉を開けないところをみると、トラブルに巻き込まれるのを恐れているのだろう。

それでいい。茜は胸の中でつぶやく。いまの紗枝は子供を奪われた野生生物のように怒り狂っている。無関係の人間にも危害を与える可能性が高い。

おそらく、住人が警察に通報してくれるだろうが、警官の到着が間に合うとは思えなかった。

このままでは殺されてしまうかもしれない。いますぐに身を翻して、逃げ出してしまいたいという衝動を、茜は必死に抑え込む。背中を見せれば本能的に紗枝は襲いかかってくるだろう。そう確信させるほど、目の前の少女が醸し出す雰囲気は野生の猛獣に近いものだった。

「ねえ、あの子はどこ……、どこに行ったの……？」

うわごとのようにつぶやきながら、紗枝は入院着をゆっくりと脱いでいく。凍りつくような気温の中、服を脱いで全裸になった紗枝を、茜はただ呆然と眺めることしかできなかった。

透き通るように白い肌と、血液がだらだらと溢れている手術痕のコントラストが、グロテスクでありつつもどこか前衛的で官能的な美を孕んでいる。

「ここにいたのに……。あの子は、ずっとここにいたのに……」

唐突に紗枝は両手を開いた手術痕に差し込んだ。想像を絶する行動に、茜は息を呑む。

「なんで？　なんで……いないの？　あの子はどこなの？」

紗枝は自らの腹腔内をせわしなく探っていく。小腸、直腸、膀胱、卵巣、それらの骨盤内臓器が素手で掻きまわされるぐちゅぐちゅという音が、茜の精神を腐らせていく。

恐怖が理性を押しつぶした。茜は紗枝に背中を向けると、這うようにして逃げはじめる。紗枝から、もはや人間ではない『何か』と化した少女から逃げなければ。

生存本能に全身を支配された茜は、廊下の奥に向かってただひたすらに逃げる。

「待ぁて！」

濁った叫び声が背中から追いかけてくる。首を回して背後を見た茜の喉から、声にならない悲鳴が漏れた。血液に塗れた両手を伸ばし、全裸の紗枝が迫ってきていた。動脈が傷ついたのか、その下腹部の傷口からは大量の血液が迸っている。

前方に向き直った茜は目を剝く。すぐ目の前に廊下の突き当りが迫っていた。混乱して走っているうちに、自らの部屋の前を通りすぎてしまった。茜は振り返って手すりに背中をつける。異形(いぎょう)の怪物と化した紗枝は、数歩の距離まで迫ってきていた。

獲物を追い詰めたことを悟った紗枝が、飛び掛かってくる。茜は両手で頭を抱えてその場にしゃがみこんだ。襲い掛かる寸前で目標を失った紗枝は空中で必死に身をよじる。しかし、慣性の法則に逆らうことはできなかった。

紗枝の体が廊下の手すりを飛び越えていくのを、茜は呆然と見上げる。顔に何か生温かい液体がかかる。それが紗枝の傷口から溢れた血液だとは、すぐには分からなかった。

数瞬のあと、床に落下した卵が割れるような音が遠くから響いた。

おずおずと立ち上がった茜は、顔についた血液を拭うことも忘れ、手すりから身を乗り出して紗枝の姿を探す。

はるか眼下に見える薄い外灯の光に照らされた駐車場に、全裸の少女が倒れていた。その両腕はあり得ない方向へと曲がり、頭部が割れていて、そこから脳が溢れ出している。

紗枝の体の下からじわじわと血が広がっていく。

視界から遠近感が消えていく。深紅の蕾が花咲いていくようなおぞましくも美しい光景に、茜は吸い込まれていくような錯覚に襲われていた。

6

玄関扉を開けると、氷のように冷たい風が吹き込んできた。大きく身を震わせた瞬間、下腹部に刺すような痛みをおぼえ、茜は小さなうめき声を上げる。

排卵痛だ。生理前になるといつもこの疼痛に二、三日は悩まされる。ひどいときなど、トイレの個室にこもって動けなくなることすらあった。

低用量ピルを使用して、排卵自体を止めた方がいいのではないかと思うこともある。しかし、ピルはわずかに血栓症のリスクを上げる。ほとんど水分をとることもできず、長時間立ちっぱなしで手術をすることが多いので下肢に血栓ができるのではないかと不安があり、決断できずにいた。

茜は唇を軽く嚙むと、車から降りてドアを閉める。体力でも気力でも男には負けない自信があるが、外科医として女性特有のハンデを負っていることを思い知らされ、気分が落ち込んでしまう。

ただ、いま気分が落ち込んでいる主な原因は、排卵痛ではなかった。潰れたトマトのように血液と脳漿を撒き散らした小室紗枝の墜落遺体が脳裏に蘇る。

吐いた息が、白く凍りつく。天を仰ぐと、満天の星空が広がっていた。市街地から遠く離れたここでは空気が澄んでいるし、周囲に明かりもほとんどないため、無数の星が瞬いている。

胸の奥にヘドロのように溜まっていた黒い感情が、いくらか希釈されたような気がした。

天空を横切る天の川を眺めた茜は、郷愁をおぼえて目を細める。

昨日から茜は、美瑛町のはずれにある実家の牧場へとやってきていた。

七年前に家族全員が失踪したため、飼育していた牛は全て売り払ったが、いつ家族が戻ってきてもいいようにと、家と牧場を手放すことはなかった。

この七年間、気分が落ち込んだり体調が悪かったりするときは、ここに戻ってきていた。今日のようなつらい排卵痛も、ここで一晩過ごすと溶けるように消えていくことが多かった。

家を出た茜は、柵を開けて月明かりに淡く照らされた牧草地へと入る。整備する人がいなくなった広場は、膝丈ぐらいの雑草に埋め尽くされていた。

牧場の中心まで移動した茜は、大きく深呼吸をくり返す。濃厚な土の香りが懐かしかった。

小室紗枝がマンションから墜落死してから、五日が経っていた。

紗枝が転落してすぐに、マンションの住人から通報を受けた警察がやってきて、捜査がはじまった。同じ階の住人が、茜と紗枝が争っていたと証言したため、茜は警察署で刑事から事情聴取を受けることになった。あくまで任意という形だが、刑事たちの態度は高圧的で、茜が紗枝をマンションから突き落としたのではないかと疑っているのは明らかだった。

尋問は丸一日続いたが、幸いなことにマンションの廊下に設置されていた防犯カメラに、事件の一部始終が録画されており、疑いが晴れた茜は解放された。

結局、被疑者死亡で紗枝が茜への傷害未遂で書類送検される形で事件は強引に幕が下ろされた。

捜査終了を茜に伝えにきたのは小此木だった。

三日前に、マンションを訪ねてきた小此木と交わした会話を思い出す。

「作業員失踪事件からこれまで、黄泉の森にかかわる不可解な事件が続いている。それが、君のご家族の失踪に関係していると思う。けれど、警察の上層部は単なる熊害事件で、それを起こしたヒグマさえ駆除すればすべてが解決するというスタンスを変えようとしない」

小此木は悔しそうに鼻の付け根にしわを寄せた。

「警察はもう、紗枝さんについて調べる気はないんですか？」

もし警察が本気で捜査をすれば、自分がヨモツイクサのことを隠していたことが暴かれてしまうかもしれない。それが罪になるのかは分からないが、少なくとも道義的には大きな問題になるだろう。

茜が探るように訊ねると、小此木は力なく首を横に振った。

「君を襲った小室紗枝が亡くなっている以上、逮捕・起訴のための証拠を集める必要もない。警察としては犯人が死亡した事件は『終わった事件』なんだよ。脳の病気で混乱した被疑者が君を逆恨みして襲撃し、勢い余って転落死したと結論が下され、捜査は終了したんだ。申し訳ない」

頭を下げる小此木に「そうですか」と答えながら、茜は内心で胸を撫でおろした。

ヨモツイクサに寄生されていたことを隠したことが、間接的に紗枝の命を奪ったのかもしれないと罪悪感をおぼえていた。その責任を取るつもりはあった。

けれど、それはやるべきことが終わってからだ。

深い霧の奥に隠れていた黄泉の森の謎は、うっすらとその輪郭を浮かび上がらせはじめている。寄生生物に操られているかのような紗枝の行動。それこそが、七年前の神隠し事件の真相に迫る鍵だと思っていた。

私の家族もおそらくなんらかの方法であの生物に操られ、自ら姿を消した。だからこそ、神隠しのような状態で失踪したのだ。もう一度黄泉の森に入り、そしてそこに潜んでいるであろうヨモツイクサの女王、イザナミを見つけることができれば、すべてが明らかになるかもしれない。

「茜ちゃん、駆除隊に参加するんだろ。そう言えば、鍛冶さんと一緒に黄泉の森に入って、巨大なヒグマの死体を見つけたのも君なんだってね」

捜査終了の報告を終えて帰るとき、小此木はそう言った。

「できれば、君には参加してもらいたくない。あの森は何かおかしい。もし君の身に何かあったら、椿に申し訳が立たないから」

「私、姉さんに顔も性格もよく似ているってよく言われるんです」

茜は柔らかく微笑んだ。

「姉さんならそう言われて、素直に引き下がると思いますか?」

一瞬、虚を突かれたかのような表情を浮かべたあと、小此木は「まいったな」と頭を掻いた。

「たしかに椿なら、絶対に行こうとするだろうね。仕方ない。それじゃあ、来週はお互い、注意してあの森に行くことにしよう」

「小此木さんも参加するんですか?」

「もちろんだよ。僕は椿を捜し出すためだけにこの七年間、生きてきたんだからね」

弱々しく微笑んで、小此木は去っていった。

三日前の出来事を頭の中で反芻しているうちに、いつの間にか牛舎の前までやってきた。茜は鉄製の重い扉を開いて、淡い光に満たされた建物の中へと入る。

かつて十数頭いた牛は、いまはもういない。それにもかかわらず、強い臭気が建物内には充満していたが、茜にとってはその臭いすらどこか懐かしいものだった。

建物内に入った茜は、出入り口の扉を閉めると羽織っていたダウンジャケットを脱ぐ。窓もないコンクリート造りの牛舎はかなり保温性が高くなっている。外は零下でも、建物内は十度前後に保たれていた。牛はもともと寒さに強い生物なので、暖房設備なしで飼育することができる。すでに、牛舎への電気は解約していた。

薄い明かりに映し出された牛舎の奥に、シングルベッドとナイトテーブルが置かれている。家族が消えてから、実家に泊まるときはこの牛舎内で寝るようにしている。

誰もいない家で寝泊まりすると、身の置き所のない孤独感に苛まれるから。

かつて多くの牛が飼育されていたこの牛舎では、いまだに命の息吹を感じることができた。ここならなぜか、孤独を感じることはなかった。

いたるところに染みが目立つ壁をぼんやりと眺めながら、牛舎の中心を通っている通路を進んでいくと、かつて牛の飼料を保管していたスペースに置かれたベッドに仰向けになる。壁以上に濃く染まっている天井を見上げた茜は、ゆっくりと目を閉じた。瞼の裏に、幼い頃に見た、ここで汗だくになって牛の世話をしている祖父母や両親の姿が蘇ってくる。茜は決まって姉の椿とともに、家族の仕事を眺めていた。

「お母さん……姉さん……」

哀愁が胸を締めつけ、閉じた瞳から溢れた熱い涙がこめかみを伝っていく。意識が深い闇の中に落ちていった。

薄目を開けた茜は、ベッドで上半身を起こす。声が聞こえた気がした。懐かしい声が。

腕時計を見ると、時刻は午後十時を回っていた。いつの間にか眠ってしまっていたようだ。睡眠をとれたからか、体調がよくなっていた。下腹部にわだかまっていた排卵痛も消えている。

また声が聞こえた気がして、茜はベッドから立ち上がる。何かに操られるような感覚をおぼえながら、ふらふらと牛舎の出入り口へと向かい、扉を開けて外に出た。ダウンジャケットを着ていないので、零下の夜風が容赦なく体温を奪っていく。しかし、そんなことは気にならなかった。茜は牛舎の裏手にある森に近づいていく。

常緑樹であるエゾマツが密に立ち並ぶ森には漆黒の闇がわだかまっていて、見通すことはできない。しかし、茜は感じていた。

そこに『何か』がいると。

六人の作業員を惨殺し、そして一トンのヒグマを屠った怪物、ヨモツイクサの成体だろうか。ここから数百メートル山を登れば、禁域が、黄泉の森が広がっている。そこから出てきた地獄の鬼が、私を狙っているのだろうか。

恐怖は感じなかった。それどころか、不思議と穏やかな気持ちになっていた。

「……そこにいるの？」

簡易病理検査室で襲ってきたヨモツイクサの幼生を思い出す。腹部に胎児の顔がついた巨大なクモ、あのおぞましい生物がさらに変態した存在がすぐそこにいるかもしれないのに、なぜ私はこんなに落ち着いていているのだろう。

自問しつつ、茜は再び「ねえ、そこにいるの？」と森に向かって問いかける。

森の奥から、かすかに声が聞こえてきた。女性が歌っているかのような声。凍り付いた風に乗って流れてくるその旋律は心地よく、皮膚から体内に染み入って来るかのようだった。

もしかしたら、私の家族もこうしてヨモツイクサに誘い出され、そして殺されたのだろうか。

私もここで殺されるのだろうか。

それも悪くない。茜の唇にかすかに笑みが浮かぶ。家族と同じ方法で殺され、そして同じ場所に行けるのなら。

森の奥がかすかに光ったような気がした。月光よりも蒼く美しい煌めき。それが司法解剖の際に見た、イメルヨミグモの発光色と同じであることに茜は気づく。

森から聞こえてくる『歌』が少しずつ大きくなっていく。茜はまばたきすることも忘れ、漆黒に浮かび上がってくる蒼いシルエットを眺めていた。

誘われるかのように、茜が右手を差し出したとき、唐突にジャズミュージックが『歌』を掻き消した。はっと我に返った茜は、ジーンズのポケットに手を入れる。そこに入っているスマートフォンが着信音を奏でていた。

黒板を引っ掻くかのような不快な音が辺りに響きわたる。反射的に耳を両手で覆った茜の目に、蒼い光が急速に離れていくのが映った。

数秒、茫然自失で立ち尽くしたあと、茜はポケットからスマートフォンを出す。液晶画面には『四之宮』と表示されていた。茜は『通話』のアイコンに触れると、スマートフォンを顔の横に付ける。

『夜遅く悪い。寝ていたかい?』

聞き慣れた親友の声が聞こえてくる。夢の中にいたような感覚が薄れ、現実感が戻ってきた。

「ううん、寝てはいなかった」

ただ、化け物に催眠術みたいなものをかけられていたかも。

茜は胸の中で付け足す。

『そうか、良かった。いや、僕は夜型だから、普段は夜が明けるぐらいに眠って、昼過ぎに起きているんだ。だから、他の人と活動時間が合わなくてさ。こんな生活が送れるのは、法医学医ならではだよね。臨床医と違って生きた患者を診たりしないでいいから、自分のペースで研究できるからさ』

やけに早口な四之宮の口調から、興奮が伝わってくる。

「ちょっと落ち着いてよ、なんの用なの？」

『佐原に伝えたいことがあるんだ』

一転して四之宮の声が潜められる。事件についてだ。そう直感し、茜の体に緊張が走った。

「何か分かったのね。詳しく教えて」茜は両手でスマートフォンを摑む。

『ちょっと複雑で、電話で説明できるようなことじゃないんだ。悪いけど佐原、ちょっと出てこられる？』

「もちろん。旧館の法医学教室に行けばいいのね？」

道央大学医学部までは車で一時間以上かかるが、一連の事件の真相に近づく手がかりのためなら気にもならない。それに、この森にはヨモツイクサが潜んでいて、自分を狙っているかもしれないのだ。安全のために、すぐにここから離れる必要があった。

つい数十秒前まで、ヒグマすら惨殺する怪物と向き合っていたのかもしれない。いまさらながらに恐怖が湧き上がってくる。ダウンジャケットを取りに戻るのすら危険だ。このまま車に向かおう。

茜が身を翻すと、『今回は違う場所で話そう』と四之宮が言った。

「違う場所？　どうして？」

『本当なら君にだけは教えちゃいけない情報なんだ。けれど、一人で抱え込むにはあまりにも大きすぎて耐えられない。そして、僕にとってこれを共有できる相手は君以外にいないんだよ。だから……、頼むよ』

四之宮の声には、強い苦悩が滲んでいた。あの浮世離れした四之宮が、そこまで追い込まれるほど重要な情報。

「なら、どこに行けばいいの？」

『それは……』

四之宮が告げる場所を記憶に刻みつつ、茜は骨まで凍りそうな寒さの中、小走りに車へと向かって行った。

薄暗い階段を下りると、年季の入った木製のドアが現れる。

ここでいいのよね。スマートフォンで住所を再度確認したあと、茜はそっと掌でドアを押した。取り付けられていたベルが、ちりんと澄んだ音を立てる。

首をすくめながら、間接照明の柔らかい橙色(だいだいいろ)の光に浮かび上がる店内を見回す。

ウッドロッジのように丸太が埋め込まれている壁際には、誰も座っていないソファーと小さなテーブルが二組並んでいる。その反対側はバーカウンターになっていて、カウンター内の棚には無数の酒瓶が並び、初老の男性バーテンダーがグラスを磨いていた。

実家の牧場を出てから約一時間、茜は道央大学医学部付属病院の駐車場に愛車のタンドラを置き、そこから徒歩で五分ほどの場所にあるバーへとやってきていた。

「いらっしゃいませ」バーテンダーが微笑みかけてくる。

「あ、あの、ここって『バー　トワイライト』であっていますか？　友人と待ち合わせをしているんですけど……」

おずおずと言った茜に、「佐原、こっちこっち」という明るい声がかけられた。覗き込むと、ドアで死角になっていたカウンター席に四之宮が腰掛け、煙草をくゆらせていた。小さく安堵の息を吐いた茜は店内に入ると、四之宮の隣の席に腰掛ける。

「まだ煙草やめていなかったの？　いつも言っているでしょ、禁煙しなさいって」

「会っていきなり説教はやめてくれよ。本当にストレスが溜まったときしか吸わないんだから、見逃して」

四之宮は年季の入ったジッポーのライターを手の中で回す。

「なんにいたしましょう」

バーテンダーが落ち着いた声で訊ねてくる。茜が答える前に、四之宮が「同じものを」とウイスキーグラスを掲げた。

「ちょっと、勝手に頼まないでよ。私、車で来ているのよ。お酒は飲めないって」

「運転代行を頼めばいいじゃないか。いいから一杯だけでも付き合ってよ。素面でできるような話じゃないんだって。頼むよ」

懇願するような四之宮の様子が、ただ事ではないことを伝えてくる。茜が「分かった。でも一杯だけよ」とため息をつくと、バーテンダーが球状に削り出された氷が入ったウイスキーグラスをカウンターに置き、流れるような手つきでボトルを傾けた。

琥珀色の液体がきらきらと輝きながら、滑らかに氷の表面を伝っていく。ウイスキーを注ぎ終えたバーテンダーに「どうぞ」と促された茜は、グラスを手に取り軽く掲げる。

「それじゃあとりあえず、乾杯」

四之宮が自分のグラスを当ててきた。グラスがぶつかる小気味よい音が響く。

グラスに唇をつけ、琥珀色の液体を一口含む。スモーキーな味わいとともに、むせ返りそうなほど濃厚なピートの香りがアルコールとともに揮発して、鼻腔へと突き抜けた。

口の中でウイスキーをゆっくりと転がして味わったあと、茜は喉を鳴らして呑み込んだ。

「さすがは佐原、このスコッチをはじめて飲んだ人はむせることが多いんだけどね」

「癖の強いウイスキー、嫌いじゃないの。特にピートの匂いが強いやつはね。実家の土の匂いを思い出すから」

茜は目を細めると、顔の前でグラスを振る。氷がカラカラと音を立て、飴色のウイスキーが間接照明の明かりを乱反射した。

「けど、四之宮がこんな素敵なバーに通っているなんて知らなかった」

「僕の隠れ家だよ。朝まで開いているから、深夜に仕事が終わったあと、よく飲みに来ているんだ。マスターが商売っ気がなくて看板も出していないから、客も少なくて落ち着けるからね」

四之宮が言うと、バーテンダーは苦笑を浮かべる。

「四之宮さんが来る時間が遅いだけですって。早い時間はけっこう盛況なんですよ」

四之宮は「そういうことにしておきます」と笑うと、ウイスキーを舐めるように飲む。

「特に、病院の近くにあるのに病院関係者にはほとんど知られていないところが気に入っているんだ。だから、佐原もここは秘密にしておいてよ。僕のオアシスを奪わないで」

「はいはい、分かったわよ。それより、話ってなんなの。その『隠れ家』にわざわざ私を呼び寄せたってことは、よほど他人には聞かれたくない話なんでしょ」

「聞かれたくないというより、君と会っていることすら知られたらよくないんだよ」

声をひそめて言うと、四之宮はグラスをカウンターに置く。気を利かせたのか、バーテンダーが離れていった。

「私に会っていることを知られない方がいいって、誰に？　もしかして、恋人でもできた？　私と浮気しているとでも疑われるとか？」

気圧された茜は冗談で空気を和ませようとする。しかし、四之宮の表情が緩むことはなかった。

「警察だ。警察に知られるとヤバいんだよ」

「警察？」

思わず声が大きくなる。四之宮は目を見開いて唇の前で人差し指を立てた。茜は慌てて両手で口を押さえ、バーテンダーを横目で確認する。彼は離れた位置で、アイスピックを使って氷を丸く削り出していた。尖った金属の先が氷を削るたび、がっがっと音が上がる。

いまの声が聞こえていないわけではないだろうが、プロのバーテンダーとして客同士の話に聞き耳を立てないようにしているのだろう。その気づかいに感謝しつつ、二人は囁き合うように小声で話をしはじめた。

「どういうことなの、警察に知られたくないって」

「三日前、とある人物の司法解剖をしたんだ」

「とある人物って誰？　もったいぶらないでよ」

気を落ち着かせるように、四之宮はスコッチを一口飲んだ。

「小室紗枝さんだ」

茜は目を剝き、一瞬絶句する。

「ちょ、ちょっと待って。もしかして、話って紗枝さんの司法解剖の結果についてなの？　それなら聞くわけにはいかないわよ。私は、紗枝さんを殺したのかもって疑われたんだから」

「でも、防犯カメラの映像で疑いは晴れたんでしょ？」

「そうだけど、私は紗枝さんの手術の執刀もした。司法解剖の結果を聞くのは問題があるって。たとえば医療過誤の痕跡をもみ消して欲しいとあなたに依頼しているとか、あらぬ疑いをかけられるかも」

「そう、その通りだ。だから警察に見つからないように、ここにやってきた。大丈夫、ここに来るまで尾行されていないことは確認している。そして、君が帰った後も僕は二、三時間はここにいて、従業員用の裏口から出ていく。そうすれば、たとえ君が監視されていても、僕と会っていたとは思われないはずだ」

「……そんなリスクを負ってまで、話さないといけないことなのね」

四之宮は「そうだ」と力強く頷く。

「分かった」

茜はグラスを手に取ると、残っていたスコッチを一気に喉に流し込む。灼けるような感覚が喉から食道、そして胃へと落ちていき、体が火照ってくる。バーテンダーが無言で近づいてきて、茜と四之宮のグラスにウイスキーを注ぎ、再び離れていった。

数回深呼吸をくり返したあと、四之宮は話しはじめる。

「小室紗枝さんの死因は、墜落時にコンクリートに頭部を打ちつけたことによる脳挫傷（のうざしょう）だった。

「うん、知っている」

十二階から見下ろした紗枝の遺体を思い出し、茜はグラスを握りしめる。

「両腕には数ヶ所で開放骨折が生じていた。また腹腔内にも激しい損傷が確認された」

「……その損傷は、墜落で生じたものなの？」

「いいや、違うよ。十二階から転落した紗枝さんは、上半身を下にして落下していった。体を守ろうと手を伸ばしたが、それで衝撃が十分に吸収されることはなく、腕と頭部、また脊椎が大きく損傷した。ただ、腹部から下は墜落によるダメージは免れた」

「じゃあやっぱり、腹腔内の損傷って……」

「そう、彼女自身がやったものだよ。開腹して確認したところ、小腸が握りつぶされ、大腸が引っ張られて腹膜から剝がれていた。それにより腸間膜動静脈は引き千切られ、大量の出血が認められた。おそらく、マンションから落ちなくても、数分以内には失血死をしていただろうね」

「それって、すごく痛いんじゃ……」

「そうだね。腹膜や腸管には痛覚神経が多い。普通ならとんでもない激痛が生じたはずだ」

「けど、あのとき紗枝さんは痛がるそぶりも見せずに襲ってきたのよ」

「それについては、これで説明できると思う」

四之宮は隣の席に置いてあったトートバッグの中から、書類を取り出し、カウンターに置く。

「これは、紗枝さんの血液を調べた結果だ。この項目を見て」

四之宮は『dimethyltryptamine』と記された文字を指さす。

「ジメチル……？」見慣れない単語に、茜の眉根が寄る。

「ジメチルトリプタミン、通称『DMT』と呼ばれる物質だよ。熱帯地域に生える植物やキノコ、あとはカエルの一種や哺乳類の脳細胞に含まれる。そして、もう一つの物質がこれだ」

四之宮はページをめくる。そこには『harmine』と書かれていた。

「ハルミンってたしか……!?」

茜が目を大きくすると、四之宮は大きく頷いた。

「そう、イメルヨミグモの発光物質だよ」

「ちょ、ちょっと待って」

茜はこめかみを押さえる。

「なんでイメルヨミグモが出てくるの？　わけが分からない！」

たしかに妖しい光を発するあの小さなクモが、一連の事件に何か関係がある気はしていた。しかし、あのクモの蛍光物質が紗枝の血液に溶け込んでいたなど、意味が分からない。

「少し落ち着きなって。ほらウイスキーを飲んで。気付けにいいからさ」

促された茜はスコッチを一口含む。強いアルコールの刺激が混乱をいくらか希釈してくれた。

「かなり複雑な話なんだ。質問はその都度受けるけど、あまり興奮はしないようにしてくれ。そんな簡単に理解できる内容じゃない。というか、僕自身もまだ半信半疑というか……」

苛立たしげに頭を掻く四之宮に、茜は「ん」と手にしていたグラスを差し出す。数回まばたきをしたあと、四之宮はふっと相好を崩すとグラスを受け取ってスコッチをうまそうに飲んだ。

「そうだね、僕も落ち着かないとな。それじゃあ、説明を再開していいかい」

茜は「もちろん」と答えて、四之宮が返してきたグラスを受け取った。

「まず、イメルヨミグモの蛍光物質であるハルミンと、もう一つの物質であるDMT、どちらにも幻覚作用がある」

「幻覚作用って、ＬＳＤみたいな？」

「そう、ＬＳＤも幻覚剤の一種だね。佐原、アヤワスカって知っているかい？」

「あやわすか？　なにそれ？」

「アマゾンの北西部で伝統的に用いられている幻覚剤さ。幻覚作用を持つ植物を複数組み合わせて煮出すことで作られるんだ。主にシャーマンなんかが宗教行事に使用していたらしいね。鮮やかで視覚的な幻覚に襲われて、夢の中にいるような錯覚に陥るらしい。また、興奮状態になり、知覚が極めて鋭敏になるなどの作用がある。そして、その幻覚剤の主な成分こそが、紗枝さんの血中から検出された成分、ＤＭＴとハルミンだよ」

「じゃあ紗枝さんの異常行動って……」

「ああ、そうだ。睡眠時を中心に起きた異常行動に、極度の興奮状態や攻撃性、それらは幻覚物質によるものだと考えられる。特にノンレム睡眠時にそれらが強く生じているのは、睡眠によって大脳の働きが抑制されて理性が抑え込まれた結果、幻覚作用が強く出て、悪夢の中にいるような激しい幻覚が生じたからじゃないかと思われる」

「けど、紗枝さんの異常はそれだけじゃなかった。人間離れした運動能力を発揮したの。大手術のあとの消耗した体で十二階まで雨水管をよじ登ったうえ、私を簡単に吹き飛ばしたのよ」

「それも、幻覚物質の興奮作用によるものだと思う。人間は体が壊れないように脳がリミッターをかけて、筋力を百パーセントは出せなくなっている。けれど、幻覚物質によってその抑制が完全に外れた状態で動いていたんだよ。実際、紗枝さんの下肢の筋肉はひどい断裂がいくつも見られた」

茜は十日ほど前、精神科の清水から聞いた『火事場の馬鹿力』の話を思い出す。

「でも、たんなる幻覚物質で、人間があんな……怪物みたいになるの？」

茜は混乱して軽く頭を振る。マンションの廊下で対峙した紗枝の姿は、それほどに人間離れしていて、ただただ恐ろしかった。

「アメリカでは安価な麻薬で錯乱した人間が、ゾンビのように人間を襲って顔を喰うという事件も起こっている。銃で撃たれても気にすることなく警官を襲ったんだって。薬物により人間が怪物のようになるという事例は、世界中で確認されているよ」

四之宮はグラスを手に取り、軽くふる。氷とグラスがカラカラと心地良い音を立てた。

「紗枝さんの異常行動は幻覚物質によるものだったとして、どうやって紗枝さんはそれを摂取したの？　やっぱりヒグマの内臓と一緒にイメルヨミグモを食べたとき……」

「なに言っているんだよ、混乱しているのは分かるけど、よく考えなって」

四之宮は呆れ声で言う。

「紗枝さんの異常行動がはじまったのは半年ぐらい前からでしょ。ヒグマの内臓を食べるずっと前からじゃないか」

「そ、そうだよね。なら、半年前に何が……」

そこまで言ったところで茜は言葉を失う。恐ろしい想像が頭の中に浮かんでいた。

「もしかして、あの卵が……」

「その通り」四之宮は指を鳴らした。「胎盤様の軟組織と、そこを通る臍帯（さいたい）動静脈のような血管により、卵の中で成長しているヨモツイクサの幼生と紗枝さんは繋がっていた。つまりヨモツイクサの幼生が幻覚物質を分泌し、それにより宿主である紗枝さんの行動を操っていたと考えられる」

「それって、間違いないの？　たんなる推測じゃなくて？」声がかすれる。

「間違いないよ。君から預かった幼生の死体を調べたんだ。その蒼い血液中からもＤＭＴとハルミンが検出された」

四之宮は弱々しい笑みを浮かべる。

「まいったよ。ヨモツイクサの幼生も発光するのかとブラックライトを当ててみたら、腹部についている胎児の顔の辺りが蒼く光り出すんだよ。これまで悲惨な遺体を数えきれないくらい見てきたけど、今回ほど肝が冷えたことはなかったよ」

頭痛をおぼえた茜は、こめかみを押さえながら「ねえ」と声をかける。

「どうしてイメルヨミグモと、ヨモツイクサの幼生は、全く違う生物のはずなのに同じ物質を作っているの？　偶然のわけないわよね」

「うん、偶然じゃない。そして、そこが最も重要で、最も信じられない点なんだよ」

四之宮は唇を舐めると、ゆっくりと言った。

「佐原、遺伝子の水平伝播（すいへいでんぱ）って聞いたことある？」

「水平伝播？　垂直（すいちょく）伝播じゃなくて？」

「遺伝子の垂直伝播は、生殖により親から子へと遺伝情報が受け継がれることだね。多くの生物でそれは生じている。もちろん人間でもね。それに対して水平伝播は、全く異なる個体間で遺伝情報が転移する現象のことを言う。細菌とかの単細胞生物ではごく一般的に行われていて、生物の多様性を作り出す一因にもなっているんだ。ここまではいいかい？」

茜はあごを引く。専門的な内容だが、医師である茜には十分に理解できるものだった。

「単細胞生物とは違い、無数の細胞が複雑に関係しあって生命を維持している多細胞生物では、遺伝子の水平伝播は起こらないとこれまで考えられていた。けれど最近になって、脊椎動物などのかなり進化した生物でも、遺伝子の水平伝播が生じたと考えられるケースが発見された」

「自然界で、動物同士の遺伝情報の交換が行われていたってこと？」

にわかには信じられない話に、茜は眉間にしわを寄せる。

「そう、マダガスカルに生息するカエルのゲノムを解析したところ、そこにヘビの遺伝情報の一部が含まれていることが確認されたんだ」

「カエルにヘビの遺伝情報が転移したの？　捕食によって遺伝情報を取り込んだってこと？」

「違う違う」四之宮は大きく手を振る。「捕食による伝播だとしたら、捕食者であるヘビが、被捕食者であるカエルの遺伝情報を取り込んでいないとおかしい。けれど、この場合は完全に逆だ。カエルがヘビのＤＮＡを取り込んでいるんだからね」

「ああ、そうか。けど、それならどうやって遺伝情報が伝播したの？」

軽く頭を振る茜の前で、四之宮は人差し指を立てる。

「虫さ」

茜は反射的に「虫？」と聞き返した。

「そう、マダガスカルに生息するツツガムシの一種、それが『遺伝子の運び屋』だったんだ。その虫は、ヘビやカエルに寄生してその血液を吸う。その際に遺伝情報を取り込んで、そして他の生物を吸血した際に、その遺伝情報を相手の細胞に組み込んでいたと考えられている」

「そんなことで、本当に遺伝情報の転移なんて起きるの？」

声に疑念が混じる。蚊がマラリアの原因となるように、吸血生物が病原体の運び屋になることは少なくない。しかし、遺伝情報自体を媒介するなど聞いたことがなかった。

「もちろん、DNAを直接、相手に注入するわけじゃない。そんなことしても、相手の細胞内にDNAが達することもないし、当然、ゲノムに遺伝情報が組み込まれることもないからね。そこで考えられているのが、レトロウイルスの存在だ」

茜は思わず、「あっ！」と声を出す。

「分かったみたいだね。逆転写酵素を持つレトロウイルスは、遺伝情報を感染した細胞のDNA内に組み込むことができる。つまり、『運び屋』の寄生虫は自らのDNA内にレトロウイルスの遺伝情報を持ち、それが定期的に発現して体内にウイルスが生じているんだ。そのレトロウイルスは、寄生虫、そして宿主の生物に感染しては、遺伝情報の取り込みと書き込みをくり返していく。それにより遺伝子の水平伝播が生じるっていうわけだよ」

長い説明をして疲れたのか、四之宮は氷が融けて希釈されたウイスキーで喉を潤した。

「ということは……」茜は必死に情報を脳内で整理していく。「イメルヨミグモが遺伝情報を媒介しているってこと？」

「それは間違いないだろうね。イメルヨミグモのゲノムを調べたところ、一般的なクモの数十倍の遺伝情報が含まれていた。その中には、昆虫、爬虫類、哺乳類、果ては植物の遺伝情報まで含まれていたよ。これまで長い年月をかけて、イメルヨミグモは様々な生物の遺伝情報を、レトロウイルスによる逆転写でゲノム内に取り込み、それを生殖により次の世代へと引き継いでいった。その結果、とんでもない量の遺伝情報を貯め込んだんだ」

「それにしては、獲物を捕れなかったり、温度変化ですぐ死ぬって脆弱すぎない？　それだけたくさんの生物の遺伝情報を持っているなら、もっと環境に適した進化をするものじゃないの？」

「イメルヨミグモは貯えた遺伝情報をほとんど使っていないんだよ」

茜は「どういうこと?」と首を傾げる。

「詳しく調べたところ、イメルヨミグモでは蓄積された遺伝子はほとんど発現していなかった。あのクモは集めた遺伝情報を自分で利用していなかったんだよ。自分は変化していないんだ」

「自分はってことは、もしかして……」

四之宮が何を言おうとしているか気づき、茜は言葉を失う。

「そう、自分でなく、他の生物を進化させることで環境に適応していったんだ」

「……ヨモツイクサ」

「その通り。自然って凄いよな。こんな信じられないことで種を、命を紡いでいるんだから」

四之宮は天井辺りに視線を彷徨わせると、唇の端を上げる。

「感心していないで、詳しく説明してよ。イメルヨミグモはヨモツイクサに寄生して遺伝情報を送り込んでいるってことなのよね」

「寄生というより共生……、いや、もはやこれはイメルヨミグモとヨモツイクサは二種で一つの生物と考える方がいいのかもしれない。かなりの部分でDNAが共通しているしね」

「DNAが共通?　でも二つは違う生物だって、あなたが言っていたじゃない」

「ああ、違う生物ではある。けれど、ヨモツイクサのDNAのベースになっているのは二種の生物だった。その一つがイメルヨミグモだ」

「イメルヨミグモはヨモツイクサに自分の遺伝情報を送り込んで、あんな生物にしたのね」

「正確にはヨモツイクサの女王であるイザナミにだね。僕の仮説はこうだ。大量のイメルヨミグモはイザナミにとりついていて、その卵細胞に様々な生物の遺伝情報を注入している」

「卵細胞？」

茜が聞き返すと、四之宮は引きつった笑みを浮かべた。

「そう、卵細胞に様々な遺伝情報を注ぎ込むことで卵を作るんだよ。……ヨモツイクサの卵をね。そうやって、イザナミはヨモツイクサの卵を産卵しはじめる」

「……そして、人の体内に卵を産み付けるのね」

「いや、そうとは限らない。ヨモツイクサのゲノムの中にはニクバエのＤＮＡが確認された。死体に産卵をするハエだ。そこから考えると、初期は動物、例えばエゾシカの死体なんかに産卵をしたんじゃないかな。動物の死体からヨモツイクサが生まれるという言い伝えとも一致する」

四之宮は淡々と話していく。

「孵化したヨモツイクサの幼生はその死体を食べて成長し凶暴なハンターになる。そのヨモツイクサが獲物を狩ってきては、イザナミはそれに再び産卵していくんだ。こうして、女王イザナミを頂点としたヨモツイクサの軍隊ができる。まさに黄泉の軍だ」

「でも、紗枝さんにはヨモツイクサの卵が寄生していたじゃない。しかも、胎盤のようなものを作って紗枝さんから栄養を吸い取っていた」

「そう、そこだよ」

四之宮は茜の鼻先に指を突きつける。

「それが分からないんだ。どうやって人間の腹腔内に卵を産み付けたのか。おそらくイザナミの生殖活動がここ数年で大きく変化している。それまでは、主に動物の死体に卵を産み付けていたのに、いきなり生きた人間に卵を産み付けるようになったはずだ」

興奮気味にまくしたてる四之宮を、茜は「落ち着いてってば」となだめた。

「この数年って、なんでそんなこと分かるの？」

茜が訊ねると、四之宮は緊張した面持ちで、再びバッグから数枚の資料を取り出し、「これを見て」とそのうちの一枚をカウンターに置く。そこには棒グラフがプリントされていた。

「なに、これ？」

「うちの病院で行われた成熟奇形腫切除術の件数だよ。二十年くらい前からほとんど変わらなかったのに、数年前から急に手術件数が増えている。去年なんて、十年前の五倍以上の件数だ」

茜は目を剝くと、その資料を両手で摑んで顔の前に持ってくる。

「まさか、この増えた分って……」

「そう、おそらくはヨモツイクサの卵だろうね。あの卵はかなり成長して中にいるヨモツイクサの幼生の体が出来あがるまでは、たんなる成熟奇形腫と区別がつかない。僕の予想では、おそらく多くの卵はまだ人間に完全に適応はできてなくて、胎盤を作ることが出来ずにいる。だから、幻覚物質により宿主を操ることもできず、たんなる奇形腫として切除されているんだ」

「それじゃあこの数年、旭川市を中心に若い女性の失踪件数が増えているのは……」

鍛冶から聞いた情報を茜が口にすると、四之宮は重々しく頷いた。

「そう、それはしっかり胎盤を作れた卵がかなり成長して、その内部で育ったヨモツイクサが幻覚物質を分泌しだしたからだと思う。そうなった女性は、黄泉の森へと向かう。おそらくは、あの森に生息しているヨモツイクサの成体がフェロモンでも発していて、それに惹かれているんだろうね。虫はフェロモンによって遥か遠くにいる仲間を呼び寄せることがある」

巨大なヒグマの死体を茜は思い出す。あのヒグマはヨモツイクサにより殺され、フェロモンを振りかけられた。それに引き寄せられ、紗枝は黄泉の森に向かった。

腹腔内の卵をそこで孵化させ、ヒグマの遺体とともにヨモツイクサの幼生のエサとなるために……。吐き気をおぼえて口を押さえた茜は、指の隙間から声を絞り出す。

「いったいなんで、そんなことに……」

「分からない。けれどたしかなのは、被害者たちが黄泉の森で卵を産み付けられたわけじゃないってことだ。こんな人数があの森に連れていかれたら、気づかれないわけがない」

その通りだ。茜は胸の中で同意する。紗枝がかつて黄泉の森で遭難したことがあると聞き、そこでイザナミに卵を産み付けられたと思い込んでいた。しかし、これだけ寄生された女性が多いとなると、その予想は間違っていた可能性が高い。

「……協力者がいる」

ぼそりと、ひとりごつように四之宮がつぶやく。意味が分からず、茜は「え?」と眉根を寄せた。

「気づかれることなく、これだけの女性の腹部にヨモツイクサの卵を埋め込むなんて、怪物に出来るわけがない。きっと協力者がいるんだよ。いや、寄生生物の卵の仲介をしていることを考えると媒介者、『ベクター』と呼ぶべきかな」

「ベクター……」

ペストを仲介するノミのように、病原体を媒介する生物の総称を茜は呆然と口にする。あまりにも衝撃的な事実に、思考が真っ白になっていった。

「誰かが……、人間がヨモツイクサの卵を女性のお腹に埋め込んでいるってこと?」

口から零れた声は、自分のものとは思えないほどにかすれていた。

「状況証拠からは、そうとしか考えられない。違うかな?」

「いや、違わないかもしれないけど……。けれど、なんで人間がまったく別種の怪物に協力するの。訳が分からない」

茜は鈍痛がわだかまる頭を振った。

「もしかしたら、ベクターもヨモツイクサに寄生されて、幻覚物質によって操られているのかも。もしくは、脳をいじられているか」

「え？　どういうこと？」

「司法解剖した小室紗枝さんの脳も、ＰＣＲでゲノム解析して徹底的に調べたんだよ。そうしたら、人間のものではない遺伝情報がそこには含まれていた。おそらく、ヨモツイクサの卵から流れ込んできたんだろうね。ヨモツイクサもイメルヨミグモほどではなくても、遺伝子の水平伝播を行う能力を持っているんだろう。そして、遺伝情報を宿主の脳細胞に組み込み、そこで新しい神経回路を作り上げる」

「そんなこと、本当に起こるの……？」声が震えてしまう。

「脳の損傷がひどいので、あくまで仮説だよ。けど、その可能性は高い。クモヒメバチが宿主のクモを操って、蛹を吊るすために強度の強い糸を張らせるって、前に話したよね。それも、似たようなシステムなのかもしれない。なんにしろ、ヨモツイクサに寄生されると、幻覚物質と新しい神経回路によって行動が変化する。あたかも、ヨモツイクサという種の存続のために行動する、『別人格』ができるかのようにね」

「行動が変化するって言っても、まったく別種の生物であるヨモツイクサの為に、同じ人間という種族を犠牲にしたりするの？　人間にヨモツイクサの卵を埋め込むなんて……」

「佐原、『まったく別種の生物』っていうのは正確じゃないんだ。さっき、ヨモツイクサには無数の動物の遺伝情報が発現しているけど、そのベースになる生物は二種類って言っただろ。その一つがイメルヨミグモ、そしてもう一つが……」

「まさか……」

恐ろしい想像に言葉を失う茜を横目で見ながら、四之宮はウイスキーグラスを手に取った。

「そう、人間さ」


「もうこんな時間か」

教授室の椅子に腰かけながら、四之宮は壁時計に視線を向ける。針は午前五時過ぎを示していた。

新しい煙草を咥えジッポーのライターで火を点けると、目を閉じて大きく煙を吸い込む。肺の血管から吸収されたニコチンが、脳細胞へと運ばれていくのが心地よかった。

病院の敷地内にあるこの部屋での喫煙は当然、許可されてはいない。けれど、今日だけはその禁を破らずにはいられなかった。ニコチンとアルコールで脳細胞を浸しておかないと、恐ろしい真実に押しつぶされてしまいそうだった。四之宮は空になっているグラスにスコッチを注いで一口飲むと、天井にのぼっていく紫煙をぼんやりと眺める。

繁華街の隅にあるバーで佐原茜と話してから、すでに四時間以上が経っていた。

小室紗枝の司法解剖結果、そしてイメルヨミグモとヨモツイクサの生態についての仮説を聞き終えた佐原は、思いつめた表情で三杯ほどスコッチをロックであおったあと、弱々しく「ありがとう」とつぶやいてバーをあとにした。佐原を見送った四之宮は、そのあと二時間ほどちびちびとウイスキーを飲み、予定通り従業員用の裏口から出て、この教授室にもどってきていた。

バーを出ていくときの佐原の背中が、いつもより一回り小さく見えたことを思い出す。あまりにもグロテスクで衝撃的な話に打ちのめされたのだろう。

「いや、それだけじゃないか……」

煙とともに、そんな言葉が口から零れる。

あえて言わなかったが、佐原は気づいたはずだ。七年間、彼女が求め続けた家族の神隠し事件の真相。それがおそらくは、ヨモツイクサの寄生によるものだと。

家族の誰かがヨモツイクサの卵を産み付けられ、そしてそれが孵化する際、小室紗枝と同じように禁域へと向かったのだ。

自らの体を、孵化した幼生のエサとするために。

きっと他の家族はそれを止めようとしたのだろう。その結果、何が起きたのか……。

腹の底が冷たくなっていくような感覚をおぼえ、四之宮はウイスキーを喉の奥に流し込んだ。

数時間前、一通りの説明を聞き終えたあと黙り込んでしまった佐原に、四之宮はおずおずと「それで、佐原はどうする?」と訊ねた。

無言のまま数十秒、俯いてカウンターに視線を落としたあと、佐原はぼそりとつぶやいた。

「黄泉の森に行く」と。

数日後に、警察と猟師たちが駆除隊を結成し、黄泉の森へ人喰いヒグマを狩りに行くことになっている。それに猟師の一人として参加するということだった。

止めるべきか四之宮は迷った。黄泉の森に棲んでいるのは、ヒグマではなく、伝説の怪物、ヨモツイクサだ。その習性はおろか、姿すら誰にも分からない。ただ、一トンクラスのヒグマを屠ったことから、恐ろしく巨大で危険な生物であることは間違いない。銃火器で武装していたとしても、駆除隊が対応できる相手なのか全く分からなかった。

やはり危険すぎる。駆除隊への参加を思いとどまるよう口を開きかけた四之宮は、カウンターに置かれたウイスキーグラスを震えるほどに強く握っている佐原を見て、舌先まで出かかっていた言葉を呑み込んだ。彼女の横顔には、思わず目をそらしてしまいそうなほどに悲壮感に溢れた強い覚悟が浮かんでいた。

あの深い森のどこかに、ヨモツイクサの女王、イザナミがいる。その存在さえ明らかになれば、地方の警察署などではなく、もっと大きな組織、北海道警、場合によっては自衛隊によってあの危険な生物は殲滅(せんめつ)されるだろう。そしてきっと、ヨモツイクサの卵を女性に埋め込んでいる人物、ベクターの正体も暴かれるはずだ。

もし、家族の誰かがヨモツイクサの卵を産み付けられたことが七年前の神隠し事件の原因だとしたら、佐原にとってイザナミとそのベクターは家族の仇ということになる。彼女が入れ込むのも当然だった。

しかし、駆除が失敗した場合、それに参加していた人々はどうなるのだろうか。ヨモツイクサに殺され、喰われてしまうのだろうか。それとも、なんらかの方法で生きたまま卵を産み付けられ、孵卵器に、そして孵化した幼生のエサにされてしまうのだろうか。

ヨモツイクサのゲノムを調べたところ、動物の遺体に卵を産み付けるニクバエの遺伝情報より、人間の遺伝情報の方が遥かに多く含まれていた。つまり死体にただ卵を埋め込むよりも、胎児が母親の子宮内で育っていくように、生きている動物の体内で栄養を奪いながらゆっくりと成長する方が適している可能性が高い。

「人間の中で育ったヨモツイクサは、動物の死体から生まれる個体とは全く違う姿をしているのかも……」

煙草を携帯灰皿で揉み消し、新しい煙草に火を点けながら四之宮は独白する。

言い伝えではヨモツイクサは人の顔を持つクモとして描かれている。それはまさに、ヨモツイクサの幼生の姿だ。しかし、解剖したヨモツイクサの幼生は、明らかに蛹を作る準備をしていた。言い伝えにも残っていない変態を遂げたヨモツイクサの成体、それはどんな姿をしているのだろう。想像するだけで内臓が縮み上がるような感覚に襲われる。

軽い気持ちで足を突っ込んでしまった事件だったが、調べていくうちに骨の髄まで凍りつくように恐ろしく、いびつな真相がその輪郭を現しはじめた。

本当なら当局に情報を伝えるべきなのだろう。しかし、いま分かっているのはイメルヨミグモという新種のクモが存在するということ、そのクモがヨモツイクサという恐ろしい怪物と共生状態にあるということだ。いまのままでは、たとえ報告しても未知の生物が現れたというだけで、何者かが怪物の卵を女性の腹腔内に埋め込み、寄生させているということまでは証明できない。

小室紗枝の腹腔内から摘出された卵からヨモツイクサの幼生が生まれたことを、佐原が正式に報告しなかったのは痛かった。四之宮は唇を嚙む。

あまりにも常軌を逸した事態に、たとえ報告しても誰にも信じてもらえず、正気を疑われる可能性があったのはその通りだろう。しかし、それをしなかったせいで、ヨモツイクサの卵が人間に寄生するということを証明することが極めて難しくなった。

四之宮は煙まじりのため息をつくと、煙草を咥えたままキーボードを叩きはじめる。液晶ディスプレイには二年前の診療記録が表示されていた。

ヨモツイクサからのアプローチが難しいなら、ベクターの正体を暴く方が近道かもしれない。そう考えて、四之宮はバーから戻ってきてから、ずっと電子カルテを探っていた。

この数年で爆発的に成熟奇形腫の手術が増えているということは、そのうちのかなりの割合が、ベクターによってヨモツイクサの卵を腹腔内に埋め込まれた被害者だと考えられる。

どうやってベクターが人間の体内に卵を埋め込んでいるのか、まだ分からない。しかし、被害者たちを詳しく調べ、共通点を探ることで、ベクターの正体に近づけるかもしれない。

同じ人間にヨモツイクサの卵を寄生させる。そんなことをするのは、いったいどんな人物なのだろう。やはり自身も寄生され、操られているのだろうか？

四之宮はディスプレイに次々と診療記録を表示させていく。

成熟奇形腫の患者のカルテを見つけていくのは、想像以上に手間がかかった。月ごとの手術数自体はデータがあるのだが、その手術を誰に行ったかまでは個人情報であるので公表されていない。よって、手術記録を全て確認し、その中から成熟奇形腫摘出術を受けた患者の診療番号を見つけて、カルテを確認するという地道な作業を続けている。

何時間かかけて数人の患者をなんとかピックアップできたが、それだけで目の奥が痛くなってきていた。

四之宮は鼻の付け根を揉みながら、右手でマウスを操作して、二年前、成熟奇形腫摘出術を受けた三十代の女性患者のカルテを眺めていく。ふと、画面をスクロールしていた手の動きが止まった。四之宮は前のめりになって画面に顔を近づける。

「まさか……」

低い声でつぶやいた四之宮は再びせわしなくマウスを操作し、他の患者の診療記録をさかのぼって確認していった。

一人……、二人……、三人……。

カルテを確認していくたび息が荒くなっていく。

「あいつが……ベクター……」

かすれ声が喉の奥から漏れる。

四之宮は震える手を伸ばしてデスクに置いてあるスマートフォンを取り、履歴から佐原茜の番号を表示させると、『発信』のアイコンを押す。しかし、呼び出し音は流れるが繋がらなかった。

こんな時間だから寝ているのだろう。

それなら……。四之宮は別の番号に電話をかける。数回の呼び出し音のあと回線が繋がった。

『ただいま、留守にしております。メッセージがある方は、ピーという発信音のあとに……』

流れてきた人工音声に、思わず舌が鳴る。しかたがない。一応、伝言を残しておこう。

……もしものときのために。

四之宮は電話に向かって早口で話していく。数十秒後、メッセージを伝え終えようかというとき、後ろで扉を開ける音が響き、そして明かりが消えた。

反射的に振り返った四之宮は目を剝く。そこに人影が立っていた。闇の中、かすかに蒼い光をまとったシルエットが。

黒板を引っ掻くような甲高い奇声が空気を揺らす。四之宮が小さく「ひっ」と悲鳴をこぼすと同時に、人影がネコ科の肉食獣のようにしなやかで素早い動きで向かってきた。

蒼い光の軌跡が、闇に描かれる。

体を縮こまらせた四之宮が、頭を守ろうと上げた両腕に、その人影は拳を叩き込んでくる。自らの前腕の骨が砕ける音を聞きながら、四之宮は三メートルほど吹き飛ばされた。

人間離れした膂力に、四之宮は思い知らされる。人の形こそしているが、目の前の存在の本質は怪物だということを。

なんとか、このことを佐原に知らせなければ。

彼女を救わなくては。

脳震盪を起こしているのか、思考のまとまらない頭で考える四之宮のそばに、蒼く輝く人影は近づいてくると、ゆっくりと足をあげる。

「佐原……」

弱々しい声を発した四之宮の網膜に、振り下ろされた足の裏が迫ってくる。

砕かれた頭蓋から飛び散った脳漿が、電子カルテのディスプレイを赤く濡らした。

幕間　二

泣き声が樹々にこだまする。コートを着た子供がしきりに涙を拭いながら、深い森をとぼとぼと歩いていた。

足が重い、お腹がすいた。寒さが骨の髄にまで染み入ってくる。

「お母さん……、お母さん、どこ?」

子供は必死に声を張り上げる。しかし、答えてくれる者はいなかった。

遠くから獣の咆哮が聞こえ、子供はびくりと体を震わせる。

リスを見つけたので、ちょっと追ってみただけだった。数十秒後、樹の幹を駆けのぼったリスの姿を見失ったので戻ろうとした。けれど、ぐるりと周りを見回したとき、四方八方に樹が迷路のように立ち並んでいて、どこから来たのか分からなくなっていた。

何時間、こうして彷徨っているのか分からない。森に入ったのは昼過ぎだったのに、辺りは暗くなりはじめていた。どれだけ歩いても同じような光景が広がっているだけで、自分がぐるぐると同じところを回っている気がする。

ここで死んじゃうのかな。子供は足を止めると、大きなエゾマツの根元でうずくまった。疲労と空腹で、もう動くことができなかった。そのとき、遠くから歌が聞こえた気がした。女の人の歌声が。子供は目を見開いて勢いよく立ちあがると、声がした方向に走っていく。やがて大きな洞窟の入り口が現れた。子供は立ち尽くす。歌はその洞窟の奥から聞こえてきていた。

どうしよう……。森に一人でいるのは怖いが、暗い洞窟に入るのも同じくらい怖かった。

ひときわ強い風が吹く。氷のような冷たさに、針に刺されたような痛みを感じた。

子供は振り返って森を見る。日が沈み、元々うす暗かった森が闇に覆われはじめていた。

どうせ、森もすぐに真っ暗になる。風を防げるだけ洞窟の方がいい。

覚悟を決めた子供は、首をすくめながら洞窟に入っていく。中は外よりもずっと暖かかった。

こわばっていた体がほぐれていく。歌がさらにはっきりと聞こえるようになる。

なんと歌っているのか分からない。けれど、呼ばれているような気がする。ゆっくりと洞窟を進んでいった子供は、目を見開く。洞窟の壁や天井が、蒼い光を発していた。その美しく儚い光は、奥に行けば行くほど強くなっていく。

夢の中にいるような心地になりながら、子供は洞窟をどんどん先に歩いていく。ふと、子供はいつの間にか自分の体も蒼く光っていることに気づく。

軽く手を振ると、空中に蒼い光の軌跡が描かれた。幻想的な光景に、口元が緩む。枷がつけられているように重かった足が、いつの間にか羽が生えたかのように軽くなっていた。

子供は跳ねるような足取りで進んでいく。奥へ、さらに奥へと……。

やがて、大きなドーム状の空間に出た。蒼く輝く天井を仰いだ子供は、プラネタリウムのような美しさに息を漏らす。そのとき、部屋の奥に巨大な影が蠢いていることに気づいた。けれど、恐怖は感じなかった。蒼い光と心地よい旋律が、全身に染み入ってくる。

巨大な影が近づいてくる。突然、それはまぶしいほどに蒼く輝いた。その体から湧き出した光が、体を包み込んでいく。

母親に抱きしめられているような幸せをおぼえながら、子供はそっと声を漏らした。

「きれい……」

第三章　女王降臨

1

ミステリーサークルのように押し倒された雑草に、赤黒い血液の跡と、腐った臓物の一部が残っている。膝立ちになってその痕跡を調べている警官の周りで、十数人の猟師が猟銃をもって険しい表情で辺りを警戒していた。

空は曇っており、さらに常緑樹であるエゾマツの葉で日光が遮られているため、昼過ぎだというのに森は薄暗い。風が強く上方から葉のざわめきが聞こえてくる。この二週間ほど雨が降っていないので、乾燥が酷い。山火事リスクが高い条件だった。

雪でも降ってくれればいいのに。そうすれば、獲物の痕跡がはっきりして猟には有利になる。そんなことを考えながら、茜は足を動かしていく。

バーで四之宮からヨモツイクサとイメルヨミグモの恐ろしい生態を聞いた八日後、茜は黄泉の森に入る駆除隊に参加していた。日の出とともに山に入った駆除隊は、昼過ぎにはアサヒの死体があった場所まで到達した。

「鍛冶と佐原の言ってたとおりだな。このでかさなら、本当に一トン前後はあっただろう。とんでもなくデカいヒグマだ。信じられないくらいデカい」

片膝立ちになって地面に残った跡を眺めながら、猟友会長の八隅が言う。地域の猟友会からこの駆除隊に参加したのは茜と八隅、そして鍛治の三人だけだった。他の十数人はすべて、道内の他の地域からやってきた猟師だ。茜は彼らを見回す。

全員がライフル銃を手に持ち、そしていつでも込められるように銃弾を指に挟んでいる。それらはどれも、マグナム弾などの威力のあるものだった。

普段、シカや鳥をとっている猟師たちとは明らかに面構えが異なっている。これほどに危険な雰囲気を醸し出している猟師には、いままで鍛治しか出会ったことはなかった。

この駆除隊に参加している猟師の大部分は、ヒグマ狩りを生業(なりわい)にしている『羆撃ち』だった。北海道中から名うての羆撃ちたちがこの駆除隊に参加している。この森に潜む『怪物』を狩るために。

「つまり、ここに巨大なヒグマの死体があったのは間違いないんですね」

警官の問いに、八隅は「ああ、間違いない」と頷いた。

「では、その死体はどこに行ったんでしょう？」

再び警官が訊ねると、八隅は立ち上がってゆっくりと辺りを見回したあと、森の奥を指さした。

「大きなものが引きずられていった痕跡が、わずかにだが残っている。何かがヒグマの遺体を持ち去ったんだろうな」

「何かというと？」

「まあ、別のヒグマだろうな。一トンの死体を運べる動物なんて、日本には二種類しかいない。ヒグマと人間さ」

「いくらヒグマでも、一トンの死体を運ぶことなんて出来るんですか？」

警官が疑わしげに言うと、八隅はこめかみを掻いた。

「普通のヒグマにはできないなぁ……。おーい、佐原」

急に声をかけられた茜は、「はい」と背筋を伸ばす。

「お前は鍛冶と一緒に、ここでヒグマの死体を見たんだよな。その死体が、何かと戦って殺されていたのは間違いないのか」

「はい、間違いありません……」

腹を裂かれていたヒグマの死体を思い出す。

「なら、一トンのヒグマを屠れるさらに巨大なヒグマがこの森のどこかにいるんだ」

空気がざわりと震える。猟師たちの顔に赤みが差したように茜には見えた。

一トンのヒグマを殺せるようなさらに巨大なヒグマ。羆撃ちに命をかけている彼らからすれば、それは涎が出るほど魅力的な獲物なのだろう。

「本当にそんな怪物みたいなクマがいるんですか？」

警官の声に混じる疑念の色が濃くなっていく。

「もしヒグマでなければ、この世の生物ではないよ。言い伝え通り、この森には黄泉の国の鬼であるヨモツイクサが棲んでいて、そいつがやったのかもな」

「ふざけないでください。そんなことあり得ません」警官は顔をしかめた。

いいえ、あり得るのよ。茜は胸の中でつぶやく。アサヒを殺したのも、その死体を運んでいったのも、間違いなくヨモツイクサだ。けれど、いまそんなことを主張してもこの場を混乱させるだけだし、そもそもヨモツイクサの存在を証明するための証拠がもはやない。

茜の頭に、人のよさそうな笑みを浮かべた親友の姿が浮かぶ。

バーで話したあの夜から、四之宮の行方が分からなくなっていた。もともと、法医学教室に所属する医局員は四之宮だけであり、さらに何日間も教授室に泊まり込んで論文を書いていたと思ったら、ふらっと行先も告げずに放浪旅行に出るような人物なので、彼の失踪はすぐには気づかれなかった。しかし茜が何度電話をしても一向に繋がらず、さらにそれまで一度も休講にしたことのない医学生への講義にも姿を現さなかったことで、三日前に彼が失踪していることを大学が把握した。札幌に住む四之宮の両親が行方不明者届を警察に提出したようだが、特に事件に巻き込まれたという証拠はなく、成人男性である四之宮が本人の意思で消えた可能性も高いということで、警察が積極的に捜査をすることはなかった。

けれど、四之宮が何者かに襲われ、連れ去られたのだと茜は確信していた。一昨日、彼の失踪を知って法医学教室に向かったところ、預けていたヨモツイクサの幼生の死体、あの怪物の存在を何よりも明確に示す証拠が消えていた。

教授室にある南京錠付きの冷凍庫に保管してあると四之宮は言っていたが、茜が行ったとき冷凍庫に錠は付いておらず、中にはカップアイスクリームが数個入っているだけだった。

おそらく、バーから帰ったあと、四之宮は何か重大なことに気づいた。

だからこそ、それを伝えようと私に電話をした。

茜は唇を嚙む。朝、気づいたらスマートフォンに四之宮からの着信が残っていた。

もし私が電話に出ていたら、四之宮を助けられたかもしれない……。強い後悔が胸を焼く。

四之宮が一連の事件の真相に近づいていることに気づいた何者かが、彼を襲って口を塞ぐとともに、証拠を全て持ち去った。

何者なのか。そんなこと分かっている。

「ベクター……」茜は低い声でつぶやく。

女性の腹にヨモツイクサの卵を埋め込んでいる人物こそが、四之宮を襲ったのだ。

いったいベクターとは何者なのだろう。やはり、小室紗枝のように幻覚物質と脳への遺伝情報挿入により操られ、ヨモツイクサの繁殖に手を貸しているのだろうか。けれど、ベクターはどうやって、四之宮が真相に迫っていること、そしてヨモツイクサの標本を持っていることを知ったというのだろう。

ベクターは近くにいるのかもしれない。もしかしたら、この場にも……。

駆除隊の面々を見回していると、唐突に肩を叩かれた。体をこわばらせた茜は、ショットシェルホルダーからスラッグ弾を取り出しながら勢いよく身を翻す。

弾を弾倉に込めかけたとき、背後に立っている男と目が合った。

「ご、ごめん。急に触ったりして」小此木は怯えた表情で、軽く両手を上げた。

「驚かせないでください。なんですか？」

茜はそっとスラッグ弾をショットシェルホルダーに戻した。

「いや、思いつめた表情をしているから、大丈夫かなと思って」

「大丈夫じゃないですよ。ここには、一トンのヒグマを殺して、その死体を運ぶような化け物がいて、いつ襲ってくるか分からないんですよ。常に警戒して緊張しているのが当然です」

茜がため息をついていると、鍛冶が「茜、そろそろ移動するってよ」と近づいてきた。

「おっ、あんたこの前の刑事さんじゃねえか」

鍛冶は小此木を見つけて目を大きくする。

「あんたも参加していたのか。かなり恐ろしい目に遭ったのに、よく来たな」

「消えた婚約者の行方の手がかりが、きっとこの森にあるんです。当然参加しますよ」

「なかなか根性あるな。けれど、この前の捜索とは比較にならないくらい危険だぞ。もうここは完全に、『怪物』のテリトリー内だからな」

「今日はあなた以外にも、羆撃ち猟師がたくさんいるじゃないですか。きっと大丈夫ですよ」

自分に言い聞かせるように小此木が言うと、鍛冶はシニカルに唇の端を上げた。

「相手が、たんなるヒグマならな」

「どういう意味ですか?」

小此木が首をかしげるが、鍛冶は思わせぶりな笑みを浮かべるだけだった。

隊が動き出し、他の警官に呼ばれた小此木は、「それじゃあ、茜ちゃん。気をつけて」と先頭に向かっていく。

「さて、俺たちも行くかな」

ライフル銃を手にした鍛冶が歩き出す。茜もその後を追った。

アサヒの死体が引きずられた痕跡を追っている八隅を先頭に、駆除隊は獲物を見逃さないよう、数十メートルの長さに散開してエゾマツが密に立ち並んでいる森を進んでいく。

数分歩いたところで、茜は「なんで来たの?」と、鍛冶の隣に並んだ。

「ん?　なんのことだ?」

「ごまかさないで。この前、ここで死んでいたヒグマはあなたの奥さんの仇、アサヒだった。もうあなたには、命をかけてまでこの森に入る必要はないはず。分かっているでしょ。この森にいるのが、たんなるヒグマなんかじゃないことを」

「ヒグマじゃなかったらなんだって言うんだよ」

からかうような鍛治の口調が癪に障り、茜は顔をしかめる。

「さあ。本当にヨモツイクサがいるんじゃない」

茜は横目で鍛治の反応をうかがう。この場にベクターがいる可能性は十分にある。ならば、鍛治も容疑者の一人だ。

猟師である鍛治は、ナイフで肉を切り裂くことに慣れている。もしかしたら、なんらかの方法で昏睡状態にした女性に小さな傷をつけ、ヨモツイクサの卵を埋め込んでいたのかもしれない。

「ヨモツイクサか。……なるほどな」

鍛治はどこか自虐的な忍び笑いを漏らす。

「何がおかしいの?」

「いや、お前の言う通りだ。この森にはヨモツイクサが棲んでいる」

「……どういう意味?」

鍛治の意図をはかりかね、茜は慎重に訊ねた。

「俺はずっと、ヨモツイクサっていうのは人喰いヒグマのことだと思っていた。アイヌのウェンカムイの言い伝えが、変化して伝わっていたものだと。けれど、ヨモツイクサはヒグマなんかじゃなかった。アサヒはヒグマの中では限界まで巨大化した個体のはずだ。他のヒグマに殺されるわけがねえ」

「なら、何がアサヒを殺したっていうの?」

鍛治はヨモツイクサについて何か知っているのだろうか? この男がベクターなのだろうか。

緊張する茜の横で、鍛治は「さあな」とおどけるように肩をすくめた。

「何よ。何も分かっていないんじゃない」

拍子抜けした茜は、これ見よがしにため息をつく。

「……そうだ、たしかに何も分かっていない」鍛冶の表情が引き締まる。「ただ、これは確かだ。この森には、アサヒを殺してその死体を移動させられるような、正体不明の怪物が潜んでいる。言い伝えのとおりだった。ここは人間なんかが這入り込んでいいような領域じゃなかったんだよ」

「そう思っているなら、なおさらなんで命の危険を冒してまで、駆除隊に参加しているのよ。もうあなたの仇はいないんでしょ」

「仇はいない？」

鍛冶の横顔に危険な影が差す。アサヒを追っていたときに浮かんでいたのと同じ影。

「仇ならいるだろ……。アサヒの仇がな」抑揚のない声で鍛冶が言う。

「……何を言っているの？」

「アサヒは俺が殺さないといけなかったんだよ。俺が奴の心臓に弾を撃ちこまないといけなかったんだ。それなのに、それを邪魔したやつがいる。俺の獲物を横取りしたやつがいるんだ。俺以外がアサヒを殺すなんて許せねえ……。あいつの仇を俺が討ってやる……」

憑かれたかのようにつぶやき続ける鍛冶の姿に、背筋が寒くなる。

ずっと追い続けてきたアサヒを自分以外のものに殺されたことで、鍛冶は正気を失ってしまったのだろうか。いや、目の前で妻が生きたまま喰われていくのを目の当たりにしたときから、彼は狂い続けていたのかもしれない。腐り落ちそうになっている精神を、復讐心でなんとか形を保っていただけなのかもしれない。

「でも、仇を討つつもりなのに、こんなところにいていいの？　他の猟師に先に撃たれるかもしれないわよ」

　鍛冶の精神状態を探ろうと、茜は慎重に訊ねる。茜と鍛冶の位置は、数十メートルに散開しつつ進んでいる駆除隊の真ん中あたりだ。多くの猟師たちは前方にいる。いち早く獲物を発見して、狩ろうとしているのだろう。

「あいつらにゃ、狩れねえよ」鍛冶は得意げに鼻を鳴らす。「あいつらは獲物がヒグマだと思い込んでいる。だから、ヒグマが潜んでいそうな場所を探し、ヒグマを撃つ準備だけをしている。けれどな、この森にいるのはヒグマとはまったく違う習性、形態、攻撃方法を持っている怪物だ。奴らじゃ対処できない。羆撃ちとしての経験が、奴らの足を引っ張るのさ」

　言葉を切った鍛冶は、指に挟んでいた338ラプアマグナム弾をライフル銃の弾倉に込める。

「ちょっと、周りに警官がいるのよ。獲物が発見できていないのに、弾を装塡しているのが見つかったら、銃の所持免許を取り上げられるわよ」

　茜は慌てて辺りを見回す。前方、後方とも数メートル離れたところに警官がいるが、鍛冶の行動に気づいた様子はなかった。

「かまわねえよ。これが人生最後の狩りになったっていいんだ。アサヒの仇さえ討てりゃあな」

　鍛冶は口角を上げると、「それより」と茜のM4に視線を落とした。

「お前も弾を込めておけ。ここは怪物の狩場だ。ここでは俺たちは猟師じゃなく、獲物でしかないんだよ。平和ボケした法律なんか律儀に守っていたら、あっという間にはらわた抉られるぞ」

「けど……」

　迷った茜の脳裏に、ヨモツイクサの幼生に、胎児の顔を持った巨大なクモに襲われたときの記憶がフラッシュバックする。恐怖が蘇り、心臓が締め付けられるような感覚をおぼえた。

鍛治の言う通りだ。孵化したばかりでもあれほどの戦闘能力と凶暴性を持った生物。さらにここに潜んでいるのは、寄生していた人間の肉を食べて成長し、蛹から羽化して変態を遂げた個体だ。どれほど巨大で、どれほどおぞましい姿になっているのか分からない。一トンクラスのヒグマを斃せることから考えても、想像を絶する怪物へと成長しているのは間違いないだろう。

茜は指に挟んでいたスラッグ弾を、前後にいる警官に悟られないように弾倉に装填した。

「分かっているじゃねえか」

得意げに言う鍛治を無視し、茜は神経を研ぎ澄ます。この森に潜んでいるであろうヨモツイクサの気配を逃さぬように。

駆除隊は一時間ほどかけて、さらに二キロほど森の奥へと進んでいく。それまで黙っていた鍛治が、ぼそりとつぶやいた。

「さっさとここを抜けるべきだ。ここは最悪だ」

「どうして？　笹藪はないでしょ」

茜は首を捻る。ヒグマが生息している山では、笹藪を警戒する。それが猟師の鉄則だった。

「だからこそだ。笹藪がないせいで、猟師たちの警戒が薄くなっている。この辺りは太いエゾマツが密に生えていて、死角が多い。こういう場所はヒグマが突っ込んできても、普通は複数の猟師がいれば比較的安全に狩れる。だが、まったく習性の違う怪物なら、この死角を利用して襲ってくるかもしれない」

「羆撃ちの経験が足を引っ張るって、そういう意味ね」

「ああ、そうだ。そもそも……」

そこまで言ったところで、鍛治は足を止め、首だけ回して後方を見る。その目が訝しげに細められた。

「どうしたの?」

茜が訊ねると、鍛治は体ごと後ろを向き、睨みつけるように後方を凝視しながら口を開いた。

「俺たちは、隊の真ん中あたりを進んでいたよな?」

「そうだけど……」

「なら、なんで後ろから誰もついて来ていないんだ?」

「え!?」

茜は慌てて身を翻す。後ろには数人、警官がいたはずだ。しかし、その姿が消えていた。

鍛治は無言で背負っていたバックパックを地面に下ろすと、片膝立ちになり、レミントンモデル700の銃床を肩にあてて銃口を上げていく。

「ちょ、ちょっと、人がいる方に銃口を向けるなんて」

「……いねえよ」

鍛治は銃を構えたまま、ぼそりとつぶやいた。

「もう、後ろに人間なんていねえ。全員殺されたんだよ」

「そんな……」

茜は言葉を失う。ほんの十メートルほど先を歩いていた自分たちが全く気づかないうちに、数人の警官が殺された。そんなことがあり得るのだろうか。

「いいから銃を構えろ。銃口を上げて、引き金に指をかけろ。死にたくなかったらな」

茜は戸惑いながらもM4を構えた。息をすることも憚られるような緊張が辺りに満ちる。先に進んでいる猟師たちを呼びたいところだが、大声を出した瞬間、近くに潜んでいる怪物に襲われるかもしれない。恐怖に体を縛られ、動くことができなかった。

十数メートル先に立つ太いエゾマツの幹の陰から、何か黒いものがふらりと姿を現した。茜はそれに銃口を向け、引き金を絞る。

「撃つな！」

鍛冶の鋭い声が飛ぶ。発砲しかけていた茜は、慌てて引き金から指を離した。

それは人間だった。黒いダウンジャケットを羽織った警官。

誤射するところだった。痛みをおぼえるほどに心臓の鼓動が加速していく。

「大丈夫ですか？」

警官に駆け寄ろうとした茜の肩を、鍛冶が無造作に摑んだ。

「何するの⁉」

肩から手を離した鍛冶は、「よく見ろ」とあごをしゃくる。茜は鼻の付け根にしわを寄せながら、大樹に寄りかかるように立つ警官を観察する。その腹の辺りから、白いロープのようなものがぶら下がっていた。警官は震える手で、それを必死に手繰り上げようとしている。その『ロープのようなもの』の正体に気づき、茜は目を疑う。

それは腸管だった。腹から溢れ出した小腸を、警官は必死に元に戻そうとしているのだ。

「助けないと……」

一歩踏み出した茜の前に、鍛冶が銃身を掲げて遮る。

「無駄だ。助かると思うか？」

諭すように声をかけられ、わずかに冷静さを取り戻した茜は、幹に体をあずけるようにして倒れていく警官を観察する。

あれだけ腸管が溢れ出しているということは、腹部をかなり深く切り裂かれている。腹腔内が汚染されているだろうし、重要な臓器や血管も損傷しているだろう。ここが手術室なら救命できるかもしれないが、病院搬送まで何時間もかかるこの場所ではまず助けられない。

外科医としての経験が、残酷な事実を告げる。

「あいつは囮だ」

ライフルのスコープを覗き込みながら、鍛冶がつぶやいた。

「あの樹の後ろに『やつ』は隠れている。あの警官を助けに来た人間を襲うつもりなんだよ」

「そんな知能があるっていうの？」

「間抜けな獣だって決めつけるな。相手は正体不明だ。これくらいの罠を仕掛けるくらいの賢さがあったって不思議じゃない」

ヨモツイクサのゲノムから、人間の遺伝情報が大量に確認されたことを思い出す。ヨモツイクサの幼生、その腹部の裏側についていた胎児の顔。もしそこに脳があるのなら、人間に匹敵する知能を持っていたとしてもおかしくない。

あの樹の陰には、どんな怪物が潜んでいるのだろう。果たしてヨモツイクサは、銃で狩ることができるような生物なのだろうか。

口の中から急速に水分が消えていくのを感じながら、茜も片膝立ちになり、M4を構える。立射よりも膝立ちの方が、射撃が安定する。

助けに来てもらえないことを悟ったのか、警官の顔が絶望の色に染まっていく。

ごめんなさい。茜が内心で謝罪した瞬間、虫の羽音のような音が響くとともに、警官の首の辺りを黒い線が横切った気がした。鍛冶が「見えたか？」と訊ねてくる。

「た、たぶん。けれど、何をしたのか……」

分からない、と続けようとした茜は目を疑う。樹の幹に背中をあずけていた警官の頭部が、まるで椿の花が落ちるかのように取れ、そして地面でごろりと一回転した。首の切断面から、心臓の拍動に合わせて噴水のごとく血液が上がる。糸が切れた操り人形のように、頭部を失った体が力なく崩れ落ちるのを、茜は呆然と見つめることしかできなかった。

あまりにも凄惨な光景に現実感が消えていく。

「ぼーっとするな。死ぬぞ！」

鍛冶に怒鳴られ、茜ははっとして、腹の底に力を込める。あの樹の陰から刃物がついた鞭のようなものを振り回し、警官の首を切断したのだろう。茜はアサヒの体に残っていた切創を思い出す。ヒグマの硬い体毛と皮膚、そして厚い脂肪を切り裂けるような攻撃だ。人間の首を落とすことなど造作もないはずだ。

黄泉の国の鬼、ヨモツイクサ。伝説の怪物と対峙しているという恐怖が、筋肉をこわばらせる。

次の瞬間、甲高い声が聞こえた。女性の悲鳴のような声。

「来るぞ！」

緊張を孕んだ声で鍛冶が言う。茜は銃口をヨモツイクサが隠れている樹に向け、引き金に人差し指を掛けた。

十メートル以上離れている。樹の陰から出てきて、ここに到達する前に二発は撃てる。この距離なら確実に当てることができるだろう。殺傷能力が極めて高いリーサルタイプのスラッグ弾だ。どんな化け物が相手でも、二発あれば制圧できるはずだ。

呼吸で狙いが外れるのを防ぐため、口笛を吹くように唇をすぼめて、ゆっくりと息を吐いていく。それとともに、こわばっていた筋肉もほぐれてきた。風のせいか、頭上から葉音が響く。来るなら来い。確実に撃ちとって、そして私の家族に何があったのかをあばいてやる。

茜が胸の中で決意を固めた瞬間、絶叫が聞こえてきた。

背後から。

茜は勢いよく振り返る。百メートル以上先に立ち並ぶ樹々の隙間から、血飛沫(ちしぶき)が上がっている様子がわずかに見えた。かなり先まで進んでいた先頭集団が『何か』に襲われている。

なんで⁉　ヨモツイクサはその樹の後ろに隠れているはずなのに。茜は立ち上がると、銃を構えたままじりじりと警官の遺体がある樹に近づいていく。鍛冶が「おい、やめろ！」と声をかけてくるが、足を止めることができなかった。

樹まで三メートルほどの位置まで接近する。大量の血液の臭いに混じり、かすかに便臭も漂っていた。おそらく、腹を裂かれたときに大腸まで破れ、内容物が溢れ出したのだろう。

足元にサッカーボールのように警官の頭部が転がっている。瞳孔が散開しきった双眸(そうぼう)が、恨めしげに茜を見上げていた。

茜は数回深呼吸をすると、「あああ！」と雄たけびを上げつつ横に飛び、樹の陰に銃口を向けて引き金を絞る。しかし、そこには怪物の姿はなかった。

「いない！　やっぱり、先頭集団を襲いに行ってる！」

茜が叫ぶと、鍛冶は大きく舌を鳴らした。

「なんでだ！　俺たちはずっとその樹を見張っていたぞ！　どうやって『やつ』は先頭集団の所まで移動したんだ！」

「分かるわけがないでしょ」

茜が怒鳴り返すと、鍛治は「ちくしょう！」と叫んで、断末魔の悲鳴が響きわたってくる森の奥へとレミントンモデル700を手に走っていった。

「あ、待って！」

続こうとしたとき、すぐそばの樹の幹が破裂した。飛び散った破片が頬をかすめ、痛みが走る。じんじんと熱を感じる部分を押さえると、ぬるりとした感触が走った。掌を見る。真っ赤な血がついていた。

いったい何が？　戸惑いながら幹を見る。そこには、はっきりと弾痕が刻まれていた。

流れ弾だ。威力の高いライフル銃の弾丸が、この樹に当たったのだ。

もし数十センチずれていたら、私の頭が吹き飛んでいた。背筋に寒い震えが走ったとき、数メートル先の地面が爆(は)ぜた。

また流れ弾だ。茜は慌てて樹の陰に身を隠す。ここに潜んでいたヨモツイクサは、なんらかの方法で気づかれることなく移動し、先頭集団に襲い掛かった。相手がヒグマだと思い込んでいた猟師たちは、未知の怪物の襲撃にパニックに陥り、そして……虐殺されている。

茜の予想を裏付けるように、断末魔の悲鳴が続けざまに森にこだました。

ここから出るのは危険だ。恐慌状態になっている猟師たちが、ライフルを乱射している。銃砲に螺旋状に刻まれた溝により、回転しながら飛ぶライフル弾は空気抵抗を受けにくく、散弾銃より遥かに射程を持つ。百メートル以上離れた森の奥からでも、十分に殺傷能力を保ったまま飛んでくる。

「茜ちゃん！」

唐突に名を呼ばれ、茜は身をこわばらせる。見ると、すぐそばに息を切らした小此木が立っていた。小此木は先頭集団にいたはずだ。おそらく、ヨモツイクサに襲われて地獄絵図となった現場から逃げてきたのだろう。

「逃げるんだ！　早く逃げないと！　あいつが……」

混乱で舌が回らなくなったのか、小此木は言葉を詰まらせる。茜は手首を摑んで、小此木を樹の陰に引きずり込んだ。

「落ち着いてください。何があったんですか？」

「襲われたんだ。急に襲われて、前を歩いていた猟師たちが殺された」

「何に襲われたんですか⁉」

ヨモツイクサはどんな生物で、どうやって襲ってくるのか。それが分からないと、対処のしようがない。

「分からない！」小此木は両手で髪を掻きむしった。「気づいたら、次々に周りの人間が殺されていった。全身を切り刻まれたり、岩の陰に引きずり込まれたり……。ヒグマなんかじゃなかった。ヒグマなんかより、ずっと恐ろしい何かが……」

小此木は自らの両肩を抱くと、ガタガタと震えはじめる。

「なんにしろ逃げよう。すぐにこの場から離れないと」

来た道を戻ろうとする小此木に、茜は「ダメです」と静かに告げる。

「どうして⁉」小此木の声が裏返った。

「襲ってきたのがなんであろうと、動物であることに間違いはありません。捕食動物は本能的に、背中を見せて逃げたものを追ってきます。そして、この森はあの怪物のテリトリーです。逃げ出しても、瞬く間に追いつかれて殺されるだけです」

「そんな……。なら、どうしたら……」

死人のように青ざめている小此木の顔に、絶望が色濃く浮かぶ。

「まずは、冷静になることです。そして、相手の正体を確かめるんです。分かりましたね」

少しでも落ち着かせようと諭すような口調で言ったところで、茜は気づく。いつの間にか、銃声も断末魔の悲鳴も聞こえなくなっていることに。

全滅した？　まだ襲われてから五分も経っていないのに。

恐怖で息が上がってくる。腕利きの羆撃ち十数人をいとも簡単に惨殺した怪物に、一人で立ち向かうことなどできるのだろうか。

いや、できるできないじゃない。やるんだ。茜は白い息を吐きながら、自らを鼓舞する。

猟師たちは相手がヒグマだと思い込んでいたからこそ、予想外の襲撃に恐慌状態になり、一方的に狩られた。相手がどんな生物なのか見極めて対処すれば、勝算はあるはずだ。

茜は樹の幹から慎重に顔を覗かせて、様子をうかがう。遠くで猟師たちが倒れているのがかすかに見える。切断された腕や足が、地面に転がっていた。しかし、その惨劇を行った怪物の姿はやはり見つからない。

ヨモツイクサはどこに隠れているというのだろうか。どうやってこの樹々の中を移動し、そしてなぜ腕利きの羆撃ちたちをいとも簡単に屠ることができたというのだろうか。

考えろ。考えるんだ。その謎を解かなければ、私も数分以内にあそこに転がっている猟師たちと同じ目に遭う。

奥歯を噛みしめていた茜は、目を見開く。森の奥から初老の男が姿を現し、喘ぐような悲鳴を上げながら、走って逃げている。猟友会長の八隅だった。彼の右手が前腕で切り落とされ、激しく出血していることに気づき、茜は頬を引きつらせる。

かなりの重傷だ。けれど、腕ならしっかりと止血をすれば救命できるかもしれない。

私なら八隅さんを救える。そう確信したとき、考えるより先に体が動いていた。

「会長、こっちです！」

樹の陰から飛び出した茜が声を張り上げる。八隅は足を止めると泣き笑いの表情を浮かべてこちらを見る。

次の瞬間、八隅の体が大きく震え、そして浮き上がった。まるで、重力が消えたかのようにゆっくりと彼の足が地面から離れていくのを、茜は呆然と見つめる。

クモの巣にかかった蛾のように、四肢を激しくばたつかせる八隅のみぞおち辺りを、黒く尖ったものが突き破る。絶叫とともに八隅の口から大量の血液が噴き出し、地面に降り注いだ。

胸を刺し貫いている黒い槍のような物体に持ち上げられ、八隅の体がさらに上昇していく。

「あ、ああ……」

ゆっくりと視線を上げていった茜の口から、言葉にならない声が漏れる。

エゾマツの樹に、『怪物』が頭を下にしてしがみついていた。

それはまさに、怪物としか表現できない存在だった。頭胸部と腹部に分かれている三メートルはありそうなひょうたん形の基本フォルムは、黒光りする鱗を持つ巨大なクモだ。しかし、その腹部からはサソリのような尾が三本生えている。人間の胴体ほどの太さがありそうなそれらは、ゆうに五メートルを超える長さがあり、それぞれが独立した生物であるかのように複雑に蠢いていた。

槍のように先端が鋭く尖っている中央の尻尾が八隅の胴体を貫き、左右の尻尾の先端にはカマキリのような巨大な鎌がついている。

あの鎌が、さっき警官の首を切り落としたんだ……。混乱する頭で考えつつ、茜は『怪物』の観察を続ける。

頭胸部には大きな目が八つ横に並び、それらの眼球がせわしなく動いて辺りを探っているのが見てとれる。その下には黒い薔薇の蕾のようなものがついている。おそらくそれが嘴で、その奥に口があるのだろう。

頭胸部から生えて、樹の幹にしっかりと張り付いている八本の触腕は、軟体動物のもののように柔軟で、よく見ると吸盤らしきものがびっしりと生えていた。

「あれが……、ヨモツイクサの成体……」

茜は喘ぐような声を絞り出す。ヒグマを撓せるぐらいなので、恐ろしい姿をしていることは予想していた。しかし、実際に目の当たりにしたその異形は余りにも現実離れしていて、まさに地獄の底から這いあがってきた怪物としか思えなかった。

尻尾で持ち上げられた八隅の体が、ヨモツイクサの頭胸部に近づいている。蕾が花開くように嘴が開いていき、そしてナイフのような歯がびっしりと生えた円形の穴が姿を現す。そこから奇声が、黒板を引っ掻いたかのような不快な音が響き渡った。それで意識を取り戻したのか、うなだれていた八隅が緩慢に顔をあげる。

自分の身に起こっていることに気づき、八隅の腫れぼったい目が大きく見開かれた。

左手を伸ばし、ヨモツイクサの嘴の部分を摑んで抵抗しようとする。ヨモツイクサは再び甲高い奇声を上げると、左右の尻尾を鞭のようにしなやかに振った。その先端についている鎌が、八隅の左腕を一瞬で切り飛ばした。

切り離された腕が地面に落下するのと同時に、八隅の頭部がヨモツイクサの口へと吸い込まれていく。

身の毛もよだつような絶叫が響き渡り、そして果実を握りつぶすような音が続いた。

ヨモツイクサが八隅の上半身を齧り取っていくのを見て、食道を熱いものが逆流してきた。茜は顔を背けてえずく。黄色く粘っこい胃液が口から溢れだし、痛みにも似た苦みが口腔内に広がった。

うまそうに咀嚼音を響かせていたヨモツイクサの動きが止まる。バラバラに動いていた八つの目が、全てこちらを向いた。耳をつんざく絶叫を上げると、ヨモツイクサは右の尻尾を振った。胸元まで喰われていた八隅の遺体が真一文字に両断され、中央の尻尾から外れて落下していく。見つかった。茜は息を呑むと、M４を構えてヨモツイクサを狙う。

距離は約三十メートル。空気抵抗を強く受けるスラッグ弾では、射程ぎりぎりの距離だ。大丈夫、あれだけ的が大きいのだ。この距離でも当てられる。トドすら一撃で射殺できるこのスラッグ弾が当たれば、あの怪物もきっと殺せるはずだ。

茜はヨモツイクサの腹部に狙いをつけると、引き金を絞っていく。爆発音が響き渡った瞬間、ヨモツイクサが飛んだ。幹にスラッグ弾が炸裂したとき、ヨモツイクサは八本の触腕の間についた薄い膜をムササビのように広げて、数メートル離れた樹の幹へと飛び移っていた。

外した。

顔を引きつらせながら次弾を撃とうとした茜は、ヨモツイクサが猿のように軽々と樹から樹へと飛び移っていくのを見て、ようやくその生態を理解する。あの怪物は普段、樹々の上に潜み、獲物を見つけては幹を伝って降りてきて、強靭な尻尾で仕留め、エサにするのだ。

猟師たちがいとも簡単に全滅するはずだ。樹の上から人間を襲う動物など、この日本には存在しない。ヒグマを想定していた彼らは、意表を突かれたのだろう。

茜は必死に狙いを定めようとする。しかし、その巨体からは信じられないほど俊敏に樹々の間を動き回り、しかもこの薄暗い森に溶け込む色をしているヨモツイクサに照準を合わせることができなかった。

これほど上方に銃を向けることは普段はあり得ない。はじめて経験する射角の調整に戸惑っていた茜は、苔が生えた地面に足を取られた。反射的に足元を確認してしまい、数瞬ヨモツイクサから視線を切る。再び顔を上げたとき、そこに怪物の姿はなかった。

見失った。いったいどこに。息を乱しながら視線を彷徨わせる。そばに立っていた小此木が「……茜ちゃん」とかすれ声をかけてくる。

いまは悠長に話しているひまはない。茜が黙殺すると、小此木は「う、上……」と迷子の子供のような声を出す。横目で視線を送ると、小此木は天を仰いでいた。死人のように血の気の引いた顔に、強い恐怖が浮かんでいる。

ゆっくりと小此木の視線の先を確認した茜の喉から、笛を吹くような音が漏れた。

真上にヨモツイクサがいた。いつの間にか、身を隠していた樹の高い位置にヨモツイクサが飛び移っていた。

撃とうとするが、散弾銃は地面に垂直に構えるようにはできていない。反り返るような体勢になりながら引き金に指をかける。しかし、その前にヨモツイクサは触腕を動かすと、幹の裏側へと回り込んでいった。

狙いが外れた。射撃を止めなくては。そう思うのだが、無理な射撃体勢と、怪物に喰い殺されることへの恐怖が指の筋肉を引きつらせ、指の腹が引き金を絞ってしまう。

銃声が虚しく森にこだました。

散弾銃の弾倉に込められるのは二発までだ。これで撃ち尽くしてしまった。

早く再装塡しなくては。ショットシェルホルダーから弾を取り出そうとするが、手が震えて落としてしまう。弾を拾おうと膝をついた茜の前に、どさりと何か大きなものが落下してきた。

見たくなかった。目の前にいるものが『何』か確認したくなかった。

しかし、体が勝手に動き、顔を上げてしまう。

ネコのように瞳孔が縦に細長く、白い結膜に血管が浮き出ている八つの瞳が茜に向いていた。

巨大なクモのような体の後ろで、血液でぬらぬらと光っている三本の漆黒の尾が揺れている。

薔薇の蕾のような嘴が開いていき、その奥にある直径三十センチはありそうな口が露わになる。

赤黒いその口腔内から喉にかけて、おろし金のように細かい歯がぎっしりと生えていた。

悪夢を煮詰めて濃縮したような姿に、全身から力が抜けていく。

ああ、私はこの怪物のエサになるのか。

嬲(なぶ)るかのようにゆっくりと揺れる三本の尾を、焦点を失った瞳で見つめる茜が覚悟を決めたとき、ヨモツイクサが大きく体を震わせた。八つの目がまばたきをするようにせわしなく瞬膜(しゅんまく)を出し入れし、大きく開いた口から鼓膜に痛みをおぼえるほどの咆哮が轟き渡った。三本の尾が地面に突き刺さる。

何が起きているか分からず戸惑っている茜の前で、ヨモツイクサは尾の力で体を持ち上げていく。その腹面側が露わになった。そこにはムカデのような黒い無数の脚が、互い違いに組まれていた。扉が開くかのように、組まれていた脚がゆっくりと開いていき、その下に隠されていたものが姿を現していく。

「うそ……」

茜の手から散弾銃がこぼれ落ちる。自分が何を見ているのか、理解できなかった。

そこに、女性がいた。若い女性の裸の上半身が、そこに埋まっていた。乳房は鎖骨から嫋やかな曲線を描き、頭髪はないものの、意志の強そうな眉と長い睫毛が確認できた。

いや、埋まっているんじゃない。生えているんだ。

呼吸を乱しながらも、茜は必死に状況を整理する。ヨモツイクサはイメルヨミグモと人間のDNAをベースにし、様々な生物の遺伝情報が組み合わさって生じた怪物だ。そして幼生の腹部の裏面に胎児の顔が浮かび上がっていたように、人間の遺伝情報が腹部から生えた人の形として成体に発現したのだろう。

ヨモツイクサは軟体動物のような触腕を大きく広げる。その姿は、まるで腹から生えた『ヒト』の部分に後光が差したかのようだった。

何をするつもりなの？　息を殺して警戒していた茜は、脳の表面を虫が這うような感覚をおぼえた。ヨモツイクサの腹から生えた『ヒト』。それに見覚えがある気がした。

高い鼻梁と、薄い唇、切れ長な双眸。私はこの『ヒト』をどこかで見たことがある。しかし、頭髪がないためか、それがいつのことなのか思い出せない。

茜がもどかしく思っていると、『ヒト』が目を開いた。わずかに青みがかった瞳が茜を捉える。『ヒト』は幸せそうに微笑むと、両手を伸ばしてくる。その瞬間、胸の中で心臓が大きく跳ねた。

「姉さん！」

茜は声を嗄らして叫ぶ。鮮明に記憶が蘇った。ヨモツイクサの腹部から生えている『ヒト』、その姿は七年前に行方不明になった姉、佐原椿の若いときの姿にそっくりだった。

「椿……？」

そばで立ち尽くしていた小此木も呆然とつぶやく。

『ヒト』が両手を茜に伸ばしながら、ゆっくりと薄い唇を開いた。そこから声が聞こえる。不快な絶叫ではなく、どこまでも透き通った高音の歌声が。

ハープの音色のような歌とともに、『ヒト』の口から、きらきらと淡い光を放つ細かい結晶が溢れ出していく。決して人間には出せない美しい旋律と蒼い光のシャワーを、茜と小此木は恍惚の表情を浮かべながら浴びる。

蒼い光の結晶が、発光している大量のイメルヨミグモであることは理解していた。しかし、その幻想的なまでに美しい煌めきと、体に染み入ってくるような澄んだ音色のせいか、嫌悪は感じなかった。それどころか、幸福感に全身が包まれていた。

タイヤがパンクするような破裂音が、ヨモツイクサの歌声を掻き消す。広げていたヨモツイクサの触腕の一本が大きくはじけ、そこから蒼い血液が噴き出した。

『ヒト』が苦痛の表情を浮かべ、歌うことを止める。代わりに、あの黒板を引っ掻くような鳴き声が轟いた。反射的に茜が耳を両手で塞いだとき、再び破裂音が響く。今度はヨモツイクサの体を支えていた尻尾の一本が中央で弾ける。バランスを崩したヨモツイクサの腹に生えている細かい脚が閉まり、そこに生えていた『ヒト』が隠される。

右側の尻尾を撃たれて浮いていられなくなったのか、それとも固い鱗がある背側で攻撃を防ごうと思ったのか、ヨモツイクサは地面に着地すると、甲高い咆哮を上げた。

ヨモツイクサの八つの目が向いている方向を見て、茜は「あっ！」と声を上げる。二十メートルほど先に立つ樹の陰に、片膝立ちでライフル銃を構え、スコープを覗き込んでいる鍛冶の姿があった。ようやく茜はヨモツイクサが銃撃されたことに気づく。

森の奥に走っていったので、てっきり鍛冶もヨモツイクサの犠牲になったと思っていた。しかし、あの男は他の猟師のようにパニックになることなく、静かに身を潜めてヨモツイクサを撃つ機会をうかがっていたのだ。

私たちを囮に使って……。

茜が唇を歪めたとき、鍛冶が引き金を絞った。発砲音が空気を揺らし、ヨモツイクサの一番左にある目が弾け飛んだ。ヨモツイクサは絶叫を上げて、その場で激しくのたうち回る。

仕留めた？　茜がそう思ったとき、ヨモツイクサの触腕が大きくたわんだ。強靭な筋肉の塊である触腕の反動を使って地面を蹴り、ヨモツイクサは数百キロはあるであろう体を浮かせると、三メートルほど先にある樹の幹にしがみつき、リスのごとく軽やかに樹から樹へと飛びうつっていく。

鍛冶が続けざまに発砲するが、その巨体からは想像できない俊敏性で逃げ去っていくヨモツイクサに命中することはなかった。

「畜生が！」

悪態をついた鍛冶は、ライフルに新しいラプアマグナム弾を装填しながら小走りにこちらにやって来る。

「無事だったか？」

「……私たちを囮にしたわね」

茜が睨むと、鍛冶はふっと鼻を鳴らした。

「ひどい言い草だな。俺のおかげで助かったっていうのに。数秒遅れていたら、あの化け物のエサになっていたぞ」

果たしてそうだろうか。ヨモツイクサは本当に私を殺そうとしていたのだろうか？

ヨモツイクサの腹から生えていた『ヒト』。姉の面影があったその姿を思い出す。ヨモツイクサは襲おうとしたのではなく、他の目的があったのではないだろうか。

「それより、体についている蒼いの、なんだ？　あの化け物から吹きかけられたやつだろ」

鍛冶に指摘され、茜は自分の体が発光する極小のクモまみれになっていることに気づく。

「小此木さん、体についているのは小さなクモです。他の生物に遺伝情報を注入する能力があります。早く払い落としてください」

茜が自分の体についているイメルヨミグモを払い落としながら言うと、小此木は顔を引きつらせてそれに倣った。

「おい……」鍛冶が押し殺した声で言う。「なんでそんなことを知っているんだ。お前、何を隠している？」

茜が「それは……」と口ごもると、鍛冶は大きく舌を鳴らした。

「いまはそれどころじゃねえか。あの化け物を追うぞ」

「何を言っているんですか⁉」小此木の声が裏返る。「僕たち以外、全員殺されたんですよ。すぐに山を下りて助けを求めるべきです。そしてあらためて警察で、いや自衛隊にでも頼んで駆除するんです」

「山、下りられると思っているのか？」

鍛冶が鼻を鳴らす。小此木の口から「え……」という呆けた声が漏れた。

「あの化け物の動きを見ただろ。この黄泉の森全体が、あの怪物の狩場みたいなものだ。逃げようとしても、あっという間に追いつかれて殺されるのがおちだ。機動力が違い過ぎる」

「で、でも、さっき撃ったじゃないですか」

「ああ、かなりの深手を負ったはずだ。けれど、致命傷じゃない。つまり『半矢』の状態だ。半矢になった猛獣は厄介だ。獲物をとるためでなく、自分の身を守る為に、全身全霊を込めて猟師を殺しにくる。ここで背中を見せたりしたら、殺してくださいって言うようなものだ」

「じゃあ、どうすればいいんですか!」

小此木が頭を抱えると、鍛冶は銃弾の装填を終え、ライフルのレバーを引いた。重い金属音が響く。

「もちろん、追っていって止めを刺すんだ。それが猛獣を半矢にした猟師の義務だからな」

「追う!? たった三人であの怪物を仕留めるつもりですか? 無理に決まっている。山を下りるのがだめなら、無線で状況を伝えて救援隊を呼びましょう」

「無線なんてどこにあるんだ?」

鍛冶は小馬鹿にするように微笑む。小此木は唇を噛みながら、多くの切り裂かれた遺体が転がっている森の奥を見た。

あの中に、無線機を持っていた者がいるはずだ。しかし、原形をとどめないほどに損傷している遺体が散乱しているあの現場で、無線機を探すのは簡単なことではないだろう。

「なんにしろ、俺はあの化け物を追う。お前たちは山を下りるなり、無線を探すなり好きにしな。俺なしであの化け物に襲われて、生き残れるといいな」

鍛治は、「じゃあな」と片手をあげて、ヨモツイクサが消えていった方に向かって歩きはじめる。茜は地面に落ちていたM４を拾うと、すぐその後を追った。

「なんだ、お前もくるのか？」

「ヨモツイクサは、家族の失踪の謎を解くための重要な手がかりなの。せっかくそれが目の前にあるのに、逃げられるわけがない」

「やっぱりお前、何か隠しているな。まあいい。あの化け物を撃ってからゆっくり聞く。油断するなよ。さっさと弾を込めて、いつでも撃てるように準備しておけ」

指示通り、新しいスラッグ弾を弾倉に装填していると、硬い表情の小此木が近づいてきた。

「刑事さんも来るのかい？」

「それ以外に選択肢がないじゃないですか」小此木が警察用の拳銃を取り出す。

「おいおい、そんな豆鉄砲であの化け物と戦う気かよ。その辺りに、死んだ猟師のライフルが落ちているだろ。それを使いなよ」

「ライフルの使い方は知りません。それに、猟銃は登録者以外は手にしてはならないと決まっています」

皮肉で飽和した口調で「まじめだねぇ」と言うと、鍛治は目つきを鋭くする。

「けどな。ここは人間の法律なんて通用する世界じゃねえ。そんなもんに縛られていたら、真っ先に命を落とすぞ。ついてくるなら、それを忘れんなよ」

ゆっくりと森の奥へと進んでいく鍛治のあとを、茜と小此木は並んで追った。

「あの化け物は樹から樹に飛びうつって移動する。しかも、黒い体は遠くから見たら生い茂ったエゾマツの葉に同化して見つけにくいし、イカみたいな柔らかい腕は飛びうつったときの音を吸収してくれる。まさに、この森で獲物を狩るために進化したような生物だな」

鍛治のつぶやきを聞きながら、茜はヨモツイクサの生態を思い出す。

ヨモツイクサはその女王であるイザナミの卵細胞に、イメルヨミグモによる無数の生物の遺伝情報の水平伝播が起こり生まれた生物だ。

ついさっき、ヨモツイクサの腹から生えた『ヒト』の口から美しい旋律と共に、大量のイメルヨミグモが噴出した光景が頭に蘇る。

ヨモツイクサは食べ残した獲物の死体にイメルヨミグモをばら撒く。腐った死体を喰ったイメルヨミグモはその生物の遺伝情報を蓄積していき、またヨモツイクサの体内に戻っていく。

このようなことを気が遠くなるほど長い時間くり返し、ヨモツイクサはこの黄泉の森で生きるために特化した生物へと進化したのだろう。

けれど、なぜあの生物はこれまで伝説でしか知られていなかったのだろう？　あれだけの殺傷能力を持つ生物なのだから、テリトリーを黄泉の森の外にまで広げていくのが普通のはずだ。

ヨモツイクサには生物としての大きな欠点がある。茜の直感がそう告げていた。

「たぶん、生殖……」茜は口の中で言葉を転がした。

四之宮が言っていた。ヨモツイクサの幼生を解剖したが、生殖にかかわる器官が発見されなかったと。つまり、一般的なヨモツイクサには生殖能力がなく、女王であるイザナミのみが卵を産めるのだ。

そこまで考えたところで、疑問が浮かぶ。では、イザナミの世代交代はどうやって行うのだろうか？　ハチやアリなどの女王を頂点にした社会構造を持つ昆虫は、全ての個体が一応の生殖器官をもつことが多い。その中で女王に選ばれた個体が特別な栄養を与えられ、大量の卵を産むのだ。しかし、一般的な個体が生殖器官をもたないヨモツイクサの生態は、それとは異なるはずだ。女王であるイザナミと一般的なヨモツイクサは、根本的に違う生物なのではないだろうか。イザナミはヨモツイクサを産むのとはまったく別の方法で、次世代のイザナミを産んで世代交代をしているのかもしれない。ただ、おそらくはその効率がかなり悪いのだろう。だからこそ、ヨモツイクサは広範囲に拡散することなく、この黄泉の森だけで生息し続けてきた。

事実と仮説が有機的に組み合わさっていき、濃い霧の奥にぼやけていた真実の輪郭が浮かび上がってくる。そのとき、「茜ちゃん」と声をかけられた。

せっかく加速していた思考を遮られた茜が、「なんですか、小此木さん?」と苛立ちを隠すことなく言う。震える手で拳銃を持った小此木は、首をすくめた。

「ごめん、こんな状況で声をかけて。けど、どうしても気になって……」

小此木は血の気が引いた唇を舐める。

「あの怪物の腹に生えていた人間、……椿に似ていなかったか?」

「……さあ」なんと答えるべきか分からず、茜はごまかした。

「茜ちゃんだって、あのとき言ったじゃないか。『姉さん』って。きっとあの怪物は、椿の失踪に関係しているんだ。そうに違いない」

「大きな声を出さないで下さい。どこにあの怪物が潜んでいるか分からないんですよ。私だって混乱しているんです」

嘘ではなかった。なぜ、ヨモツイクサの腹に姉そっくりの『ヒト』が浮き上がっていたのか、それが分からなかった。いや、その理由を考えることを本能が拒んでいた。

小此木はうなだれると、「ごめん」と弱々しく謝罪する。

気まずい空気を感じながら、茜は口を固く結んで慎重に進んでいく。数十秒後、重い沈黙に耐えられなくなったのか、再び小此木がおずおずと声をかけてきた。

「鍛冶さんは、本当にあの怪物の追跡なんてできるのかな」

「分かりません」茜は軽く頭を振る。「けれど、あの人は日本屈指の羆撃ちです。それに、この地域の山のことを知り尽くしている。あの人が追跡できないなら、誰にも追跡できません」

十数メートル先を歩く鍛冶は、丹念に一本一本、樹の幹を見上げて調べていた。

「怪物が上にいないか、確認しているのかな?」

「それもあると思いますが、それよりも痕跡を探しているんだと思います」

「痕跡?」小此木は首を捻った。

「優秀な猟師は、足跡、糞、食痕、臭い、様々な情報から獲物を追っていくことができます。特にシカなどと違って個体数が少ないヒグマの猟では、その追跡の能力が重要になります」

「けれど、あの怪物はヒグマとは違う。痕跡なんか残っているのかな? あいつの足は柔らかそうで、たぶん幹に傷なんかつかないはず」

「傷ではなく、あれを追っているんですよ」

茜は近くにあるエゾマツの幹の、高い位置を指さす。そこには、サファイアのように蒼い液体がついていた。小此木は「あれって……」と目をしばたたく。

「怪物の血です。彼は血の跡を追っているんです」

「それじゃあ、本当に怪物を追い詰めて、仕留めることが?」

「ただ、その時間があるか……」

茜は腕時計を確認する。時刻は午後四時を過ぎていた。

「もうすぐ日が沈みます。そうしたら、この森は真っ暗になって何も見えなくなります。けれどヨモツイクサ、さっき見た怪物は違います。あれはきっと、夜行性の生物です」

「なんで、そんなことが分かるんだ？」

「あの怪物の目は瞳孔が縦長で輝いていました。きっと、眼球がネコと同じような構造をしているんだと思います。弱い光を眼内で反射させて増幅して、闇の中でも見通すんですよ」

「じゃあ、その前に追い詰めないと終わりってことか？」小此木の頰が引きつった。

「終わりってわけじゃないです。ビバークの準備はしてきましたし、最近は雨が降っていないので焚火（たきび）を熾（おこ）すのも簡単でしょう。ヘッドライトも持っています。けれど、もの凄く不利になるのは間違いないです。だからこそ、彼も焦っているんですよ」

茜はあごをしゃくって、険しい顔で樹を見上げている鍛冶を指す。

どれだけヒグマの追跡に慣れた鍛冶でも、まったく違う移動方法をとるヨモツイクサの追跡は容易ではないだろうし、いつ襲ってくるか分からない怪物を常に警戒する必要がある。歩みは決して速くなかった。追跡をはじめてからすでに一時間以上経っているが、おそらく一キロほどしか移動していないだろう。

もうすぐ、この森は闇に満たされる。その前に避難する場所を探した方がいいのではないか。

簡易テントを張って、焚火を熾して暖を取れば夜を越えることはできる。しかし、この森で申し訳程度に布の屋根を作ってビバークしても、ヨモツイクサに襲ってくれと言っているようなものだ。周囲の樹を伝って音もなく近づいて来て、強力な尾の一撃で容赦なく切り刻まれるだろう。

さっき、どうして殺されなかったのか分からない。ヨモツイクサの腹に生えていた姉に似た『ヒト』に関係があるのかもしれない。けれど、今度も同じような幸運が起こるとは思えなかった。

致命傷ではないとはいえ、ヨモツイクサはかなりの深手を負ったはずだ。『半矢』になった動物は恐ろしい。それは、これまでの猟の経験で痛いほど知っていた。

傷を負った生物は、自らの命を守るために極めて凶暴になる。おとなしい草食獣であるエゾシカですら、角を向けて突っ込んでくることがあった。

ヨモツイクサにとって私たちはもはや、『獲物』ではなく『侵略者』だ。そして、この森のどこかにはヨモツイクサの女王であるイザナミも潜んでいるはずだ。

これまでの情報からすると、ヨモツイクサは極めて繁殖力の弱い生物だ。イザナミが殺されたら、種ごと絶滅する可能性がある。

あのヨモツイクサは自らを、そして何よりイザナミを守る為に、全力で私たちを殺しにくる。いままだ襲ってこないのは、きっと夜を待っているだけだ。それまでに、少なくとも開けた場所、そしてできれば樹の上から観察できない場所を探さなくては。

けれど、この深い森でそんな場所が見つかるのだろうか。

茜は焦燥をおぼえつつ、鍛冶のあとを追って森を進んでいく。やがて、生い茂ったエゾマツの葉から覗く空が赤く染まりはじめてきた。日が西に傾いている。間もなく夜になる。

どうすれば？　茜が散弾銃の銃床を強く握ったとき、先を歩いていた鍛冶が「おいっ」と声を上げた。

ヨモツイクサが出た⁉　茜が散弾銃を構えようとすると、鍛冶はかぶりを振った。

「違う、化け物じゃない。いいからこっちにこい」

うながされた茜と小此木は、顔を見合わせると小走りで鍛冶に近づいていく。目の前に広がった光景を見て、茜は「これって……」と立ち尽くす。

そこに村があった。古い平屋の日本家屋が一見しただけでも二十軒以上、建ち並んでいる。それらは多くが半ば崩壊しており、ここが数十年、場合によっては百年以上前にうち捨てられた村だとうかがわせる。

「なんなの、この村？」

茜がまばたきをくり返しながらつぶやくと、鍛冶は「さあな」と肩をすくめた。

「化け物の痕跡を追っていたら、ここに辿り着いたんだ。どうやら、やつはここからさらに奥に向かって逃げていったらしい」

鍛冶は村とは反対側に立っている樹を指さす。その幹には、蒼い血液が付いていた。

「もうすぐ夜になる。とりあえず、今夜はこの村で夜を越すぞ。ぼろいが、それでも森でビバークするより遥かに安全だろ」

茜は安堵の息を吐く。妻を殺したヒグマへの復讐心をそのままヨモツイクサに転移させ冷静さを失っている鍛冶が、夜も追跡を続けるのではないかと危惧していた。しかし、夜にヨモツイクサと戦うことは危険だと判断ができるほどには理性を失っていなかったらしい。

「なんだよ、茜。夜もあの化け物を追うほど、俺がとち狂っているとでも思っていたのか」

図星を突かれた茜が言葉に詰まると、鍛冶は唇の端を上げた。

「俺が死なずに何十頭もヒグマを撃ってこれたのは、用心深いからだ。どれだけ憎い相手だろうが、深追いはしない。自分が有利になる状況まで待って、確実に仕留める。それが俺のやり方だ。それに……」

鍛冶の目がすっと細くなる。

「お前に聞きたいこともあるからな」

「……分かってる」茜は大きく頷いた。

もう、隠している意味はない。鍛治も小此木も、ヨモツイクサを目撃したのだ。人間に寄生するあの怪物の常軌を逸した生態を話したところで、正気を疑われたりはしないだろう。

いや、もしかしたら私はすでに正気を失っているのかもしれない。そうでなければ、こんな禁域で伝説の怪物を狩ろうなどとするわけがない。思わず口元が緩んでしまう。

「なに笑っているんだよ。あと三十分もすれば日が完全に落ちる。その前にこの村を調べて、安全に過ごせる場所を見つけるぞ」

鍛治はあごをしゃくった。


膝丈まで雑草が生える道を、茜たちは進んでいく。左右には崩れかけた家が建ち並んでいる。家々の間には森の中ほどは密ではないが、エゾマツの樹が生えていた。

「エゾマツの葉は一年中生えている。衛星写真にもこの村は隠れて写らないだろうな。これまで見つからなかったはずだ」

鍛治が視線を上げる。

「ここはなんなんでしょう。こんなところに廃村があるなんて、聞いたことありませんよ」

枠が腐食して崩れ、穴が開いているだけになった井戸を覗き込みながら小此木がつぶやいた。

「さあな。ただ、この家の造りからするとかなり昔だ。この地域が開拓された明治の頃かも……」

そこまで言ったところで鍛冶は言葉を止め、その場にしゃがみこむ。

「どうしたの？」

茜が訊ねると鍛冶は「これ見ろ」と雑草を掻き分けた。そこには、バスケットボール大の茶色い塊に、大量のハエがたかっていた。

「それって……、糞？」

「ああ、そうだろうな。ただ、こんなデカい糞は初めて見る。間違いなくあの化け物のものだ」

鍛冶はわきに落ちていた枯れ枝で、巨大な糞を崩していく。

「形は虫の糞に似ているが、内容物はヒグマに近い。ドングリ、フキ、山ブドウなんかを食べているな。ただ、この悪臭からすると、メインは肉だ。この辺りの野生動物が主食だ」

「それじゃあ、ここにもあの化け物が来たってことですか？」

小此木が上ずった声で訊ねると、鍛冶は小さく笑い声を漏らす。

「来た？　この村こそあの化け物の棲み処だよ」

「ここが棲み処⁉」小此木の顔が一気に青ざめた。

「ああ、そうだ。俺に撃たれてパニックになったあいつは、棲み処であるここに向かったんだ」

「なら、いますぐに逃げないと！」

「逃げる？　おいおい刑事さん、なに言っているんだよ。あいつは俺に追われていることに気づいて、この村に入る直前で森の奥に方向転換したんだ。つまり、あいつは俺たちにこの村に入って欲しくなかったんだ。相手の嫌なことをするのが勝負の鉄則だぜ」

「けれど……」

「まあ、森で夜を過ごしたいっていうなら好きにしな。朝まで命があったら奇跡だけどな」

「……分かりました」うなだれるように小此木は頷く。

「まずは安全の確保だ。この村を一周して、夜を過ごせる建物を探しながら、他にあの化け物がいないか確認するぞ」

鍛冶の言葉を聞いて茜ははっとする。その通りだ、ヨモツイクサがあの一体とは限らない。それどころか、あの生物の生態から考えると、もっと大量に生息していると考える方が妥当なのだ。すぐそこにあの悪夢のような生物がいるかもしれない。体の芯がこわばってしまう。

「よし、手分けして探すとするか」

鍛冶が手を叩くと、小此木が目を剝いた。

「バラバラになるんですか？　あの怪物を見つけたらどうするんですか⁉」

「そのときは、撃つに決まっているじゃないか」

呆れ声で鍛冶が言う。小此木は手に持っている銃に視線を落とした。人間相手には絶大な威力を発揮するその三十八口径の拳銃も、ヨモツイクサと対峙したあとだと、おもちゃのように見えてしまう。

「だから、さっきライフルを拾っておけって言ったんだよ。まあ、心配するな。発砲音が聞こえたらすぐに駆け付けて、これで化け物を撃ち殺してやるからよ。俺が来るまではなんとか生き延びろよ」

鍛冶は見せつけるかのように、愛銃を掲げる。小此木が「でも……」と言葉を濁すと、鍛冶は大きく腕を振った。

「三人そろってちんたらと調べて、夜になってもいいって言うのか？　暗闇の中、あの化け物に襲われたら三人ともひとたまりもないんだぞ。いいから、さっさとバラけろ」

渋々といった様子で踵を返した小此木は、数歩進んだところで「うおっ⁉」と声を上げる。

「今度はなんだよ？」

苛立ちを隠すことなく鍛冶が訊ねると、小此木は膝丈の雑草が生えている足元を「これを見て下さい」と指さす。首を捻りつつ小此木のそばに移動した茜は、目を大きく見開いた。雑草に埋まるように、死体が落ちていた。完全に白骨化した人間の死体が。

「……行方不明になった作業員の骨か？」鍛冶が近づいてくる。

「いいえ、違う。骨の劣化具合から見ても、雑草に完全に埋もれていることからも、かなり昔の遺体。それに、骨盤の形からすると女性ね」

「ということは、この村に住んでいた住人ってところだな」

興味なげに鍛冶が言った。茜は片膝立ちになって白骨死体を観察しはじめた。

「時期的にはそれでおかしくないけど、なんでこんな道の真ん中に遺体が放置されたのか分からない。それに、死因が……」

骨の頭部を調べた茜は大きく息を呑んだ。頭蓋骨の後ろ側に穴が開いていた。槍で突き刺されたかのような、直径五センチほどの丸い穴が。

茜は勢いよく立ち上がると、目を凝らして辺りを見回す。十数メートル先の十字路になっている場所に生えている雑草の合間から、白いものが見えた。迷うことなくそこに駆けていった茜は、雑草を掻き分けていく。両手の動きが止まる。そこにも人間の死体があった。おそらくは、幼児と思われる小さな白骨死体。額の部分を貫かれたのか、その頭蓋骨の前面はほぼ砕けて、原形を留めていなかった。

「なんなんだよ、この村は。なんでこんなにゴロゴロと骨が転がっているんだ？」

追いついてきた鍛冶の声には、かすかに不安の色が滲んでいた。

「……鉱山の村」

茜はぼそりとつぶやく。鍛冶が「なんだって?」と聞き返した。

「言い伝えでは、黄泉の神から力を授かって現世にもどったハルは、動物の死体から黄泉の鬼であるヨモツイクサを呼び出し、村の人々を皆殺しにした」

淡々とした茜の説明に、鍛冶と小此木は険しい顔で耳を傾ける。

「まさか、ここが言い伝えにある『鉱山の村』だっていうのかい?」

小此木がかすれ声を絞り出す。茜はゆっくりあごを引いた。

「馬鹿馬鹿しい!」鍛冶が吐き捨てる。「あんなの、おとぎ話に決まっている。子供を山に入らせないためのでたらめだ。『鉱山の村』なんて現実にあるわけがない」

「おとぎ話の怪物、ヨモツイクサをあなたも見たでしょ。ヨモツイクサがいたんだから、『鉱山の村』が本当にあってもおかしくないでしょ」

茜の正論に、鍛冶は「うっ」と言葉を詰まらせた。

「実際にここで何が起こったんだろう」小此木が周囲を不安げに見回す。

「さっき鍛冶さんが言ったとおり、ここにある家の造りからして、この村は北海道が本格的に開拓された初期に作られた村だったんだと思います。この地方に住んでいたアイヌの人々は、この森にいるヨモツイクサを『アミタンネカムイ』もしくは、たんに『アミタンネ』と呼んで畏れ、動物を供物として捧げて森に入らないことで、うまく棲み分けていたんじゃないでしょうか」

「開拓民たちはそれを知らずに、黄泉の森に足を踏み入れたってことか」小此木が低い声で言う。

「いいえ、知っていたと思います。きっと、アイヌの人たちは警告したはずです。この森には恐ろしいカムイが棲んでいるから、入ってはならないと。でも、開拓民はその言い伝えを無視した。……上質な石炭が採れる鉱山があったから」

「けれど、この森には本当に怪物がいた」

茜は「そうです」とうなずいた。

「ヨモツイクサにたびたび襲撃されて困った村長は、アイヌの人々が動物を供物として捧げていたことを思いだした。そして、生贄を捧げればヨモツイクサに村が襲われなくなるのではないかと考え、実行した。けれど計画は失敗し、大量のヨモツイクサの襲撃にあい、……全滅した」

説明を終えた茜が一息つくと、鍛冶が大きく苛立たしげに頭を掻いた。

「分からねえな。本当にそんなことがあったなら、なんで正式な記録じゃなくて、おとぎ話なんて形で残っているんだよ」

「明治時代の北海道は、日露戦争なんかもあってかなり混乱していたはず。それに、村の住人は全員殺されたんだから、正式な記録がなくてもおかしくない。そもそも、文明開化の時代に村が少女を生贄にしていたなんて記録、残すことに抵抗もあったでしょ。けれど、少数ながら事情を知っている人たちはいた。彼らは黄泉の森にまた人が侵入し、ヨモツイクサが人間の世界を襲撃することを恐れて、言い伝えという形で惨劇の記録を口伝(くでん)で残し、この森を禁域にした。そういうことだと思う」

「茜ちゃん」小此木が低い声で言う。「君はやっぱり何か隠しているね。そうじゃなければ、そんな簡単に言い伝えが現実にあったことだなんて信じられないはずだ」

なんと答えるべきか分からず、茜は言葉に詰まる。そのとき、破裂音が響き渡った。びくりと体を震わせた茜と小此木は、柏手を打つように両手を合わせた鍛冶に視線を向ける。

「詳しい話はあとだ。日が沈みかけているんだぞ。まずは安全を確保するのが最優先だ」

鍛冶がそう言ったとき、遠くから鳴き声が聞こえてきた。あの、黒板を引っ掻くような不快な鳴き声が。

「ほら、あの化け物も『そうだ』って言っているぜ」

皮肉っぽく口角を上げると、鍛冶はもう一度、両手を打ち鳴らした。

「あと三十分もすれば、ここは真っ暗闇だ。それまでに、あの化け物を迎え撃てる家を探して火を熾すんだ。文句はないいな」

茜と小此木が頷いたのを見て、鍛冶は「よし、行くぞ」と一人で正面の道を歩いていく。

「……僕はあっちを確認するよ」

疑念の眼差しを浮かべたまま、小此木は身を翻して右の道を進んでいった。その背中を見送った茜は、軽く頭を振る。いまはヨモツイクサのことをどう説明するべきか迷っている場合ではない。鍛冶の言う通り、まずは安全を確保しなくては。

散弾銃を胸の前で構え、茜は残った左の道を進んでいくと、崩れかけた家の中を覗き込む。暗くて奥がよく見えない。バックパックからヘッドライトを取り出して点灯し、頭に装着した。

闇の中からヨモツイクサが飛び出してこないかという恐怖が、銃を持つ掌に汗をにじませた。

襖は腐り落ちて、土間の奥にある畳から家の全容が見える。一見したところヨモツイクサの姿はなかった。ただ、落ちた屋根に挟まれるような形で白骨死体が横たわっているのが見える。

ヨモツイクサに襲われたとき、どれだけの人々がこの集落に住んでいたのだろうか。どれほど悲惨な光景がここでくり広げられたのだろうか。

暗澹たる気持ちになりながら、茜は家から出る。ヨモツイクサを迎え撃つためには、侵入経路が限られている場所が必要だ。こんな屋根が落ちた家では危険すぎる。

再び雑草を踏みしめながら、家々が建ち並ぶ通りを茜は進んでいく。やがて、足が止まった。

思考が真っ白に塗りつぶされた。自分が見ているもの、網膜に映っている光景がなんなのか理解できなかった。

道の真ん中に小型のトラクターが停まっていた。長年風雨にさらされていたのか、車体の塗装は剝げて錆が目立ち、フロントガラスは割れ、破れた座席から草が伸びているトラクターが。

そのトラクターに見覚えがあった。かつて実家で使っていたもの。

いつの間にかなくなっていたが、なんでここに……？

茜はふらふらと揺れながらトラクターに近づいていく。雲の上を歩いているかのように、足元がおぼつかなかった。

きっと違う。うちのじゃない。たんに同じ型なだけだ。そう自分に言い聞かせながらトラクターに近づいた茜は、そのバックミラーからぶら下がっている東京スカイツリーのマスコットキャラクターのストラップを見てめまいをおぼえる。それは茜自身が学会で東京に行ったときのお土産として、このトラクターを使っていた父にプレゼントしたものだった。

落ち着け、落ち着くんだ。

茜は必死に胸の中でくり返す。そうしないと、過呼吸を起こしてしまいそうだった。

このトラクターは小型だがかなり馬力があり、しかも四輪駆動だ。樹々の間を抜けて山を登っていくことも可能だろう。

あの日きっと、私の家族はこのトラクターに乗って黄泉の森に入り、この廃村までやってきた。

問題は家族が『どんな状態で』このトラクターに乗っていたか、そして運転していたのが誰かだ。不吉な想像が次々に頭の中に浮かんできて、心臓が締め付けられる。

きっと、私の家族はここにいる。七年間、求め続けてきた真実がここにある。

拳を握りしめたとき、遠くで銃声が上がった。茜は反射的に振り返る。

聞いたことがない銃声だった。鍛冶のライフルではない。

「小此木さん……」

茜は胸の前で散弾銃を構えると、いま来た道を走って戻っていく。さっき別れた十字路で、興奮に顔を赤らめた鍛冶と合流する。

「あの刑事はどこに行った⁉」

怒鳴るように訊ねてくる鍛冶に、茜は「あっち！」と小此木が向かった道を示した。

「小此木さん！　どこですか⁉」

駆けながら茜が声を上げると、隣を走る鍛冶が「声を出すな」と叱責してきた。

「あの化け物がいるかもしれないんだぞ。気づかれたらどうするんだ」

茜は唇をゆがめる。鍛冶にとって、小此木の命よりもヨモツイクサを狩ることの方が大切なのだ。あの怪物を撃つためには、なんのためらいもなく人間を囮に使うだろう。たとえそれが、かつて体を重ねたことがある私でも……。

この男はヨモツイクサにとり憑かれてしまったのだろう。

いや、それは私もか。横目で鍛冶を警戒しつつ、茜は自虐的に口角を上げる。ヨモツイクサがいることを知りながら、自ら望んで黄泉の森に入っているのだから。私たちだけではない。駆除隊に志願した小此木、ヨモツイクサの幼生を自らの子供だと言った小室紗枝、ヨモツイクサの研究に没頭し行方不明になった四之宮、そしてヨモツイクサの卵を女性の腹に埋め込んでいるという正体不明の人物、ベクター。誰もかれもが、おぞましくも美しいあの怪物に魅了され、正気を失った。

「こっちだ！」

声が聞こえ茜は顔を上げる。比較的損傷が少ない民家の軒下で、小此木が手を振っていた。

「化け物はどこだ⁉」

鍛治が訊ねると、小此木は首を横に振った。

「あの怪物がいたわけじゃないです」

「化け物に襲われたわけでもないのに、貴重な銃弾を使ったのか？」

「警官の拳銃は、一発目は空砲になってる。さっき撃ったのはそれです。とんでもないものを見つけたんですよ」

小此木の表情が複雑に歪んだ。

「とんでもないもの？」

「なんと言えばいいのか……。とりあえず、この家を見てください」

小此木は片手で目元を覆うと、力なく首を振った。彼の混乱が色濃く伝わってくる。鍛治はそれ以上質問することなく、バックパックから取り出したヘッドライトを頭に装着した。

緊張しつつ家に近づいた茜の鼻先を、異臭がかすめる。その臭いは知っていた。肉が腐っていくときに発するもの。それは明らかに家の方から漂ってくる。

あの家の中に、『何か』の腐乱死体がある。口腔内から急速に水分が引いていった。

玄関先につくと、「あれを見て」と、小此木が手に持っていた懐中電灯で家の中を照らす。全身に鳥肌が立った。

家の奥にある居間に、死体が横たわっていた。信じられないほどに巨大なヒグマの死体が。

「アサヒ……」

つぶやく茜の隣に鍛冶が並ぶ。その横顔に刻まれたどこまでも昏い影に、茜は思わず身を引いた。

鍛冶は無言のまま、迷うことなく家に入っていく。

「待って！　冷静になって！」

茜は慌てて鍛冶のあとを追った。いまの鍛冶の目には、妻の仇であるアサヒの死体しか映っていない。もしどこかにヨモツイクサが潜んでいても、鍛冶はそれに気づかないだろう。

玄関をくぐって土間に入った瞬間、むせ返るような腐臭が襲いかかってきた。目に痛みをおぼえ、咳き込んでしまう。

胃が収縮して嘔吐しそうになるのを、喉元に力を込めてなんとか耐えると、茜は涙でかすむ瞳で家の中を観察する。

ライトの明かりで照らされた室内には、壊れたタンスやちゃぶ台、布団などが見えるが、ヨモツイクサの姿はなかった。襖の陰などを警戒しつつ、茜と小此木はすでにアサヒの死体のそばに立っている鍛冶に近づいていく。

「鍛冶さん」

声をかけるが、鍛冶はヒグマを見下ろしたまま微動だにしなかった。

「鍛冶さん、行こう。アサヒの死体が気になるのは分かるけど、まずは安全な場所を探さないと」

茜が促すと、鍛冶はゆっくりと指をさした。巨大なヒグマの死体の向こう側を。

「……アサヒだけじゃない」

「え……？」

鍛冶が指さす先に視線を向けた茜は、頭から氷水を浴びせられたような心地になる。

アサヒの死体の陰に隠れるように、人間の死体が転がっていた。

死後、二、三週間は経っているだろう。眼球や鼻は蛆によって食べつくされ、顔面は赤黒いお面のようになっている。長く黒い髪、そしてそばに脱ぎ捨てられている女性用のワンピースが、この死体がおそらくは若い女性だったことをうかがわせる。

けれど、悲惨な状態の顔面よりも茜の視線を引きつけたのは、その胴体だった。腹部は抉れ、腹腔内臓器が消えて空洞と化していた。胸元、両乳房の間には、大きな穴が穿たれている。折れた肋骨が、花が咲くように外側に向かって開いていた。

何かが、女性の内臓を喰らいつくし、そして胸郭を突き破って外に出てきたのだ。

何か、そんなもの決まっている。ヨモツイクサの幼生だ。

あの胎児の顔が腹に浮き出た巨大なクモが、この家のどこかに潜んでいるかもしれない。しかも、手術部の廊下で襲ってきた個体とは違い、この遺体から生まれた幼生は、女性の内臓を喰らいつくしている。かなり成長しているはずだ。

「なんだ⁉　この人間の遺体はなんなんだ？　あの怪物に喰われたのか？」

小此木が上ずった声でまくし立てる。鍛冶が「いいや」と押し殺した声で答えた。

「女の胸を見ろ。体の内側から何かが飛び出してきたんだ。……なるほどな。山で助けた女も同じか。何かに寄生されていたってわけか」

鍛冶はゆっくりと茜に視線を向けた。

「茜、お前、あの女の手術をしたんだったな。腹から、何かを取り出したんだよな」

「ええ……」

鍛冶の迫力に圧倒され、茜は一歩後ずさる。

「隠しごとってのはそれか。お前はあの生物の正体を知っているのか」

なんと答えていいのか分からず、茜は言葉に詰まる。下手な説明をすれば、鍛冶に撃たれるかもしれない。それほどに、目の前に立つ男の目は据わっていた。

「そんなことより、この女性の体を食べた生き物はどこに行ったんですか？　まだ、この家にいるんですか？」

焦燥にまみれた声で小此木が叫ぶ。鍛冶はライフルをスリングで肩にかけ、代わりに腰からナイフを抜いた。目を剝いた茜は、散弾銃の銃口を上げようとする。

「勘違いすんじゃねえ」

茜を一喝すると、鍛冶は仰向けに倒れているアサヒの死体に乗り、その腹にナイフを突き立て、真っすぐ上下に裂いていく。

ナイフをベルトに装着している鞘に戻した鍛冶は、躊躇するそぶりも見せず、腐敗しきったヒグマの腹に手を突っ込み、力任せに左右に開いた。露わになった腹の中を懐中電灯で照らした小此木が「うおっ⁉」と驚きの声を上げる。

内臓はなかった。代わりにラグビーボールのような形をしている巨大な物体が、ヒグマの腹腔内いっぱいに詰まっていた。

幅は太いところで五十センチ、縦は百五十センチはある楕円球。その表面は光沢を帯びていて、黒曜石のような美しさを孕んでいた。

「これは……、なんなんだ……？」

小此木のかすれ声を聞きながら、茜はゆっくりと口を開く。

「……蛹よ。ヨモツイクサの蛹」

ヨモツイクサの卵を腹腔内に産み付けられた女性は、幻覚物質と脳細胞への遺伝情報の挿入によって操られ、ヨモツイクサの成体が用意した動物の死体のそばにやってくる。そこで、腹の卵が孵化して、女性は命を落とす。

幼生は宿主である女性の内臓を食べ、胸郭を破って外へと出て、用意されていた動物の肉をエサに成長を続けていく。そして、十分に成長したところで安全な場所で蛹を作り、恐ろしい成体へと変態を遂げるのだ。

「蛹？　つまりこの中で、あの化け物が育っているってことか」

鍛冶は無造作にヨモツイクサの蛹を蹴る。そのとき、ライトの明かりを黒く反射している楕円球が、大きく震えた。鍛冶は「畜生！」と叫ぶと、アサヒの腹から急いで飛び降りる。それでも蛹の動きは止まるどころか、どんどん大きくなっていく。

この蛹はもう、羽化する寸前だったのだろう。そして鍛冶が刺激したことにより、中で眠っていたヨモツイクサが目を覚ましたのだ。

茜の想像を裏付けるように、くぐもった絶叫が蛹の中から響き、そして三本の黒々とした尻尾が殻を突き破って飛び出してきた。

さっき襲ってきた個体と比較すると、だいぶ小さいが、それらの先端には槍と鎌のような武器がついている。その直撃を喰らえば、致命傷を負うだろう。茜たちは慌てて距離を取って、その攻撃圏内から逃れる。

三本の凶器が狂ったように振り回され、それによって穿たれた亀裂から、触腕が蠢きながら湧き出してくる。悪夢のような光景に金縛りにあっていると、鍛冶が「貸せ」と、茜がかついでいたM4を奪い取る。

「何を……」

茜が抗議する前に鍛冶はM4の銃口を蛹に向け、引き金を絞った。

銃声が狭い空間に反響し、スラッグ弾が蛹をその中にいるヨモツイクサとともに吹き飛ばした。二本の尾が切断されて、床でのたうち回る。割れた蛹から絶叫とともに、頭胸部が半分吹き飛ばされた成体のヨモツイクサが触腕を蠢かして這い出てきて、こちらに腹面を向けた。密に組まれている黒く細い脚が左右に開き、その下に隠れている『ヒト』が姿を現す。

少女のような『ヒト』は、目から涙を流しながら口を開いた。子供が咽び泣くような音とともに、闇の中に蒼い粒子、イメルヨミグモがそこから流れ出す。

「うるせえよ。人間様の真似すんじゃねえ」

鍛冶は冷たく言い放つと、再び引き金を引いた。『ヒト』の頭とともに、ヨモツイクサの腹部に風穴があき、勢いよく振るわれていた尻尾が力なく床に落ちる。

そして、沈黙が部屋におりた。

凄惨な光景に立ち尽くしている茜に、鍛冶は散弾銃を押し付ける。

「やっぱりこの距離なら、スラッグ弾の方が威力があるな。おかげで、この化け物の急所が分かった。ヒグマと一緒だ。頭を撃っても致命傷にはならない。胴体を撃ち抜いて、心臓を破壊すればいいんだ。次に会ったときは、確実に仕留めてやる」

唇の端を上げる鍛冶の横で、茜は破壊された蛹とヨモツイクサを見下ろす。

アサヒの死体を喰った紗枝、ヨモツイクサの腹に浮かんだ姉そっくりの『ヒト』、そしてついさっき見たトラクター。様々な光景が脳裏をよぎり、そして一つの仮説が浮かび上がってくる。体の芯が凍りつきそうなほどに恐ろしい仮説が。

茜は勢いよく身を翻すと、家を出て走り出した。背後から「おい、どこに行くんだ！」という鍛冶の声が追いかけてくるが、かまわず足を動かし続ける。

確認したかった。思いついてしまった仮説が間違いであると。

十字路を通過し、トラクターが放置されている場所まで戻った茜は、荒い息をつきながら最も近くにある民家へと入っていった。

有力者が住んでいたのか、他に比べると一回り大きい家だった。ヘッドライトで前方を照らしながら、茜は奥へと進んでいく。崩れ落ちかけている襖を開けた茜の手からM４が零れ落ちた。

完全に白骨化した遺体が四つ重なるように置かれ、その奥に割れたヨモツイクサの蛹が落ちていた。

遺体のそばにあるものを見て、茜は足元が崩れ宙に投げ出されたような錯覚に襲われる。そこにはぼろぼろになった女性警官の制服が、無造作に捨てられていた。

「あ、ああ、あああぁあ……」

言葉にならない声を漏らしながら、茜は這うようにして、折り重なっている骨に近づいていく。

「茜ちゃん、どうしたんだ?」

「何してるんだ、お前」

追いついた小此木と鍛冶が家に入ってくるが、茜は振り返ることはなかった。

「その制服……、椿の……?」

絶句する小此木を尻目に、骨の傍らまで近づいた茜は手を伸ばす。下にある三つ、おそらくは父と母、そして祖母の遺体の頭蓋骨には穴が開いていた。おそらくは、拳銃で撃たれた穴が。

一番上にある姉のものと思われる骨、その胸骨と肋骨は、何かが内側から突き破ったかのように割れていた。

「みんな……、姉さん……」

両手を広げて、飛びこむように茜は四体の白骨死体を抱きしめる。

かび臭い空気を、茜の嗚咽が揺らしていった。

2

「……これが、私が知っていることの全て」

囲炉裏で炎が揺れるのを眺めながら、茜は平板な声で言う。

時刻はすでに午後十時を過ぎていた。数時間前、廃屋で家族の遺体を見つけた茜は恐慌状態に陥った。家族の遺骨にすがって泣き続ける茜の世話を小此木に押し付けた鍛冶は、夜を過ごす場所を見つけるために出ていった。そうして見つけたのが、この家だった。

村の中心にあり、他の廃屋の三倍はあるであろう広さを持つこの家は、造りもしっかりしていて夜を過ごす避難所としては最適だった。

鍛冶は腕利きの猟師らしく、村を歩いて手早く薪を集めると、囲炉裏で火を熾したうえ、家の周囲にもいくつか焚火を作った。

過呼吸で体の震えが止まらなくなった茜を、小此木が肩をかしてこの家まで連れてきた。

一時間ほど、体中の水分がなくなるほど涙を流したあと、茜はようやく泣き止んだ。ただ、それは落ち着いたからではなく、何も感じなくなったからだった。内臓を喰いつくされた遺体のごとく、胸郭の中身がごっそりと抜き取られたような気がしていた。

抜け殻のようになっている茜の姿にさすがに同情したのか、鍛冶もヨモツイクサの正体について詰問してくることはなかった。

夜を越すための最低限の準備を終えると、三人は囲炉裏を囲みながら、持ってきた握り飯や携行食料をもそもそと無言で食べ続けた。食欲はなかったが、小此木に「食べないと体に毒だから」と鮭が入った握り飯を押し付けられ、茜は仕方なくそれを口に入れた。しかし、まるで土でも食べているかのように全く味を感じなかった。

私は変わってしまった。家族の遺体を見つけたとき、最愛の人たちに何が起きたかを知ってしまったとき、頭の中でガラスが割れるような音が響いた。あれはきっと、人間としての『私』が完全に壊れた音だったのだろう。

この七年間、家族に何があったのか、それを求め続けてきた。真実を知ったとき、私は前に進むことが出来る。そう思い込んでいた。

けれど、見つけた真実は余りにも残酷なものだった。心が壊れてしまうほどに。

これから、私は何をすればいいのだろう。私はなんのために生きているのだろう。

人間として壊れた私は、いったい何になってしまったのだろう。

そんな疑問が頭蓋骨の中でぐるぐると回り続け、自分が自分でないような感覚に囚われていると、食事を終えた鍛冶が、「なあ、茜」と、ためらいがちに声をかけてきた。

「気持ちは分かるけどな、そろそろお前が隠して……いや、知っていることを全部教えてくれ」

断る理由などなかった。もはや自分には何も残っていないのだから。

茜は淡々と説明をしはじめた。ヨモツイクサについて知っていること、その全てを。

数十分かけて説明を終えると、鍛冶と小此木は無言のまま呆然自失の様相で囲炉裏の炎を眺め続けた。薪が弾ける音だけが聞こえる。

たっぷり数分は黙り込んだあと、小此木が蚊の鳴くような声でつぶやいた。

「それじゃあ、椿は……」

がらんどうになっていたはずの茜の胸の中で、心臓が大きく跳ねる。一瞬、耐えがたい哀しみが湧き上がってくるが、すぐにそれも消えてしまった。

七年前の神隠し事件の真相、それは感情を完全に消しさってしまわなければ、口に出せるようなものではないから。

「姉さんはベクターによって、腹腔内にヨモツイクサの卵を産み付けられていたんだと思う。それは成長していき、もうすぐ孵化するという段階になって、姉さんは行動を支配された」

失踪する直前、姉さんの様子はおかしかった。マリッジブルーだと思っていたが、あれはきっと成長したヨモツイクサの卵が分泌しはじめた幻覚物質と、脳細胞に組み込まれた遺伝物質によって生じた神経回路によるものだった。

「姉さんは交番を離れて実家に向かい、そこで夕食をとっていたお父さんとお母さんとおばあちゃんを家の外に呼び出して、……射殺した」

小此木の顔に、痛みに耐えるような表情が浮かんだ。

「三人の遺体をトラクターに乗せた姉さんは、それを運転して森に入り、この廃村にやってきた。たぶん、イメルヨミグモが発するフェロモンに惹かれて」

それまで硬い表情で口をつぐんでいた鍛冶が、「なるほどな」とつぶやく。

「アサヒの死体にあの女子高生が引き寄せられたのも、そのフェロモンのせいか」

「そう。ヨモツイクサの成体は仕留めた獲物の死体に、体内に棲んでいるイメルヨミグモを振りかける習性がある。それには二つの意味がある。一つはイメルヨミグモにその生物の遺伝情報を蓄えさせ、ヨモツイクサという種のさらなる進化に利用すること。そしてもう一つは、イメルヨミグモが分泌するフェロモンによって、卵に寄生された生物を呼び寄せて、孵化した幼生に食料を提供すること」

鍛冶は頬を引きつらせると「化け物め」と吐き捨てた。代わりに、小此木が口を開く。

「けど、寄生した卵に操られていたとしても、なんで家族を射殺する必要があったんだ。この廃村に向かうだけでよかったはずじゃないか」

「……食料がなかったから」

茜は静かに告げた。小此木は一瞬呆けた表情を浮かべたあと、目を見開いた。その顔から血が引いていく。

「まさか……」

「ええ、そう。孵化したヨモツイクサの幼生に、家族の遺体を食べさせたの」

茜は感情を排した声で説明をしていく。

「たぶん、ヨモツイクサはそんなにたくさんはいない。ベクターが本格的に動き出したのが数年前だと推定できることから、姉さんに寄生していた卵が孵化する頃には、大型動物を狩れるようなヨモツイクサはいなかったはず。だから、姉さんは自分で『肉』を用意した」

吐き気をおぼえたのか、小此木は片手で口を押さえた。

「私と違って狩猟経験がない姉さんには、シカやクマを狩るという選択肢はなかった。だから家族を殺してその痕跡を消すと、トラクターでこの廃村まで運んだ。あの日は大雪が降っていたから、タイヤ痕も残ることなく、私の家族はまるで煙のように消えてしまった。さっきの家に家族の遺体を運んだあと、腹腔内でヨモツイクサの幼生が孵化して姉さんは命を落とした。それが七年前の神隠し事件の真相」

説明を終えた茜は、大きく息を吐く。鉛のような疲労感が血流にのって全身の細胞を冒していた。たとえ寄生生物に操られていたとはいえ、姉が両親と祖母を殺した。そして四人そろって、その寄生生物のエサとなってしまった。家族が死んでいることは覚悟していたが、現実はそれよりも遥かにおぞましいものだった。

茜は力なくうなだれる。できることなら、このまま意識を失ってしまいたかった。そして……、消えてしまいたかった。

鍛治に「なあ……」と声をかけられ、茜は緩慢に顔を上げた。

「森の中で駆除隊を襲った化け物、あいつがお前の家族を喰ったんだよな」

「ええ……、間違いない」

茜はあごを引く。あのヨモツイクサの腹に浮いていた『ヒト』、それには明らかに姉の面影があった。あのヨモツイクサこそ、姉の腹に寄生した卵から生まれ、そして家族の肉を食べつくして成長した怪物だ。

「そうか……。で、もしあいつが襲ってきたら、お前、あの化け物を撃てるか？」

「何を言っているの？」

質問の意図が読み取れず、茜は鼻の付け根にしわを寄せる。

「森で襲われたとき、猟師や警官たちは問答無用で殺された。けれど、あの化け物はお前とその刑事さんだけは殺さないどころか、弱点である腹をさらけ出して、おかしな歌をうたいだしたんだぞ」

「それは……」茜は言葉に詰まる。

言われてみればそのとおりだった。あまりにも現実離れした事態に混乱していたが、なぜあのとき尾で切り裂かれなかったのか分からない。

「もしかしたら、あの化け物にはお前の姉さんの心とか、記憶とかが残っているんじゃないか？」

「はぁ⁉」茜は唇をゆがめる。「なに言っているの。たんにあの生物は姉さんの遺伝情報を引き継いでいるから、『ヒト』の部分が似ていただけよ」

「遺伝情報って、ＤＮＡってやつだろ。それが引き継がれているなら、記憶とかだって引き継がれるんじゃないか？」

「違う！　科学的に間違っている。記憶は遺伝子に刻まれるものじゃない。たとえ同じＤＮＡをもった一卵性双生児でもそれぞれ違う人物であるように、遺伝情報が一致しているだけで意志とか心とかが同じなわけじゃあ……」

「ああ、素人の俺には、科学とか詳しいことは分かんねえって」

鍛治はひらひらと手を振る。

「ただよ、あの化け物はその『科学的な常識』ってやつが通用しない生物なんじゃないか？　だったら、なんかよく分からない方法で、お前の姉さんの心をあの化け物が持っていてもおかしくねえ。そうじゃなきゃ、お前たちが殺されなかった理由が分からないだろ」

あのヨモツイクサに、姉さんの心が……。そんなことあり得ない。あり得るはずがない。胸の中で必死にくり返すが、数時間前に見た『ヒト』の笑み、そして愛しい家族を見るような眼差しが頭から消えなかった。

「まあ、どっちでもいいさ。俺には関係ないからな」

鍛治はわきに置いていたライフルを手に取る。

「あの化け物がやってきたら、今度こそ急所に弾を撃ち込んで仕留めてやる。けどよ……」

囲炉裏を挟んで向こう側にいる鍛治が視線を向けてくる。炎でその姿が揺らめいて見えた。

「お前はあの怪物を撃てるのか？　あいつの腹から生えている姉さんの顔を、スラッグ弾で粉々にする覚悟はあるのか？」

姉さんを撃つ？　茜はすぐわきに置いている愛銃を見る。

あのヨモツイクサは姉さんの、家族の仇だ。私の大切な人々はあの怪物に喰いつくされてしまった。けれど……それはあの生物のＤＮＡに組み込まれた本能だ。

茜は拳を握り込む。ヨモツイクサはただ生きるためにそれをしたに過ぎない。そこに一切の悪意は存在しない。

それに、もしかしたら鍛治の言うように、あのヨモツイクサには姉さんの意識が残っているのかもしれない。だからこそ、私と小此木さんを殺さず、害意がないことを示すために、『ヒト』を晒したのかもしれない。

本当に恨むべきはヨモツイクサじゃない。あの恐ろしい生物の卵を姉さんの腹腔内に埋めたベクターだ。その人物にこそ、スラッグ弾を撃ちこむべきなのではないだろうか。

茜が逡巡していると、鍛治はごろりと横になった。

「分かった。お前はあの化け物を撃たなくていい。代わりに俺がけりをつけてやるよ」

茜の心を読み取ったかのように言うと、鍛冶は「俺はちょっと寝るぞ」と目を閉じた。

「寝るって、あの怪物が襲ってくるかもしれないんですよ」

小此木がとっさに抗議する。鍛冶は面倒くさそうに片目だけ開けた。

「だからこそだ。今日は一日中、森を歩いてきて、そのうえ化け物と命がけで戦ったんだ。消耗しきっている。あいつと勝負をつけるためにも、しっかりと体を休める必要があるんだよ」

「もし、眠っている間に襲われたらどうするんですか?」

「そうならないように、ここに隠れているんだろ。この家は屋根がしっかりついているうえ、ここは出入り口から離れている。あの怪物に不意をつかれるリスクは少ない。順番に寝て、その間、残りの二人は化け物が来ないか警戒するんだ。じゃあ、まずは俺から寝るから、三時間経つか、あの化け物の気配がしたらすぐに起こしてくれ」

再び目を閉じた鍛冶は、ほんの数十秒ほどで鼾(いびき)をかきはじめる。

「茜ちゃん……。大丈夫か?」

小此木がおずおずと声をかけてきた。茜は弱々しく首を横に振る。

「大丈夫ではないです。けど、小此木さんもそうでしょ」

自分と同じように、小此木も七年間、椿の行方を追い続けてきた。婚約者に何があったのかを知って、絶望していないはずがない。

「ああ、たしかに。けれど、あまりにも異常なことが一気に起こり過ぎて、さっき茜ちゃんに説明してもらったことが信じ切れていないんだ。これが現実だって信じられないんだよ。いや、信じたくないのかな」

小此木はうなだれた。

「小此木さんが信じようが信じまいが、これが現実なんです」

茜は冷たく言い放つ。いまは小此木を慰めるような余裕はなかった。小此木は「そうだよね」と蚊の鳴くような声で言ったあと、勢いよく顔を上げた。

「けれど、いま鍛冶さんが言っていたことはあり得るんじゃないかな。椿の意識があの怪物に残っていたら……」

「残っていたらなんだって言うんですか？」

茜に睨みつけられ、小此木は口をつぐんだ。

「姉さんを生き返らせることが出来るとでも？　怪物の腹から、姉さんを引き出せるとでも？　そんなわけないでしょ。あれは、水平伝播をくり返した遺伝子の蓄積によって生まれた生物です。それ以上でもそれ以下でもありません。姉さんは、私の家族はあの怪物に殺されたんです」

遺伝情報と同時に心まで移ることなどあり得ない。そんなこと非科学的な妄想に過ぎない。

ヨモツイクサは駆除すべき危険な生物だ。いまはまだ黄泉の森にとどまっているあの生物が、何かの拍子に広範囲に拡散するようなことがあれば、人間社会にとって大きな脅威になる。

私がやるべきことはヨモツイクサを、いやその女王であるイザナミを駆除することだ。そこまで考えたとき、心臓が強く脈打った気がした。滞っていた血液が一気に全身をめぐりはじめ、凍りついていた心が熱を帯びてくる。

そうだ、生殖能力をもつ唯一の個体であるイザナミさえ駆除することが出来れば、もうヨモツイクサが増えることはない。黄泉の国から這い上がって来たようなあの生物を、この世から消し去ることが出来る。

神隠し事件の真相を暴くという人生の目標を最悪の形で叶えたいま、イザナミを見つけ、それを殺すことこそ新しい目標、生きる意味、私の存在理由だ。

茜は散弾銃を手に取ると、弾倉に新しいスラッグ弾を二発込めた。

「茜ちゃん、何を？」

茜の雰囲気の変化に気づいたのか、小此木が戸惑い声で訊ねてくる。

「決めたんです。あの生物をこの世界から消し去るって。そうすれば、私の家族の死は無駄にならない」

茜は立ち上がると、小此木を見下ろした。

「小此木さんは休んでいてください。私が玄関で外の様子を見ていますから」

「いや、それなら僕がやるよ。茜ちゃんは疲れているだろ」

「いいえ、全然」

茜は即答する。それは本当だった。普段から鍛えているおかげか、いまもほとんど疲労は感じていない。動けなくなっていたのは、体ではなく心のダメージのせいだった。

しかし、イザナミを駆除するという新しい目標が出来たことで、全身に力が漲っていた。それが、家族に起きたあまりにも恐ろしく、哀しい出来事を忘れるためのドーピングのようなものであることは気づいている。しかし、そうしなければ腐っていきそうな精神の形を保っていられなかった。

散弾銃を肩にかけて玄関に向かおうとした茜は、部屋の隅に鍛冶がいつも使っている布のバッグが置かれていることに気づいた。折りたたむとポケットに入るサイズなので、狩猟の際、様々な用途に使われているものが、いまは大きく膨らんでいる。

「これ、何が入っているの？」

茜がバッグに近づくと、小此木が「危ない！」と声を上げる。

「気をつけて。ダイナマイトが入っている」

「ダイナマイト？」

茜が目を見張る。小此木はそばで鼾をかいている鍛冶に視線を向けた。

「薪を探していたとき、鍛冶さんがこの村の倉庫から見つけてきたんだ。たぶん、鉱山の発破に使うものなんだろうね。あの怪物の巣を見つけたりしたら、それを投げ込んで爆発させてやるとか言っていたよ」

「ヨモツイクサの巣……」

茜は口元に手を当てる。黄泉の森のどこかに、イザナミが棲んでいるのは間違いないだろう。ヨモツイクサの女王であるイザナミは、どこにいて、どのような姿をしているのだろうか？

茜は言い伝えを思い出す。あの伝説の中で、ハルは蒼い光に照らされた洞窟に迷い込んだ。その蒼い光というのは、イメルヨミグモの発光のことだろう。あの極小のクモは生物としては脆弱で、特に温度変化に極めて弱い。気温が一定に保たれている洞窟などに生息しているというのはたしかにあり得ることだ。そして、自ら獲物を捕ることが出来ないイメルヨミグモは、ヨモツイクサと共生が必須だ。その洞窟には大量のヨモツイクサが、そしておそらくはその女王であるイザナミがいる。

しかし、どうやってその『ヨモツイクサの巣』を見つければいいのだろう。思案しながら茜は土間に降りると、壊れかけた玄関の引き戸をわずかに開け、外の様子をうかがう。

月から降り注ぐ淡い光と、鍛冶が熾した焚火の炎によって、かつては人々が行き交ったであろう道がぼんやりと映し出されていた。


「そろそろ、仮眠を交代する時間かな」

土間に立っている小此木が言う。腕時計を確認すると、まもなく午前一時になるところだった。鍛冶が仮眠をとりはじめてから約三時間、茜と小此木は交代で土間に立って外を警戒したり、火が弱くなっている焚火に薪を足したり、時々うとうとしたりして過ごしていた。

焚火に手をかざしていた茜は、そばで熟睡している鍛冶を見る。

たしかに、しっかりと休息をとってヨモツイクサとの死闘に備えるべきだが、この状況でよくここまで深く眠れるものだ。十年以上、ヒグマと命のやり取りをくり返したからこそだろう。

この超一流の猟師なら、ヨモツイクサを斃せる可能性は十分にある。鍛冶のそばに置かれているレミントンモデル７００が撃ち出す３３８ラプアマグナム弾は、ゾウすら殺す威力を持っている。ヨモツイクサであろうと、急所を撃たれればひとたまりもないだろう。そして、鍛冶はすでにヨモツイクサの急所を知っている。

——お前の姉さんの心をあの化け物が持っていてもおかしくねえ。

三時間前、鍛冶に掛けられた言葉が耳に蘇る。

そんなわけがない。たとえ姉さんの遺伝情報と一部が同じでも、心まで受け継ぐなど、科学的にあり得ない。遺伝子はあくまで体の設計図に過ぎない。そこに記憶や精神が刻まれるわけではない。

けれど……。脳裏に、茜を見て柔らかく微笑んだ『ヒト』の姿が蘇る。

あのヨモツイクサは、私を殺さなかった。明らかに私とコミュニケーションをとろうとしてきた。もしかしたら、本当に姉さんの心があの生物には宿っているのかも……。

頭痛をおぼえた茜がこめかみを押さえると、小此木が「大丈夫？」と近づいてきた。

「大丈夫です。今度は小此木さんが仮眠をとって下さい。私が外を監視していますから」

茜はＭ４を持って立ち上がる。

「いや、茜ちゃんが休みなよ。無理をしすぎちゃいけないって」

「無理なんかしていませんよ」

茜は微笑む。胸にぽっかりと空いた穴を、イザナミを駆除するという目標で仮修復したいま、笑みを浮かべることが出来た。顔の筋肉を無理やり動かしただけの、空っぽの笑みを。

「私は外科医ですよ。当直業務で徹夜には慣れているんですよ。そもそも、小此木さんより若いし、休日にもトレーニングしているんで体力には自信があります。気にしないで下さい」

小此木が「けれど……」と戸惑うのを尻目に、茜は土間へと向かう。ここで譲り合っていても時間の無駄だ。土間に下りて、外の様子を眺めようとした瞬間、茜の体が大きく震えた。

歌が聞こえた気がした。あの人ならざるものが奏でる、美しい旋律が。

茜は引き戸を開け、外へ出る。「茜ちゃん、どこに？」と小此木が声をかけてくるが、足を止めることが出来なかった。家の前を走っている大通りに出た茜は、『それ』を見る。

数十メートル離れたところにそびえ立つ、エゾマツの巨木。そこにヨモツイクサがいた。

数時間前のように尾で体を浮かせ、腹部の裏面にある『ヒト』を晒している。鍛冶に尾を撃たれたせいか、その体は左右にゆっくりと揺れていた。大きく広げている触腕が淡い光を放ち『ヒト』を照らしている。その姿は蒼い月光に照らされた湖に女性が佇んでいるかのようだった。

茜の姿を捉えた『ヒト』、姉の面影が色濃く浮かんでいるその部分が幸せそうに目を細める。その口から蒼い煌めきとともに紡がれる美しい旋律が、体に染み入ってくる。

その光景に魅入られた茜は、誘蛾灯に向かって飛ぶ羽虫のように、ふらふらと通りを進んでいく。恐怖は感じなかった。それどころか、家族が失踪してからの七年間、感じたことがないほどの安らぎをおぼえていた。胸の前で散弾銃を構えていた手がだらりと下がる。

「姉さん……」

口からその言葉が漏れたとき、軋むような音が鼓膜を揺らした。そちらを見た茜は目を見開く。ライフル銃を手にした鍛冶が、壊れかけた引き戸を無理やりこじ開けて家から出てきた。

エゾマツの大木の前に浮かぶヨモツイクサを目で捉えた鍛冶の口角が、じわじわと上がっていく。ヨモツイクサの『歌』が止んだ。

「さて、決闘といくか」

なんの気負いもない口調で言うと、鍛冶は歩き出す。

「茜、お前はここで見ていろ。俺とあの化け物の勝負だ。手出しするんじゃねえぞ」

茜とすれ違った鍛冶は、散歩でもするかのようにヨモツイクサに近づいていった。ヨモツイクサの腹の左右に並んでいた細かい脚が勢いよく閉まり、『ヒト』の姿が見えなくなる。

「やっぱり、腹が急所か。そこを撃たれたらヤバいんだろ」

鍛冶が鼻歌まじりにつぶやくと同時に、尾で浮いていたヨモツイクサが地面に着地する。三本の尾と、八本の触腕を持ち、鎧のような鱗で全身が覆われたクモのような姿に戻ったヨモツイクサは、鍛冶に一つ潰されて七つになった目を爛々と蒼く輝かせ、薔薇の蕾のような嘴を開いていった。甲高い鳴き声が轟き、撃たれていない二本の尻尾が大きく振り回される。黒い鱗の隙間から蒼い光が漏れて、闇の中に光の軌跡を描いていく。

ヨモツイクサが戦闘態勢に入ったのを見て、鍛治は茜から十メートルほど離れた位置で片膝立ちになると、レミントンモデル700を構えた。呼吸をすることも憚られるような緊張が辺りに満ちる。

ひときわ高い雄叫びを上げたあと、ヨモツイクサは触腕で地面を蹴って鍛治に向かう。しかし、鍛治は撃たなかった。スコープを覗き込み、引き金に指をかけたまま、微動だにしない。

確実に当たる距離まで引きつけて、一撃で急所を撃ち抜くつもりだ。

羆猟の基本は、獲物のヒグマに気づかれないよう射程に入り、遠くから主に『あばら三枚』と呼ばれる前足の付け根を狙って、心臓を撃ち抜くことだ。しかし、存在に気づかれて襲いかかられたときは、できるだけ引きつけてからヒグマのあごの下に狙いをつけ、胸元から確実に心臓を破壊して絶命させる。

一発。たった一発で勝負がつく。茜は呼吸することも忘れて、決闘の行方を見守る。

数百キロはあるであろうヨモツイクサの巨体が加速し、鍛治との距離がみるみる詰まっていく。

引き金にかかった鍛治の人差し指がぴくりと動いた瞬間、ヨモツイクサは触腕で地面を叩いて飛び上がった。数メートル先にいる鍛治に空中から襲い掛かるつもりだろう。しかしそれは、急所である腹部を、あの『ヒト』の部分を鍛治に晒すことに他ならなかった。

鍛治は流れるように銃口を上げ、ヨモツイクサの腹部に狙いを定めると、引き金を絞った。

命中する。ゾウすら殺すラプアマグナム弾が、ヨモツイクサの腹部を粉砕する。茜がそう確信した瞬間、耳をつんざく銃声の代わりに、カチリという小さな金属音が響き渡った。

鍛治は目を見開き、再び引き金を引くが、やはり気の抜けた音が響くだけだった。

不発⁉　茜は息を呑む。ごくまれに弾丸が不良品で発砲できないことがある。けれど、まさかこんなときに。

鍛治は慌ててその場から逃れようとするが、すでに手遅れだった。触腕が包み込むように鍛治の体を捉え、そしてヨモツイクサが覆いかぶさってくる。

数百キロの巨体の直撃を受けて押し倒された鍛治は必死に体をよじって逃れようとするが、アナコンダのような触腕に全身を締め上げられていく。骨が砕かれている音が、鍛治の苦痛のうめきとともに茜の位置にまで聞こえてきた。

ヨモツイクサは蒼い虹彩をした七つの瞳を細めると、その嘴を鍛治の腹部に近づけていく。

「やめろ！　ちくしょう、やめてくれ！」

叫ぶ鍛治の腹に、ゆっくりと嬲るようにヨモツイクサは尖った嘴を埋めていった。身の毛もよだつような絶叫が鍛治の口から迸った。

半分ほど鍛治の腹に突き刺したところで、ヨモツイクサはその嘴を、蕾が咲くかのように開いた。皮膚、腹筋、腹膜、そして肋骨が引きちぎられていき、鍛治の口からは絶叫の代わりに、声にならない悲鳴が泡とともに溢れだした。そばを啜るような音が、ヨモツイクサの口元から聞こえてきた。それが鍛治の内臓を啜り、咀嚼している音だと気づき、膝が震え出す。

腹腔内を吸われ、内臓を抉られる鍛治の口から喘ぐような声が漏れだす。

「喰わないでくれ……。俺を……生きたまま……喰わないで……」

脳髄を素手でかき回されているような感覚に襲われる。目の前で知り合いが喰われていく。人間としての尊厳を奪われ、たんなる食料として消費されていく。十二年前、鍛治はこの悪夢のような経験を何時間も味わったというのだろうか。彼が復讐に囚われた理由が、ようやく理解できた気がする。

スラッグ弾をヨモツイクサに撃ち込み、鍛冶をこの地獄から救い出さなければ。そう思うのだが、脳と体を繋ぐ配線が切れてしまったかのように、指一本動かすことができなかった。

唐突に、破裂音が響き渡る。ヨモツイクサのそばで雑草が生えた地面が弾けた。体が震えると同時に、金縛りが解ける。見ると、家から出てきた小此木が拳銃を構えていた。

「やめてくれ、椿。僕だよ、小此木だ」

小此木は潤んで充血した目でヨモツイクサを見つめる。

「僕には分かる。君がそこにいるって。どんな姿になったって、僕は君を愛している。だから、そんなことやめるんだ」

小此木の瞳から溢れた涙が頰を伝った。

そんな説得、伝わるわけがない。姉さんの意識が、鍛冶を生きたまま喰っている怪物の中に残っているなんてあり得ない。

胸の中でつぶやいていた茜は、目を見張る。ヨモツイクサが鍛冶の腹から嘴を抜いて、虹彩が蒼く輝く七つの瞳でこちらを見ると、尾を地面に突き刺した。

触腕で拘束していた鍛冶の体を放し、ヨモツイクサは立ち上がった。腹部がこちらに向けられ、左右に組まれている細い無数の脚が開いていく。再び『ヒト』が姿を現した。

撃つんだ。茜は自らを鼓舞すると、M４の銃口を上げる。ヨモツイクサまではわずか十メートルほど、しかもいまは急所が露わになっている。

茜は肩に銃床を当てて照準を定める。ヨモツイクサの腹に生えている『ヒト』の頭部に。

――姉さんの顔を、スラッグ弾で粉々にする覚悟はあるのか？

鍛冶から掛けられた言葉が耳に蘇る。あるに決まっている。あの怪物は姉さんなんかじゃない。私の家族を食べた怪物なんだから。

人差し指の腹に、引き金の冷たい感触をおぼえた瞬間、『ヒト』が幸せそうに微笑んだ。

脳裏で記憶が弾ける。優しい姉との美しい記憶。親に怒られて泣いていると、いつも慰めてくれた。怖い夢を見たときは、眠るまで抱きしめてくれた。森で迷子になったときは、必死に捜して見つけてくれた。お腹がすいているときは、おやつを分けてくれた。医学部に合格したときは、涙を流して喜んでくれた。「お姉ちゃん」と呼びかけると、いつも、嬉しそうに柔らかく微笑んでくれた。

「……無理だよ」

引き金から指が離れる。散弾銃を構えていた両手がだらりと下がった。

理性では目の前の存在が、凶暴な怪物だと理解している。しかし、姉の面影が色濃く浮かぶ『ヒト』を撃つことなどできるはずがなかった。

私はヨモツイクサに殺されるのだろうか。鍛冶と同じように生きたまま喰われるのだろうか。そんなことをぼんやりと考えていると、『ヒト』の瞳と目が合った。

体に電流が走った気がした。視線を通じて、自分とヨモツイクサが接続され、そして意識が融け合っていくような錯覚に襲われる。

いや、それは錯覚ではないのかもしれない。そう思うほどに、強い結びつきを目の前の異形の怪物との間に感じた。

なんなの？　何が起こっているの？　なんで私は、ヨモツイクサのことをこんなに愛しく感じているの？

まるで、喪ったはずの『家族』と再会したかのように……。

戸惑う茜と数秒見つめ合ったあと、ヨモツイクサは元の形態にもどると、鍛冶に喰らいつくことなくこちらに尻尾を向け、触腕で歩いてゆっくりと去っていく。

ヨモツイクサの姿が溶けるように闇の中に消えていくのを見送った茜は、はっとして鍛冶に駆け寄る。鍛冶の状態を見て、喉からくぐもったうめき声が漏れた。

腹腔に詰まっていたはずの腸管の大部分が、消え去っていた。肝臓などの臓器も半分以上抉り取られ、そこから大量に出血している。

手の施しようがない。あと数分もしないうちに、鍛冶は絶命する。

「あ……、茜……。痛い……」

茜はその場にひざまずくと、血が溢れる口からか細い声を出す鍛冶の手を握る。

「大丈夫よ、鍛冶さん。ヨモツイクサはいなくなったから。もう大丈夫だよ。助かるから、心配しないで」

自らが発したあまりにも白々しいセリフに、茜は奥歯を噛みしめる。これまで、猟師として多くの獲物の命が消える瞬間に立ち会ってきた鍛冶に、自分の状態が分からないはずがない。

「いやだ……、あんな……化け物に……喰い殺されるのは……」

鍛冶は弱々しく咳き込む。血飛沫が飛んでくるが、茜は顔をそむけることはなかった。ただ、なんと答えればよいのか分からなかった。

「けれど、お前にならいい」

突然、力強い声で言うと、鍛冶はベルトの鞘からナイフを取り出した。鍛冶がいつも獲物を解体するときに使用している武骨なナイフ。

「やって……くれ」

鍛冶はナイフの刃を握ると、柄を茜に向けて差し出してくる。何を求められているか理解し、茜は息を呑む。

「俺を……あいつに殺させないで……くれ……」

死にかけているとは思えない、強い意志の光を放つ瞳。数瞬の逡巡のあと、茜は力強く頷くと、ナイフの柄を握った。

「茜ちゃん、何を⁉」近づいてきた小此木が驚きの声を上げる。

「鍛冶さんを、解放します」

はらわたを喰い荒らされた苦痛から。そして、妻の復讐に囚われた人生から。

鍛冶のシャツをナイフで切り裂いて濃い毛が生えている胸部を露出させると、茜は横にしたナイフの切っ先を、胸骨の下縁に当てた。ここから頭側に斜め四十五度の角度でナイフを刺せば、胸骨の裏にある心臓を突き刺し、とどめを刺すことが出来る。

「ダメだ！　茜ちゃん」

声を張り上げた小此木に、茜は「何がですか？」と冷たい視線を浴びせる。

「何がって……、苦痛をとるためとは言え、とどめを刺すのは殺人になる」

「逮捕したいなら、どうぞお好きに」

茜は吐き捨てるように言うと、息が浅くなりつつある鍛冶を見つめる。

「鍛冶さん、いくよ」

鍛冶の唇の端がかすかに上がるのを見て微笑むと、茜は一気にナイフを押し込んだ。研ぎ澄まされた刃はほとんど抵抗なく鍛治の胸郭を貫通し、その奥で拍動している心臓を貫いた。

鍛治の体が大きく震え、そして瞳孔が散大していく。

ナイフを抜いた茜は、鍛治の目元に手を当てて、瞼を下ろした。

「で、逮捕しますか？」

茜は両手を突き出す。小此木は目を伏せると、力なく首を横に振った。

「逮捕しないなら、準備をして行きましょう」

鍛治のそばに落ちているライフルを拾い上げた茜は、小此木に声をかける。

「行くって、どこへ」

「もちろん、ヨモツイクサを追うんです」

茜は散弾銃とライフル、両方をスリングで肩に掛けると、言葉を失っている小此木のわきを通り、家の中に入った。小此木が泡をくってあとを追ってくる。

「追うって、なんで⁉　鍛冶さんまで殺されたんだ。この家で朝になるのを待って、山を下りるべきだ」

「無事に下りられるとでも思っているんですか？」茜は皮肉っぽく唇の端を上げた。

「ヨモツイクサは襲ってこない。さっき見て分かっただろ。あれにはやっぱり椿の意識が残っているんだ。だから、僕や茜ちゃんは襲おうとしなかった。僕はあのヨモツイクサと心を交わした」

「他のヨモツイクサなら？」

間髪を容れずに茜が訊ねる。小此木の顔がさっと青ざめた。

「夕方、ヒグマの腹に入っていた蛹から羽化したのを見たでしょ。ヨモツイクサは姉さんから生まれたあの一体だけじゃない。この森には、他にどれだけヨモツイクサが潜んでいるか分からない。そして、姉さんから生まれた個体以外にとって、私たちはテリトリーを荒らした敵に過ぎないんですよ」

「でも、だからって、あとを追うなんて……」

「小此木さん、心を交わしたとか言っているのに、気づかなかったんですか?」

茜はこれ見よがしにため息をつく。「気づく?」と小此木は眉根を寄せた。

「そうです。最後、森にもどっていくとき、あのヨモツイクサは私たちに伝えてきました。『ついてこい』って」

「なんでそんなことが分かるんだ?」

「心を交わしたからに決まっているじゃないですか」

茜は迷うことなく言う。

「小此木さん以上に、私は姉さんと深い絆で繋がっていたんです。私は姉さんとずっと一緒に育ってきたんだから。私と姉さんは血が繋がっているんです」

そこで言葉を切った茜は、押し殺した声で「そして、あのヨモツイクサも」と付け加えた。

もはや、あのヨモツイクサに姉の意識があることに疑いは持っていなかった。あの怪物の腹にある『ヒト』と見つめ合ったとき、たしかに心が通じ合った。私たちは『家族』だ、そう確信した瞬間、ヨモツイクサの意志が伝わってきた気がした。

あのヨモツイクサは私たちを導こうとしている。ヨモツイクサの巣、イザナミの王宮へと……。

イザナミに仕え、守る存在であるヨモツイクサがなぜ、それを駆除しようとしている自分を巣へと連れて行こうとするのかは分からない。もしかしたら、ヨモツイクサとしての本能を、『家族』の絆が上回ったのかもしれない。だとしたら、その想いにこたえなくては。

「あのヨモツイクサのあとを追っていけば、きっとイザナミを見つけられる。女王さえ駆除できたら、他の個体が生殖能力を持たないヨモツイクサは絶滅する。あの危険な生物の脅威を排除することができるはず」

鍛冶が持ってきたラプアマグナム弾やナイフ、残っていた握り飯と水筒などの必要な装備を手早くバックパックに収め、ヘッドライトを装着した茜は、最後に部屋の隅に置かれていた小さなバッグを手に取る。ダイナマイトが入ったバッグ。

「なんでそんなものを……？」小此木の頬が引きつった。

「当然じゃないですか。イザナミがどんな生物なのか、まったく分からないんですよ。アリやハチでも、女王は他の個体より大きく、違う形態をしていることが多い。ましてや、無数の生物の遺伝情報を取り込んだイザナミの姿や生態は、想像もできません。それを殺すためには、殺傷力のある武器が必要なんです」

小さなバッグをバックパックに詰め、そのまま外に出ようとすると、小此木が「待ってくれ」と出入り口の前に立ちふさがった。

「……どいて下さい」

茜は左手を伸ばし、無造作に小此木の胸を押した。油断していたのか、小此木は大きくバランスを崩すと、玄関の外で尻餅をついた。

「べつに小此木さんはついてこなくてもいいです。私は一人でも行きますから」

小此木に一瞥もくれることなく、茜はヘッドライトを灯すと、ヨモツイクサが去っていった方角へと足を踏み出す。

「せめて、朝まで待った方がいい。他にもヨモツイクサがいるって君は言っただろ。夜の森でそいつらに襲われたらひとたまりもない」

茜は足を止めると、振り返って小此木に視線を向けた。

「『ヘンゼルとグレーテル』を知っていますか？　ヘンゼルは森にパンを落として道しるべにしようとしたけれど、それを鳥に食べられて迷ってしまった」

「何を言っているんだ？」小此木がいぶかしげに眉をひそめた。

「朝になったらダメなんですよ。朝になったら、もう道しるべが見えなくなる」

茜は前方を指さすと、ヘッドライトの光を消す。道に点々と、蒼く淡い光が残っていた。ヨモツイクサが残していったであろう、イメルヨミグモの道しるべ。

「あの光を辿った先にイザナミがいる。姉さんはそう教えてくれているんです」

3

「茜ちゃん、もう少しゆっくり歩いてくれ」

後ろから聞こえてくる声に、茜は小さくため息をつく。

「まだ、村を出てからそんなに経っていませんよ」

ヨモツイクサが残した道しるべを追って夜の森に入ってから、一時間ほどが経っていた。ためらっていた小此木も、点々と残された蒼い光を見て覚悟を決めたのか、ついてきていた。

「それに、ここは太い樹も生えていないから、だいぶ歩きやすいでしょ」

茜は前方を指さす。道しるべに従って進んでいった方向は、大きな樹も生えておらず、岩などもほとんどなかった。

「ここは、ヨモツイクサが使っている道なのかな、だから獣道になっているとか？」

　息を乱しながら、小此木が言う。

「そんなことないと思いますよ。ヨモツイクサの形態からすると、たぶん森では樹から樹に飛び移って移動しているはずです。獣道ができるぐらい、地面を這っていったりしないですよ」

「それじゃあ、この『道』は偶然できたってこと？」

「偶然というには、あまりにもまっすぐすぎると思うし、岩が完全にないのもおかしいと思います。たぶん、人間の手によって整備されたんでしょうね。ずっと昔に」

「あの村に住んでいた人々が、この『道』を使っていたということ？」

「でしょうね。百年ぐらい前に整備されていたものなら、岩とかがなくて平坦なわりには、樹とか雑草はかなりしっかり生えていることも説明ができます」

「じゃあ、この『道』はどこに繋がっているんだ？」自問するように小此木はつぶやく。

「行ってみれば分かります。だから急ぎましょう」

「分かったよ……」

　ヘッドライトの光の中で弱々しく答える小此木を、茜は観察する。腰は曲がり、顔はやつれ、目の下にはアイシャドーを引いたような濃いくまが浮かんでいる。

　慣れない山歩きに加え、仲間が惨殺され、怪物の蛹が羽化するのを目の当たりにし、婚約者の死とヨモツイクサの真実を知り、そして目の前で生きたまま人が喰われた。さらに、それをした怪物に愛する婚約者の心が残っている。受け入れがたい現実に、心身ともに疲弊しているのだろう。

茜は小此木が持っている拳銃に視線を向ける。ヨモツイクサに襲われた際、その拳銃では致命傷など与えられないことは明らかだ。小此木にとってこの森は、裸で猛獣の檻の中を彷徨っているようなものなのかもしれない。それも精神的負担になっているだろう。

茜は数瞬考えたあと、両手で持っていた散弾銃を小此木に差し出した。

「え？　なに？」戸惑った様子で小此木は散弾銃を見る。

「そんな拳銃なんて、ヨモツイクサには意味ありません。これを使って下さい」

「けれど、僕は散弾銃なんて撃ったことは……」

「拳銃と何も変わりません。狙いをつけて引き金を引けば、弾が発射されます。違うのは、両手で構えることぐらいです。こんな感じですね」

茜は手本を示すように一度構えて見せる。

「それとも、猟銃の許可を持っていないから受け取れないとか言いますか？」

再び茜が差し出した散弾銃を小此木はじっと見つめる。数秒後、彼は意を決したように口を固く結ぶと、散弾銃を受け取った。

「スラッグ弾といって、散弾ではなく、拳銃と同じように一発の弾が発射されます。装塡されているのは二発だけですけど、トドでも一発で殺せる威力があるので、十分なはずです。再装塡は慣れないと時間がかかるので、その二発を慎重に撃って下さい。ライフル弾ほど射程は長くないので、十分に引きつけて確実に当てて下さいね。分かりましたか」

「分かった……。けれど、茜ちゃんの愛銃を僕が使ってもいいのか？」

「大丈夫です。私はこれを使いますから」

肩にかけていた鍛冶の形見であるレミントンモデル700を、茜は両手で持つ。ラプアマグナム弾の反動にも耐えるための、ずしりとした重みが頼もしかった。「じゃあ、行きましょう」とうながした茜は、恐々とした様子で散弾銃を構える小此木と並んで、蒼く光る道しるべを追っていく。

ああ、そうだ。数十メートル進んだところで茜ははっとする。鍛冶がヨモツイクサを撃とうとしたとき不発になっていた。このライフル銃に装填されているラプアマグナム弾は、不良品である可能性が高い。換えておかなければ。

銃弾を取り出そうと、レバーを引いて弾倉を確認した茜の目が大きくなる。

弾倉に銃弾が入っていなかった。装填されていたはずのラプアマグナム弾が消えていた。

本来なら特別なことではなかった。獲物を確認するまで、猟銃に弾を込めることは法で禁じられている。しかし、鍛冶はそれを守っていなかったはずだ。茜の知る限り、獲物を追うとき鍛冶は常に弾倉に弾を込めていた。

あの家で夜営すると決めたとき、弾を抜いたのだろうか。焚火のそばに銃を置いて仮眠をとったので、その可能性も否定はできない。

しかし、たとえそうだとしても、一流の羆撃ちである鍛冶が、弾を込め忘れてヨモツイクサと対峙するなどという致命的なミスをおかすだろうか？

——俺が死なずに何十頭もヒグマを撃ってこれたのは、用心深いからだ。

数時間前に鍛冶が言っていた言葉を思い出す。

やはり、何かおかしい。茜が足を止めたとき、小此木が「あっ！」と声を上げた。

ヨモツイクサが出た？　茜は素早く手にしていた弾丸を装填すると、レバーを操作する。

「ヨモツイクサですか？」茜は鋭く訊ねながら視線と銃口を上げる。

「違う。あれを」

小此木は正面を指さした。点々と続いている蒼い光が、数十メートル先にある切り立つ岩肌に開いた大きな穴へと続いている。茜と小此木は顔を見合わせると、辺りを警戒しつつ、その穴へと向かっていく。

遠くからは分からなかったが、その穴は明らかに人の手によって掘られたものだった。高さ三メートルほどの穴の入り口には、腐り果ててはいるものの、木製の枠の痕跡が残っており、地面には線路のようなものが走っている。

「……炭坑」

小此木がつぶやく。茜は「みたいですね」と頷いた。

「じゃあ、この炭坑が、言い伝えでハルが彷徨いこんだヨモツイクサの巣だったってことか？」

そうだろうか？　言い伝えでは、ハルは人気のない森を彷徨い、そして黄泉の国へと続く洞窟へと迷い込んだとされている。村人が石炭を採掘していたこの炭坑と、言い伝えの洞窟が同一のものとは思えなかった。

少し考えこんだあと、茜はかぶりを振る。言い伝えは時代を経て変化していくものだ。そもそも、最初から事実を全てなぞっていたとは限らない。

「大切なのは姉さんから生まれたヨモツイクサがいま、私たちをここに導いたという事実です。きっとこの中に、真実があるはずです」

「けれど、もし罠だったら……」小此木は不安げに炭坑の奥の深淵を覗き込む。

「あのヨモツイクサはその気になれば、簡単に私たちを殺せたんですよ。なんで罠なんて仕掛ける必要があるんですか？　ヨモツイクサが、そこに宿っている姉さんの意志が、私を導いてくれたんですよ。イザナミを駆除するっていう私の願いをかなえるために」

茜は力強く言う。小此木は炭坑を見たまま数回深呼吸をくり返したあと頷いた。

「分かった。行こう」

茜と小此木はゆっくりと炭坑へと足を踏み入れた。ヘッドライトの光もここまで深い闇ではすぐに希釈されてしまい、奥の方まで見通すことはできない。

いつでも発砲できるように銃を構えながら坑道を進んでいくと、冷たく乾燥していた空気が、温かく湿ったものへと変化していった。皮膚にまとわりつくような不快感のせいか、それとも緊張によるものか、やけに粘着質な汗が額から湧き出してくる。

日が当たらないため、外のように雑草は生えていない。枕木が腐食して錆が目立つ線路が奥へと延びていた。壁にはかつて炭坑作業員が使っていたランプが等間隔にぶら下がっていた。

途中、坑道が枝分かれしていたが、ヨモツイクサが残したイメルヨミグモが蒼く光って、行く先を教えてくれる。

「なあ、茜ちゃん」

小此木の押し殺した声が、湿った岩壁に反響した。

「本当にここにヨモツイクサの女王がいるのかな?」

「……分かりません」

茜は正直に答える。言い伝えでは、ハルが迷い込んだ洞窟は蒼く輝いていた。おそらく、大量のイメルヨミグモがそこに生息し、ヨモツイクサと共生をしていたのだろう。しかし、この炭坑ではそのような気配はない。

思考を巡らせていた茜の前方に十字路が見えてくる。蒼く光る道しるべは、右の道へと続いていた。しかし、なぜかそちらに線路は続いていなかった。

あの先では石炭を掘ってはいなかったのだろうか。首を捻りながら十字路に辿り着き、右側の坑道をヘッドライトで照らした瞬間、茜はすぐ後ろにいる小此木とともに声にならない悲鳴を上げる。そこに『怪物』がいた。しかも何匹も。

茜が引き金を絞ろうとする。しかし、その前に小此木が発砲した。

狭い空間に銃声が反響して、鼓膜に痛みをおぼえる。散弾銃より発射されたスラッグ弾は、数メートル先で山のように折り重なっている『怪物』たちに命中し、内部に仕込まれていた金属片が砕け散って炸裂することにより、爆発が起きたかのような威力を発揮する。

小此木が次の弾を撃とうとする。茜はまだこだましている銃撃音に負けぬよう、腹の底から「待って！」と声を張り上げた。

「なんで⁉」恐怖と焦燥で飽和した声で小此木が叫ぶ。

「よく見て、動かない。撃っても無駄」

「……え」

激しい息をつく小此木を尻目に、茜は照準を前方に定め、いつでも撃てるように準備をしたまま、ナメクジのような速度で慎重に『怪物』たちに近づいていく。それにつれ、ヘッドライトに浮かび上がる惨状がはっきりとしてきた。

茜たちをここに導いた個体より二回りほど小さいヨモツイクサに、大型のイノシシほどの胴体と二メートル近い脚をもつクモが数体たかっていた。そのクモは見たことのない生物だった。ヨモツイクサの成体とも、手術部で見たヨモツイクサの幼生とも明らかに違う。だが、クモたちの口は、茜が知るヨモツイクサと同じく、薔薇の蕾のように先端が尖った嘴で覆われていた。

おそらくはヨモツイクサの尾で切り刻まれたのだろう、クモたちの体には無数の切創が刻まれていて、胴体に風穴が空いていたり、頭胸部と腹部が切り離されていたりする。一方でクモたちはヨモツイクサの体を、脚の先についた錐のように鋭い爪で突き刺したり、嘴で貫いたりしている。

二種類の怪物が殺し合った凄惨な現場。しかし、何より不気味で目を引いたのは、クモたちの頭胸部だった。嘴の少しだけ上の位置、そこに人間の『顔』が浮かび上がっていた。それらは老若男女様々だったが、どれも苦痛と恐怖、そして怒りで歪みに歪んでいて、思わず目を背けそうになる。

「これは……なんなんだ……」近づいてきた小此木が、かすれ声でつぶやく。

「アミタンネ……」

茜はクモを見つめたまま、静かに話しはじめる。

「人の顔を持つ巨大なクモ、まさに言い伝えに出てくるヨモツイクサの姿そのまま。この生物こそアイヌがアミタンネカムイ、つまりはクモの神として畏れ、炭坑の村の人々を皆殺しにした怪物です」

「それじゃあ、このクモが『本当のヨモツイクサ』だっていうのか？　なら、三本の尾を持った僕たちが追っている生物は？」

「あれもヨモツイクサなのは間違いないです。イメルヨミグモによる遺伝情報の水平伝播でどんどん進化していくヨモツイクサは、短時間で大きな変化を遂げることが出来る。人間に寄生して成長し、そして蛹の中で変態をするようになったのが、『新しいヨモツイクサ』なんだと思う」

「なら『古いヨモツイクサ』……、分かりにくいから『アミタンネ』って呼ぶか。ヨモツイクサとアミタンネが殺し合っているのはどういうことなんだ？」

小此木は怪物たちの死体を見下ろしながら、鼻の付け根に深いしわを寄せた。茜は少し考えこんだ後、顔を上げてヘッドライトで坑道の先を照らす。そこに予想した通りの光景が広がっていることを確認し、茜は口を固く結んだ。

ヨモツイクサとアミタンネ、二種類の怪物の死体が、坑道に点々と転がっていた。

「いったい……何があったんだ」半開きになった小此木の口から、かすれ声が漏れる。

「もともとこの生物は、動物の死体に産み付けられた卵から成長していた。けれど、ベクターの存在により、生きた人間の腹腔内で卵がゆっくりと成長するようになり、新しい遺伝子が発現して、巨大で危険な三本の尾を持った形態、新しいヨモツイクサへと進化した。もはや、アミタンネとヨモツイクサは完全に別種の生物。そして、どちらが女王に仕える存在としてふさわしいかを競いはじめた。……そういうことなんだと思います」

「け、けれど、もともと同じ女王の卵から生まれたなら、アミタンネとヨモツイクサは兄弟みたいなものだろ。それなのに、殺し合いなんて……」

「聖書によると人類初の殺人は、兄のカインが弟のアベルを殺したものとされていますよ」

茜は皮肉っぽく言うと、折り重なるように倒れているヨモツイクサとアミタンネを見る。

「もはや別種の生物でありながら、女王イザナミに仕えるという同じ存在理由を持った相手。兄弟のような存在であるからこそ、不倶戴天(ふぐたいてん)の敵になった。そういうことなんだと思います」

茜はひざまずくと、怪物たちの死体をつぶさに観察する。

「体が腐らないで、ミイラ化していますね。湿度が高いこの坑道の環境のせいでしょう。たぶん、二種類の怪物はかなり前から殺し合いを続けている。そして有利なのはアミタンネ」

「このクモの方が？　でも、ヨモツイクサ一体を殺すのに、アミタンネは数体が死んでいるよ」

小此木がオレンジ色の明かりに照らされた坑道の先を指さす。たしかに、そこにはヨモツイクサの数倍、アミタンネの死体が転がっていた。

「炭坑の村がアミタンネの襲撃を受けて全滅したのは、明治時代。百年以上前のはずです。その頃から、イザナミはアミタンネを産み続けた。動物を殺してその死体に卵を産みつければいいだけなので効率がよく、大量のアミタンネがイザナミに仕えていた。一方で……」

茜は力尽きているヨモツイクサを指さす。

「人間のベクターの存在が不可欠なヨモツイクサが生まれはじめたのは、この数年のはずです。しかも、生きた人間の腹に卵を埋め込み、時間をかけて気づかれることなく成長させないといけないことから、極めて効率が悪い。たぶん、これまでに生まれたヨモツイクサは十体前後じゃないでしょうか」

「もともとの数がまったく違うということか」

小此木のつぶやきに、茜は「そうです」と頷く。

「ここだけで三体のヨモツイクサの死体が確認できます。もう、ヨモツイクサはほとんど残っていないでしょう。もしかしたら、……姉さんから生まれたあの個体が最後の一体なのかも」

「最後の一体……。けれど、椿から生まれたあのヨモツイクサは軽自動車くらいのサイズだった。ここにある死体たちとは全然大きさが違う。倍以上あったよ」

「姉さんが行方不明になったのは七年前。けれど、女性の行方不明者が増えたのはこの二、三年です。あのヨモツイクサは他の個体より遥かに長く生きている。その間、黄泉の森で動物を狩って成長しては、仲間が増える手助けをしていたんです。爬虫類の中には、一生成長を続ける種類もいます。長く生きた分、あのヨモツイクサは大きく、強くなった。そして、ある程度、仲間が集まったところでアミタンネに戦いを挑んだんじゃないでしょうか」

「けれど戦況はアミタンネ有利で進んだ」

「ええ、一体一体の戦闘能力はヨモツイクサの方が上でも、数ではアミタンネが圧倒している。一体を残しヨモツイクサは、アミタンネに殺されてしまった。けれど一方で、アミタンネも圧倒的な戦闘力を持つあのヨモツイクサを殺すことはできず、膠着状態に陥っている。そういうことなんだと思います」

茜が説明を終えると、小此木の顔が険しくなった。

「もしかしたら、あのヨモツイクサはイザナミを殺させるためじゃなく、アミタンネとの戦いに加勢させるために僕たちをここに連れてきたんじゃないか？」

「どういう意味ですか？」

「ヨモツイクサとアミタンネの戦況は膠着していた。そこに、銃を持った人間である僕たちが現れて、そして話しかけてきた。味方のふりをしてこの炭坑に誘い込めば、敵であるアミタンネと僕たちを戦わすことができ、一石二鳥だ」

「……あのヨモツイクサに姉さんの意志が残っているって言いだしたのは、小此木さんだったはずですよ」

「分かっているよ」小此木は苛立たしげにかぶりを振った。「あのヨモツイクサの腹から生えている『ヒト』を、椿そっくりのあの姿を見たときはそう思ったんだ。けれど、いまは分からない。七年間、ずっと椿に会いたいと望んでいた僕の頭が生み出した妄想だったのかもしれない」

「いいえ、そんなことはありません。あのヨモツイクサの中には、姉さんがいます」

茜は迷いなく言う。

「けれど、君の仮説によると、ヨモツイクサの目的はアミタンネの代わりに女王であるイザナミに仕えることなんだろ。君がイザナミを殺そうとしたとき、本当にヨモツイクサは味方になってくれるのか？　本能的にイザナミを守ろうと、逆に君を殺そうとするんじゃないか？」

生物としてのヨモツイクサの本能と、姉妹の絆、果たしてどちらが勝つのか。すぐには答えは出なかった。茜は大きく頭を振って考えることを止める。

「そのときになれば分かります。もう、引き返すことなんてできないんです。もしあのヨモツイクサがイザナミを殺す邪魔をしてきたら、そのときは……両方にマグナム弾を撃ち込むだけです。だから、行きましょう」

「……分かったよ」

アミタンネとヨモツイクサの死体が転がっている坑道を、二人は慎重に進んでいく。やがて、足元にバスケットボール大の石が目立ちはじめた。

「この石、なんでしょうね？　落盤が起きたとか？」

つまずかないよう、茜は足元を照らしていく。

「いや、天井はしっかりとしているから、落盤ではないと思う。この奥を掘り進んだときに出たものじゃないかな」

「けど、採掘のときに出た石って、外に運び出すものじゃないですか？」

ふと、茜は足元に崩れかけた紙片が落ちていることに気づき、しゃがみ込む。短冊のようなその紙には、象形文字のようなものが描かれていた。

「お札？」

茜は目をしばたたく。それは、神道で使われる魔除けの札のようだった。

「ああ……、たぶんそうだ」

低い声で言いながら、小此木が正面を指さす。そこには古い木柵が破壊された痕跡があった。残っている部分の木柵には無数のお札が貼られ、奥にはさっきから道に転がっていたような大きな石が積まれていた。何者かによって木柵が壊され、その向こう側に詰まっていた石が掘り起こされ、直径一メートルほどの穴が穿たれている。そして、ヨモツイクサが残した蒼く光る道しるべは、その穴へと続いていた。

この奥に何が？　茜は穴を覗き込む。十メートルほど細い穴が続き、どこかに繋がっているのが確認できた。茜は意を決すると、ライフルをスリングで肩に固定し、「先に行きます」と小此木に告げて、穴に這い入っていく。

小此木の「気をつけて」という声を後ろに聞きながら、茜は匍匐(ほふく)前進で進んでいった。状況から見て、アミタンネはこの穴の奥から湧いて出てきたのだろう。いまもし、人の顔をした巨大なクモが前方から現れても、銃を撃つことはできない。抵抗する間もなく、あの鋭い嘴で頭蓋骨を割られてしまう。

急がないと。必死に腕を動かして前進していった茜は、出口に到達する。穴から這い出た茜は、肩に固定していたライフルを素早く両手に構え、アミタンネの姿を探す。

巨大なクモはいなかった。網膜に映し出された光景に、感嘆の声が漏れる。

そこには小学校の体育館ほどの空間が広がっていた。おそらく鍾乳洞(しょうにゅうどう)なのだろう。十メートルはある天井からはつららのように、円錐状の石柱がぶら下がっており、同様のものが濡れてつるつると滑る地面にも、タケノコのごとく生えている。そして、それらは全て淡い蒼色の光を帯びていた。

空間の奥には、小川のような水の流れがあり、その水面に蒼い光がきらきらと乱反射している。

続いて穴から出てきた小此木も、言葉を失って立ち尽くす。

「茜ちゃん……、これって……」

「たぶん、ここが言い伝えにあった『黄泉の国』、ハルが迷い込んだ洞窟です。あっちから風が吹いていています」

茜は小川の上流を指さす。そこには、炭坑の坑道よりも遥かに小さな道があった。

「きっと、あの先は外に繋がっています。アミタンネは、あの道を通って外に出て野生生物を狩ってきては、エサにしているんですよ。ほら、その証拠に」

茜は地面から生えている石柱を指さす。その陰に、半分骨になっているシカの死体が横たわり、この部屋の中でもひときわ強い光を放っていた。

「あれは、イメルヨミグモなのか？　壁や天井が光っているのも全部、クモがいるからか」

小此木は信じられないといった口調で言う。

「鍾乳洞は一年を通じて気温の変化が小さいです。アミタンネはアリやハチのように、獲物を巣に持ち帰る習性があるんでしょう。腐肉を食べるイメルヨミグモにとって、ここは最高の環境です」

「けど、なんで炭坑とこの鍾乳洞が繋がっているんだ？　誰が坑道を封鎖して、そして誰が石をとって二つの場所をまた繋げたんだ」

混乱しているのか、しきりに頭を掻く小此木の隣で、茜はこれまでに得た手がかりを思い起こしていく。百年以上前にこの地で起きた出来事の輪郭が、うっすらと浮かび上がってきた。

「こういうことなんじゃないでしょうか」

茜は頭の中で仮説をまとめながら話しはじめる。

「明治時代、この地を開拓した日本人たちは、この山で良質な石炭が採れることに気づき、アイヌの人々の警告を無視して採掘をはじめた。ただ、黄泉の森の中でも最も危険な場所、この鍾乳洞にだけは絶対に近づかないようアイヌの人々に言われ、それを守っていた」

「だから、アミタンネに襲われることなく採掘ができて、村は栄えていたということか」

「そうです。けれど、一つの出来事が最悪の事態を招くことになった」

「さっきの坑道だね」小此木は振り返って、いま通ってきた穴を見る。

「そうです。炭坑を掘り進めているうちに、偶然、この鍾乳洞に通じてしまった」

「……そして、棲みついていたアミタンネが湧き出してきた」

小此木が低い声で言った。茜はあごを引く。

「ええ。多くの作業員が犠牲になったんでしょうね。けど、なんとか坑道を完全にふさぐことには成功した。ただ、問題はそれで終わらなかった」

「アミタンネの襲撃が続いたということ?」

「そうだと思います。巣を荒らされた怒りなのか、それとも簡単に狩れる獲物を見つけたせいか分かりませんけど、坑道ではなく、もともと使っていた出入り口から黄泉の森に出て、たびたび村を襲うようになった。追い詰められた村の人々は、最終手段に出る。……生贄です」

「なんで、よりによって生贄なんて……」小此木は首を横に振る。

「たぶん、アイヌがカムイに供え物をすることや、子供のクマを大切に育てたあとに殺して祀る神聖な儀式であるイオマンテなんかから発想を得て、思いついたんじゃないでしょうか。そして、動物を捧げるのではなく、自分たちと同じ人間、しかも美しい少女を捧げることによって、アミタンネの怒りをおさめられると考えたんだと思います」

「非人道的な……」

「そんな手段をとってしまうほど、村は追い詰められていたんだと思います。たびたび巨大なクモが村を襲撃してくるんですから。しかも明治時代以降の日本は戦争をくり返して混沌としていました。開拓地の村に十分な救援なんて望めなかったはずです」

「じゃあ、ハルは鍾乳洞の入り口近くの森に放置されたってことか」

小此木は小川の流れが来ている方の道を指さした。

「そうなんでしょうね。いくら生贄を捧げるためでも、アミタンネの巣である鍾乳洞の中まで行くのは恐ろしすぎる。だから、その入り口近くにハルを置いてきた。そしてハルはここに迷い込み、イザナミに出会った」

「そこまでは茜ちゃんの言う通りなんだろうね。けれど……」

小此木は口元に手を当てた。

「ハルが『黄泉の神』の力を得て動物の死体から黄泉の鬼を呼び出して、村に復讐したっていう部分はどう解釈すればいいんだろう」

たしかにそこがよく分からない。普通に考えればハルは鍾乳洞の中で喰われたが、それで村への襲撃が止んだわけではなく、最終的にはアミタンネの群れに襲撃され、村人が皆殺しにされたということだろう。ただ、言い伝えは恐ろしいまでに実際に起きたことをなぞっていた。なら、ハルはただアミタンネたちのエサになっただけではなく、村の襲撃になんらかの形でかかわっていたのかもしれない。

他に類を見ない生態を持つアミタンネ、ヨモツイクサ、そしてイザナミ。ハルの身に起きたことを理解すれば、全ての謎が解ける気がする。それはきっと、姉の腹にヨモツイクサの卵を埋め込んだベクターの正体を暴くことに繋がる。

完成間近のパズルのピースが一つだけ見つからないようなもどかしさをおぼえながら、必死に頭を働かせていた茜ははっと顔を上げる。『歌』が聞こえてきた。蒼く輝きながら目の前を流れる小川のように、どこまでも澄んでいて煌めきに溢れているにもかかわらず、聞いた者の胸を締め付けるほどの哀しみを孕んだ旋律。まるでオーケストラの演奏のように音色が複雑に折り重なっているその『歌』が、人ならざるものから発せられていることは明らかだった。

「ヨモツイクサの歌？」

細胞一つ一つが共振するようなその美しい音色が聞こえてくる方向、小川が流れ込んでいる地底へと続く道を小此木は見つめる。

「いいえ、あのヨモツイクサじゃありません。廃村で聞いた『歌』よりも、ずっと多重的です。たぶん、これが言い伝えの中でハルを『黄泉の国』に誘い込んだという歌です」

「……イザナミ」

小此木は緊張で飽和した声でその名を呼ぶ。

「はい、たぶんあの道のずっと奥にイザナミがいます」

茜がそう言ったとき、『歌』が聞こえてくる道からアミタンネが、人の顔を持つ巨大なクモが二体、這い出してきた。アミタンネの頭胸部についている人間の『顔』の部分に、怒りに満ちた表情が浮かんだ。

明らかな敵意をぶつけられた茜と小此木は、十数メートル先にいる敵に向けて銃を構える。アミタンネは、八本の脚をざわりと動かしてにじり寄った。

「来るな！」

叫ぶとともに、小此木が散弾銃を発砲する。しかし、狩猟の素人である小此木が狙うには離れすぎていた。アミタンネのそばにある石柱がスラッグ弾によって粉砕される。

「くそっ！」

小此木は続けざまに引き金を引くが、すでにさっきヨモツイクサの死体を撃ったのといまの発砲で、装填してあった二発を撃ち尽くしてしまっている。ガチガチと虚しく撃鉄の音が響くだけだった。

アミタンネの『顔』が大きく口を開く。甲高い絶叫を放つとともに、アミタンネは八本の脚を曲げて身を沈めた。

来る。同時に襲われたら私一人じゃ対応できない。まずは確実に一体を斃さないと。冷静に状況判断をした茜はしゃがみ込むと、片膝立ちでライフルを構えてスコープを覗き込んだ。アミタンネの『顔』と、その下についている嘴の間に照準を定め、引き金を絞る。銃声が響き渡ると同時にアミタンネの頭胸部が爆散した。

八本の脚で激しく宙を掻きながら体を痙攣させてのたうちまわったあと、アミタンネの動きが止まる。しかし、仲間が殺されても、もう一体のアミタンネは怯んだ様子を全く見せなかった。横っ飛びして石柱を楯にするように弧を描きながら、少しずつ間を詰めてくる。

「茜ちゃん、撃て！　撃つんだ！」

小此木が焦燥に満ちた叫び声を上げるが、茜は発砲しなかった。離れた位置で横に高速移動している獲物を撃っても、よほどの腕がない限り命中は難しい。そして、ラプアマグナム弾は圧倒的な威力を持つ代わりに、一発撃つごとに反動で銃口がずれて隙が生じる。

引きつけるんだ。確実に急所を撃ち抜ける距離まで。

茜は唇をすぼめて細く息を吐きながら、アミタンネを狙い続ける。

高さ二メートルはある巨大な石柱の陰に一度身を隠したあと、アミタンネは黒光りし、先端が錐のようにとがった八本の脚を激しく動かして、こちらに一直線に向かってくる。

頭胸部についている中年男性の『顔』が般若のような表情を浮かべ、その下にある嘴が開いて、牙がびっしりと生えた口が露わになる。

「茜ちゃん！」小此木の声はもはや悲鳴のようだった。

まだだ。まだ遠い。もっと引きつけるんだ。胸の中で繰り返し自分に言い聞かせ、無意識に引き金を絞ってしまいそうな人差し指を止める。

襲いかかってくるアミタンネとの距離が三メートルほどに近づく。スコープを覗き込んでいる視界いっぱいに、鬼の形相を浮かべているアミタンネの『顔』が映し出されたとき、茜は呼吸を止めて人差し指を引いた。

感覚が研ぎ澄まされているせいか、それとも死の気配をすぐそばに感じているためか、時間がやけにゆっくりと流れていく気がする。スローモーションで映し出される視界の中、ラプアマグナム弾に貫かれたアミタンネの『顔』、頭胸部、さらにはその後ろにある腹部が同時に内部から弾けた。

尖った爪で地面を掻いて体を加速させていたアミタンネの脚が縺れ、茜にまっすぐ向かってきていた体のベクトルが変化する。

膝立ちでライフルを構えた姿勢を保っている茜のすぐそばを通過していったアミタンネは、そのまま後ろにそびえ立つ鍾乳洞の壁に激突し、動かなくなった。

肺に溜まっていた空気を大きく吐き出しながら、茜はゆっくりと立ち上がった。

「すごい！　茜ちゃん、すごいよ！　あの化け物を二体も仕留めるなんて」

小此木が賞賛の声を上げるが、茜は表情を変えることなく首を横に振る。

「下っ端を二体倒しただけです。イザナミに辿り着くまでに、どれだけアミタンネがいるか分かりません」

茜はレミントンモデル７００のレバーを引いて弾倉を開放し、新しい弾を込める。

「イザナミに辿り着く⁉」

目を大きくする小此木に、茜はレバーを操作して弾倉を密閉しながら横目で視線を送った。

「何を驚いているんですか？」

「奥にはあの怪物がどれだけいるか分からない。二体だけでもぎりぎりだったんだ。先に進んだら死ぬだけだ。もう戻ろう」

「同じですよ」

茜が淡々と言うと、小此木は「同じ？」と怪訝な顔になる。

「ええ、同じです。アミタンネのテリトリーであるこの鍾乳洞で二体殺したことで、私たちは完全に『外敵』になったんです。逃げ出してもやつらは確実に追ってきます。そして、真夜中の森であの巨大なクモに襲われて、生き残れるはずがありません。きっとアミタンネはヨモツイクサと同じように、樹から樹へと飛び移って追いかけてきて、頭上から襲い掛かってきます。この鍾乳洞の方がましです」

「ましって……」小此木が絶句する。

「イメルヨミグモの発光のお陰で、ここではある程度、視界が保たれます。アミタンネが隠れるような死角も森ほどは多くありません。それにイザナミさえ殺せば、女王を失ったアミタンネたちはパニックに陥って、私たちを殺すどころじゃなくなるかも。そして何より、この鍾乳洞のどこかにヨモツイクサがいます。……姉さんから生まれたヨモツイクサが」

「ヨモツイクサが、椿が僕たちを守ってくれると、茜ちゃんは信じているんだね」

小此木の表情がかすかに緩んだ。

「少なくとも、ヨモツイクサがアミタンネと敵対しているのは間違いありません。そして、あのヨモツイクサの戦闘能力はアミタンネを遥かに凌駕しています。ここから逃げ出すよりも奥に進んだ方が、私たちが生き残れる可能性は高いんです」

茜は断言する。本当に逃げるよりも進む方が、生存率が高いのかどうか分からなかった。ただ、逃げるという選択肢はもはやなかった。自分から家族を奪った元凶であるイザナミを駆除する。それこそが自らの存在理由となっていたから。

唸るような声を出して悩んだあと、小此木は「分かったよ……」と声を絞り出す。

「奥に進もう。なんとかイザナミを殺して、そして椿の仇をとろう」

その回答を聞いてわずかに唇をほころばせると、茜は「貸してください」と小此木が持っていたM4を手に取り、弾倉を開放する。

「この銃は二発しか装填できません。それ以上撃つには、再装填が必要です。教えますので、覚えてください。そんなに難しくありませんから。まずはこのレバーを……」

実演を小此木は真剣に見つめる。

「こんな感じです。覚えられましたか？」

茜がＭ４を差し出すと、小此木は「たぶん」と自信なげに答えながら受け取る。

「あと、弾丸も渡しておきます。専用の道具から取り出すのは少し慣れがいるんで、ポケットに入れておいてください」

小此木にスラッグ弾十数発を手渡した茜は、地底へと続いている道に鋭い視線を注いだ。

「行きましょう。イザナミを、黄泉の神を殺しに」


炭坑の坑道より一回り狭い道を、茜と小此木は慎重に進んでいく。かなりの傾斜で下方に向かってまっすぐ延びているこの通路も、最初の空間ほどではないがイメルヨミグモがいるらしく、ぼんやりと壁が蒼く光っている。

鍾乳洞に入ってから、すでに三十分以上は経っている。

ときどき通路が分岐している箇所があったが、地面のところどころにヨモツイクサが残した道しるべである光が濃くなっている箇所があったので、迷うことなく進むことができていた。

通路に入ってからも二回、アミタンネと遭遇したが、一直線の通路で狙撃することは難しくなく、かなり離れた場所から安全に仕留めることができていた。

「どこまで続いているんだ」

疲労が色濃くにじむ声で小此木がひとりごつ。常に襲撃に備えながらの行軍のため、まだ数百メートル程度しか進んでいないのだろうが、小此木の呼吸は乱れ、額からは止め処なく汗が湧いていた。

「もう進むしかありませんよ」

そう言ったとき、数十メートル前方で蒼い光が濃くなっていることに気づく。茜は「小此木さん」と声をかけ、軽くあごをしゃくる。

「あれは？」

小此木の不安げな問いに、「分かりません」と答えた茜は、いつでも発砲できるように銃口を上げ、引き金に指をかけながら光がこぼれてくる方に進んでいった。

通路が途絶えていた。その先に空間が広がっているようだ。この光の強さだと、かなりイメルヨミグモがいるだろう。それはすなわち、アミタンネがいる可能性が高いということだ。

レミントンモデル７００のグリップを強く握りしめながら、そっと通路の先の空間を確認した茜は、頬の筋肉を引きつらせた。

そこは女王が棲む王室へと続く、巨大な『廊下』だった。天井まで五メートルはあろうかという筒状の通路が、まっすぐに三百メートルほど続いている。そして、蒼い光を放つ壁や天井には、直径一メートルほどの穴が無数に穿たれていた。

「あの穴はなんなんだ？」廊下を覗き込んだ小此木がつぶやく。

「自然にこんな構造ができるとは思えません。アミタンネが作ったんです。……棲むために」

「じゃあ、あの穴の中に……」

「ええ、アミタンネが潜んでいると思います」

茜は唇を強く噛む。これまでアミタンネを撃退できたのは、相手がどこにいるか確認できたからだ。しかし、この廊下ではどの穴にアミタンネが潜んでいるのか分からない。

これまで襲ってきた個体数からすると、全ての穴に人の顔を持つ巨大なクモの怪物がいるとは思えない。多く見積もっても、ここにいるのは二、三十体だろう。しかし、アミタンネの殺傷能力を考えれば、不意打ちをくらえばひとたまりもないだろう。発砲する間もなく殺されるに決まっている。

どうする。どうすればいい?

必死に頭を働かせていると、また『歌』が聞こえてきた。これまでより、遥かに鮮明な旋律。

それは廊下の先にある細い通路から響いてくる。

あの奥にイザナミがいる。全ての元凶、私が消し去るべき存在がすぐそばにいる。

茜は細く長く息を吐くと、廊下へと足を踏み入れた。悲鳴のような咆哮が響き渡る。壁に反響しているのでどこから聞こえてくるものか分からないが、やはりここにはアミタンネが潜んでいる。獲物が近づくのを、穴の中で息を殺して待っている。

関係ない。行こう。茜はいつでも発砲できるように心と体の準備を整えながら、カメが歩くような速度で奥へと向かっていく。

「私は左側を警戒します。小此木さんは右側の警戒をお願いします」

「でも……」小此木が助けを求めるかのように視線を彷徨わせた。

「いまさら怯えてどうするんですか。この奥に、すぐそこにイザナミがいるんです。そいつさえ殺せば、この悪夢を終わらせられるんですよ!　姉さんにあんなことをしたやつを許さないっていうのは、口先だけだったんですか」

焚きつけられた小此木は、「違う!」と気合のこもった声で答えると、茜の隣に並んだ。

二人はうなずき合うと、廊下の奥、『歌』が響いてくる通路へと一歩一歩、背中を合わせるようにして進んでいく。

十メートルほど進んだところで、茜は上から物音が響いた気がして、はっと視線を上げる。天井近くにある穴、その中で闇がごそりと蠢いた。

いた！　茜が銃口を大きく上げるのと、アミタンネが穴から這い出して来るのが同時だった。茜は引き金を引く。しかし、無理な体勢でとっさに発砲したため、狙いがわずかに外れた。ラプアマグナム弾はアミタンネのそばの天井に炸裂する。

外れた。すぐに次弾を撃たなければ。発砲の衝撃でぶれた銃口を立て直して、再び発砲しようとするが、その前に穴から這い出たアミタンネが茜に向かってくる。

茜は横に飛んで、重力に引かれて自由落下してくるアミタンネをなんとか避けると、地面を転がった。その拍子に、ライフルが手から離れてしまう。

慌てて銃を拾おうとした茜のすぐ目の前で、アミタンネがその頭胸部についている人間の『顔』を怒りで歪めながら、その下にある嘴を開く。おろし金のように細かい牙がびっしりと生えた口から甲高い奇声が発せられ、錐のようにとがった爪のついた二本の脚が大きく振り上げられた。

間に合わない。絶望した瞬間、視界の横から、細い筒状のものが現れた。爆発音が耳をつんざき、アミタンネの頭胸部がザクロの実のように弾け飛ぶ。振り上げられていた脚が力なく落ち、茜の足元の地面を爪が削った。

「大丈夫か、茜ちゃん」

アミタンネの頭胸部をスラッグ弾で破壊した小此木が、手を伸ばしてくる。

「ありがとうございます。助かりました」

立ち上がり、足元に落ちているライフルを取り上げた茜は、小此木の顔に銃口を向ける。

「あ、茜ちゃん、何を？」

恐怖で表情を歪める小此木に、茜は「伏せて！」と鋭く言う。小此木が「ひっ」と小さな悲鳴を上げながらしゃがみ込むと、茜はその後ろにある穴から這い出し、小此木に襲いかかろうとしていたアミタンネにラプアマグナム弾を撃ち込む。ゾウすら殺せる威力の銃弾を至近距離で浴びたアミタンネの頭胸部に風穴が開き、その体が力なく崩れ落ちた。

壁に何度もこだました銃声が小さくなっていく。それを待っていたかのように、廊下のいたるところにある穴から、アミタンネたちが這い出してきた。その数は、一見しただけでも二十体は下らない。このままだと、囲まれてしまう。

「小此木さん、走りますよ！」

奥にある狭い通路に入れば、少なくとも四方八方から襲われることはない。通路に侵入してきたアミタンネを、一体ずつ銃撃できるはずだ。

即座に判断を下した茜は、数メートル先に立ち塞がっているアミタンネに向けて発砲する。頭胸部についている人間の『顔』を撃ち抜かれたアミタンネが倒れるのを確認して、茜は地面を蹴った。隣では、意図を理解した小此木も顔を紅潮させて走り出している。

『歌』が聞こえてくる通路までの距離は、約二百メートル。人間が全力疾走できる限界に近い距離だ。しかも、いまは銃を持ちバックパックを背負っている。

鍛えている私なら走り切れる。ただし、小此木にはきついかもしれない。必死に足を動かしながら茜が想像した通り、百メートルも走らないうちに小此木が遅れはじめた。

右前方の穴から出てきたアミタンネが、こちらに向かって近づいてくる。あれを振り切ることはできない。

茜は一度足を止めると、スコープを覗き込んで発砲する。頭胸部の急所は撃ち抜けなかったが、腹に命中し、アミタンネはその場でのたうち回りはじめた。

小此木が追いつくのを待って、茜は再び走りはじめた。

穴から湧き出してきたアミタンネたちが、どんどん迫ってくる。すでに四回発砲してしまった。弾倉に残っているのはあと一発だけ。

あと百メートル。茜が胸の中でそうつぶやいたとき、前方に三体のアミタンネが並ぶように立ちふさがる。

「くそっ！」

茜は再び足を止めて、今度はスコープを覗き込むこともせずに発砲する。回転により貫通力を上げたライフル弾は、前方に立っていた一体の頭胸部を突き抜け、隣にいた個体の腹部に食い込む。二体は絶叫しながらのたうち回り、振り回した脚の爪が、三体目の頭胸部に突き刺さった。

期せずして三体同時に無力化できた茜は、振り回されている脚に当たらないように気をつけつつ、そのわきを走り抜けていく。目の前に通路の入り口が迫ってきた。

いける！　そう思ったとき、背後で銃声が轟いた。反射的に振り返った茜の口から「ああ……」という絶望の声が漏れた。

いつの間にか、小此木が十メートル以上遅れていた。そして彼の向こう側に、十体以上のアミタンネが迫っていた。

追われて発砲したようだが、スラッグ弾はアミタンネたちの前の地面を抉っただけだった。小此木はさらに引き金を引き続けるが、M４は二発しか装塡できない。カチカチという音が虚しく響き渡る。

私のライフルにも弾は残っていない。助けられない。小此木が錐のような脚で串刺しにされる。

そう思った次の瞬間、茜は目を剝いた。

アミタンネたちは小此木を襲わなかった。恐怖で固まっている彼を完全に無視して、全ての個体が茜に向かって襲い掛かってきた。

先頭のアミタンネの前脚が、茜に向かって振り下ろされる。首を貫かれる寸前、茜は体をひねって攻撃の軌道から逃れる。鼻先を黒光りする爪が風を切って通過していった。

茜は手にしているライフルの銃床を、アミタンネの頭胸部の人間の『顔』に叩きつける。鼻の部分が折れる手応えとともに、『顔』の口から苦痛の声が漏れて、アミタンネの動きが止まる。

やはり『顔』が弱点だ。人間の遺伝情報を取り入れ、高度な思考と社会性を身に付けたのだろうが、その一方で他の部分よりも脆弱になっている。

先頭の個体を乗り越えるようにして、八本の脚を複雑に動かしながら次のアミタンネが近づいてきた。茜はライフルを肩に掛けると、代わりにベルトに挟んだ鞘から大ぶりのナイフを抜く。ずしりと右手にかかる重量が心強かった。

先頭の個体の上に乗ったアミタンネは、八本の脚を大きく開いて茜に向かって飛びかかってきた。茜は逃げず、逆に前に、アミタンネの体の下へと移動する。視界から茜が消えたことに焦ったのか、アミタンネが脚を激しく動かすが、空中で体勢を変えることはできなかった。

茜は天に向かって突き上げるようにナイフを構える。そこに、アミタンネが落下してきた。頭胸部の裏から突き刺さったナイフが、『顔』を内側から破壊して貫いていく。

びくりと大きく痙攣したアミタンネの体に押し潰されるように倒れた茜は、ナイフを力任せに引き抜いて体の下から這い出した。立ち上がった茜に、左右から二体のアミタンネが前脚の爪を向けて襲いかかってくる。

茜は二体を十分に引きつけたあと、思い切り地面を蹴って後方に飛んだ。

直前で目標に逃げられた二体のアミタンネの鋭い爪が空を切り、止まることなくお互いの体に突き刺さる。

もつれあって倒れるアミタンネたちを見ながら、茜は唇にわずかに笑みを浮かべる。一瞬でも気を抜けば命を失うという極限の状況に、神経が研ぎ澄まされていく。これまで感じたことがないほどのエネルギーが全身から湧き上がってきていた。

これなら、ここにいるアミタンネたちを全部斃せるかもしれない。そんなことを思った瞬間、激しい衝撃が全身を貫いた。何が起きたか分からないまま、茜の体は吹き飛ばされ、背中から壁に叩きつけられる。肺から強制的に空気が押し出され「ぐふっ」と声が漏れた。

その場に座り込んだ茜は、三メートルほど離れた位置にいるアミタンネを見て、何が起こったかに気づく。死角から体当たりを受けたのだ。

茜はなんとか立ち上がろうとする。しかし、足に力が入らなかった。アミタンネの体重は二百キロほどはあるだろう。バイクにはねられたようなものだ。動けないのも当然だ。

近づいてきたアミタンネは、嬲るようにゆっくりと前脚二本の鋭い爪を茜の喉元に近づけてくる。茜はその爪を摑んで、必死に押し戻そうと歯を食いしばった。アミタンネの頭胸部についている老いた男性の『顔』が、いやらしい笑みを浮かべると、その下にある嘴が開き、茜の腹に近づいていく。しかし、両手が塞がっている茜にそれを防ぐ手立てはなかった。

下腹部を押されるような感覚をおぼえた瞬間、茜の脳裏に、生きたままはらわたを喰われ、絶叫していた鍛治の姿がよぎる。

私も同じように、怪物に内臓を啜られるのだろうか。文字通りの生き地獄を味わうことになるのだろうか。『死』がすぐそばまで迫っているのを感じる。人生の記憶が脳の奥底から溢れだしてくる。

幼稚園で友達とけんかをした記憶、両親と牛の乳しぼりをした記憶、飼い猫が死んだ記憶、初恋の記憶、陸上部でインターハイに出た記憶、医学部に合格した記憶、初めて手術をした記憶、そして家族が消えたあの日の記憶……。

幼いとき、森で迷子になったことがあった。寒さと飢えで泣きながら、エゾマツで出来た迷路を彷徨っていた。そのとき茜を見つけてくれたのが、椿だった。駆け寄ってきた姉に抱きしめられて、「大丈夫だよ。もう大丈夫」とささやかれたときの温かさと、安心感が昨日のことのように鮮明に思い出される。

「姉……さん……」

嗚咽交じりの声で姉を呼ぶ。恐怖と絶望で涙が溢れ、視界が滲んだとき、いままさに茜の腹を食い破ろうとしていたアミタンネの体がびくりと震えた。茜の喉元にせまっていた脚から力が抜けてだらりと下がり、下腹部にかかっていた圧力も消える。

何が起きているのか分からず戸惑う茜の前で、アミタンネの体がゆっくりと宙に浮いていく。その背中側に、大蛇のようなものが生えていた。

いや、生えているんじゃない。喰い込んでいるんだ。

茜はようやく状況を理解する。すぐそばの穴、そこから出ている黒い鱗に覆われた巨大な尾が、アミタンネの体を突き刺し、その巨体を軽々と持ち上げていた。

穴からもう一本の尻尾が出現し、そして鞭のように勢いよくしなる。その先端についている鋭い鎌状の爪が、周りにいたアミタンネの体を切り裂いていった。

「姉さん！」

茜が声を上げるると、呼びかけに答えるように穴から吸盤のついた触腕が現れ、ヨモツイクサが、姉から生まれた怪物が姿を現した。

中央の尾に突き刺され、宙吊りにされていたアミタンネの体が、左の尾の鎌で両断され地面に落ちる。ヨモツイクサは薔薇の蕾のような嘴を大きく開くと、あの黒板を引っ掻くような雄叫びを上げる。

茜を取り囲んでいたアミタンネたちが、じりっと後ずさった。完全に怯んでいる。

「小此木さん！　いまのうちに！」

茜が呼ぶと、尻餅をついて呆然としていた小此木は、這うようにしてやってきた。

「椿。やっぱり椿なのか」

小此木が声をかけるが、ヨモツイクサが反応することはなかった。

「小此木さん、いまはそれよりもまずは逃げましょう」

促された小此木は、後ろ髪が引かれる様子で茜とともに通路へと入っていく。そこはさっきまで通って来たものより、一回り狭い道だった。二人並んで歩くことが難しいので、茜は小此木を先に行かせると、振り返って後ろを確認する。

心臓が大きく跳ねた。すぐ後ろに八本の触腕と七つの目、三本の尾に薔薇の蕾のような嘴を持った異形の怪物がついてきていた。

アミタンネは追ってきていなかった。圧倒的な戦闘能力の差を見せつけられ、近寄ることができないのだろう。

この怪物には、どれだけ姉さんの部分があるのだろう。茜はヨモツイクサを観察しながら思考を巡らせる。自分たちをここまで導き、そして助けたこと。こんな近距離にいても、まったく襲ってくる気配がないことから、姉の意識がヨモツイクサに残っているのは、おそらく間違いないだろう。けれど、完全に姉と同じ心を持っているわけではない。ヨモツイクサという獰猛な生物の本能と、姉の人間性がこの怪物の中には同居しているのだろう。

腹部の裏側にある姉そっくりの『ヒト』の部分を見たときは、ヨモツイクサと家族のような絆を感じた。愛おしく思えた。けれど、こうして薄暗い中で眺めるヨモツイクサの姿は禍々しく、恐怖の対象でしかなかった。

この怪物は駆除隊の人々を八つ裂きにし、鍛治の腹を裂いて、生きたままはらわたを啜った。そして何より、姉の腹に寄生し、両親と祖母を殺させ、そして孵化したあとに四人をエサに成長した。

ヨモツイクサが家族の、そして鍛治の仇であることは間違いない。なら、襲ってこないいまこそ、復讐のチャンスなのではないだろうか。

通路の奥から聞こえてくる『歌』がさらに鮮明になっていく。イザナミは近い。

ヨモツイクサの目的は、アミタンネに代わりイザナミに仕えることのはずだ。いまでこそ、ヨモツイクサは自分たちを守ってくれているが、イザナミの前に出たとき、どんな反応を示すかは全く分からない。いや、ヨモツイクサという生物の本質を考えれば、女王に危害を加える存在を許すとは思えない。自分たちを殺そうとする可能性が高い。

やはり、いま殺しておくべきだ。茜はそっと腰にあるショットシェルホルダーから、ラプアマグナム弾を取り出す。この狭い空間なら、ヨモツイクサも最大の武器である尾を十分に振り回すことはできない。それに、アミタンネを警戒して尾は後ろを向いているし、ここなら銃撃を避けることもできないだろう。たとえ、噛みつこうとしてきたとしても、その前に弾の装填さえ済ませられれば、五発のラプアマグナム弾で確実に仕留めることができる。

やれ、やるんだ。自らを鼓舞した茜が、弾倉を開けようとレバーに手をかけたとき、また脳裏に姉の姿が映った。優しく微笑んでくれる姉の姿が。

茜は軋むほどに強く歯を食いしばると、レバーから手を放す。

たとえ怪物になってしまったとしても、たとえ私を殺そうとしたとしても、姉さんを撃つなんてできるわけがない。森で迷ったあの日、姉さんが見つけてくれなければ、私はきっと死んでいたのだから。

姉さんに殺されるなら、それもいいかもしれない。そんな想いが頭をかすめたとき、前を歩く小此木が「茜ちゃん！」と声を上げた。見ると、前方で通路が途切れ、その先から『歌』が聞こえている。

近い。あの向こう側にイザナミがいる。

心臓が激しく脈打ち、体温が上がっていく。あそこで待っている怪物の女王さえ殺せば、悪夢は終わる。私は人生の新しい一歩を踏み出すことができる。

だから、行こう。新しい自分になるために。生まれ変わるために。

茜は小此木、そしてヨモツイクサとともに通路から出る。その瞬間、『歌』が止まった。

「わぁ……」

思わず感嘆の声が漏れた。そこはドーム型の野球場のようだった。

なだらかな曲線を描く天井までの距離は、三十メートルほどはあるだろう。そこはこれまでの場所とは比較にならないほど強く、蒼い光を放っていた。おそらく、この空間こそがイメルヨミグモの本来の棲み処なのだろう。全体的に淡く光っている天井に、イメルヨミグモが密に群生している部分が無数にあり、星が瞬いているかのように見えた。まるで巨大なプラネタリウムに迷い込んだかのような心地になる。

「ここが言い伝えにあった、イザナミとハルが出会った場所……」

天井を見上げながら茜はつぶやく。

「伝説が本当だったなんて……」

小此木が信じられないといった様子でかぶりを振った。

茜はヘッドライトの電源を切る。天井から雨のように降り注いでいる光のお陰で、この空間はライトなしで十分に見通すことができた。

野球のグラウンドほどのスペースの向こう側、球場なら外野観客席に当たる部分に黒い闇がわだかまっている。どうやら、深い穴になっていて、光が呑み込まれているようだった。

「茜ちゃん、……あれ」

小此木が低い位置の壁を指さす。そこには、さっきの廊下にあったような穴がいくつも空いていた。一瞬、アミタンネが潜んでいるのかと身構える。しかし、それらの穴には骨が入っていた。蒼く光る骨が。

茜は警戒しつつ壁に近づいていくと、ひざまずいて穴の中を覗き込む。人間の骨ではなかった。

「アミタンネが食べた獲物の骨かな?」

「いいえ、違うと思います。この穴一つ一つに、一体の動物の骨が入っています。しかも、しっかりと体を丸めた状態になっている。これはまるで祭壇か……お墓」

「お墓って、なんで怪物が動物にそんなことを」

「ただの動物じゃありません。この穴に入っている骨、この大きさはたぶん、ヒグマのものです。けれど、この骨には、通常のヒグマとはあきらかに違う点があります」

「違う点?」いぶかしげに小此木が訊ねてくる。

「頭蓋骨に眼窩が三つあります。目が三つあったんでしょう。肩甲骨のそばに、鳥類の羽のような骨格が見えます。サーベルタイガーのような三十センチ近くある牙もある」

「ま、待ってくれ。目が三つに、羽があるなんて、そんなのヒグマじゃない」

茜は「ええ、そうです」と、骨にそっと手を伸ばした。

「この生物はヒグマから、まったく違う生物に進化した個体です。そして、その進化をもたらしたのは、イメルヨミグモによる遺伝情報の水平伝播でしょう」

茜は口元に手を当てて考え込む。おそらく、他の穴に葬られている骨も、同様に別の生物へと進化を遂げた個体のはずだ。しかし、ヨモツイクサは殺した獲物にイメルヨミグモを撒いてエサとして食べさせるだけのはずだ。なぜ、このヒグマは生きたままイメルヨミグモの影響を受けているのだろうか。一個体でここまで劇的な変化を遂げるということは、大量のイメルヨミグモの影響を長時間受け続けたはずだ。

そこまで考えたとき、頭の中で少女が蒼い光に包まれるイメージが浮かび上がった。茜は目を大きく見開く。

「ようやくアミタンネの……、ヨモツイクサの生態が分かりました」

「え、どういうこと?　何が分かったの?」

早口で訊ねてくる小此木に、茜は頭の中を必死に整理しながら語りはじめる。

「ヨモツイクサの生殖方法がずっとわからなかったんです。イザナミはヨモツイクサの卵を産む。けれど、ヨモツイクサには生殖器がなく、子孫を残せない。だからイザナミは、いつかはヨモツイクサとは別に次世代のイザナミを産まなくてはならない。ずっとそう思ってきました」

「それが間違っていたっていうのかい？」

「ええ、間違っていました」

茜は両手を広げて、降り注ぐ蒼い光を浴びる。

「やはりヨモツイクサとイメルヨミグモは完全なる共生関係、いえ、もはや二種で一つの生物なんです。ヨモツイクサなしではイメルヨミグモは生きていけず、そしてイメルヨミグモなしではヨモツイクサも生きていけない。次世代のイザナミを産むのは、イザナミではなくイメルヨミグモだったんです」

「どういう意味だ？　わけが分からない」

「言い伝えを思い出して下さい。『歌』に誘われて『黄泉の国』に迷い込んだハルは、『黄泉の神』に出会って蒼い光を全身に浴びます。まさにそれこそが、次世代のイザナミを産む行為だったんですよ」

茜は骨をこすってイメルヨミグモを指につけると、それを顔の前に持ってきた。

「イメルヨミグモは腐肉しか食べられません。その代わり、クモヒメバチと似た性質を持つこの極小のクモは、生きている生物にとりつくと、おそらくその皮下に卵を大量に産み付けるんです。その卵から孵化した極小のイメルヨミグモの子供は、脂肪、筋肉を通り抜け、そして生物の腹腔内に辿り着き、そこで体液などから栄養を吸って成長、増殖していく。それとともに、寄生された生物の『ある臓器』にたかって遺伝情報の水平伝播をくり返すんです」

「ある臓器？」

「ええ、……卵巣です」

小此木の喉の奥からうめき声が漏れる。

「イメルヨミグモは共生しているヨモツイクサの遺伝情報を持っています。それを時間をかけてくり返し卵巣に注入していくことで、やがて『ヨモツイクサの卵』が出来あがります。寄生された生物が『ヨモツイクサの卵』を産むことになるんです」

「ヨモツイクサの卵を産むって、それじゃあまるで……」

「ええ、新しいイザナミ、その候補の誕生です」

あまりにも衝撃的な情報についていけなくなったのか、小此木の口が半開きになる。

「イザナミの候補は産卵をして、自分のヨモツイクサを、『黄泉の軍隊』を作っていく。ただ、そのヨモツイクサにはイメルヨミグモから注入された遺伝情報と、そのイザナミ候補の生物特有の遺伝情報が混ざっているので、全く新しい生物になっているはずです。そうして卵巣の遺伝情報の書き換えを終えたイメルヨミグモは、次に宿主であるイザナミ候補の遺伝情報を書き換えていく。けれど、何十兆も細胞がある宿主の進化は、一つの細胞である卵巣の遺伝情報を書き換えるのとはわけが違う。かなりの時間をかけて、宿主はまったく違う生物へと進化していくはずです。こんなふうに」

茜は三つの眼窩を持つ、かつてヒグマだった生物の頭蓋骨を指さした。混乱しているのか、小此木は頭に手をあてながら「だとしても」と声を上げる。

「なんで『新しいイザナミ』の骨がこんなにあるんだ。十数体分はあるぞ」

「『新しいイザナミ』ではなく、あくまでその候補でしかなかったからですよ。ここで骨になっている動物たちは、イザナミになるための最終試験に合格できなかったんです」

「最終試験って……」

「思い出してください。言い伝えの中で、ヨモツイクサとともに村人を皆殺しにしたハルは、最後に何をしましたか？」

「何を……」数瞬、考え込んだあと、小此木は目を剝く。「『黄泉の神』を殺した」

茜は「そうです」と大きくうなずいた。

「自らの軍隊、ヨモツイクサを率いてイザナミと戦い、それを殺す。それこそが次のイザナミになる方法なんです。このヨモツイクサという生物は、そうしてより強靭な生物へと世代交代をくり返し、そして日本、いやおそらくは世界最強の生物へと進化していったんですよ」

「ここに葬られている骨は、イザナミに敗れて世代交代に失敗した候補たち……」

小此木は壁に穿たれている穴を見渡す。

「そういうことです。世代交代に失敗した場合は、殺されてイメルヨミグモに喰われ、遺伝情報を提供するという形で種としての強化に貢献する。残酷ですが、極めて合理的なシステムです。ただし……」

茜はレミントンのレバーを引き、弾倉を開ける。空になった薬莢が地面に落ち、からからと乾いた音を立てる。

「私がそれを終わらせます。ここでイザナミを殺して、この呪われた生物を絶滅させます」

弾倉にラプアマグナム弾を装塡しながら、茜は「小此木さんも弾を込めて下さい」とうながす。五発の弾の装塡を終えた茜は、いまもそばにいるヨモツイクサを横目で確認する。七つの目が別々にせわしなく動き、嘴が開閉をくり返している。この生物が緊張しているのが伝わってくる。

このドーム状の空間の壁には、他の場所へと繋がる通路がいくつもあった。そのうちのどれかの先にイザナミが潜んでいるんだろうか。また『歌』が聞こえてきたら、きっとどこに向かえばいいかが分かるはずだ。

とうとう、イザナミと決着をつけるときが来た。茜が深呼吸をくり返していると、そばにいる小此木が「あれ？」と声を上げた。

「茜ちゃん、この弾、なんか違うんだけど。これは装塡できないよね」

小此木がつまんで顔の前に掲げている、長く尖った銃弾を見た瞬間、茜は目を剝いてその場から飛びずさった。不思議そうに「茜ちゃん？」と首をかしげる小此木に、茜はライフルの銃口を向ける。

「銃を捨てて！」茜は鋭く言う。

「な、なにを言って……」

「いいから捨てなさい！　でなきゃ、撃つ！」

茜が引き金に指をかけるのを見て、小此木が慌ててＭ４から手を放した。銃が地面に落ち、重い音を立てる。

「茜ちゃん、落ち着いて。どういうことなんだ。この弾がなんだって言うんだ？」

小此木はこちらを刺激しないようにか、胸の前に両手を掲げた。

「それはラプアマグナム弾。鍛冶さんがこのライフルで使っていた弾よ。そして私は、あなたにそれを渡してはいないはず。なんであなたがそれを持っているの」

「僕にも分からないよ。きっと、何かの拍子に紛れ込んだんだ。そもそも、その弾を僕が持っていたらなんだっていうんだ」

「鍛冶さんは猟がはじまると、ずっと弾をライフルに装填していた。いつでも撃てるようにね。けれど、廃村でヨモツイクサに襲われたとき、引き金を引いたのに弾が出なくて、鍛冶さんは……生きたまま喰われた」

茜はいまも寄り添うようにそばにいるヨモツイクサに一瞥をくれたあと、再び小此木を睨みつける。

「最初は弾が不良品で不発だったのかと思った。けれど、あとでこの銃を調べて分かった。弾倉が空だったって」

「それはきっと、仮眠をとったときに安全のために抜いておいたんだよ。そして、起き抜けにそのことを忘れて君を助けにいったんだ」

「ええ、そう思っていた。けれど、あれだけ経験があり、そして慎重な鍛冶さんがそんなミスをするなんて信じられなかった。そして、あなたがその弾を持っていたことでようやく分かった。……あなたが弾を抜いたのね」

「待ってくれ！　なんで僕がそんなことをするんだ！」小此木は目を剝き、声を荒らげる。

「そんなの簡単よ」茜はあごを引き、刃物のように鋭い視線で小此木を貫いた。「あなたこそがベクター、女性の腹腔内にヨモツイクサの卵を埋め込んでいた犯人だから」

「僕が……ベクター……」

「しらばっくれるのはやめて。刑事のあなたなら不可能じゃない。交通事故とか事件の被害者が救急部に搬送されるたび、所轄署の刑事が呼ばれる。そして、あなたはよくその役目を負っていた。そのとき、腹腔に達するような傷を受けた患者がいたら、隙を見てヨモツイクサの卵を埋め込んでいたんでしょ！」

茜の糾弾に、小此木は「そんなことしていない……」と弱々しく首を横に振った。

「じゃあ、いつ姉さんの腹腔内にヨモツイクサの卵が埋め込まれたっていうのよ！」

胸の中で渦巻く激情を、言葉に乗せて茜はぶつける。

「十年前、制服警官だった姉さんは、強盗犯に刺されて腹腔内に達する傷を負った。そのとき犯人を捕まえて、姉さんを介抱したのがあなただったでしょ！」

茜の奥歯がぎりりと軋む。ずっと小此木のことを、姉を助けてくれた恩人だと思っていた。姉が小此木と婚約したと聞いたとき、誰よりも喜んだ。まさか、その人物が姉を怪物の餌食にしようとしているとは気づかず。

「姉さんのヨモツイクサだけ、他の個体より何年も早く孵化した理由が分かった。あなたが刑事になって、事故や事件の被害者の腹腔内に卵を埋め込めるようになったのは、姉さんの事件があった二年後。それまでは、偶然、怪我をした場面に立ち会った姉さんにしか卵を寄生させられなかったから」

「違う。僕は本当に椿を愛していたんだ！」

「姉さんを愛していた？　姉さんに寄生させた卵を愛していた、の間違いじゃないですか？」

冷たく言い放つと、言葉を失ったのか小此木は口を半開きにして黙り込む。

「姉さんのお腹の中に、自分との子供がいたって言いましたよね。それは人間の子供ですか？それとも、このヨモツイクサのことなんですか？」

茜はあごをしゃくって、そばに佇んだままのヨモツイクサを指す。

「違う。椿が言っていたんだ。お腹の中に子供がいるって。椿が寄生されているなんて、僕は知らなかった。きっとあのとき、椿は小室紗枝さんと同じように操られているような状態で、だからこそ家族を殺害して廃村に……。なんにしろ、僕がベクターだって断言できるのか！　もし間違っていたら……」

　銃声が轟く。足元が弾けた小此木が「ひっ」と悲鳴を上げた。小此木のそばの地面に向けて発砲した茜は、煙が立ち上る銃口を再び小此木の頭部に向けながら「私の質問にだけ答えて下さい」と押し殺した声で言った。

「いま思えばおかしかったんですよ。さっきの廊下で、アミタンネたちは倒れたあなたに見向きもせず、私に襲いかかってきた。けれど、あなたがベクター、イザナミの仲間だとしたら納得です」

「違う。本当に違うんだ」

　血の気の引いた顔で、小此木は「違う」とくり返すだけだった。

「後ろを向いて、こっちに背中を向けて下さい」茜が淡々と言う。

「なんで!?　背中から撃つつもりじゃないだろうな」

「いいからさっさと背中を向けろ！　じゃなきゃ、いますぐその頭を吹っ飛ばす！」

　茜が腹の底から怒声を上げると、小此木は恐怖に顔を歪めながら指示に従った。

「そのまま、まっすぐ歩け」

　三メートルほど離れた位置で、茜は小此木の背中にライフルを向けて言う。小此木は言われた通り足を進めていく。

「茜ちゃん、分かってくれ。本当に僕はベクターなんかじゃないんだ」

「話はあとで聞きます。いいからまずは進んで下さい」

　氷のように冷たい声で茜は告げた。二人はゆっくりとこの空間の奥、蒼い光が吸い込まれている巨大な縦穴に近づいていく。ヨモツイクサもあとをついてきた。

「あ、茜ちゃん。ここから先は行けない。何があるのか全く見えない」

巨大な穴の縁で小此木が振り返る。その足が蹴飛ばした小石が、闇に吸い込まれていく。十秒ほど経ってから、遠くから水音が響いた。

「かなり深くに水が溜まっているみたいですね。たぶん地底湖でしょう。落ちたら、何も見えない闇の中で溺死するしかありませんね」

いつでも発砲できるよう、引き金に指をかけたまま、茜はどこまでも残酷な笑みを浮かべる。

「さて、最後にもう一つだけ質問です。正直に答えなければ、あなたの腹を撃ちます。即死できればいいですけど、もし運悪く生き残ったら、地獄の苦痛を味わいながら地底湖で溺死することになります。分かりましたね」

小此木はがたがたと全身を震わせながら、あごを引いた。

おそらく、小此木もなんらかの形で寄生され操られているのだろう。そして、小室紗枝のように、脳神経に影響を受けてヨモツイクサの繁殖に力を貸すベクターとなった。もしかしたら、紗枝がトランス状態になっているときに記憶を失っていたように、小此木も本当に自分の行動を自覚していないのかもしれない。本当に自分は無実だと思っているのかもしれない。

しかし、だからと言って小此木を許す気にはならなかった。小此木がどう答えようと、その体に銃弾を撃ち込むつもりだった。選択肢は、胸を撃って即死させるのか、それとも腹を撃って可能な限り苦しめるかだ。どちらか決めるためには、この質問をする必要がある。

「私の両親を殺したのは、本当に姉さんなんでしょうか？」

小此木の口から「え……？」という呆けた声が漏れた。

「たしかに、私の家族の遺骨には、拳銃で射殺された形跡がありました。そして、姉さんは拳銃を持ったまま姿を消した。普通に考えたら、寄生したヨモツイクサの卵によって行動を操られた姉さんが、家族を撃って遺体をトラクターであの廃村へと運び、体内で生まれるヨモツイクサの幼生のエサにしようとしたということになるでしょう。けれど、よく考えたら拳銃を持ってた人は他にもいたんですよね」

茜はすっと目を細め、小此木の腰についているホルスターを見る。

「まさか、僕が君の家族を撃ったって言うのか……」

小此木が信じられないといった様子でつぶやく。

「違うと言い切れますか？　神隠し事件があったとき、あなたはヤクザによる発砲事件の捜査をしていた。当然、拳銃を携帯していたでしょう。そして、あなたは姉さんの腹に卵を埋め込み、そこで育っていた卵、つまりはこのヨモツイクサを自分と姉さんの子供のように大切に思っていた。産まれた我が子が空腹にならないように、エサを用意していたとしてもおかしくないでしょ」

「拳銃の管理は厳密にチェックされている！　銃弾が減っていたりしたら、すぐ気づかれる！」

唾を飛ばして小此木が叫んだ。茜は肩をすくめる。

「そんなの簡単ですよ。撃った分の弾を、姉さんの拳銃から取り出して、自分の拳銃に込めておけばいいんです。そうすれば拳銃をチェックしても、あなたが発砲したことは誰も気づかない。あなたが駆除隊に参加したのは、自分の犯行の証拠が見つかるかもしれないと思ったからじゃないですか？　自分がベクターだと知られると思ったからじゃないですか？」

さて、どう答えるか。茜は静かに小此木の回答をまつ。震える小此木の唇がゆっくりと開いていった。

「違う……。僕はベクターなんかじゃない……」

……腹だ。腹を撃って地底湖に叩き込もう。そう決断した茜が、引き金に指に力を込めたとき、また『歌』が聞こえてきた。小此木の後ろに広がる縦穴から。

茜は息を吞む。イザナミはこのドーム、縦穴の底に潜んでいる。そう気づいた茜の注意が小此木からそれた瞬間、パンッという乾いた音が響き、右の上腕に衝撃が走った。茜はまばたきをくり返しながら、自らの腕を見る。ジャケットの袖が赤く染まっていくとともに、焼きごてを押し付けられたような痛みがその部分に走った。茜の手からライフルが落ちた。その場に片膝をついた茜は顔を上げて見る。腰のホルスターから抜いた拳銃をこちらに向けた小此木を。

「ご、ごめん、茜ちゃん。当てる気はなかったんだ。ただ、警告するつもりで……」

茜はダウンジャケットを脱ぎ、シャツの袖をめくって素早く傷の状況を確認する。弾によって上腕の皮膚と筋肉を削ぎ取られている。出血量は少なくないが、拍動性ではないので上腕動脈は損傷していないだろう。致命傷ではない。

茜はハンカチを取り出すと、銃創を思いきり押さえつけて圧迫止血を試みる。激痛が脳天まで突き抜けるが、奥歯を嚙みしめて耐えた。

「もうやめよう、茜ちゃん。僕を殺そうとしないと約束してくれたら、これ以上、撃ったりしない。銃を捨ててもいい」

茜は歯茎が見えるほどに唇をゆがめる。同時に、そばにいたヨモツイクサの嘴が開き、その奥から絶叫が迸った。損傷を受けていない二本の尻尾が持ち上げられる。

威嚇している。しかし、その対象が小此木なのか、それとも自分なのか分からなかった。

小此木はベクターだ。イザナミがヨモツイクサの母ならば、小此木は父と呼べる存在といっても過言ではない。普通に考えれば、ヨモツイクサがその尾を叩き込もうとしているのは私だろう。ここで小此木に従わないと、私は撃ち殺されるか、もしくはヨモツイクサの尾で体を両断される可能性が高い。けれど、もしヨモツイクサの種の本能に、姉さんの意識が勝てるなら……。

茜は傷口を押さえたまま、ふっと笑みを浮かべる。

「撃ちたきゃ撃ちなさいよ。怪物の奴隷め」

小此木の顔が、炎で炙られた蠟のようにぐにゃりと歪んだ。

「……君が悪いんだ。僕のせいじゃない」

小此木の指が引き金にかかるのを見て、茜は覚悟を決める。

姉さん、仇を討てなくてごめん。胸の中でそうつぶやいたとき、小此木に後光が差した。茜は目を見張る。小此木の後ろに、眩しいほどに蒼く輝く発光体が出現していた。

それは巨大な触腕だった。太いところでは直径一メートルはあるであろう、吸盤のついた半透明の触腕が、イルミネーションのように目映く点滅しながら揺れている。

「なんなんだ……」

呆然とつぶやきながら、小此木はその触腕に銃を向けて発砲する。しかし、触腕は一瞬、不快そうに揺れたあと、鞭のようにしなって小此木の体に巻き付いた。

小此木の手から拳銃がこぼれ、触腕によってその体が高々と持ち上げられた。

口を半開きにして固まっている茜の前で、縦穴から次々に巨大な輝く触腕が姿を現していく。

「茜ちゃん！　茜ちゃん、助けて！　助けてくれ！」

必死に触腕の拘束から逃れようと身をよじりながら、小此木は助けを求める。しかし、想像を絶する光景に金縛りにあい、動くことができなかった。

小此木に巻き付いている触腕の表面に、光の波紋が走る。それとともに、小此木の口から零れる音が、助けを求める声から、苦痛のうめきへと変化していった。

大蛇が獲物をしとめるかのように、触腕が小此木の体を締め付けている。茜の耳に、骨が砕ける鈍い音が聞こえてくる。小此木の口と耳から血が噴き出した。

触腕の先端が六つに割れて、そこから細い糸のようなものが出てくる。それは、クリオネが獲物を捕食するときに頭のような場所を割って出す、バッカルコーンと呼ばれている触手にそっくりだった。

縦穴から上がってきた大量の触腕の先端が開き、そこから蒼く輝く細い触手が蠢いている光景は、身の毛がよだつほどのおぞましさと、見惚れてしまうほどの美しさが同居していた。

無数の触手がゆっくりと小此木に近づいていくと、その先端が小此木の肉体に食い込んでいく。力なくうなだれていた小此木の体が大きく痙攣し、その口から血飛沫とともに、苦痛で飽和した絶叫が迸る。

触手は次々に、小此木にめり込んではその肉を削ぎ取り、喰っていった。小此木の肉片が、半透明な触腕の中に呑み込まれていくのがはっきりと見える。

もはや叫ぶ力も残っていないのか、喘ぐように呼吸をしている小此木の体が触手に何重にも包まれてはっきりと見えなくなる。しかし、蒼く輝く半透明の触手で出来た球体の中心にかすかに見える赤黒い色だけが、その内部で起きている惨劇をうかがわせた。

やがて触手と触腕がほどけていき、そして地面にがしゃりと音を立てて、小此木だったものが落下した。それは血に塗れた骨の山だった。ほんの数十秒の間に、肉や内臓は全てついばまれてしまった。

触腕が次々に地面に叩きつけられ、その吸盤が吸い付いていく。

何かが縦穴から這い上がろうとしている。何か？　そんなもの決まっている。

「……イザナミ」

地鳴りのような振動に圧倒された茜は、ライフルを拾ってじりじりと後ずさりしていく。縦穴から二十メートルほど離れたとき、ようやく『それ』が姿を現した。

「あれが……」

はじめて目の当たりにするイザナミの姿に息が乱れる。基本的なフォルムはやはりクモに近かった。ゾウに匹敵するほど巨大な頭胸部の後ろに、大型トラックの荷台ほどの楕円球の腹部がついている。頭胸部の下にはクリオネのように半透明で、蒼い光をまだらに帯びている夥しい数の太い触腕が生えており、体を支えている。腹部の上部には高さ三メートルはあるであろう、ヨモツイクサの嘴と似ている薔薇の蕾のような構造物があった。

あまりにも現実離れした生物。しかし、茜がもっとも恐怖を感じたのは、その頭胸部についている『顔』だった。そこには人間の胎児のような巨大な顔があった。ただ、目と口だけは人間のものとは明らかに異なっている。黒曜石を彷彿させる漆黒の瞳が八つ弧を描くように並んでおり、縦に裂けた口のそばには牙のような太い触肢が生えていて、せわしなく動いている。

クモの目と口をした巨大な胎児の顔。そのグロテスクな光景に、胸の中が腐っていくような心地になる。吐き気に耐える茜は、腹部のサイドにもいくつも、『ヒト』の顔が浮かび上がって並んでいることに気づく。老若男女、様々な人間の顔。おそらくそれは、ハルを生贄に捧げた村人たちのものなのだろう。イメルヨミグモが村人の遺体を食べて遺伝情報を取り込み、それをイザナミとなったハルへと伝えた。

騙されて家族から引き離され、生贄にされたことに対するハルの苛烈な恨みがそこに現れている気がした。

胎児の口についている触肢が左右に開き、そこから地獄の底から響いてくるような絶叫が迸った。内臓が揺らされ、鼓膜に痛みをおぼえるほどのその叫び声に、体の奥底から震えが湧き上がってくる。

動け！　イザナミを駆除するんだ。この怪物こそ、家族を奪った元凶なのだから。

八つの目から発せられる視線に貫かれながら、茜は片膝立ちになるとスコープを覗き込む。ヨモツイクサもアミタンネも、人間の顔が浮かび上がっている部分が弱点だった。それなら、きっとイザナミも……。

茜はイザナミの頭胸部、胎児の『顔』に照準を定めると、引き金を引いた。

銃声が轟き、イザナミの目のうち、右から四つ目が弾け飛ぶ。

やった！　胸の中で快哉(かいさい)を叫んだ茜は、次の瞬間、絶望のうめき声を上げる。

急所を撃ち抜かれ、絶命するはずのイザナミの体はわずかに震えただけだった。胎児の顔、そして腹部に並んでいる数十の顔が怒りに歪んでいき、同時に口を大きく開けて咆哮を上げる。触腕の発光が激しくなり、その表面にくり返し波紋が走りはじめた。

明らかな戦闘態勢。すぐにも襲いかかってくる。

「ああああー！」

茜は叫ぶと続けざまに引き金を引く。弾倉に残っていた三発のラプアマグナム弾が発射されるが、それが命中する前にイザナミは顔の前に触腕を掲げ、壁を作る。

急所に当たればゾウすら一撃で絶命させる威力を孕んだ銃弾がその壁に炸裂して、蒼い蛍光色の血液を撒き散らすが、貫通することはできなかった。触腕の壁が解かれ、その下から般若(はんにゃ)のような表情を浮かべる胎児の顔が現れる。

再装填を。ショットシェルホルダーから弾丸を取り出そうとしたとき、触腕で地面を激しく掻くようにしながらイザナミが迫ってきた。地鳴りのような音と振動に圧倒されて硬直する茜に向かって、風切り音を立てながら鞭のように触腕が迫ってくる。

とっさに両手を上げるが、触腕の力は想像を絶していた。体が数メートル吹き飛ばされて、茜はごろごろと転がる。手からライフル銃が離れ、地面をすべっていった。

立ち上がってライフルに駆け寄ろうとした茜の視界がぐらりと揺れる。軽い脳震盪(のうしんとう)を起こしている。自分の状態に気づいたときには、すでにバランスが崩れていた。ライフルに向かって滑り込むように倒れてしまった。

ここなら届く。ライフルに向かって手を伸ばしたとき、腕に激痛が走った。ついさっき小此木に撃たれた部位に、半透明の触手が食い込んでいた。

振り返った茜は声にならない悲鳴を上げる。十数本の触腕がゆっくりと近づいてきていた。その先端が割れて、細い触手が蠢きながら迫ってくる。

ついさっき、小此木の身に起きた惨劇を思い出し、茜は腕に食い込んだ触手を摑んで抜こうとする。焼けつくような痛みが脳天まで突き抜けて、「ああっ！」と苦痛の叫びを上げて触手を離してしまう。

おそらく釣り針のように、細かい『返し』がついているのだろう。まるで痛覚神経に直接絡みついているかのように、引き抜こうとすると、これまでの人生で味わったことのない疼痛が走る。

これが全身に食い込み、少しずつ肉を抉られていく。これから自らの身に降りかかることを想像し、絶望で心が黒く染まっていく。そんな地獄の苦痛を味わう前に、自ら命を絶ったほうがいいのではないか。そんな考えが頭をかすめ、ナイフの柄を握ろうとするが、触手が食い込んだ右腕を少し動かした瞬間、またあの激痛が走り、目の前が真っ白に染まる。

だめだ。右手は動かせないし、左手では右腰の鞘におさめられたナイフに手は届かない。もはや自らの意思で死ぬこともできない。ただ、生きたまま嬲られ、苦痛に塗れて殺されるだけだ。

なぜ、イザナミを駆除できるなどと思ったんだろう。なぜ、人間でしかない自分が挑んでしまったのだろう。百年以上、様々な生物の遺伝情報を取り込んで進化し続けた怪物。それはもはや『生物』の枠を飛び越え、『神』に近い存在だ。

何をのぼせ上がっていたのだろう。神殺しなんて大それたこと、できるはずがないのに。

放心状態でただ迫りくる無数の触手を眺める茜の口から、無意識に弱々しい声がこぼれる。

「助けて……お姉ちゃん」

眼球に触れそうなほどに触手が近づいてくる。次の瞬間、目の前に蒼い軌跡が走り、眼前に迫っていた数十本の触手が力なくその場に落下した。茜の腕に食い込んでいた触手もさっきまでの抵抗が嘘のように、ずるりと自然に抜け落ちた。

イザナミの絶叫が響き渡る。途中で切断された数本の触腕が、巨大な線虫(せんちゅう)のように地面でのたうち回っていた。

何が起きたか理解できず唖然としている茜のすぐそばで、鳴き声が響き渡る。黒板を引っ掻くような甲高い不快な鳴き声。関節が錆びついたような動きで首を回した茜はようやく気づく。いつの間にか、ヨモツイクサがすぐそばに来ていたことに。

大きく開いた嘴から発せられる威嚇の声は、明らかにイザナミに向けたものだった。

ヨモツイクサが助けてくれた。私を食べようと迫ってきた触手を、それがついた触腕ごと、尾についた鎌で切り落としてくれた。

イザナミを前にしたヨモツイクサは生物としての本能に逆らえないと思っていた。女王であるイザナミを害するなど不可能だと思っていた。けれどいま、種の頂点であり、その存続の要であるイザナミに牙を剝いている。

私を守ろうとする姉さんの意識が、種の本能に打ち勝っている。

「ありがとう。ありがとう、姉さん……」

茜が心から感謝を告げると、ヨモツイクサはひときわ大きな鳴き声を上げ、イザナミに向かっていく。

無数の触腕が襲いかかってくるが、ヨモツイクサは鎌のついた尾を振って薙ぎ払う。左側の尾だけでなく、鍛冶に銃撃された右の尾も激しく振られている。それだけ、死力を尽くしているのだろう。

ヨモツイクサであろうが、あの触手にとらわれたら喰い殺されるだけだ。どうにかその前に、イザナミの急所に必殺の一撃を叩き込まなくてはならない。

しかし、イザナミとヨモツイクサでは、大型トラックと軽自動車ほどにサイズの差がある。それはそのまま、リーチの差でもあった。

イザナミの触腕はヨモツイクサの体に届くが、ヨモツイクサの尾はイザナミの体にはまったく届かない。

姉さんだけじゃ勝てない。ライフル銃を拾ってレバーを引き、弾倉を開放する。小此木に撃たれ、触手についばまれた腕の痛みに耐えつつ、茜は新しい弾を装塡しながら横に走る。頭胸部を撃っても、イザナミに大きなダメージを与えることはできなかった。ならば、その後ろにある腹部だ。

イザナミの側腹部に浮かび上がる人間の顔が確認できる位置にまで移動した茜はスコープを覗き込むこともせず、続けざまに発砲する。ここまで的が大きいなら、目をつぶっても命中させることが出来る。

ラプアマグナム弾の強い反動が腕の傷に響くが、かまわず引き金を引き続けた。

腹部についている顔が次々と破壊され、そのたびにイザナミはわずかに後ずさる。しかし、その動きは止まるどころか、さらに激しくなった。

ぐるりと頭胸部が回り、巨大な胎児の顔についた硝子玉のような目が、銃弾の再装塡を行っている茜を睨みつける。

装塡を終えた茜が銃口を上げたとき、胎児の顔の中心に、槍のようにとがった爪のついたヨモツイクサの尾が深々と突き刺さった。縦に裂けたイザナミの口から、怒りと苦痛に満ちた叫び声が上がる。

斃した⁉ 快哉が喉まで駆け上がるが、それは口腔内で霧散する。イザナミの触腕が、顔に突き刺さったヨモツイクサの尾に絡みつき、そして締め上げはじめた。

ヨモツイクサが叫びながら中央の尾を引こうとする。しかし、大蛇のように締め上げる触腕の力が強く、逃れることが出来なかった。

イザナミが蒼く輝く無数の触腕を、包み込むようにヨモツイクサに向けていく。ヨモツイクサは左右の尾を振って抵抗するが、触腕が多すぎた。包囲網はじりじりと狭まっていく。触腕の先が開き、触手が揺れはじめる。

このままだとヨモツイクサが喰い殺される。けれど、ライフル銃ではイザナミを一瞬怯ませることしかできない。

どうする？　どうすればいい？　必死に思考を巡らせた茜は、はっと息を呑む。もう一つ、武器を持ってきていた。ライフルよりも遥かに威力がある武器を。

茜は背負っていたバックパックをおろすと、中に入っている小さなバッグを取り出す。ジッパーを開けた茜は、そこから筒状のものを摑みだした。

廃村で見つけたダイナマイト。鉱山の発破に使用されていたこれなら、イザナミにも致命傷を与えられるかもしれない。

けれど、百年以上も前の爆発物が使用できるのだろうか。不安が胸をかすめるが、茜は脳震盪の影響でまだくらくらする頭を大きく振った。

迷っている暇はない。茜はダイナマイトを一つ取り出すと、ダウンジャケットのポケットから取り出したジッポーのライターで導火線に火を点ける。

ぱちぱちと火花を散らしながら、導火線に火種が伝っていくのを確認した茜は、それを二十メートルほど離れた位置にいるイザナミに向けて投げようとする。しかし、振りかぶった瞬間に右腕の傷口に鋭い痛みが走った。手から離れたダイナマイトは目標を大きく外れ、放物線を描きながらイザナミの後方にある縦穴へと吸い込まれていく。

失敗した。すぐに次のダイナマイトを投げないと。そう思った茜が痛みをこらえてバッグに手を突っ込んだ瞬間、轟音が空気を激しく震わせ、地面が揺れた。

ダイナマイトが落ちていった縦穴から、爆風とともに大量の岩石が噴き上がり、蒼く輝く壁に亀裂が走る。

想像以上の破壊力に茜は啞然とする。わずか一本でこの威力とは。もし全てのダイナマイトに引火したら、このドーム状の空間、いや、場合によっては鍾乳洞全体が崩れ落ちるかもしれない。

イザナミは怯えたかのように縦穴から離れる。それとともに、ヨモツイクサに迫っていた触腕も激しく点滅しながら引かれていった。その隙をついて、ヨモツイクサが左の尾を振る。その先端についた鎌状の刃は、触腕に巻き付かれた自らの中央の尾を一刀両断にした。苦痛の絶叫を上げながら触腕の拘束から逃れたヨモツイクサは、素早くこちらに近づいてくると、茜を守るようにイザナミと対峙した。

「ありがとう、姉さん」

蒼い血液が溢れている尾の切断面に、茜はそっと手を当てる。

このヨモツイクサは間違いなく怪物だ。人を喰う怪物。けれど同時に、命をかけて私を守ってくれる家族でもある。

「力を合わせてあいつを殺そう。そして……、一緒に家に帰ろう。私たちの家に」

それが、夢物語であることは分かっていた。駆除隊を惨殺したヨモツイクサの存在を、決して人間は許さない。けれど、いまはそんな夢を見てもいいような気がしていた。七年間捜し続けてきた愛しい家族が、すぐそばにいるのだから。

ヨモツイクサの触腕の一本が茜に伸び、撫でるかのように頭に触れた。森で迷子になった自分を姉が見つけ、優しく撫でてくれた思い出が蘇り、胸が熱くなっていく。

姉さんがイザナミを引きつけている間に、私ができるだけ近づいてあの怪物にダイナマイトを炸裂させる。その威力で私や姉さんも大怪我、場合によっては命を落とすかもしれないが、イザナミに致命傷を与えるには他に方法がない。

ダイナマイトの入ったバッグを肩にかけ、右手にダイナマイト、左手にジッポーのライターを持った茜が覚悟を決めたとき、『歌』が聞こえてきた。

イザナミの腹部に生えている蒼く巨大な薔薇の蕾のような構造物、そこからあの美しい旋律が流れてくる。それとともに、触腕が大きく開き、目映く輝きはじめた。

「あっちもどうやら、本気になってくれたみたいね。それじゃあ姉さん、行こう！」

茜が合図をすると同時に、ヨモツイクサは雄叫びを上げ、左右の尻尾を振るいながらイザナミに突っ込んでいった。茜はさっき腹部を銃撃したときと同様、回り込むように横に移動しながらイザナミとの距離を少しずつ詰めていく。

この腕では、遠くからダイナマイトを正確に投げることはできない。十分に近づかなくては。たとえ、私自身が爆発に巻き込まれるリスクが上がるとしても。

イザナミを駆除しなければ。この生物の存在をいまこの場で消してしまわなければ。本能にも似た義務感が茜を突き動かす。

イザナミは触腕を鞭のように激しく振って、ヨモツイクサに打ちつけていく。ヨモツイクサは二本の尾で、それをいなしていくが、次々に繰り出される攻撃をさばききれず、何度も被弾しては吹き飛ばされていた。

攻撃が変わった。さっきまではエサを捕食するためのものだったが、いまは明らかに私たちを脅威ととらえ、全力で排除しようとしている。

「姉さん、もう少しだけこらえて」

茜はつぶやくと、完全にイザナミの真横に移動する。距離は十メートルほど、ここなら死角になるだろう。この腕でも十分正確にダイナマイトをぶつけられるはずだ。

ジッポーの蓋を親指で開け、灯した炎を導火線に近づけたとき、イザナミの腹部についている人間の『顔』の一つが、じろりと茜を見た。感情が浮かんでいないその瞳と視線が合った瞬間、ヨモツイクサを攻撃していた触腕の一本が茜に向かってうなりを上げて迫ってくる。

避けられない。一瞬でそう判断した茜は、とっさに後ろに飛んで勢いを殺し致命傷を避けようとする。自動車にはねられたかのような衝撃とともに、目の前が真っ白になる。

気絶するな。意識を保って受け身をとるんだ。宙を舞いながら、自分に言い聞かせた茜は地面に叩きつけられる寸前、体を丸めた。全身がばらばらに分解しそうなほどの痛みに襲われながら茜は、サッカーボールのように縦穴に向かって転がっていくと、寸前で停止した。しかし、力が抜けた手からジッポーがこぼれ、深い闇の中へと吸い込まれていった。

「ああ……」

うめき声が漏れる。ライターがなければダイナマイトに点火できない。イザナミに致命傷を与えられない。痛みと絶望でへたり込みかけた茜ははっとして、自分の頬を思いきり張った。パンという小気味いい音が鼓膜に響く。

姉さんが囮になってくれているのに、私が諦めてどうするんだ。たとえ無駄でも最後まであがいてやる。

茜は膝が笑っている足に力を込めてなんとか立ち上がると、離れた位置に転がっているライフルに向かってふらふらと走っていく。肋骨が折れているのか、呼吸するたびに脇腹が軋むが、それでも必死に足を動かし続けた。

なんとかライフルの落ちている場所まで辿り着き、それを手にして振り向いた茜の口から「あ……」という呆けた声が漏れる。

胎児の顔についている七つの目が、ほんの数メートル先から茜を見つめていた。黒真珠のように輝く眼球に、自分の姿が映っているのが見える。

姉さんは……？

息を乱しながら目だけ動かして辺りを見回す。壁際にヨモツイクサが横倒しになっていた。おそらく勢いよく吹き飛ばされ、叩きつけられたのだろう。壁にクモの巣のような亀裂が走っている。

イザナミの『歌』が大きくなる。クジャクがその羽を誇るかのように、無数の触腕が扇状に広がっていくのを、茜はただ立ち尽くして見つめる。

終わりだ。ダイナマイトもなく、ヨモツイクサも戦えない状態で、この怪物に勝てるわけがない。

諦めかけた茜の視界の隅で、ヨモツイクサが弱々しく這って近づいてくるのが見えた。消えかけた気力の炎が、新鮮な酸素を送り込まれたかのように燃え上がる。

まだ終わっていない。姉さんが命をかけて私を守ろうとしてくれている。

考えろ。考えるんだ。目の前の怪物を殺し、そして新しい自分へと生まれ変わるために。

奥歯を噛みしめた瞬間、脳内で火花が散った気がした。茜は目を見開いて、イザナミの腹部についている薔薇の蕾のような構造物、『歌』が流れ出すその場所を見つめると、大声で叫んだ。

「ハル！」

イザナミの体が大きく震えるのを見て、茜は自分の想像通りであることを確信する。

黄泉の森の言い伝えはすべて正しかった。このイザナミは、生贄の少女ハルが、百年以上もの間に膨大な遺伝情報の水平伝播を受け続けて変わり果てた姿なのだ。

きっとハルの自我はまだ残っている。普段はヨモツイクサの女王としての本能に押し込まれているが、何かのきっかけがあれば、それを引き出すことが出来るはず。

「あなたはハルなんでしょ！　騙されて、生贄として捧げられたんでしょ」

イザナミの頭胸部にある巨大な胎児の顔に、戸惑ったような表情が浮かぶのを見ながら、茜は声を嗄らして叫び続ける。

「つらかったよね。怖かったよね。森に一人で置き去りにされて、こんな洞窟に迷い込んで、そして怪物から大量のクモを浴びせかけられ、少しずつ自分の体が……心が変わっていって……」

そのときのハルの気持ちを想像し、胸が締め付けられる。

「村人を恨んで皆殺しにした気持ちも分かる。自分を怪物に変えた『黄泉の神』に復讐する気持ちも。けれど、もう苦しまなくていい。もう楽になっていいの」

茜が嗚咽交じりに告げると、『薔薇の蕾』が、花弁が一枚一枚剝がれ落ちるようにゆっくりと開いていった。

そして、中から少女が現れた。

一糸まとわぬ姿の美しい少女が、開いた『薔薇の蕾』の中心に佇んでいた。柔らかそうな唇から、ずっと聞こえてきていたあの『歌』が流れ出している。

背後に扇状に広がっている触腕から発せられる光が、少女の姿を神秘的なまでに美しく映し出していた。

少女は、ハルは茜を見下ろすと、微笑んだ。どこまでも柔らかく。産まれたばかりの我が子を見つめる母のような眼差し。

「はじめまして、ハル。……百年間、本当にお疲れ様」

微笑み返すと、茜はゆっくりとライフルの銃口を上げ、スコープを覗き込む。

レンズ越しに茜とハルの視線が合い、そして柔らかく融け合った。

「これで、あなたの悪夢は終わり。だから……ゆっくり休んで」

囁くように言いながら、茜は引き金を引き絞る。

銃声が響き渡り、そしてザクロのようにハルの頭部がはじけ飛んだ。

頭胸部についている胎児の顔、そして腹部についている数十の顔、イザナミに浮かび上がっている『ヒト』が一斉に断末魔の悲鳴を上げはじめた。その目から蒼い血の涙が溢れだす。

おそらく、イザナミには昆虫のように、『顔』の部分に神経節、つまりは脳が存在しているのだろう。そして、それを統合していたハルが消えたことにより、それらの脳がそれぞれ独立して体を操ろうとしている。

茜の仮説を証明するかのように、それまで組織だって動いていた無数の触腕が不規則な動きをし、絡まりはじめる。触腕によって移動していたイザナミの体は、その場で激しくのたうち回る。

ヨモツイクサの女王としてのイザナミはもう死んだ。しかし、まだ悪夢のような怪物としての活動を止めたわけではない。

胎児の顔は、腹部の数十の顔よりも遥かに大きな脳を持っているだろう。それが、イザナミの体を支配する可能性も否定できない。

そうなればこの怪物は、捕食生物としての本能のままに他の生物を襲うだろう。シカも、ヒグマも、人間も、ヨモツイクサも、そして自らが産んだアミタンネも。ハルという軛(くびき)が外れたイザナミにとって全ての動物は単なるエサに過ぎない。

茜は花開いた薔薇の中心にまだ立っている、頭部を失ったハルの亡骸を見つめる。

なんの咎もなく生贄に捧げられ、そして黄泉の神として百年も縛られ続けた少女。彼女をこれ以上、辱めさせるわけにはいかない。

「……私が終わらせる」

茜がつぶやいたとき、同調するように甲高い鳴き声が響いた。いつの間にか、ヨモツイクサが寄り添うようにそばにいた。鎧のような黒い鱗はところどころはがれ、切断された中央の尾の根元からは、だらだらと蒼い血液がこぼれている。鍛冶に撃たれた右側の尾についた鎌状の爪は、半分ほどに折れていた。その全身に囮としてイザナミと正面切って戦った傷痕が刻まれていた。

「姉さん、ごめん。イザナミにとどめを刺したいの。だから、あと少し協力してくれる？」

硬く冷たい鱗に触れながら声をかけると、ヨモツイクサの七つの目がわずかに細められた。茜は「ありがとう……」と鱗を撫でると、ライフルに新しいラプアマグナム弾を込めていく。

もう言葉はいらなかった。茜とヨモツイクサは同時に動く。ヨモツイクサが茜の前に移動し、左右の尻尾を大きく揺らしはじめた。片膝をついた茜は、スコープを覗き込むと、胎児の顔の中心に狙いをつけて発砲する。鼻の部分がはじけ飛び、クモのような口から絶叫が轟く。

小此木に撃たれ、そしてイザナミの触手に抉られた傷に、銃の反動が響いて鋭い痛みが走る。手の感覚がなくなってきた。それでも茜は続けざまに発砲し続けた。

銃弾が胎児の顔に炸裂するたびに、衝撃から逃れる生物的な本能によるものか、イザナミの体が数十センチ後退する。明らかにダメージは与えている。しかし一方で、ばらばらに動いていた触腕が、敵を攻撃するという目的で一致したのか、一気に茜に向かってきた。

ヨモツイクサは咆哮を上げつつ、それを左右の尾で切り裂いて茜を守る。

発砲し尽くしては弾丸を込めることをくり返していた茜は、ベルトのショットシェルホルダーを手で探って顔をしかめた。弾丸の残りが少ない。このままでは、イザナミに致命傷を与えることはできない。茜が舌を鳴らしたとき、胎児の顔が吠えた。それと同時に、イザナミの巨体がこちらに向かってくる。

恐れていたことが起きた。あの胎児の脳が、イザナミの体を操りはじめた。地響きを立てながら数トンはあるであろう巨体が触腕を蠢かせながら迫ってくる。このままだと、押し潰される。

横に飛んで逃げようと茜が足に力を込めた瞬間、ヨモツイクサの八本の触腕が地面を蹴った。そのまま一直線に、迫ってくるイザナミに向かっていく。

「姉さん⁉」

ヨモツイクサとイザナミでは、軽自動車と大型トラックほどの体格差がある。正面からぶつかれば、一瞬で潰されてしまうだろう。

姉さんが殺される。茜がそう思った瞬間、ヨモツイクサの二本の尾がしなり、その先端についている爪が真正面から、イザナミの頭胸部についている胎児の『顔』の両頰の部分に突き刺さった。身の毛もよだつような絶叫が胎児の口から轟き、イザナミの前進が止まる。

ヨモツイクサは前進しつつ、さらに深く尾を差し込んでいく。それから逃れるように、イザナミは後退をはじめた。力を込めすぎているのか、ヨモツイクサの中央の尾の切断面や、鱗に刻まれた傷から蒼い血液が噴き出しはじめた。

ヨモツイクサの意図を理解し、茜は目を見開く。イザナミの数メートル後方で口を開けている縦穴、そこにあの怪物を叩き落とすつもりだ。

いかに深い穴でも、その下には地底湖が広がっているはずだ。落下の衝撃だけではイザナミを殺すことはできないだろう。

ただ、もしイザナミが水中で呼吸ができないなら……。茜の脳内で、激しく思考が交差する。司令塔であるハルを失ったイザナミは、その巨体を自由に操ることができなくなっている。泳ぐことが出来ず、地底湖に沈んで溺死する可能性がある。

なんにしろ、ダイナマイトが使用できないいま、イザナミを殺すには火力が足りなすぎる。なら、試してみる価値はあるかもしれない。けれど……。

イザナミが縦穴の縁まで押し込まれる。このままでは落ちてしまうことに気づいたのか、イザナミの後退が止まった。ヨモツイクサは必死に押し切ろうとするが、遥かに重量のあるイザナミはじりじりと押し返してくる。

ヨモツイクサが頭胸部を回し、七つの瞳で茜を見つめてくる。その瞬間、胸にわだかまっていた迷いが消え去った。

姉さんが頑張ってくれている。イザナミの存在をこの世から消すという私の望みのために。私が姉さんにこたえなくてどうする。

茜はショットシェルホルダーに残っていた五発のラプアマグナム弾を取り出して装塡すると、狙いをつける。イザナミの頭胸部に浮かび上がる胎児の顔、漆黒に塗られた瞳があるその額の中央に。

引き金を絞る。銃声が轟いた。瞳のわずかに下の部分が弾け、胎児が大きな悲鳴を上げた。イザナミの前進が止まる。

茜は腹の底に力を入れて銃の反動を抑え込みながら、さらに二発撃ちこむ。二発目が弧を描いて並んでいる漆黒の目の一つを、そして三発目は叫び声を上げ続けている口のわきにあるクモのような触肢を吹き飛ばした。そのたびに、イザナミの体は後退し、そして縦穴の縁まで押し込まれる。

茜はゆっくりと深呼吸をしながら、スコープを覗き込む。アイサイトに刻まれている十字の中心部が、胎児の額に重なった。

「……これでとどめ」

人差し指で引き金を引く。薬莢に込められた火薬の爆発によって発射され、銃砲に刻まれたライフリングによって回転をくわえられた弾丸が、空気を切り裂きながら一直線に向かって飛び、そして『胎児』の額に炸裂した。

新生児が泣くような声を上げながらイザナミの体がさらに後退し、そしてバランスを崩して縦穴へと吸い込まれていった。

やった！　快哉が喉から上がってくるが、それは口の中で消えた。重力に捕らわれて穴に姿を消したイザナミに二本の尾を差し込んでいるヨモツイクサも、一気に縦穴へと引かれていった。八本の触腕についている吸盤で地面を摑んで必死に耐えているが、それだけで何トンもあるイザナミの重量に耐えることはできなかった。アリジゴクの巣にはまったアリのように、ずりずりと縦穴に向かって引かれていく。

「姉さん！」

ライフルを肩に掛けると、茜はあわててヨモツイクサに向かって走る。もうその体は、いまにも縦穴に吸い込まれそうになっていた。

「姉さん、尾を抜いて！　そうじゃないと、姉さんまで一緒に落ちちゃう」

縦穴の縁に辿り着いた茜がそう言うと、ヨモツイクサは体をそらせるようにしてその腹側をあらわにする。扉のように、密に組まれていた左右の脚が開いていき、そして姉そっくりの『ヒト』が姿を現した。縦穴から蒼く輝く触腕が伸び、宙を掻く。イザナミが這い上がろうとしている。

「姉さん、早く尾を抜いて！」

悲鳴じみた声で茜が叫ぶ。『ヒト』が茜の足元を見た。つられて視線を落とした茜は目を剝く。そこには、さっきイザナミの触腕に吹き飛ばされた際に落としたバッグが転がっていた。

大量のダイナマイトが詰まったバッグが。

「ダメ、ダメだよ、姉さん……」

ヨモツイクサの意図を悟った茜は、弱々しく首を振る。そのとき、イザナミの触腕の一本が、地面を摑んだ。このままでは、イザナミが這い上がってくる。けれど……。

激しい葛藤に襲われながらバッグを拾い、顔を上げた瞬間、茜の体が震えた。『ヒト』が微笑んでいた。どこまでも優しく、柔らかい笑み。幼い頃、森で迷子になった茜を見つけてくれたときに、姉が浮かべた笑み。

ああ、そうか……。茜は全てを理解する。

私が全てをかけてイザナミを駆除すると決めたように、姉さんにとっては私を守ることが自分の存在意義だったんだ。だからこそ姉さんは怪物になってもその意志を保ち続けた。怪物としての本能に反して、イザナミを駆除する私に協力してくれた。

いまはお互いの使命を果たすべきなんだ。……たとえ、それがどんな残酷な形でも。

「ありがとう、姉さん」

茜がそっと差し出したバッグを、『ヒト』は両腕で抱きしめるように抱えた。

ヨモツイクサの体がゆっくりと、まるでスローモーションを見るかのように後方に傾いていき、そして重力に引かれて縦穴に吸い込まれていく。

茜は肩にかついでいたライフルを構えて、縦穴を覗き込む。イザナミの触腕が発する蒼い光の中、バッグを抱えている『ヒト』が見えた。茜はスコープで狙いをつける。

優しい微笑みを浮かべた『ヒト』と茜の視線が、スコープのレンズ越しに融け合った。

「姉さん、……大好きだよ」

茜はつぶやくと、『ヒト』が抱えているバッグに照準を合わせ、引き金を引く。最後のラプアマグナム弾がバッグの中に入っているダイナマイトを撃ち抜いた。

そして、大爆発が起こった。

縦穴から噴き出してきた爆風に煽られ、茜は二メートルほど吹き飛ばされた。縦穴の向こう側の壁に大きな亀裂が走り、それはまるで大樹が枝を伸ばすかのように、四方八方へと急速に広がっていった。

天井が崩れ落ちはじめ、茜のそばに自分の体より大きな岩が落ちて砕ける。

地面を蹴って茜は走り出す。ダイナマイトの爆発はもう収まっているというのに、地面の揺れが鎮まる気配はない。崩落がはじまった。この空間が、いやおそらくは鍾乳洞全体が崩れ落ちる。

もときた通路を抜けて『廊下』に飛び込んだ茜は、頰を引きつらせる。そこに数匹のアミタンネがいた。

銃は置いてきてしまった。この巨大なクモの怪物と戦うすべはない。

絶望しかけた茜は、アミタンネの頭胸部に浮かび上がっている人間の顔から、表情が消え去っていることに気づく。その瞳も焦点を失っている。

もしかしたら……。茜はおそるおそる早足で廊下を進んでいく。すぐそばを通ったとき、アミタンネの目が茜をとらえた。しかし、アミタンネは動かなかった。ただ、去っていく茜を見送るだけだった。

女王が死に、この怪物たちは存在理由を失ったのだろう。だから、外敵を排除する必要もなくなった。この洞窟で女王と運命を共にする。それが彼らに課せられた最後の使命なのだろう。

わずかに同情をおぼえつつ、茜はひたすら走っていく。地面、壁、天井、いたるところに亀裂が走りはじめている。背後から洞窟が崩れ落ちる音が追ってきている。

限界を超えて酷使してきた体が悲鳴を上げるが、それを無視し茜は足を動かし続ける。坑道と鍾乳洞を繋ぐ通路がある空間に出た。天井にぶら下がっていたつらら状の石柱が、次々と落下している。それをなんとか避けた茜は、小川が流れてきている通路に飛び込んだ。

来たときとは別の急な上り坂になっている通路を、茜はただひたすらに走り続ける。前方にかすかにエゾマツの樹が立ち並んでいる光景が見えた。

出口だ！　最後の力を振り絞った茜は、洞窟から飛び出す。まるでそれが合図であったかのように、洞窟の出入り口が崩れ落ちてきた岩によって塞がれた。

仰向けに倒れた茜は、必死に酸素を貪る。インターハイの決勝を終えたときも、ここまで消耗してはいなかった。酸欠のせいかわずかに白んでいる視界の中、星が瞬く夜空に満月が浮かんでいた。

丸い月の輪郭が滲む。茜は目元を前腕で拭った。

あれでよかったんだ。姉さんは最後、怪物ではなく人間として逝けたのだから。

嗚咽が漏れぬように口を固く結んだ茜は、緩慢に立ち上がる。

ここはどこだろう。まだ完全に助かったとはいえない。せっかく黄泉の神を斃したというのに、遭難して命を落としては本末転倒だ。かなり急な山の斜面にある森の中のようだ。人里が近ければいいが。

辺りを見回した茜は、あんぐりと口を開ける。眼下にある山の峡谷、三キロほど下った場所に、民家が月光に照らされていた。見覚えのある民家が。

二階建ての家、広々とした牧場、そしてコンクリート造りの牛舎、そこは茜の実家だった。

黄泉の森が広がる山中を、炭坑と鍾乳洞が貫く形になっていたのだろう。しかし、まさかこんなところに、『黄泉の国』の入り口があったなんて……。

茜は鉛のように重い足を引きずりながら、ふらふらと山を下っていった。

4

二時間ほどかけ夜の森を下って実家に辿り着いた茜は、玄関扉を開けると左右に揺れながらリビングへと向かい、倒れ込むようにソファーに横になる。

大きな窓から差し込んでくる月明かりだけに照らされた薄暗い部屋で、茜はそのまま天井を眺め続けた。

どれだけ時間が経っただろう。わずか数分の気もするし、何時間もこうして魂が抜けたかのように横たわっている気もする。腕時計の針を確認すると時刻は午前五時を回ったところだった。

黄泉の森に入ってから、まだ一日程度しか経っていないことが信じられない。駆除隊とともに森を進んでいったのが、遥か昔のことのように感じられた。

一日、わずか一日の間に三十人以上の人々が死んでしまった。そして、その大部分を殺したのは姉さんに寄生した卵から生まれ、私の家族を喰って成長したヨモツイクサで、その怪物には姉さんの心が残っていて、自らを犠牲にして私を守ってくれた。

暗い天井を眺めながら思い起こすと、全てが夢だったのではないかと思ってしまう。一晩中、悪夢の中を彷徨っていただけのような気がしてくる。

いや、あれは現実に起きたことだ。いつまでもこうして放心しているわけにはいかない。

茜はソファーから立ち上がると、リビングの隅に置かれている固定電話に近づいていく。駆除隊と連絡が取れなくなり、警察は混乱しているはずだ。何が起きたのか伝えなければ。

「伝えたところで、もっとパニックになるだけかもしれないけどさ」

自虐的につぶやいて受話器に手を伸ばした茜は、電話機に『留守』と記されたボタンが光っていることに気づく。

失踪した家族から連絡があるかもしれないと、わずかな望みをかけて回線は維持してきたが、ここに電話をかけてくる人物などほとんどいないはずだ。

「間違い電話？」

首を捻りながらボタンを押すと、録音された時刻が告げられたあと、音声が流れ出す。

『佐原？　佐原の実家の電話だよね？　僕だよ、四之宮だ』

茜は耳を疑う。なぜ四之宮が私の実家に留守電を残しているのだろうか。

『携帯に電話をしたけど、繋がらなかったからこっちにメッセージを残しておく。……もしも、僕がベクターに殺されたときのために』

低く押し殺した四之宮の声を聞いて、茜はようやく理解する。これは四之宮が失踪する直前の電話だ。四之宮はベクターの正体に気づいた。そして、口封じをされる危険を察知し、このメッセージを遺したのだ。

この電話のあと、四之宮はベクターだった小此木に殺されたのだろう。

もしあの夜、私が着信に気づいていれば……。唇を噛む茜の前で、電話機から録音された音声が流れてくる。

『よく聞いてくれ。これから話すことは、君にとってすごくショックなことだと思う。ベクターは君のよく知る人物だから』

たしかにその通りだ。まさか小此木がベクターだとは思わなかった。

そこまで考えたとき、茜の頭にふとした疑問が湧く。なぜイザナミは、仲間であるはずの小此木をあれほど残酷に殺したのだろうか？　生きた人間に卵を産み付け続けるためには、ベクターが不可欠だ。それをあんなにあっさり……。

――茜ちゃん、分かってくれ。本当に僕はベクターなんかじゃないんだ。

イザナミに喰われる前、泣きそうな表情で訴えた小此木の顔が脳裏によみがえる。心臓が大きく跳ねた。

まさか、本当に小此木はベクターじゃなかった？

いや、そんなはずはない。茜は頭に浮かんだ考えを振り払うかのように、首を激しく横に振る。

小此木は渡していないラプアマグナム弾を持っていた。仮眠をとっていた鍛冶のライフルから弾を抜いていたのは間違いない。息を乱す茜に、電話から親友の声が語り掛けてくる。

『これを伝えるのは、君に気づいてほしいからだ。そして、これ以上の悲劇をなんとか君に止めて欲しいからだ』

「大丈夫よ、四之宮。終わったの。全部、私が終わらせたの」

迷いを振り払うかのように、茜は声を出す。

『この数年間、うちの病院で成熟奇形腫の摘出手術を受けた患者のカルテを見返してみたんだ。そうしたら、一つの共通点に気づいた』

事故や事件で負傷して、救急部に運ばれているということだ。そこに事情聴取にやってきた小此木が隙を見て、腹腔内にヨモツイクサの卵を埋め込んだ。そうに決まっている。

しかし、電話から聞こえてきたメッセージは、茜の予想とは全く違うものだった。

『その全員が開腹手術を受けているんだ。そして、全ての手術にとある人物がかかわっていた』

激しいめまいが茜を襲う。手術に小此木がかかわっているわけがない。

小此木はベクターではなかったというのか？　なら、なんで彼は鍛冶のライフルから抜かれた銃弾を持っていたんだ？

――紗枝ちゃんを私も助けたいんです。なんといっても、自分が執刀したことのある患者さんですから。

――そう言えば、佐原先生のはじめての緊急手術にも私が入っていたね。

無邪気な姫野由佳の姿、柔らかい笑みを浮かべる柴田教授の姿が脳裏をぐるぐる回る。

いったい誰がベクターなんだ？　いったい、誰が姉さんや他の女性たちの腹に、ヨモツイクサの卵を寄生させたというんだ。

茜の疑問に答えるように、四之宮の声がぼそりと告げた。探し続けた家族の仇、ベクターの正体を。

『君だよ』

足元が崩れ、空中に投げ出されたかのような錯覚に襲われる。茜はその場に膝から崩れ落ちる。

「な、なにを言って……」

『君こそがヨモツイクサの卵を女性の体に埋め込んでいたベクターだ』

倒れた茜に追い打ちをかけるように、四之宮の声が告げた。

そんなわけがない。だとしたら紗枝さんに、そして……姉さんにヨモツイクサの卵を寄生させたのは……。

嘔気(おうき)をおぼえた茜は、洗面所にかけこむと、洗面台を両手で摑んで激しくえずいた。ねばついた胃液が口から零れていく。

違う。私がそんなことをするわけがない。けれど……。

腹部を刺された姉さんを治療したのは、十年前。そして、外科医として自ら執刀できるようになったのは七年前。だからこそ、姉さんに寄生したヨモツイクサは、ほかの個体よりも三年ほど早く孵化した。

必死に否定する材料を探そうとするが、逆に状況証拠が積み重なっていく。

『分かってる。君は自分がベクターだなんて気づいていなかったんだよね。小室紗枝と一緒さ。脳の一部にヨモツイクサから流れ込んだ神経回路が出来ているんだ。トランス状態のときに自分が何をしたのか、君自身はおぼえていない』

手術中に自分が自分ではないような感覚に襲われることがあった。過度に集中しているせいだと思っていた。けれど、もしかしたらあのとき、私はトランス状態になっていて、そしてヨモツイクサの卵をそっと腹腔内に置いていたのかもしれない。

たとえ深い仲になっても、決して男と同じベッドで一晩過ごすことはなかった。いくら当直で徹夜をしても平気だった。それは、普段から睡眠中に私はトランス状態で活動をしていたから。常人離れした体力やバイタリティも、ヨモツイクサが分泌する興奮物質や特殊なホルモンによるもの……。

「あのとき、鍛治さんのライフルから弾を抜いたのは小此木さんじゃなかった……？」

うとうとしていたとき、私はトランス状態になり、ヨモツイクサを殺させないために銃弾を抜き取っていた。そして、その弾をそっと小此木さんのポケットへと忍びこませた。私自身に、小此木さんこそがベクターだと思い込ませるために。

「ヨモツイクサが私を殺さなかったのは、私がベクターだから……」

洗面台に零れた黄色い胃液を見つめながらそこまでつぶやいたとき、一つの疑問が浮かぶ。

私は一体いつ、ベクターになったのだろうか？　子供のときから私はずっと運動能力がずば抜けていた。それが、ヨモツイクサに寄生されていた影響だとしたら……。

そこまで考えたとき、頭の中でセピア色の記憶が弾ける。幼い頃、森の中で迷子になった記憶。あのとき、一晩中森を彷徨った私を、姉さんが見つけてくれた。

けれど、姉さんに会う前、私はどこにいたのだろうか？

記憶が蒼く、そして目映く染まっていく。

「あの鍾乳洞……、私はイザナミに会っていた……」

呆然とつぶやくと、茜はゆっくりと顔を上げる。ヨモツイクサの腹部から生えた『ヒト』、それとそっくりの女と目が合った。

「姉さんとそっくりだって、よく言われた。それが私は凄く嬉しかった」

淡々としゃべる女に向かって茜は手を伸ばす。冷たく硬い鏡に、指先が触れる。

「宿主から寄生生物への遺伝子の伝播は行われない。姉さんの遺伝子が、ヨモツイクサに伝わることはないはず」

なんでそんな当たり前のことに気づかなかったのだろう。

だとしたら……。恐ろしい想像に、呼吸が乱れていく。

『佐原、君に罪はない。君は自分で気づかずにベクターとして行動をしていただけなんだから。きっと治療法があるはずだ。だから、このメッセージを聞いたら……』

そこで四之宮の声が途切れ、代わりに大きな物音が電話から聞こえてくる。何かが倒れるような音。

そして、録音は途切れた。

「……違うよ、四之宮。私はベクターなんかじゃない」

茜は身を翻すと、ゆっくりと玄関に向かい、外へと出た。

冬の未明の凍てつく空気も、なぜかいまは心地良く感じた。牧場に入り、一歩一歩踏みしめていくように、牛舎へと向かいながら、茜は奥にそびえたつ深い森に覆われた山を見上げる。

幼いころ黄泉の森で遭難した私は、あの鍾乳洞に迷い込みイザナミと出会った。私はあの怪物のエサになることなく、翌日には森にいるところを姉さんに助けられた。

けれど、イザナミはあのとき『あること』をした。そして、……私は変わった。

牛舎に近づいていくにつれ、心臓が力強く脈打ち、全身に熱い血液を送っていく。

私は定期的にここにやってきて、牛舎の中で一晩を過ごしていた。大量の食料をもって。

なぜ、一人で一晩過ごすだけなのに、あんなに食料が必要だったというのだろう。

なぜ、毎月一回、どんなに忙しくても体調が悪くなる時期にここにやってきて、そして帰るときにはそれが治っていたのだろう。

そしてなぜ、窓もなく電気も通っていない牛舎の中で、室内の様子が見えていたのだろう。

牛舎の前までやってきた茜はノブをつかむと、大きな鉄製の扉を開いていく。

扉の隙間から蒼い光が漏れてきた。

「ああ……」

口から声が漏れる。それが絶望のうめき声なのか、それとも歓喜の声なのか自分にも分からなかった。

茜は牛舎に入る。床、壁、天井が蒼く輝く牛舎の中へ。

牛舎を埋め尽くすイメルヨミグモを、茜は眩しそうに目を細めて見つめた。

私の脳細胞には、人ならざるものの遺伝情報が組み込まれ、神経回路を形成していた。小室紗枝が自らの行動を異常であると認識できなかったように、私もこの蒼く輝く空間を異常であると認識できなくなっていた。

なぜ、ヨモツイクサは私を命がけで守ろうとしたのか。私は姉さんの心があのヨモツイクサにあるからだと思っていた。姉さんの愛情が、ヨモツイクサとしての本能に打ち勝ったと思っていた。

けれど、まったく違ったのだ。あのヨモツイクサはずっと本能に従って行動していた。つまり……。

「私こそ、ヨモツイクサの女王だった」

茜の声が蒼い光に満たされた牛舎に反響する。

あのヨモツイクサの腹部から生えていた『ヒト』、あれは姉さんに似ていたのではない。

私に似ていたのだ。

幼いときイザナミと出会った私は、そこで次世代のイザナミ候補となった。大量のイメルヨミグモが私に卵を産み、孵化した極小のクモは私の腹腔内を棲み処にして、体液から栄養を吸っては、遺伝子の水平伝播を繰り返した。

私の卵巣に対して。

そして様々な遺伝情報を組み込まれた卵細胞は、ヨモツイクサの卵となった。

毎月、私は排卵期に体調が悪くなりこの牛舎に泊まり、朝になると体調が良くなっていた。慣れ親しんだ実家で過ごすことで、精神的に楽になるからだと思っていた。けれど、それは違っていた。

「ここで、産卵をしていた……」

そして、その卵を手術のとき、患者に埋め込んでいたのだ。茜はそっと下腹部に触れる。その奥に眠っている生命の波動が鼓動に伝わってきた気がした。

あの鍾乳洞で、アミタンネが私ばかり狙っていた理由がわかった。アミタンネにとって、私こそが女王イザナミの座を狙っている外敵だったのだ。小此木が襲われなかったのは、彼がイザナミの仲間だったからではない。私に比べれば、アミタンネにとって取るに足らない存在にすぎなかったからだ。

気分が高揚し、頬が火照っていく。体の奥底に、いやゲノムの中に組み込まれていた新しい力が目覚めてくるのを感じる。

イザナミを殺し、次世代のイザナミになることこそ『候補』の本能に刻まれた使命だ。だから私はイザナミの存在に気づいてから、必死にそれを追い続けていた。

イザナミを殺すことで、新しく生まれ変わることができると感じていた。

そしていま、私は生まれ変わった。

茜が両手を広げる。同時に牛舎を埋め尽くすイメルヨミグモが、目映く点滅しだした。

新しい女王の誕生を祝うように。

ふと茜は、牛舎の隅がひときわ強く輝いていることに気づく。そちらに歩いていくと、動物の骨が山積みにされていた。それを見て、茜は目を細める。

自分が月に一回運んでくる食料だけでは、この大量のイメルヨミグモを養うことはできなかったはずだ。きっと、姉さんから生まれたあのヨモツイクサが山で動物を狩っては、ここに運んできていたのだろう。

あのヨモツイクサは姉さんではなかった。ただ、間違いなく私の『家族』ではあった。

「ありがとう」

命を投げ出してくれた子供への感謝をつぶやいた茜は、骨の一体が蒼く光っていることに気づいた。まだわずかに残っている軟組織を、イメルヨミグモが食べているのだろう。最近、運び込まれた『エサ』だということだ。

茜は蒼く光る骨の前でひざまずく。

人間の骨だった。ほとんど顔の肉は残っていないが、それが誰のものなのかすぐに気づいた。

「ごめんね、……四之宮」

鍾乳洞でダイナマイトに点火しようとした際、喫煙しない私がなぜかジッポーのライターを持っていた。あのときに気づくべきだったんだ。

私が四之宮を殺したと。

親友の頬骨を、茜は優しくなでる。そこについていたイメルヨミグモが蒼く光りながら、粉雪のようにはらはらと舞い落ちた。

あの晩、バーで別れたあと仮眠をとった私は、トランス状態になった。医師の佐原茜ではなく、イザナミの候補としての佐原茜へと変貌した。

そして、真実に近づいている四之宮を彼の教授室で殺害し、その遺体をここに運んでイメルヨミグモのエサにしたのだ。

親友の遺骨を、エサとなった動物たちと一緒に捨て置くことなんてできない。丁重に葬らなければ。

「けど、その前にやることがある」

茜は低い声でつぶやいて立ち上がると、牛舎の出入り口へと、一歩一歩踏みしめるように進んでいく。

イメルヨミグモたちが喝采を送るかのように、激しく瞬き続ける。

茜は牛舎の扉を大きく開いた。蒼い光が後光のように茜を背後から照らす。

「さあ、行こう」

佐原茜は新しい人生の一歩を踏み出す。

新たなイザナミがいま、産声を上げた。

エピローグ

「それじゃあ、乾杯！」

姫野由佳はワイングラスを掲げる。向かいの席に座る佐原茜は、はにかみながら自分のグラスを当ててきた。小気味良い音が響き、薔薇色のワインが揺れる。

赤ワインを一口飲んだ由佳は、室内を見回す。

「ここが茜先輩のご実家なんですね」

三月末の今夜、由佳は旭川市から車で一時間ほどの、山に囲まれた峡谷にある茜の実家へと招かれていた。

「そう。ここが有名な神隠し事件の起きた場所」

ワイングラスを回しながら、茜は自虐的に言う。なんと答えていいのか分からず、由佳が口ごもっていると、茜は肩をすくめた。

「気にしなくて大丈夫だって。もう吹っ切れているから」

「ご家族、見つかりましたもんね」

おずおずと由佳が言うと、茜は少しだけ哀しげに微笑んだ。

八年前に忽然と姿を消した茜の家族は、数ヶ月前に黄泉の森の奥にあった廃村で白骨死体として発見された。その村では巨大なヒグマの死体も発見され、八年前の神隠し事件は、山から下りてきたヒグマが四人を殺してその遺体を森に持っていったものと断定された。

「うん、頭蓋骨が砕けていたりしたけど、とりあえず全員もどってきてよかった。しっかりと埋葬できたし」

なぜか、台本を棒読みするような口調で言うと、茜はグラスのワインを一気に飲み干した。

「だから、留学する決意がついたんですね」

由佳は茜のグラスにワインを注ぐ。茜は「そうね」と目を細めた。

茜は今年度をもって道央大病院を去り、来月からアメリカの大学病院に臨床留学をすることになっていた。

「その病院があるのって、どんなところなんですか」

「ここに似ているかな」

茜は窓に視線を向ける。つられて由佳もそちらを見た。窓の外にまだ雪が残る牧場が見え、その向こう側に深い森が広がっていた。

「私が行く病院の近くには大きな国立公園があるの。東京都よりも広い範囲が野生動物保護区に指定されていて、手付かずの自然が残っている。そこにはバイソン、ヘラジカ、グリズリー、たくさんの動物たちが棲んでいるの」

「シカとクマですか。寒冷地でもあるし、たしかに北海道の自然に似ていますね。ただ、サイズが桁違いですけど。襲われないように気をつけて下さいね」

由佳が軽口をたたくと、茜は肩をすくめた。

「大丈夫よ。私もこれからあっちに対応できるように、体を変えていくつもりだから」

「ジムとか行って、トレーニングするってことですか?」

「まあ、そんなとこかな」

はぐらかすように茜は答える。

「それ以上、鍛えてどうするつもりですか。本当に怪物になっちゃいますよ」

「それもいいかなと思って」

けらけらと笑う茜を見て、由佳も思わず笑顔になった。

「けど、茜先輩が無事で良かったです。本当は去年の駆除隊に参加する予定だったけど、直前で体調が悪くなってやめたんですよね」

「ええ、そうね。本当に運がよかった……」

何かを思い出すように宙を見つめた茜を前にして、由佳ははっと口をつぐむ。これは禁句だったかもしれない。数ヶ月前、工事関係者数人を襲ったと思われる人喰いヒグマの駆除を目的に、警官と猟師が三十人以上、黄泉の森に入った。しかし、連絡が取れなくなり、そして翌日の未明に大規模な山火事が起こった。

空気が乾燥している季節。しかも、二週間以上も雨が全く降っておらず、風も強かったため火は瞬く間に黄泉の森を焼き尽くし、消防隊がヘリコプターまで使用して必死で消火活動を行ったが、鎮火までに三日もかかる大惨事となった。

火事の原因は、工事関係者たちが発電機用にプレハブ小屋に保管していた大量のガソリンだった。なんらかの理由でそれに引火し、爆発的に燃え上がったと考えられている。

山火事の焼け跡からは、巨大なヒグマと駆除隊の隊員、近隣で行方不明になっていた人々の、焼け焦げた骨が見つかった。高温で長時間焼かれた骨はかなり損傷していて死因を突き止めるのは困難だったが、駆除隊員たちの骨の中には、何かに襲われたような痕跡が認められたものもあった。

駆除隊は巨大なヒグマに襲われ、多くの死傷者が出て動けなくなっているところを山火事に巻き込まれて全滅したと考えられている。この数年、近隣で相次いでいた行方不明事件も、森から出てきたヒグマに襲われたものだったと結論が下されていた。

「あの、……ごめんなさい」

「ううん、気にしなくていいの。それより、もっと飲んでよ」

茜はボトルを手に取る。由佳は慌てて残っていたワインをあおると、グラスを差し出した。薔薇色の液体がなみなみと注がれていく。それを半分ほど飲むと、由佳は前のめりになった。

「茜先輩、日本に帰ってきたらぜひまた一緒に働きたいです。先輩がアメリカで教わってきたことを教えて下さいね」

茜は「ごめんね、姫野」と、母性を孕んだ柔らかい笑みを浮かべた。

「私はもう日本に戻ってくるつもりはないの。アメリカで手術をしながらたくさん『子供』を産んで、『家族』を作って、そこでずっと生きていくつもり。いまの姿が完全に変わっちゃうくらいずっとね」

「……そうなんですか」

由佳は肩を落とす。

「だからさ、よかったら姫野にここを譲りたいなと思っているんだ」

「ここって、家をですか？」

「うん、あと牧場と、そして……牛舎も。手続きとかは全部、私がやっておくからさ」

「そんな、悪いですよ。だって、こんな広いのに。それに管理とかも……」

困惑してまくし立てる由佳の頬を、身を乗り出してきた茜がそっと撫でる。妖艶(ようえん)な雰囲気に、由佳の心臓が大きく脈打った。

「ねえ、姫野。私のあとを継ぐのはあなたしかいないって思っているの。あなたを私の後継者の候補にしたいの」

「私が後継者……」

尊敬する先輩からの言葉に、体が火照っていく。

「なります！　私、先輩みたいになるのが夢だったんです！」

勢いよく立ち上がった瞬間、視界がぐらりと揺れた。由佳は慌てて、テーブルに両手をついて転倒を免れる。

酔った？　けど、まだ二杯も飲んでいないのに？

戸惑う由佳に、立ち上がって近づいてきた茜が「大丈夫？　気をつけて」と声をかけてきた。

「リスペリドンの水薬ってこんなに即効性があるのね」

なぜか茜のつぶやきが、やけにエコーがかかって聞こえた。

リスペリドンの水薬？　無味無臭の抗精神病薬で、強いせん妄状態の患者を鎮静するときなどに飲み物に混ぜて飲ませる薬。

ワインに薬を盛られた？　なんでそんなことを？　同じワインを飲んだ茜先輩はどうして平気なの？

「けど、姫野がちょっとうらやましい。私はこの数ヶ月で体が変化して代謝が変わったのか、もうどれだけお酒を飲んでも全く酔えなくなったのよね」

そんなことをつぶやきながら、茜は由佳の体を両手で軽々と抱きかかえた。

「あの……、茜先輩……」

どういうことなのか訊ねようとするが、呂律(ろれつ)が回らなかった。

「大丈夫よ、姫野。何も心配いらないからね」

慈愛に満ちた茜の微笑を見て、胸に満ちていた不安が融けるように消えていく。こわばっていた筋肉がほぐれていった。瞼が重い。

「眠くなってきたよね。すぐベッドに連れて行ってあげる。……私がいつも使っているベッドに」

茜は由佳を抱きかかえたまま玄関に向かう。そこに準備されていた毛布で由佳の体を包むと、外に出た。

「大丈夫？　寒くない」

「はい……」

茜に抱きかかえられながら、由佳は小さく頷く。

茜先輩こそ寒くないのだろうか。こんな零下の世界を、ブラウス一枚だけの薄着で歩いているというのに。

そんな疑問が頭をかすめるが、茜はつらそうな様子を一切見せないどころか、幸せそうに目を細めながら、雪が積もった牧場を横切っていく。

やがて、牛舎の前に辿り着いた。

「ねえ、姫野」

耳元で茜が囁いてくる。

「ここで力をつけて、絶対に私を追いかけてきてね。私もアメリカで『家族』を作って待っているから。そして、どっちが優れているか勝負しましょう。それが『私たち』の宿命だから」

茜がゆっくりと牛舎の扉を開け、中へと入る。蒼く光に溢れた世界へ。

幻想的な光景に目を細めながら、由佳は唇をわずかに開いた。

「きれい……」

本書は書き下ろしです。

知念実希人　ちねん・みきと

一九七八年、沖縄県生まれ。東京慈恵会医科大学卒、日本内科学会認定医。二〇一一年、第四回島田荘司選ばらのまち福山ミステリー文学新人賞を『レゾン・デートル』で受賞。二〇一二年、同作を改題した『誰がための刃』で作家デビュー。「天久鷹央」シリーズが人気を博し、一五年『仮面病棟』が啓文堂文庫大賞を受賞、ベストセラーに。『崩れる脳を抱きしめて』『ひとつむぎの手』『ムゲンのi』『硝子の塔の殺人』で本屋大賞にノミネートされる。

ヨモツイクサ

二〇二三年五月二〇日　第一刷発行
二〇二四年一〇月一一日　第一〇刷発行

著者　知念実希人
発行者　箕浦克史
発行所　株式会社双葉社
〒162-8540
東京都新宿区東五軒町3-28
電話　03-5261-4818（営業部）
03-5261-4831（編集部）
http://www.futabasha.co.jp/
（双葉社の書籍・コミック・ムックが買えます）
印刷所　大日本印刷株式会社
製本所　株式会社若林製本工場
カバー印刷　株式会社大熊整美堂
DTP　株式会社ビーワークス

ISBN978-4-575-24631-5 C0093